Juliette Thibault

Madame Tout-le-monde

tome 1

Cap-aux-Brumes

Roman historique

Hurtubise

Catalogage avant publication de Bibliothèque et Archives nationales du Québec et Bibliothèque et Archives Canada

Thibault, Juliette

   Madame Tout-le-Monde : roman historique

   L'ouvrage complet comprendra 5 v.
   Sommaire : t. 1. Cap-aux-Brumes.

   ISBN 978-2-89647-507-0 (v. 1)

   I. Titre. II. Titre : Cap-aux-Brumes.

PS8639.H515M32 2011   C843'.6   C2011-941257-8
PS9639.H515M32 2011

Les Éditions Hurtubise bénéficient du soutien financier des institutions suivantes pour leurs activités d'édition :

– Conseil des Arts du Canada ;
– Gouvernement du Canada par l'entremise du Programme d'aide au développement de l'industrie de l'édition (PADIÉ) ;
– Société de développement des entreprises culturelles du Québec (SODEC) ;
– Gouvernement du Québec par l'entremise du programme de crédit d'impôt pour l'édition de livres.

Graphisme de la couverture : René St-Amand
Illustration de la couverture : Sybiline
Maquette intérieure et mise en page : Andréa Joseph [pagexpress@videotron.ca]

Copyright © 2011, Éditions Hurtubise inc.
ISBN 978-2-89647-507-0 (version imprimée)
ISBN 978-2-89647-567-4 (version numérique PDF)
ISBN 978-2-89647-798-2 (version numérique ePub)

Dépôt légal : 3e trimestre 2011
Bibliothèque et Archives nationales du Québec
Bibliothèque et Archives Canada

Diffusion-distribution au Canada :
Distribution HMH
1815, avenue De Lorimier
Montréal (Québec) H2K 3W6
www.distributionhmh.com

Diffusion-distribution en Europe :
Librairie du Québec/DNM
30, rue Gay-Lussac
75005 Paris FRANCE
www.librairieduquebec.fr

Imprimé au Canada
www.editionshurtubise.com

Personnages principaux

Benjamin: époux de Rachel Dumas, fils de l'épicier de Cap-aux-Brumes

Côté, Cédulie: voisine de Marie à l'Anse-aux-Brûlots et sage-femme

Côté, Hortense: voisine de Marie à l'Anse-aux-Brûlots, épouse de Hubert

Côté, Hubert: voisin de Marie à l'Anse-aux-Brûlots, fils de Cédulie

Curé, monsieur le: curé de Cap-aux-Brumes

Dumas, Adrien: fils de Marie et Guillaume

Dumas, Ange-Aimée: épouse de Lionel

Dumas, Annette: fille de Marie et Guillaume

Dumas, Aurélie: fille de Marie et Guillaume

Dumas, Cécile: fille de Marie et Guillaume

Dumas, Émilien: fils de Marie et Guillaume

Dumas, Eugénie: épouse d'Hector

Dumas, Georges: fils de Marie et Guillaume

Dumas, Guillaume: époux de Marie, capitaine de goélette

Dumas, Hector: frère de Guillaume, propriétaire du magasin général à l'Anse-aux-Brûlots

Dumas, Henri: frère de Guillaume

Dumas, Irène: fille de Marie et Guillaume

Dumas, Lionel: frère de Guillaume

Dumas, Marie: née Lemieux, épouse de Guillaume

Dumas, Marie-Reine: fille de Marie et Guillaume

Dumas, Nicolas: fils de Marie et Guillaume

Dumas, Noël: fils de Marie et Guillaume

Dumas, Rachel: fille de Marie et Guillaume

Dumont, Théo: époux de Marie-Reine Dumas

Joncas, Gabriel: fils de Reine et Paul-Émile, neveu de Marie

Joncas, Jean: fils de Reine et Paul-Émile, neveu de Marie

Joncas, Paul-Émile: beau-frère de Marie et Guillaume, propriétaire du magasin général de Cap-aux-Brumes

Joncas, Paulette: fille de Reine et Paul-Émile, nièce de Marie

Joncas, Reine: sœur de Marie, épouse de Paul-Émile Joncas

Laflamme, Léonie: sœur de Louis, servante chez Marie et Guillaume

Laflamme, Louis: matelot

Médée: matelot

Ti-Toine: matelot

Tremblay, madame: surnommée madame Dondon, potineuse de Cap-aux-Brumes

Tremblay, Mathilde: fille de madame Dondon, compagne de classe de Marie-Reine Dumas

Avec amour,
À Marcel, mon conjoint, pour son support constant
À Robert, mon fils, qui m'a inspiré cette saga
À la mémoire de mes ancêtres

1

Boston, janvier 1929

Dans le brouillard des gros flocons de neige qui bombardent la ville, les larmes de Marie passent inaperçues aux yeux des passants anonymes qui croisent son chemin. Le blizzard s'accorde aux sentiments tempétueux qui l'habitent tout entière et la font trembler de chagrin et de rage. Comment a-t-il pu lui faire une chose pareille? Marie n'en revient toujours pas de la conduite de son homme. Lui, son intrépide capitaine, qu'elle a toujours attendu avec patience, qu'elle a suivi avec confiance durant tant d'années. Après tout ce temps passé à l'aimer, à croire en lui, elle n'aurait jamais pu imaginer qu'il en vienne à de pareils égarements.

Marie marche à l'aveuglette durant plusieurs heures, sourde aux bruits qui l'entourent. Au coin d'une rue, elle passe près de se faire renverser par une carriole dont le cocher est pressé de rentrer au bercail. Les grelots des chevaux la tirent de sa torpeur. Tous ses sens maintenant en alerte, Marie essaie de se repérer dans cette grande ville qu'elle connaît si mal, bien qu'elle y réside depuis quelques années. Passant devant une église, elle décide d'y entrer pour se reposer et prier. Sa foi l'a toujours soutenue dans les moments difficiles.

L'intérieur de l'église est sombre et désert. Une petite lumière rouge, sur l'autel, indique que le saint sacrement y est exposé. Marie avance dans l'allée centrale jusqu'à la sainte table, fait sa génuflexion et se dirige vers la statue de la Vierge Marie. C'est vers sa mère du ciel, dont elle porte le nom, qu'elle se tourne en dernière instance, pour ce qu'elle appelle ses «causes désespérées». Elle a pour son dire qu'il n'y a qu'une femme qui peut comprendre un problème de femme et la Vierge lui a toujours apporté le réconfort et la force dont elle avait besoin. Elle allume un lampion, au pied de la statue, et regarde danser la flamme pendant qu'elle se remémore les derniers événements. Le silence et le recueillement apaisent finalement son cœur en charpie. Marie sait maintenant ce qu'il lui reste à faire : quitter ce mari déloyal qu'elle commence déjà à haïr de toutes les fibres de son être. Cette séparation va causer tout un émoi dans leur entourage, ce sera un véritable scandale, mais elle préfère affronter l'opprobre de la société plutôt que de revoir une seule fois le sourire enjôleur de Guillaume.

En sortant de l'église, Marie hèle la première carriole qui passe. Encore sous le choc, elle s'adresse au cocher en français. Se rappelant soudain qu'elle est aux États-Unis, elle reformule sa question dans un anglais hésitant : «*Could you drive me…*»

— Pas besoin de vous forcer, ma bonne dame. Je suis Canadien français moi aussi.

L'air engageant, il l'invite à monter et lui couvre les jambes d'une grande peau d'ours pour la protéger du froid. Marie ne voit que ses dents étincelantes, car le reste du visage est camouflé sous un bonnet de poil calé jusqu'aux yeux.

— Couvrez-vous bien, madame. On en a pour longtemps avant d'arriver chez vous.

— Merci, dit Marie réconfortée par le sourire franc du jeune homme. Je me suis aventurée plus loin que je ne pensais. Ça ne vous dérange pas trop de me reconduire chez moi ? Peut-être y a-t-il quelqu'un qui vous attend ?

— Non, je viens de finir mes livraisons, dit le jeune homme à la carrure athlétique. J'ai un peu le mal du pays en ce moment. Et puis ça me fait du bien d'entendre parler français.

Il tourne à la première rue à droite et fait le tour du quadrilatère pour reprendre, en sens inverse, la rue qu'ils viennent de quitter.

— Où habitiez-vous au Canada ? lui demande Marie.

— À Lévis. Je suis arrivé à Boston il y a trois ans, je travaille à l'épicerie de mon oncle. Et vous, de quelle région êtes-vous ?

— Je suis originaire de Cap-aux-Brumes. Et j'y retourne demain.

À six heures du soir, les travailleurs rentrent chez eux à la fin de leur longue journée de labeur et les rues de Boston grouillent de passants et de voitures. Marie remarque que le jeune homme conduit son cheval avec douceur. Docile, l'animal obéit au plus léger mouvement des cordeaux. Il y aurait pourtant de quoi paniquer, car plusieurs automobiles zigzaguent dangereusement sur l'épaisse couche de neige qui s'est formée et les conducteurs nerveux actionnent l'affreux klaxon de leur engin débridé.

— Vous avez une brave bête, lui dit-elle.

— Oui, il est toujours calme. On fait une bonne équipe tous les deux.

Pour éviter de parler d'elle, Marie lui pose des questions sur son travail. Heureux d'avoir une oreille attentive, il raconte sans façon la routine de ses journées, ponctuée par les divers caprices des clientes qu'il dessert. Spontané et drôle, le jeune homme réussit à la distraire de sa peine.

— Vous voilà rendue chez vous, chère madame, dit-il en rangeant sa carriole le long du trottoir devant le cottage de bardeaux blancs où le couple loue l'appartement du rez-de-chaussée depuis son arrivée aux États-Unis.

Marie fouille dans son sac à main et lui tend un billet vert que le jeune homme refuse.

— Votre compagnie m'a tant fait de bien, madame, vous ne me devez rien. Je vous souhaite un bon retour au pays.

— Vous m'avez fait du bien vous aussi. Merci beaucoup.

Marie réussit à glisser le dollar dans la poche du jeune homme, à son insu, lorsqu'il l'aide à descendre de la carriole. Elle lui fait au revoir de la main et pénètre dans son appartement sombre. Elle enlève ses gants, craque une allumette et allume la lampe à pétrole. Elle frissonne, le poêle à bois s'est éteint durant sa longue absence. Le logis glacial et vide lui rappelle le froid qui a envahi son cœur en constatant l'inconduite de son mari. Guillaume ne rentrera pas cette nuit et, pour une fois, cela l'arrange.

Marie dépose son sac à main et prépare une bonne attisée. Quand le feu crépite, elle emporte la lampe dans la minuscule chambre arrière qui lui sert de remise. Elle revient en tirant un coffre, puis retourne chercher une grande valise. Le contenu du placard et des tiroirs s'empile rapidement dans les malles. Ensuite, elle enlève le tiroir du bas du chiffonnier et en sort un coffret de métal qui renferme ses économies. Elle cache pour la nuit la liasse de billets dans son sac à main.

Marie fait le tour des pièces et choisit quelques souvenirs qui lui sont chers : l'album des photos de famille, le crucifix de bois sculpté par son père, un cahier où elle a recopié avec minutie les recettes que lui ont transmis sa mère et sa grand-mère. Puis elle se sent vaciller : elle n'a rien mangé depuis le matin. Elle se rend à la cuisine, prépare du thé et beurre une grosse tranche de pain de ménage qu'elle recouvre de confiture aux fraises. Elle mange et boit sans plaisir, juste pour se nourrir. «Il n'est pas question de me rendre malade et de m'apitoyer sous les yeux de ce scélérat, plutôt mourir», se dit-elle. Marie prépare ensuite des provisions pour le long voyage de retour qu'elle entreprend.

Tenant la lampe d'une main ferme, elle se dirige vers son secrétaire placé au salon. D'un geste décidé elle ouvre l'abattant, prend une feuille de papier et s'installe pour écrire un mot d'adieu à Guillaume. Elle trempe la plume dans l'encrier, puis s'arrête. Elle a beau penser à toutes sortes de formules, les mots se bousculent en une tempête d'émotions qui lui embrument le cerveau. Figée dans l'irrésolution, la main suspendue au-dessus de la feuille, Marie ne trouve pas le style qui convient.

Les écrits restent, songe-t-elle avec effroi. Le respect des convenances et son orgueil l'empêchent de le sermonner vertement. Marie essaie de refouler la colère qui afflue chaque fois qu'elle pense à la scène qui a tué son amour pour Guillaume. Au souvenir de la moustache aimée qui chatouille d'autres lèvres que les siennes, de gros sanglots la secouent. Peu à peu, sa rage se dilue dans le flot des larmes.

À la vue du mouchoir détrempé, Marie se révolte à l'idée qu'elle souffre intensément alors que lui se vautre dans d'autres bras. «Mon départ fera probablement son affaire, se dit-elle, amère. Par contre, il adore ses enfants et sera honteux devant eux. Surtout devant Marie-Reine, sa préférée.» L'amour bafoué de Marie crie vengeance. Frappée par un éclair de génie, elle reprend sa plume. Elle vient de trouver l'alibi parfait, autant pour éviter le scandale que pour châtier l'infidèle.

Jeudi, 31 janvier 1929

Guillaume,

Depuis trois nuits, Marie-Reine m'apparaît en songe. Elle est pâle et me demande de la secourir. Tu connais les rêves prémonitoires que j'ai déjà faits dans le passé. Elle est gravement malade, j'en ai peur. C'est pourquoi je pars au Canada sans attendre ton retour.
Prions Dieu de nous venir en aide.

Ton épouse dévouée,
Marie

Marie se flatte d'avoir trouvé ce subterfuge. L'excuse semble plausible pour qui la connaît. Elle pourra l'utiliser avec tous les membres de son entourage sans qu'on trouve à y redire. « Guillaume ne mérite pas mieux, se dit-elle. Qu'il souffre à son tour. »

~⁊~

Après une nuit agitée, Marie se fait conduire à la gare par monsieur Thibodeau, un voisin, à qui elle raconte qu'elle doit se rendre d'urgence auprès de sa fille malade ; qu'elle ne peut attendre le retour de son mari ; que le temps presse et qu'elle craint même d'arriver trop tard. « Mon Dieu, pardonnez-moi ce pieux mensonge », prie-t-elle intérieurement. Le gros voisin aux joues rebondies est d'un caractère avenant mais, selon son épouse, il est « timide avec les créatures » et le reste du trajet se déroule dans le silence, chacun occupé par ses pensées.

Arrivé à la gare, monsieur Thibodeau attache son cheval près de la gare, porte la valise et aide Marie à acheter son billet. Puis il retourne à son attelage chercher le gros coffre qu'il dépose sur le chariot à bagages.

Au bout de quelques minutes, le train arrive dans un grand tintement de clochettes et un long nuage de vapeur. Au son du crissement des freins sur les rails, la petite foule venue accueillir les arrivants s'agglutine vers la porte du wagon qui s'ouvre sur un cheminot qui dépose un marche-pied et aide les clients à descendre. L'affluence diminue peu à peu, laissant place aux voyageurs qui partent.

Quand le conducteur crie : «*All aboard*», le voisin de Marie monte à bord et hisse sa valise sur la tablette située au-dessus de son siège. Avant de redescendre, il enlève son chapeau pour la saluer.

— Ça va ben aller, madame Dumas, je vais prier pour votre fille.

— Merci, mon bon monsieur, dit-elle, pressée de se retrouver seule.

Assise côté hublot, elle dépose son manteau, son chapeau, ses gants et son sac de provisions sur le siège au bord de l'allée. Elle n'a pas envie de compagnie et espère ainsi décourager les importuns. Après un long coup de sifflet, le train démarre enfin.

Le paysage blanc qui défile et le son monotone des roues sur les rails la détendent peu à peu. Les souvenirs des jours de bonheur lui reviennent. Elle ne comprend pas que son mari ait pu changer autant depuis leur mariage. Pourtant, son cœur à elle est resté fervent et fidèle. Elle se rappelle leurs nuits d'amour, le désir de Guillaume et sa tendresse.

Le train poursuit sa progression vers le nord. Une mince couche de givre envahit le pourtour de la fenêtre. Les cristaux aux formes variées contrastent avec le vert sombre de la forêt de conifères que le convoi traverse. Le chauffage du wagon tient les pieds de Marie bien au chaud, mais n'arrive pas à combattre le froid que laisse pénétrer la vitre. Le courant d'air frais contracte son cou. Elle se lève, retire sa valise du porte-bagages, en sort un châle de laine, puis la referme et s'apprête à la ranger au-dessus de son siège quand le contrôleur s'approche.

— *Let me do that for you, Madam*, dit-il galamment.

— *Thank you, Sir*, répond Marie avec un accent qui trahit ses origines.

L'homme, aux cheveux poivre et sel, hisse la lourde malle et se place légèrement de côté pour permettre à Marie de se rasseoir. Comme elle s'apprête à réintégrer son siège, il profite d'un léger soubresaut du train pour plaquer son corps contre le sien.

— *Excuse me*, dit-il quand elle le toise d'un œil sévère.

Une fois assise, Marie se rend compte qu'il la détaille des pieds à la tête. Elle se sent nue sous ce regard lubrique. Elle replace machinalement une mèche échappée de son chignon pour masquer son embarras.

— *Let me see your ticket, please*, demande-t-il avec courtoisie.

Pendant que Marie ouvre son sac à main à la recherche du billet de train, le contrôleur rajuste sa cravate et chasse une poussière de la manche de son uniforme.

— *Oh! You're going to Montreal?* dit-il en lui remettant le ticket poinçonné.

Marie se contente de faire un léger signe de tête en guise de réponse.

— Bon voyage, madame, dit-il en français, avec un fort accent américain.

Elle ne se donne pas la peine de répondre et l'employé du rail, la mine déconfite, poursuit son ennuyeuse tâche de vérification auprès du couple assis derrière elle.

« Une femme ne doit pas voyager seule », lui avait dit sa belle-sœur Ange-Aimée quand, en 1911, Marie avait parlé d'essayer le nouveau tronçon de chemin de fer inauguré quelques mois plus tôt. Les habitants de Cap-aux-Brumes l'avaient tant attendu, ce bout de rail qui les reliait enfin au chemin de fer national! De là, les voyageurs pouvaient prendre un autre train pour se rendre à Québec, Montréal et même Vancouver, ou bien du côté des Maritimes. Marie se morfondait en l'absence de Guillaume parti en mer pour de longues semaines. Elle ressentait une envie folle de prendre le large elle aussi. Après s'être fait prier, Ange-Aimée avait accepté de l'accompagner parce que Marie défraierait les dépenses du voyage et que sa mère s'occuperait des enfants. «Comme tu es aventureuse, Marie», avait-elle dit en riant de l'audace de sa belle-sœur quand elle avait appris que le voyage projeté initialement à Rimouski se poursuivrait jusqu'à Québec. Ange-Aimée s'était ensuite empressée de faire le tour de la paroisse pour annoncer à ses voisines qu'elle allait prendre les «gros chars». Elle avait ainsi connu son moment de gloire. Les commères en pâmoison s'éventaient, lui faisaient promettre de venir tout leur raconter à son retour. Quelques-unes s'étaient même aventurées sur le quai de la gare le jour du grand départ. Quand le mastodonte s'était ébranlé, elles avaient agité leur mouchoir avec une petite lueur d'envie au fond des yeux.

Délivrées des corvées ménagères et de leur marmaille, les deux belles-sœurs avaient parcouru les boutiques de la rue de la Fabrique et de la rue Saint-Jean. Elles en avaient profité pour s'acheter une nouvelle tenue. Ange-Aimée, plus raisonnable et moins fortunée, avait opté pour une robe noire – couleur de deuil – parce que, dans les grandes familles comme la sienne, on était presque toujours en deuil.

Marie se rappelle que, ce jour-là, elle en avait eu assez des malheurs. Par goût de faire un pied de nez au destin, elle avait acheté une jupe de fin lainage gris et un corsage ajusté gris perle, au col montant orné d'une délicate broderie du même ton. Le gris rehaussait sa chevelure de jais et adoucissait ses traits. Elle voulait se faire belle pour le retour de Guillaume et cette couleur, moins triste que le sempiternel noir, était de mise durant les périodes de demi-deuil, car Marie se considérait désormais en demi-deuil perpétuel. Plus jamais elle ne porterait de rouge ou de couleurs joyeuses.

Pourtant, même cette escapade extravagante à Québec, qu'elle faisait pour se changer les idées, venait lui rappeler – par le simple choix d'une nouvelle toilette – que l'insouciance ne reviendrait plus. Trop de fois, les paroles de réconfort du curé l'avaient plus hérissée que consolée. Marie s'était souvent retenue de lui répliquer qu'il ne pouvait parler en connaissance de cause. Que savait-il de l'amour humain, lui qui n'aimait que Dieu? Que connaissait-il des douleurs de l'enfantement, lui, l'homme consacré? Lors de la dernière tentative du prêtre, Marie avait serré le poing et mâchonné entre les dents: «Sans vouloir vous offenser, monsieur le curé, j'aimerais porter ma croix en silence.»

Aujourd'hui, Marie peut facilement imaginer ce que le dévot représentant de Dieu sur terre lui servirait comme sentence si elle lui confiait son chagrin. D'un ton doucereux, il dirait: «Quoi qu'il vous en coûte, mon enfant, vous devez faire votre devoir conjugal. Devant Dieu, vous êtes responsable de la conduite de votre mari. Le salut de son âme vous a été confié, ne l'oubliez pas. Vous ne pouvez vous y dérober à aucun prix. Songez-y et retournez auprès de lui.» Qu'il aille au diable! se dit Marie en colère. Mais elle se sent soudain confuse d'avoir osé formuler un tel blasphème, même dans le secret de son cœur. Marie a si bien appris à taire ses objections qu'elle a fini par se croire à l'abri de la rébellion qui continue de couver en elle comme un volcan en dormance. Depuis qu'elle est en âge de réfléchir, elle a la fâcheuse tendance de remettre en question tout ce qu'on veut lui imposer. Sa morale personnelle n'admet pas les contraintes et limites que la société et la religion imposent aux femmes. «Pourquoi Ève est-elle responsable du péché originel? avait-elle un jour demandé à ses parents au retour de l'école. Puisque Dieu permet à l'homme de choisir librement entre le bien et le mal, Adam aurait pu refuser de croquer la pomme que lui présentait Ève, non?»

Son père avait argué qu'il était néfaste de trop penser, surtout pour une femme, et qu'il valait mieux suivre les enseignements du curé sans regimber. Marie s'était retenue de répliquer qu'il ne se privait pas de piquer un roupillon pendant le sermon du dimanche. Peut-être son père se sentait-il absout parce qu'il croyait que sa femme en portait la faute. N'aurait-elle pas dû le réveiller d'un coup de coude dans les côtes comme les autres épouses dévotes de la paroisse?

Sa mère, qui avait grandi dans une société prônant d'autres valeurs, lui conseillait de garder pour elle ses commentaires. Le conseil maternel avait du poids, car la pauvre femme parlait peu et Marie savait combien sa chère maman avait essayé de se fondre au paysage. La différence marginalise, avait appris bien assez tôt la fillette. Quand la gamine en avait pris conscience la première fois, elle avait eu honte. Plus tard, le comportement digne et silencieux de sa mère lui était apparu comme le signe d'une nature supérieure, et les voisins avaient fini par tolérer la présence de l'étrangère. Le tempérament coléreux de son père avait aussi sans doute contribué à diminuer les affronts, car il n'aurait pas hésité à cogner celui qui s'en serait pris à l'un des siens, que ce soit en paroles ou en actes. Pour son bonheur ou son malheur, Marie n'aurait su le dire, elle avait hérité de son paternel ce trait de caractère jugé un peu trop viril. Ses compagnes de classe l'avaient laissée tranquille après qu'elle eut fait saigner du nez l'une des petites effrontées qui s'était risquée à se moquer des origines maternelles.

Devenue adulte, elle avait appris à canaliser sa fougue et affichait la plupart du temps la tranquille détermination de sa mère. Marie avait suivi sa voie sans se préoccuper du qu'en-dira-t-on. Et pourtant, Dieu sait combien de commérages avaient parsemé sa route.

L'exemple maternel l'avait soutenue dans ce patient labeur d'endiguement, car elle ressemblait, *dixit* sa mère, à une rivière écumante qui malmène son lit de roches : conquérante et insoumise. Son vacarme signale de loin sa présence et avertit du danger. « Restez sur la rive », semble-t-elle dire.

« Peut-on reprocher à une rivière son débit rapide ou la blâmer de ne pas être un ruisseau ? », avait protesté la mère lorsqu'un jeune soupirant avait déploré le caractère bouillant de la fille. La remarque du galant avait fait sourire Marie. Elle n'aurait su que faire d'un lièvre effarouché. Elle voulait un homme avec de la trempe, du courage. Et cet intrépide chevalier, elle l'avait croisé par un jour de grand vent. Un de ces vents du large, froid et vif, qui vous arrache votre capine en moins de temps qu'il n'en faut pour le dire si elle n'est pas solidement nouée sous votre menton.

À l'évocation de leur première rencontre, le cœur de Marie cogne dans sa poitrine, il s'emballe comme ce jour-là. Au premier regard échangé, elle avait su que ce beau capitaine était celui qu'elle attendait. Ils s'étaient mariés un an plus tard, en novembre, après la saison de navigation.

Son père n'étant plus là pour la conduire au pied de l'autel, Marie avait pensé à lui tout au long de la cérémonie, ce qui lui avait donné un petit air tristounet que Guillaume avait mal interprété. Plus épris que jamais quand il avait appris la raison de sa nostalgie, il l'avait enlacée avec tendresse et lui avait murmuré : « Je t'aime, ma douce. » Depuis ce jour, il avait continué d'utiliser le tendre sobriquet même après que sa douce eut démontré une force de caractère peu commune pour une jeune épousée. Marie jugeait son mari un brin moqueur, mais il ne faisait usage de l'épithète que dans l'intimité et avec tant de candeur qu'elle ne pouvait l'accuser de vouloir la ridiculiser. D'ailleurs, ce n'était pas son genre de rabaisser les gens, il était sociable et conciliant. Son homme avait le goût du risque et de l'aventure, mais il appréciait aussi les plaisirs simples de la vie et, par sa nature enjouée, il savait s'attirer les bonnes grâces de son entourage. C'était un compagnon fort agréable, du moins le pensait-elle jusqu'à tout récemment.

—◦—

Le train s'agite et les roues sur les rails font entendre des crissements insolites. Un enfant pleure. Les passagers se penchent aux fenêtres.

— Mon Dieu, qu'est-ce qui va nous arriver ? s'inquiète une dame.

— Il doit y avoir un peu de glace ou de neige accumulée sur les rails, dit d'une voix forte et calme le voyageur assis derrière Marie.

— C'est fréquent à ce temps-ci de l'année, atteste un autre voyageur.

— Chut ! Rendors-toi, mon trésor, dit la maman à l'enfant qui pleurniche.

Au bout de quelques secondes, les soubresauts diminuent en intensité, deviennent intermittents et le calme regagne peu à peu le wagon.

Marie roule son châle en boule, le cale contre la fenêtre et y pose la tête. Elle serre contre son flanc son sac à main, qui contient la part de ses économies qu'elle n'a pu cacher sous son corset et s'enveloppe de son manteau. Épuisée par les émotions, elle ferme les yeux et se laisse aller au doux balancement du train.

Une voix masculine perce le brouillard dans lequel baigne Marie :

— ... *Montreal in five minutes.*

Elle ouvre les yeux. Debout près de son siège, le contrôleur lui répète que le train arrivera à Montréal dans cinq minutes. Il dépose sa valise sur le banc.

— *Thank you*, dit-elle sans lui rendre son sourire.

Une femme voyageant seule se doit d'être circonspecte, se dit-elle avec dépit. Certains hommes se font facilement des idées et ne pensent qu'au sexe. Comme ce cousin taré qui profitait de la moindre occasion pour la coincer et se branler contre elle, comme un petit chien vicieux. Ce qu'elle avait pu le détester et appréhender leurs inévitables rencontres. Elle reconnaît aujourd'hui que l'adolescent boutonneux n'avait guère été choyé par la nature qui l'avait doté d'un visage ingrat et d'une intelligence minimale. Marie suppose que le peu de matière grise qu'il possédait avait sans doute été greffé au bout de l'appendice qui pendait entre ses jambes puisque rien d'autre ne semblait éveiller son intérêt. Dans le temps, elle éprouvait une peur indicible devant cette force brutale d'animal en rut et elle cherchait par tous les moyens à échapper aux assauts du dégénéré qui n'admettait pas qu'on lui résiste. La communication entre eux était à sens unique. Seuls les géniteurs du simplet arrivaient à décoder les sons embrouillés qu'émettait cette bouche secouée de tics. Le garçon n'avait pu fréquenter l'école et Marie avait fini par croire que ce genre d'individus, qui n'ont jamais ouvert un livre, ne savent s'exprimer qu'avec leur corps.

Le comportement du contrôleur lui donne à penser qu'elle vient de croiser un autre de ces spécialistes du verbe gestuel notifié d'une main fureteuse. En enfilant son manteau, son chapeau et ses gants, Marie se dit que la devise de ces mâles sans vocabulaire doit être : « Tâtonner plutôt qu'ânonner. »

~P

Dans le tintamarre triomphal du cheval-vapeur moderne, la locomotive entre en gare. Un cheminot accourt, dépose un marchepied près de la porte du wagon. Les marches étant très hautes, Marie accepte de mauvais gré la main tendue du contrôleur pour l'aider à descendre du train. Elle lui prend sa valise d'un geste brusque et se dirige d'un pas décidé vers les guichets afin d'acheter son billet à destination de Cap-aux-Brumes. Le guichetier l'assure qu'il verra au transfert de son coffre, qui a voyagé dans le wagon à bagages, et lui indique où elle peut se restaurer en attendant le départ.

Autour d'elle, la gare ressemble à une ruche bourdonnante. En route vers les toilettes, Marie croise un groupe de voyageurs suivant à pas pressés un porteur de bagages qui a empilé leurs nombreuses valises sur un chariot roulant. Une famille au grand complet : un homme replet, vêtu d'un pantalon froissé, une ribambelle d'enfants, tous pâlots, dont l'aînée paraît âgée d'une dizaine d'années, la mère fermant la marche, portant dans ses bras le benjamin endormi. À leur mine exténuée, Marie devine qu'ils viennent eux aussi de débarquer après un long parcours. Arrivent-ils des États-Unis, comme elle, ou de l'Ouest canadien ? Elle éprouve de nouveau ce sentiment étrange de solitude qui l'étreint depuis qu'elle a aperçu Guillaume pour la dernière fois.

Une fois aux toilettes, dans le secret du cabinet, elle tâte son corset. Les liasses de billets forment des bourrelets sous sa robe. Si son appétit modéré continue de se montrer coopératif, elle pourra respirer sans risquer de faire éclater les coutures du vêtement étiré au maximum. Rassurée sur la sécurité de son magot et de sa tenue, Marie se lave les mains et en profite pour s'asperger le visage d'eau froide.

Arrivée à la cantine, elle commande un café et un sandwich au jambon, qu'elle mange avec lenteur en mastiquant bien chaque bouchée. Elle a décidé de conserver ses maigres provisions pour le long trajet jusqu'à Mont-Joli où elle devra changer de train encore une fois. À bord, Marie pourrait aller manger au wagon-restaurant, mais elle préfère rester proche de sa valise, comme une petite vieille peureuse.

«Tu es moins aventureuse», me dirait Ange-Aimée si elle vivait encore. «Oh, tous mes chers disparus, comme vous me manquez! Sans vous, je me sens seule et oubliée. Ce voyage en solitaire me pèse. Il me tarde d'être chez Marie-Reine, d'enlever ce corset qui me serre et de me glisser dans un lit accueillant.»

D'un geste furtif, Marie essuie une larme importune. «Chasse vite ces idées noires», s'ordonne-t-elle. À la table voisine, un homme grand et mince se lève. Perdue dans ses sombres pensées, elle ne l'avait pas remarqué. Pourtant il ressemble à Guillaume à s'y méprendre: même taille, mêmes yeux bleus, même moustache. Doux Jésus! se dit-elle, interdite. Puis, les battements de son cœur décélèrent quand elle s'aperçoit que l'inconnu n'est qu'une fade copie de son homme. D'un air distrait, l'individu attrape sa valise et son chapeau. Où s'en va-t-il? se demande-t-elle en le regardant passer devant sa table. Y a-t-il quelqu'un qui l'attend quelque part ? S'il a une femme, est-ce qu'elle me ressemble ? Est-il heureux ? À Montréal, songe Marie, deux étrangers solitaires se croisent dans une gare sans s'adresser le moindre signe. À Cap-aux-Brumes, qu'on se connaisse ou pas, on se salue. La grande ville vous fait davantage ressentir votre solitude, se dit-elle.

Elle tend le bras et récupère les exemplaires de *La Presse* et du *Devoir* que l'homme a laissés sur la table. Elle feuillette distraitement les pages de *La Presse*, s'arrêtant seulement aux gros titres. Aujourd'hui, la politique et l'actualité ne l'intéressent guère, mais elle lit avec attention les annonces de ventes dans les deux quotidiens pour en parler à Marie-Reine. Au besoin, sa fille pourra commander par catalogue.

Elle jette un coup d'œil aux spéciaux de Thrift Stores. Les oranges californiennes sans pépins sont soldées à 19 sous au lieu de 30, le papier de toilette à 3 sous, mais le client ne peut en acheter plus de six paquets à ce prix, le sac de sucre de 10 livres est offert à 54 sous.

Même en spécial, les aliments sont plus chers qu'aux États, remarque-t-elle. Et c'est probablement plus coûteux encore à Cap-aux-Brumes. Elle devra faire attention à ses économies. Elle doit désormais vivre sur le « vieux gagné », comme on dit. Guillaume ne lui enverra peut-être pas d'argent. De toute manière, au train où il va, son pécule ne durera sans doute pas longtemps. « À moins que mon départ le fasse réfléchir », songe-t-elle.

Dans *Le Devoir*, le grand magasin Eaton annonce de très jolis ensembles pour dame à 25 dollars et 29 dollars et demi. Marie trouve la nouvelle mode tellement pratique. Les vêtements sont moins lourds à porter et, comme le bas des robes ne traîne plus à terre, ils sont bien moins salissants. Sans compter qu'avec le style droit et ample à la taille, on peut porter un corset moins rigide. Plus besoin de se comprimer la taille jusqu'à l'asphyxie. «Les femmes d'aujourd'hui ont bien de la chance», se dit-elle en tournant une autre page du journal.

Elle essaie de lire la suite du roman-feuilleton *Le Serment de Marcelle*, mais sa vision s'embrouille. Qu'elle approche le texte ou l'éloigne, elle n'arrive plus à lire les mots qui jouent à cache-cache. Depuis quelque temps, elle a plus de mal à lire les petits caractères et à reconnaître les gens de loin. Encore un signe que je vieillis, se dit-elle, amère. Pourtant, elle n'a aucun cheveu blanc, ni le bec plissé, à peine quelques ridules près des yeux, la taille encore mince, la jambe alerte. On lui dit souvent qu'elle est bien conservée. Guillaume prétend que c'est parce qu'il ne l'a pas maganée et la boutade fait rigoler les hommes surtout.

Elle regarde sa montre – plus que deux heures d'attente – et sourit en pensant à sa fille, à la joie qui les submergera quand elles tomberont dans les bras l'une de l'autre. Plus tard, Marie-Reine voudra savoir pourquoi sa mère arrive seule, sans prévenir. Marie lui racontera les songes et mensonges de son invention. Elles riront de la peur irraisonnée qui l'a fait accourir sans réfléchir et Marie-Reine se sentira comblée par la présence maternelle dont elle a été sevrée depuis quelques années. Elle sera heureuse de papoter avec sa mère en faisant la vaisselle et appréciera d'être secondée dans les tâches ménagères qu'elle trouve un peu lourdes pour sa frêle santé.

Le lendemain, elle plaindra son pauvre père resté seul aux États-Unis. Marie lui avouera qu'il est le plus souvent absent pour affaires et que, de ce fait, il n'aura pas trop à souffrir de son éloignement. Marie-Reine voue à son père une adoration qui frise l'adulation et elle se morfondra de le savoir seul. Marie la rassurera en lui rappelant qu'il peut trouver refuge chez ses autres filles mariées et établies au Massachusetts. Si malgré tout Marie-Reine pressent les problèmes de couple de ses parents, Marie sait qu'elle pourra compter sur la discrétion et le soutien de sa fille pour ne pas donner prise aux ragots. Sa loyale Marie-Reine redoute par-dessus tout le qu'en-dira-t-on.

Par sa dévotion pour son père, Marie-Reine lui rappelle l'affection profonde qui la liait elle-même jadis au sien. Marie le croyait invincible et sa mort accidentelle l'avait fortement ébranlée. Pour l'aider à surmonter son chagrin, sa mère l'avait envoyée chez son aînée, Reine, qui s'était établie à Cap-aux-Brumes après son mariage. Les deux sœurs avaient trouvé un grand réconfort dans leur mutuel attachement et l'époux de Reine les entourait de mille prévenances. Reconnaissantes, elles s'ingéniaient à lui faire plaisir en essayant de se montrer plus gaies et en lui concoctant de nouveaux plats savoureux. Avec le temps, l'affliction s'était estompée pour laisser place aux souvenirs heureux.

Un an et demi plus tard, leur mère était venue la rejoindre chez Reine. Entre-temps, l'un de ses frères s'était marié et avait repris la ferme familiale. Il avait proposé à sa mère de garder ses plus jeunes frères qui pourraient se charger des travaux de la ferme pendant qu'il irait gagner dans les chantiers l'argent nécessaire à l'expansion de son troupeau de vaches. Dans ce but, il avait acheté la terre de leurs voisins, un couple âgé qui n'avait pas d'enfant pour prendre la relève. Le fermier lui avait consenti un prix de faveur à la condition que Ludovic leur permette d'habiter leur maison jusqu'à leur mort.

Aujourd'hui, avec le recul, Marie se console en se disant que tel était son destin, puisque le décès prématuré de son père l'avait amenée là où elle devait rencontrer son Guillaume. Elle avait longtemps déploré que les deux hommes de sa vie ne se soient pas connus. Par certains côtés ils se ressemblaient et, après son mariage, Marie et sa mère se plaisaient à répéter que les deux hommes se seraient bien entendus. À l'occasion, l'une ou l'autre sortait le portrait du défunt et le faisait circuler parmi ceux qui n'avaient pas eu le bonheur de le connaître. L'aïeule en profitait pour raconter les exploits du cher disparu et évoquer quelques souvenirs de leur vie d'antan.

Marie se fait une joie à l'idée de retrouver bientôt les précieux objets hérités de ses parents : les raquettes de babiche qu'ils ont fabriquées ensemble, les quatre chaises canées et la petite table à cartes, la chaise berçante à haut dossier, les deux cadres ouvragés où son père et sa mère affichent une éternelle jeunesse. En partant pour les États-Unis, elle a laissé les chers souvenirs dans sa maison qu'elle a confiée à Marie-Reine et son mari. Pendant qu'ils habitent la vaste demeure des Dumas, ils louent leur maisonnette. Ce revenu d'appoint les aide à « améliorer leur ordinaire », disent-ils, reconnaissants.

Marie ressent soudain une émotion intense à l'évocation de sa maison. Confinée dans ses souvenirs, elle sourit en se remémorant que le notaire avait failli faire une syncope quand elle lui avait demandé d'établir le contrat à son nom au moment de l'acquisition de la propriété.

— Madame Dumas, avait-il dit, outré. Jamais encore, dans ma longue pratique, on ne m'a demandé une telle... une telle...

Les mots et le souffle lui avaient manqué. Embarrassé, il avait sorti un mouchoir propre de la poche de son pantalon pour essuyer son binocle. Déterminée, Marie avait continué de le défier du regard. Dans le silence pesant qui les opposait, le tic tac de l'horloge en devenait oppressant. Une toux nerveuse avait secoué le pauvre homme.

— Quelle confiance inspirerais-je à ma distinguée clientèle, avait-il plaidé en reprenant haleine, si je devais prêter mon concours à une manœuvre de ce genre ? Songez, chère madame, que vous me mettez dans une situation des plus embarrassantes. Je pourrais accéder à votre demande si vous n'étiez pas mariée. Mais comprenez que je ne puis me prêter à une telle manigance dans le dos de votre époux. De plus, la loi est la loi et je ne puis la changer.

— Seriez-vous rassuré si mon mari vous confirmait son accord ? avait-elle dit, amusée.

Il s'était de nouveau éclairci la voix avant d'ajouter :

— Effectivement, si monsieur Dumas veut bien me confirmer son accord par écrit, ici même dans mon étude, je pourrais consentir à rédiger l'acte notarié tel que vous me le demandez. Mais uniquement à cette condition expresse, avait-il ajouté en la pointant d'un index sévère.

Marie avait alors demandé au notaire de fixer un autre rendez-vous. Avant d'y consentir, l'homme de loi avait essayé de la convaincre de renoncer à ce projet incongru : « Puisque les époux sont mariés sous le régime de la communauté de biens », avait-il insisté, « vous n'en retirerez aucun avantage. De toute manière, vous aurez toujours besoin de l'autorisation de votre époux, madame. » Mais Marie s'en fichait, c'était sa façon de manifester son opposition au Code Napoléon en vigueur dans la province de Québec. Sous la férule posthume du célèbre empereur, la femme mariée se voyait privée de droits juridiques au même titre que les mineurs, les criminels et les débiles mentaux. Bien que faisant partie de la gent masculine divinisée par le Code civil, Guillaume s'était prêté à cet acte symbolique de déni, car il était encore plus révolté que sa femme par cette loi misogyne qui les avait durement éprouvés l'un et l'autre.

~~≈∕~~

Émergeant du passé, Marie se redresse brusquement lorsque le train annonce son arrivée en faisant carillonner ses clochettes. La locomotive exhale une nuée de vapeur et martyrise la voie ferrée qui geint sur son passage. Le plancher de la gare vibre et communique sa fébrilité aux voyageurs en partance. Le scénario classique des arrivées et des départs se reproduit selon le même rituel et Marie, une fois à bord, repère un siège libre qu'elle espère occuper seule. Mais le flux abondant des voyageurs lui fait vite perdre ses illusions. Un couple s'assied dans le banc d'à côté et l'homme lui demande de permettre à son fils de partager le sien. Dans l'attente de la réponse, le jeune garçon fixe le plancher. Une mèche rebelle pointe crânement à travers le toupet du gamin. Marie le trouve émouvant.

— Si vous ne mordez pas, jeune homme, dit-elle d'un ton faussement sévère, je veux bien faire le voyage en votre compagnie et je vous promets en retour d'être très sage.

Le garçonnet relève la tête et la remercie d'un large sourire. Marie, heureuse de le sentir plus détendu, lui sourit à son tour.

— Voulez-vous que je dépose votre manteau sur le porte-bagages ? offre le père.

— Volontiers, dit-elle en lui tendant la fourrure soigneusement repliée.

Elle place son sac à main au fond du siège et dépose son sac à provisions par terre, entre elle et son jeune compagnon qui sourit toujours et s'assoit en se tassant le plus possible du côté du couloir. Comme il est délicat, songe Marie.

— Comment t'appelles-tu ? lui dit-elle.

— Je m'appelle Julien Briand.

— Et moi, madame Dumas. Je suis heureuse de faire ta connaissance, Julien. Vas-tu à l'école ?

Le garçon relève les épaules de manière à paraître plus grand. Déjà fier, ce petit bout d'homme, se dit-elle, attendrie.

— Oui, je suis en quatrième année.

— Est-ce que tu es bon en lecture ?

— Je suis le premier de la classe, déclare-t-il fièrement.

— Alors tu aimerais peut-être lire le journal ? dit-elle en sortant *Le Devoir* de son sac à provisions. Il y a une page qui s'intitule « La vie sportive ». Cela devrait t'intéresser.

— Vous me le prêtez ? dit-il, ébloui.

— Tu peux le garder si tu en as envie, je l'ai déjà lu.

On ne lui a sûrement jamais fait un pareil cadeau, songe-t-elle en voyant le gamin prendre le journal et l'examiner, les yeux brillant comme des diamants.

— Où habites-tu, Julien ?

— À Drummondville, dit-il en se tournant vers elle. Et vous ?

— À Cap-aux-Brumes.

Le jeune Julien fronce les sourcils.

— Est-ce que tu connais cet endroit ?

— Non, j'en ai jamais entendu parler, avoue-t-il.

— Ça ne m'étonne pas, c'est très loin d'ici, dit-elle pour ménager l'amour-propre du garçon. Je vais devoir débarquer à Mont-Joli et prendre un autre train pour me rendre chez moi.

— Ah, dit-il, songeur. Mais pourquoi ça s'appelle Cap-aux-Brumes ? Est-ce qu'il y a du brouillard ?

— Oh, oui ! Il y en a souvent, très souvent même. Pour comble de malheur, il y a aussi une succession d'écueils dangereux cachés sous les eaux qui bordent le littoral. Bien des bateaux ont fait naufrage près de nos côtes. Certains ont sombré corps et biens. D'autres équipages, plus chanceux, ont été rescapés par les gens du coin. Mais nous avons maintenant un très beau phare pour signaler le danger aux marins et une puissante corne de brume qu'un veilleur actionne régulièrement dès que le brouillard s'étend sur l'immense nappe d'eau de l'estuaire. Car vois-tu, chez nous, le fleuve devient si large à l'entrée du golfe que, même par temps clair, les habitants du Cap ne voient pas la Côte-Nord. On dirait une mer infinie. C'est pour cette raison que les gens de chez nous appellent le fleuve "la mer".

Julien écoute Marie sans ciller des paupières. Elle a l'impression qu'il ne respire plus tant il semble captivé par son récit.

— Avez-vous déjà vu des pirates ?

— Moi, non, dit-elle piteuse. Mais on m'a raconté qu'il en était venu voilà bien longtemps. Un garçon, qui avait à peu près ton âge, s'était réfugié dans un vieux fumoir près de la grève. Il les avait vus accoster et creuser un immense trou sur la plage où ils avaient enseveli un grand coffre. Quand les corsaires étaient repartis, il avait couru chez lui avertir son père. L'homme avait jugé plus prudent d'attendre pour déterrer le coffre et il avait recommandé à son fils de ne pas souffler mot de toute cette histoire à quiconque : pas même à sa mère. "Elle serait effrayée que des pirates se soient aventurés jusque chez nous", avait-il affirmé. Le surlendemain, à l'aube, ils s'étaient rendus sur la grève armés de pelles. Le père et le fils étaient excités à l'idée de découvrir un trésor, car ils étaient très pauvres. La seule vache qu'ils avaient possédée était morte au printemps et ils devaient se passer de lait et de beurre.

Les yeux agrandis du jeune Julien restent rivés à ceux de Marie.

— Une fois déterré, le coffre au trésor lui avait inspiré une certaine crainte, dit-elle, stimulée par l'intérêt de son auditeur. "Il est si grand et si lourd, se disait-il, qu'il pourrait contenir un cadavre." Les écumeurs des mers avaient la réputation d'être des barbares qui semaient la mort sur leur passage. En s'appuyant sur sa pelle, le père enleva sa casquette, s'essuya le front et se gratta la tête un moment, puis il songea que les forbans se débarrassaient des dépouilles de leurs victimes en les jetant à la mer. Du moins, c'est ce qu'un vieux livre de conte imagé lui avait appris. C'était d'ailleurs logique : pourquoi perdre du temps à creuser des tombes ?

Julien hoche la tête comme si la question lui était adressée.

— Plus il y pensait, continue Marie, plus il se disait que la caisse devait receler quelque chose de précieux. Mais le coffre était scellé par une lourde serrure de fer. Il avait beau la frapper à grands coups de pierre, elle refusait de céder. Il envoya son fils chercher sa barre à clous en lui recommandant de se montrer discret. Quand le fils revint, l'homme s'attaqua au couvercle de bois. Comme les planches étaient cerclées de bandes de métal, il eut bien du mal à percer la caisse.

— Est-ce qu'il y avait des pierres précieuses ? demande Julien quand Marie fait une légère pause.

Tout conteur se fait un plaisir de faire languir son auditoire quand il le sent bien chevillé au récit. Marie l'avait appris en observant sa mère lorsqu'elle racontait les vieilles légendes indiennes qui avaient peuplé son enfance durant les longues soirées d'hiver.

— L'homme examina le contenu par le trou qu'il avait réussi à faire, dit-elle en posant son œil dans le cercle formé de son pouce et de son index. Le fils trépignait et demandait à son père qui gardait le silence : "Qu'est-ce que vous voyez, papa ?" "Il fait trop sombre à l'intérieur, j'y vois rien", maugréa le père. Il se releva et agrandit l'ouverture jusqu'à ce qu'il puisse y glisser la main. "On dirait du papier", dit le père, étonné. Après bien des efforts, pesant sur la barre à clous de toutes ses forces, il réussit à faire sauter le couvercle de ses gonds et sortit de grands rouleaux de papier qu'il déposa sur le sable. Au fond du coffre, pas d'écus d'or ou d'argent, ni pierres précieuses, ni perles fines. Il n'y avait que des roches. De bien curieuses roches, il est vrai. Il n'en avait jamais vu de pareilles : elles étaient noires comme du charbon. Père et fils étaient déçus : adieu panse repue, adieu vêtements neufs.

— Mais les rouleaux de papier, dit Julien. C'était peut-être des cartes indiquant l'endroit où était caché le trésor des pirates ?

— Le fils y songea aussi, reprend Marie. Il étala l'un après l'autre les trois rouleaux de papier sur la plage. Le père y jeta un coup d'œil distrait : "Des cartes, pfft !", se contenta-t-il de dire, car il ne savait pas lire. Le fils avait appris l'alphabet avec sa mère, le soir à la lueur de la chandelle, et il scruta les grands rouleaux où étaient dessinées des îles. Les directions nord, sud, est, ouest y figuraient, mais aucun nom de pays connus de lui. "Maman est instruite, dit-il à son père, peut-être qu'elle a entendu parler de ces contrées." "Elle est nerveuse et ne doit pas s'inquiéter", décréta le père d'un ton sévère.

— C'est important d'aller à l'école, affirme Julien.

— C'est bien vrai, dit Marie. Mais en ce temps-là, les écoles étaient rares et la vie était dure. Dès leur bas âge, les enfants devaient aider leurs parents. C'était une question de survie, tu comprends ? Nous sommes bien chanceux de vivre à une époque de progrès comme la nôtre. Nos ancêtres étaient des gens courageux et travaillants. Grâce à eux, nous avons pu améliorer nos conditions de vie. Maintenant nous avons des bateaux à vapeur rapides, des trains, des automobiles et même des avions.

— Ouais, dit-il, moins impressionné par les progrès techniques modernes que par le récit ancien de Marie. Mais pour en revenir à votre histoire de pirates, est-ce qu'ils sont revenus chercher leur coffre?

— On ne le sait pas. Le père jongla au moyen de détourner leurs soupçons s'ils revenaient un jour. Il s'efforça d'observer la plage avec des yeux de pirate. Sur des milles à la ronde, le littoral était plat et il n'y avait qu'un seul repère : le vieux fumoir. À l'aide de billes de bois, il le roula sur quelques centaines de pieds vers l'est. Là où les écueils étaient les plus traîtres. "Comme ça, se dit-il, s'ils osent revenir, ils feront naufrage et le monde en sera débarrassé." Par précaution, il débita le coffre et le brûla pour chauffer sa maison. Il enfouit la ferraille, les roches et les plans dans les bois, au fond de sa terre. "Motus et bouche cousue", ordonna-t-il une dernière fois à son fils.

— Alors, comment vous l'avez su? rétorque Julien.

— Oh, fait Marie pour se donner le temps de trouver une réponse plausible. Le fils ne l'a révélé que bien des années plus tard, après la mort de ses parents. Il a pensé qu'après si longtemps, il ne risquait plus de voir les pirates revenir.

— Si les pirates avaient fait naufrage, leurs corps se seraient échoués sur la plage, non? dit Julien. Et vous auriez su qu'ils étaient revenus.

— Tu n'es pas bête, toi, dit Marie en riant. Mais, vois-tu, dans notre région, les marées et les courants sont très forts. Même si les pirates avaient péri sur nos côtes, la mer les aurait déportés sur de très, très longues distances.

— Quand je serai grand, j'irai à Cap-aux-Brumes, dit le jeune Julien d'un ton décidé.

À cet instant, le contrôleur se pointe pour vérifier les tickets des passagers. Marie tend son billet. L'employé le poinçonne, le lui remet et insère un carton numéroté au-dessus du cadre de la fenêtre. Avant que le train arrive à chacune des gares du parcours, l'employé fait le tour des wagons et vérifie les numéros assignés aux voyageurs. Ce système lui permet de repérer rapidement les passagers qui doivent descendre à la prochaine station et de les aviser quelques minutes avant l'arrivée pour leur permettre de ramasser leurs affaires à temps. Le respect de l'horaire est sacré pour la compagnie des chemins de fer.

À chacun des arrêts effectués depuis Montréal, le nombre de voyageurs diminue. Après le départ de Julien et de ses parents, Marie se retrouve seule. La compagnie du garçonnet lui a fait le plus grand bien. Ils ont bavardé tout le long du trajet, si bien que Julien n'a pas eu le temps de lire son journal. Il l'a roulé sous son bras pour descendre du train, de façon qu'il soit bien en vue, et ce simple geste a réjoui Marie.

Enveloppée dans son manteau de fourrure, elle appuie la tête sur son châle roulé. L'épais coussin de laine absorbe les soubresauts du wagon. Les sons s'entremêlent : un sifflement intense entrecoupe parfois les roulements et Marie en arrive à confondre les moyens de transport. Le train se transforme en goélette bercée par la houle et le sifflet de la locomotive, qui prévient au passage les villages assoupis, se métamorphose en corne de brume. La femme du capitaine s'abandonne à la brumaille. Au milieu d'un rêve, les clochettes de la locomotive la ramènent tout à coup à la réalité. « Lévis », lit-elle sur la devanture de la gare où le train s'arrête. Québec sommeille sur l'autre rive. Marie s'émerveille à la vue de l'imposante tour qui trône au milieu du Château Frontenac perché sur le cap Diamant. Le majestueux hôtel, du haut de son promontoire, domine le Saint-Laurent. La lune éclaire ses toits de cuivre en pente. On a l'impression que ses tours et tourelles montent la garde pour veiller sur le repos des clients fortunés qui y séjournent. Marie s'imagine y passant la nuit, douillettement allongée sous un chaud édredon.

Un bruit de voix l'arrache à sa rêverie. Deux nouvelles passagères prennent place sur le banc occupé auparavant par les parents du petit Julien.

Durant l'arrêt prolongé, vaincue par l'inconfort d'un si long voyage, Marie ferme de nouveau les yeux. Bien vite, Morphée l'entraîne dans un abîme profond et serein où aucun son ne pénètre et où nul rêve ne vient troubler l'abandon de la conscience apaisée. Elle ne s'éveille qu'à la gare de Rimouski quand une voyageuse à la voix fluette l'interpelle.

— Madame Dumas ! s'exclame la femme en pâlissant comme sous l'effet d'une apparition. C'est-y vraiment vous ?

Marie se secoue, n'en croyant pas ses yeux. La petite femme rabougrie qu'elle surnomme madame Dondon depuis des années se tient devant elle avec sa valise.

— Madame Tremblay ? dit Marie, tout à fait réveillée. Si je m'attendais à vous voir ici !

— Tu parles d'un adon ! reprend l'autre, restant figée dans le passage.

Le conducteur s'amène et range la valise de la frêle voyageuse sur le porte-bagages.

— Assoyez-vous, lui dit Marie avec un sourire contraint.

— Merci, madame Dumas. Vous êtes ben d'adon.

Marie se serait bien passée de la gazette ambulante de Cap-aux-Brumes. Une heure après l'arrivée du train, toute la paroisse apprendra la nouvelle de son retour au pays. « Sans son mari », claironnera la commère pour ajouter du piquant à la nouvelle. En habile manipulatrice, Marie devance les questions.

— Êtes-vous partie de Cap-aux-Brumes depuis long-temps, madame Tremblay?

— Depuis un mois. Je suis venue relever ma plus jeune qui a eu un gros garçon. Et vous, qu'est-ce qui vous ramène au pays, donc?

— Imaginez-vous que, les trois dernières nuits aux États, j'ai rêvé que ma Marie-Reine était très malade. Les songes répétés nous ont tellement inquiétés, mon mari et moi, qu'il m'a dit: "Va l'aider, Marie. C'est un signe qui ne trompe pas, tous ces songes que tu fais. Si elle était malade, elle ne nous le dirait pas pour ne pas nous inquiéter, c'est sûr. Pars tout de suite, je viendrai vous rejoindre dès que mes affaires me le permettront." Oh, madame Tremblay, j'ai tellement hâte d'arriver, vous ne pouvez pas savoir.

— Je le comprends aisément, voyons donc, dit sa compagne, les yeux ronds.

— Vous êtes si bonne, dit Marie en pressant la main de la femme dans l'espoir de l'amadouer. Si vous n'y voyez pas d'objection, je vais réciter mon chapelet aux intentions de ma fille.

— Faites donc, faites donc, dit la commère d'un air dépité.

Marie sort son chapelet de son sac à main et égrène les dizaines, les yeux fermés. «Doux Jésus, pardonnez mon manque de franchise. Je suis confiante que Vous comprenez que c'est pour une bonne cause. Seigneur, délivrez-nous du mal, et des bavassages de madame Tremblay par la même occasion.»

Arrivées à la gare de Mont-Joli, les deux voyageuses débarquent dans l'air froid du matin, tenant leur valise à la main. L'indiscrète Dondon sur les talons, Marie s'occupe de récupérer son coffre et de le faire charger sur le dernier train qu'elle doit emprunter. Quand la fouine aperçoit l'imposant bagage de Marie, la curiosité l'emporte sur la civilité.

— Vous avez déjà une valise deux fois la grosseur de la mienne, pis un énorme coffre en plus. Déménagez-vous pour de bon, coudon ?

« Comment arriverai-je à supporter cette femme avec ses *don* à répétition ? se dit Marie excédée. Du calme, du calme, se répète-t-elle, le voyage tire à sa fin et je pourrai bientôt me reposer. »

— Aimeriez-vous prendre un café, madame Tremblay ? dit-elle d'un ton aimable pour éviter de répondre à l'embarrassante question. Le restaurant en face de la gare est ouvert. Ça nous ferait le plus grand bien. Venez, c'est moi qui invite.

Sans laisser à sa concitoyenne le temps de refuser poliment, comme le veut l'étiquette, Marie lui prend le bras et l'entraîne de l'autre côté de la rue.

— Nous avons amplement le temps de déjeuner et on sera bien plus à l'aise ici, dit-elle une fois attablée au restaurant. Que diriez-vous de deux œufs, avec du jambon ?

— Je voudrais pas abuser de votre bonté, madame Dumas. Un café, c'est ben assez, voyons donc.

— Je suis si heureuse de vous revoir, madame Tremblay, que l'appétit me revient. Depuis les derniers jours, vous comprenez, je n'avais plus le goût à rien.

Marie se pardonne son demi-mensonge. Il est vrai qu'elle n'a presque rien avalé depuis deux jours et que la rencontre fortuite lui ouvre l'appétit. Elle n'y peut rien si l'adversité l'aiguillonne. Il ne sera pas dit que Marie Dumas se laissera intimider par les placoteuses, se promet-elle.

— Deux cafés, dit Marie à la serveuse. Ensuite, nous prendrons chacune deux œufs, du jambon et des toasts.

— Tournés, les œufs? demande la serveuse.

— Pour moi, oui, dit Marie. Et vous, madame Tremblay, comment les voulez-vous?

— Euh, la même chose.

Madame Tremblay est si intimidée qu'elle oublie de terminer sa phrase par la formule rituelle. Bien joué, se félicite Marie, sûre d'avoir retrouvé son ascendant. Je vais leur clouer le bec, à toutes ces mégères!

Marie et sa compagne se régalent des œufs, de la tranche de jambon fumé à l'érable, du pain grillé et des confitures de fraises. Le café chaud exhale un doux arôme. Marie y brasse une cuillerée à thé comble de sucre blanc en se concentrant sur le contenu de la tasse comme si elle pouvait y voir se diluer un à un les grains de sucre. Puis elle porte la tasse à sa bouche et ferme les yeux. Savourer ce nectar lui donne un avant-goût de paradis. «Et dire que j'ai attendu si longtemps avant d'en boire!», se dit-elle. Marie a pris son premier café durant leur exil aux États-Unis. Avant, elle ne buvait que du thé. Du thé noir, sans sucre ni lait, comme l'avait habituée sa mère. Chez ses parents, on ne consommait que des tisanes et du thé, à part le lait qu'on réservait aux jeunes enfants.

— Vous n'avez pas changé, Marie Dumas! affirme soudainement une voix féminine impérieuse.

La voix rappelle à Marie des souvenirs si amers que la dernière gorgée de café lui semble aussi dégoûtante qu'une eau saumâtre. La gorge contractée, elle ouvre un œil et jette un regard oblique à l'arrogante personne qui la dévisage.

— Madame docteur Gaucher, dit-elle dans un soupir. Vous n'avez pas changé, vous non plus.

Enrobée dans sa fierté bourgeoise, la corpulente épouse du médecin de Cap-aux-Brumes enlève ses gants et dégrafe le col de son manteau de vison.

— Vous permettez, dit-elle en s'assoyant sans attendre l'invitation.

— Bien sûr, faites donc, répond machinalement Marie.

«Bon, me voilà à imiter madame Tremblay», se reproche-t-elle en voyant cette dernière adresser un sourire de déférence à l'épouse du médecin. «Madame docteur s'est assise à côté de moi, pensez donc!», dira-t-elle à ses voisines. «Aussi vrai que je suis là.» Elle omettra de mentionner que l'auguste personne n'a pas eu la courtoisie de la saluer, Marie en est certaine.

— Prenez-vous le train pour retourner à Cap-aux-Brumes? demande Marie pour se montrer polie.

— Oui, je suis venue passer la journée d'hier avec ma sœur. Son mari, le juge, dit-elle le bec pincé, est décédé l'automne dernier et elle se sent bien seule, la pauvre. D'autant plus que ses enfants sont tous établis à Québec et Montréal.

— Comme c'est dommage, déplore Marie, sincèrement navrée, en se rappelant l'exquise douceur de l'épouse du juge qui contraste avec la morgue de sa sœur.

— Et vous, Marie, c'est la maladie de votre fille qui vous ramène au pays?

2

Anse-aux-Brûlots, janvier 1900

La petite maison de bois craque de partout sous l'assaut des rafales. Assise à la table de la cuisine, Marie écrit à sa mère, à la lumière de la lampe à pétrole. Le tic tac de l'horloge rythme son écriture. Le feu, qui crépite dans le poêle à bois, répand sa douce chaleur dans la maisonnette. L'odeur du pain tout juste sorti du four embaume la pièce. La soupe et le ragoût de pattes mijotent et la bouilloire siffle, rappelant à Marie qu'il est temps d'infuser le thé pour le retour de Guillaume.

Elle laisse de côté sa lettre et regarde par la fenêtre dans l'espoir d'apercevoir son mari parti nourrir le bétail de leur petite ferme, mais la poudrerie est si forte qu'elle ne distingue rien. «Comme la tempête a forci, pense-t-elle, pourvu que Guillaume retrouve la maison. Mon Dieu, je vous en prie, faites qu'il ne lui arrive pas la même chose qu'à monsieur Côté.» Dans une pareille tempête l'hiver dernier, leur voisin était allé à l'étable en fin d'après-midi. Il n'était jamais revenu. C'est Guillaume, le lendemain, qui avait aperçu sa mitaine grise dans le champ opposé à la maison et aux bâtiments. Il s'était hâté de déblayer la neige et l'avait découvert, sans vie.

Anxieuse, Marie décide d'aller vérifier le câble qu'ils ont tendu entre la maison et l'étable pour conjurer le mauvais sort. Elle enfile son châle de laine et sort dans le tambour arrière. Dès qu'elle ouvre, la poudrerie lui cingle le visage. Elle tâte l'extérieur du cadre de la porte et trouve enfin le cordage. Il est bien tendu. Soulagée, elle revient à l'intérieur. «Je suis trop nerveuse depuis quelque temps. Ce doit être en raison de la délivrance qui approche. Faites que mon Guillaume revienne sain et sauf, doux Jésus.»

Lourde de huit mois et demi de grossesse, le dos arqué pour faire contrepoids, elle range la plume et l'encrier, puis elle insère la lettre dans l'enveloppe sans la cacheter. Pour chasser ses sombres pensées, elle se met à fredonner en préparant le thé.

L'horloge sonne six heures lorsque Marie entend enfin claquer la porte arrière. Elle accourt vers son beau Guillaume et se pend à son cou. Grave et silencieux, il l'étreint de toutes ses forces, puis il la couvre de baisers. Sa grosse moustache toute blanche de givre fait frissonner Marie qui se dégage en riant.

— Viens te réchauffer, lui dit-elle en l'entraînant près du poêle.

— Je te dis que c'est toute une tempête! J'ai dû pelleter pour sortir de l'étable. On cale dans la neige jusqu'aux genoux. Ça rafale tellement que j'y voyais rien. Heureusement qu'on a mis le câble...

Voyant apparaître deux grosses larmes sur les joues de sa femme, Guillaume l'enlace de ses bras protecteurs.

— Allons, allons, ma douce, je suis là maintenant, murmure-t-il.

— Je me suis tellement inquiétée, sanglote Marie, que je t'empêcherai de sortir jusqu'à ce que la tempête soit finie.

— Ça tombe bien, je n'ai pas le goût de sortir, dit-il d'un ton badin. Mangeons, j'ai faim.

Marie sort un mouchoir de la poche de son long tablier blanc pour essuyer les sillons laissés sur ses joues par le trop-plein d'émotions. Elle se trouve idiote de s'être autant inquiétée et regarde Guillaume en esquissant un sourire.

— À vos ordres, mon capitaine.

Les deux coudes posés sur la table, Guillaume observe Marie. Alors qu'il a dévoré son repas, sa femme n'a avalé qu'un peu de soupe. Elle a moins d'appétit depuis quelques jours. Son estomac, compressé par le bébé, est vite rassasié.

Comment vont-ils s'organiser étant donné que la mère de Marie ne pourra pas venir l'aider, comme il avait été entendu? Ils n'avaient pas prévu ça. Oh, il sait bien que Marie a préparé plein de conserves et de boustifaille qu'il n'aura qu'à réchauffer. Mais il ne connaît rien au lavage ni au reste. Il lui faut aussi couper du bois durant l'hiver pour se chauffer, l'an prochain, et en vendre, pour avoir un peu de revenus avant de repartir naviguer.

Préoccupé, deux gros plis barrent son front. Comme si Marie avait deviné la raison de sa jonglerie, il l'entend dire:

— J'ai pensé demander à madame Côté de m'aider pour l'accouchement et les relevailles. On s'entend bien toutes les deux. Je me sens à l'aise avec elle. Penses-tu qu'elle accepterait?

— J'en suis certain, elle est serviable et elle t'apprécie elle aussi. Puis je pense qu'elle ne sera pas fâchée de prendre congé de sa bru pendant un bout de temps. J'irai lui en parler lorsque la tempête sera finie, vu que je n'ai pas le droit de sortir avant, ajoute-t-il avec un sourire moqueur.

Pendant que Marie dessert la table, Guillaume allume sa pipe et s'installe dans sa chaise berçante. Il apprécie ce moment béni où il peut enfin profiter en toute quiétude de la douceur de son foyer. Les longs mois en mer, qui le privent de ces bonheurs tout simples, lui font apprécier le confort de sa maison et les soins attentionnés de sa jeune épouse. Comme elle lui manque, sa douce, lorsqu'il s'allonge seul sur l'étroite couchette de sa goélette ! Parfois, quand la mer est calme, il ferme les yeux pour mieux s'imaginer sa peau nacrée, ses seins ronds et fermes, sa taille élancée, son ventre chaud et accueillant. Le capitaine esseulé serre alors son oreiller contre lui et, nageant en plein fantasme, sent les mains de sa femme sur ses reins. Au souvenir de leur souffle haletant, une onde de plaisir le submerge, puis il s'endort apaisé, un sourire béat aux lèvres. Au matin, cette félicité fugace n'arrive plus à combler le désir lancinant qu'il a de sa dulcinée. Mais les exigences de la mer, sa maîtresse indomptable, le ramènent à son gouvernail. Après un thé bouillant, le bonheur d'être à la barre lui fait alors oublier tout le reste. Le jeune capitaine a deux amours qu'il ne peut départager : le premier est souvent rebelle et tyrannique, le second est patient et tendre.

~❧

Après la vaisselle, Marie enlève son tablier et va s'asseoir dans l'autre chaise berçante. Elle sort du sac de tricot le chausson de bébé qu'elle veut terminer avant de se coucher. Les mailles s'enroulent autour des aiguilles qu'on entend cliqueter dans la paix du soir.

Au bout d'une heure, le chausson achevé vient rejoindre son jumeau. Marie sort une grande aiguille au chas arrondi pour cacher les bouts de laine qui pendouillent et constate alors l'accalmie inhabituelle de son ventre.

— Le bébé n'a pas bougé de la journée, dit-elle, inquiète.

Guillaume, qui dodelinait de la tête, sursaute :

— Que disais-tu ?

— Le bébé ne m'a pas donné de coups de pied aujourd'hui. J'espère qu'il n'est rien arrivé…

— As-tu des douleurs ?

— Non. Mais d'habitude, je le sens remuer.

— Tu t'inquiètes pour rien, ma douce. Il doit dormir à poings fermés. Ça dort beaucoup un petit bébé.

— C'est vrai. Mais j'ai si hâte qu'il se pointe le nez.

Guillaume se lève en bâillant et remplit le poêle de bûches. Il observe sa femme qui vient de dénouer son chignon et démêle de ses doigts sa longue chevelure lustrée. Comme toujours, cette vision provoque des étincelles de désir dans le bas-ventre de Guillaume.

— Viens te coucher, ma belle squaw.

Rouge de colère, Marie se lève de la chaise berçante et lui fait face.

— Guillaume Dumas, je t'interdis de m'appeler ainsi !

— Voyons, ma douce, je ne disais pas ça pour t'insulter, dit-il, stupéfait.

— Et, surtout, ne m'appelle pas ta douce quand je suis fâchée, réplique-t-elle.

— Mais pourquoi es-tu si fâchée ? Je disais ça parce que j'aime tes longs cheveux noirs.

— C'est justement à cause de ces damnés cheveux noirs qu'on m'appelait la squaw quand j'allais à l'école… et aussi à cause des origines de ma mère. Elle, on l'appelait "la Sauvagesse" dans son dos. Pourtant, le sang des Micmacs, qui lui vient de sa grand-mère, est passablement dilué. Elle a le teint presque aussi blanc que les autres.

— J'ignorais que tu avais du sang indien, Marie. Tu ne m'en as jamais parlé, pourquoi ?

— Est-ce que ça aurait changé quelque chose entre nous ? dit-elle, sur la défensive.

— Bien sûr que non, voyons ! Il faut être idiot pour prétendre que les Blancs sont supérieurs. J'ai appris beaucoup des Montagnais de la Basse-Côte-Nord lors de l'échouement de mon bateau. C'est eux qui nous ont secourus et aidés à réparer les avaries.

— Je suis heureuse de savoir que tu les apprécies, dit-elle, un peu radoucie. Mais promets-moi de ne jamais faire allusion à mon sang mêlé.

L'index pointé vers Guillaume, elle le fixe sans ciller.

— D'accord. Si c'est ça que tu veux, dit-il pour la calmer. Mais tu n'as pas à avoir honte de tes ancêtres Micmacs. Tu devrais même en être fière… Je pense que tu as hérité de leur courage. La première fois que je t'ai aperçue sur le quai, bravant le vent froid du large, je me suis dit : "Voilà une fille qui a du cran. Pas une de ces bêcheuses qui retiennent leur bonnet en pépiant comme des moineaux effarouchés."

— Je m'en souviens, dit-elle, oubliant sa colère. Je regardais la goélette qui rentrait au port. Après avoir accosté, tes beaux yeux bleus s'étaient posés sur moi et une mèche châtaine dépassait de ta tuque, dit-elle en ébouriffant les cheveux de son mari. J'espère que nos enfants te ressembleront.

— Moi, j'aimerais qu'ils aient ton joli petit nez. Allons nous coucher, il est tard.

Marie enfile sa chemise de nuit et brosse ses longs cheveux devant le miroir de la commode. Guillaume range ses vêtements sur le dos de la chaise droite placée en coin au pied de leur lit. Puis Marie éteint la lampe et ils s'allongent sous une montagne de couvertures. Alors que le vent du nord continue de rugir, le dos collé contre son mari dont elle sent la douce chaleur, elle s'endort aussitôt.

L'horloge sonne quatre heures lorsqu'une crampe tire Marie du sommeil. Au bout de quelques secondes le spasme disparaît et elle se rendort. Plus tard, une contraction la réveille de nouveau. Elle se tâte le ventre : il est dur. Ça y est, se dit-elle, c'est commencé. Trop fébrile pour rester couchée, elle enfile sa robe de chambre et va tisonner les braises du poêle pour ranimer le feu. La température a beaucoup baissé dans la maison durant la nuit. Elle ajoute quelques bûches de bois, puis remplit la bouilloire à la pompe à bras.

Guillaume, surpris de l'entendre s'activer de si bonne heure, vient la rejoindre à la cuisine. Il va à la fenêtre et, bien qu'il fasse encore noir, il constate que la tempête a fait place à une neige qui tombe à la verticale. Le panneau de sa combinaison de laine, qu'il porte jour et nuit, s'est déboutonné durant son sommeil. Marie sourit à la vue du postérieur de son mari.

Guillaume étouffe un bâillement.

— Qu'est-ce qui te prend de te lever si tôt ce matin ? dit-il en s'étirant.

— Tu vas bientôt être papa, mon chéri. Mais tu choisis mal ton moment pour me montrer tes belles fesses !

Espiègle, elle pointe du doigt l'objet de sa moquerie. Guillaume, surpris par les deux remarques de sa douce, referme vivement le pan de sa combinaison et s'approche. Elle le sent nerveux, lui d'ordinaire si calme.

— As-tu mal, Marie ? Tu devrais te recoucher.

Il la prend par le coude pour la conduire à la chambre.

— Non, non, Guillaume, dit-elle en se dégageant. Je vais bien, je t'assure. Ce n'est que le début du travail. Maman m'a dit que c'est très long pour un premier enfant. Elle m'a conseillé de rester debout autant que possible et de marcher. Après ton travail à l'étable, tu iras chercher madame Côté.

— J'y vais tout de suite. Va t'asseoir dans la chaise berçante en m'attendant, et ne bouge pas de là avant que je revienne, dit-il d'un ton autoritaire.

Marie se déplace avec la grâce d'un gros canard pataud. Elle n'est pas aussitôt assise, que déjà Guillaume claque la porte. Par la fenêtre, elle distingue sa silhouette qui contraste avec la blancheur des alentours. Il tient dans sa main sa lampe-tempête allumée qui sautille. Guillaume court malgré les raquettes qu'il a chaussées. Marie trouve son empressement touchant. Comme elle l'aime, son grand gaillard ! Il a pâli quand elle lui a annoncé la nouvelle. Marie souhaite de tout cœur lui donner un garçon comme premier enfant, pour perpétuer sa lignée. À la contraction suivante, elle pense à sa mère qu'elle aurait aimé avoir près d'elle pour l'assister. Elle songe aussi à sa sœur, Reine, qui ne s'est toujours pas remise de son troisième accouchement.

Quelques minutes plus tard, Marie voit revenir son époux avec madame Côté. Il marche devant pour tracer un chemin dans la neige. Madame Côté le suit en relevant sa jupe longue pour ne pas la mouiller. Elle est chaussée de raquettes elle aussi, car il y a deux pieds de neige de plus que la veille. Ajoutés aux trois pieds déjà accumulés depuis le début de l'hiver, les chemins sont impraticables à cheval.

Rassurée de voir sa voisine arriver, Marie s'empresse d'ouvrir la porte. Son premier accouchement la rend anxieuse, mais elle n'oserait pour rien au monde l'avouer à Guillaume.

— Bonjour, madame Côté, venez vite vous dégreyer.

— Est-ce que les contractions sont rapprochées ? demande la voisine.

Cédulie Côté est grande et bien charpentée. Ses cheveux gris et ses larges mains fripées témoignent d'une bonne cinquantaine d'années de dur labeur. Son tempérament jovial et bienveillant atténue sa voix autoritaire, et son franc parler est souvent ponctué de rires sonores. Altruiste et habile, elle agit comme sage-femme dans le voisinage depuis plusieurs années.

— Environ aux vingt minutes, répond Marie en suspendant le manteau de sa voisine sur l'un des crochets fixés au mur près de la porte d'entrée.

— Bon ben, Guillaume, t'as le temps en masse de déjeuner et de faire ton train, dit la sage-femme. Le travail est long pour un premier bébé. C'est lui qui fait le chemin pour les autres. Ça peut prendre deux jours, des fois plus.

— Je vais aller faire le train tout de suite et je déjeunerai après, réplique Guillaume.

Marie, qui prépare le thé, l'a encore vu blêmir lorsque madame Côté a parlé de deux jours et plus.

— Comme tu veux, mon homme, mais tranquillise-toi, le bébé va t'attendre, dit Cédulie Côté. T'auras même le temps de dîner avant qu'il se pointe le nez.

— À tantôt, dit Guillaume en sortant.

— Venez vous asseoir, madame Côté, on va prendre une bonne tasse de thé, dit Marie en lui tirant une chaise. On vous a fait lever de bonne heure.

— Ben non, j'étais réveillée depuis longtemps. Après le thé, on va préparer tout ce qu'il faut pour toi. As-tu cousu des bons piqués comme je te l'avais dit?

— Oui, j'en ai même cousu le double. J'ai pensé que c'était mieux d'en avoir plus, vu que le linge prend du temps à sécher en hiver.

— T'as bien fait, on n'est jamais trop précautionneux, répond la voisine en regardant le gros ventre de Marie.

— J'espère que je ne vous donnerai pas trop de trouble, dit Marie d'une voix soucieuse en lui servant une tasse de thé fumant.

— T'inquiète pas, Marie. T'es faite pour avoir des enfants, t'as de bonnes hanches, le bébé aura pas de mal à se faire un passage, ça va ben aller, compte sur moi.

Je connais mon affaire après tous ces bébés que j'ai aidés à mettre au monde, dit-elle en lui tapotant la main.

Réconfortée par l'assurance de la sage-femme, Marie lui sourit. La dernière gorgée de thé avalée, elle fait visiter la maison à sa voisine. Devenue madame Guillaume Dumas depuis un peu plus d'un an, la jeune femme est fière de son intérieur où le plancher de bois reluit, protégé par quelques tapis qu'elle a tressés. Son garde-manger, situé dans le tambour arrière, déborde de plats mijotés, de pains, de pâtés et de tartes. Les pots de conserves et de confitures sont rangés sur une tablette, dans la cave de terre. Le carré de sable pour les légumes est rempli de carottes et de navets, et le carré voisin contient des centaines de livres de patates. Une jarre en grès est pleine de mottes de beurre, une autre de lard salé. À l'étage, dans une petite pièce mansardée, les sacs de farine, de sucre, de sel, de pois et de fèves sont alignés le long du mur.

— Pour une jeune mariée, tu te débrouilles ben, déclare la voisine, admirative, en revenant à la cuisine.

— Ma mère m'a appris jeune à tenir une maison. Regardez ce qu'elle nous a donné en cadeau de mariage, dit-elle joyeusement.

Marie éprouve un plaisir enfantin à faire admirer sa machine à coudre à pédale placée sous la fenêtre de la cuisine, au bout de la table. Depuis son mariage, elle a cousu jusqu'à en avoir mal au dos. Bien huilée, la mécanique ronronne comme un chaton cajolé. L'appareil a aussi servi à confectionner les délicats rideaux de dentelle blanche qui sont suspendus aux fenêtres ainsi qu'à la vitre de la porte d'entrée. Le blanc égaie les murs de la maisonnette en planches d'épinette et la broderie laisse filtrer la lumière du jour.

— Ta maison est ben à mon goût, déclare Cédulie après en avoir fait le tour.

En attendant Guillaume, les deux femmes remplissent un grand bac d'eau qu'elles mettent à chauffer sur le poêle. Ensuite, elles transportent au pied du lit la table à cartes du salon et y déposent les piqués, serviettes, couches, petites couvertures de flanelle. Puis elles ajoutent du fil, des ciseaux, des débarbouillettes et un petit bassin de granit.

— Pensez-vous qu'on a tout ce qu'il faut ? demande Marie.

— Oui, tout est là. Est-ce que tes contractions sont plus fortes ?

— Non, ça s'endure, l'assure Marie en relevant une mèche de cheveux échappée de son chignon.

Près du lit, Cédulie Côté examine le berceau que Guillaume a fabriqué dans du bois d'érable. Tous les soirs, depuis l'automne, il a travaillé à découper, polir et assembler les divers éléments du petit lit. Les quatre coins, surmontés d'un poteau ouvragé, lui ont demandé plusieurs heures d'ouvrage. Mais ce sont les berces qui ont mis à l'épreuve son talent et sa patience. Il les voulait parfaites pour que le mouvement de balancement se fasse en douceur et sans trop verser d'un bord ou de l'autre. Pour finir, il a sculpté un petit cœur dans la tête arrondie du berceau. Après un dernier polissage, il a appliqué une cire qu'il a confectionnée afin de colorer et protéger le bois.

— Il est donc ben beau ce ber-là, pis y est assez grand pour y loger un enfant jusqu'à au moins deux ans. Y a pas à dire, il fait de la belle ouvrage, ton mari.

— Pour ça, oui. L'hiver prochain, il va faire une couchette. On aura peut-être besoin du berceau pour un petit frère ou une petite sœur.

— Je tombais pas en famille tant que je nourrissais, dit madame Côté. Ça faisait enrager le curé. Un enfant aux deux ans, pour lui, c'était un vrai scandale. Une fois, à confesse, il voulait pas me donner l'absolution. Je lui ai dit :

le bon Dieu, Lui, me pardonne parce que je fais mon devoir, pis je fais rien pour empêcher la famille.

~

Pendant que Guillaume fait son train, tous les beaux sermons du curé sur la famille et le péché de la chair lui reviennent en mémoire. Celui sur le péché originel d'Ève, qui explique pourquoi les femmes doivent accoucher dans la douleur, le fait frémir. Il se souvient aussi des histoires de femmes mortes en couches. «Mon Dieu, faites que tout se passe bien», implore-t-il tout bas en se signant.

Dès qu'il revient à la maison, les deux femmes s'empressent de servir le gruau du déjeuner et lavent ensuite la vaisselle, tout en échangeant les dernières nouvelles. Marie ne semble pas souffrante, remarque Guillaume, mais elle se fige par moment et son teint rosit.

— Avez-vous su que le père Grégoire allait se remarier? demande Cédulie Côté.

— Non, répond Marie.

— Avec qui? s'informe Guillaume.

— Avec la veuve Dubois. Ils vont se marier le samedi après Pâques. Il paraît qu'ils vont rester au village. Le père Grégoire a donné sa terre à son plus vieux, mais la veuve Dubois veut pas rester chez son beau-fils. Ça doit déjà être assez difficile de se faire à un nouveau mari après vingt ans de veuvage sans avoir à supporter une bru en plus.

— Parlant de bru, dit Guillaume, la vôtre a l'air pas mal à pic.

— À pic, tu le dis! C'est un vrai porc-épic. Elle a ben empiré depuis la mort de mon Joseph, dit-elle en soupirant.

À l'évocation de son Joseph, Cédulie leur tourne le dos. Les épaules voûtées sous le poids du chagrin, elle va étendre le linge de vaisselle sur une cordelette près du poêle à bois et fait mine de se réchauffer les mains au-dessus du fourneau. Bouleversée par la douleur muette de sa voisine, Marie reste figée dans le silence qui s'appesantit entre eux. Guillaume, gêné, baisse la tête.

— Bon, il faut que je t'examine, Marie! dit madame Côté en se ressaisissant.

— Pas tout de suite, l'interrompt Guillaume en relevant la tête. J'ai une proposition à vous faire.

Surprise, Cédulie, en route pour la chambre, s'arrête et regarde Guillaume.

— Comme la mère de Marie ne pourra pas venir l'aider pour les relevailles, on a pensé vous demander de rester avec nous autres un bout de temps. Après mon bûchage, en fin de journée, je pourrais vous donner un coup de main. Comme de raison, on vous verserait des gages.

— Je vais rester tout le temps qu'il faudra, répond Cédulie, radieuse. J'ai ben de l'affection pour vous deux. Pis, pour parler franchement, ça va me faire du bien de prendre congé de ma bru. Mais pas question d'argent!

— On vous aime beaucoup nous aussi, madame Côté, dit Marie émue. Vous nous rendez un grand service.

— Vous pouvez pas savoir comment ça me fait du bien de me sentir utile. Mais pour astheure, tu vas aller t'allonger, Marie, faut que je t'examine.

Après s'être bien lavé les mains, Cédulie fait allonger Marie pour lui faire une « toilette basse ». Heureusement pour Marie, la sage-femme est d'une propreté rigoureuse. Les fièvres puerpérales, causées par le manque d'hygiène, en emportent plusieurs après l'accouchement. À l'examen, Cédulie constate que Marie est peu dilatée et que le travail sera long.

— Tu peux te relever et marcher, les contractions seront moins pénibles et ça va aider le col de ta matrice à s'ouvrir.

Au fil des heures, les contractions se rapprochent et durent plus longtemps, mais elles n'empêchent pas Marie d'aider madame Côté à préparer le dîner de Guillaume, qui a décidé de ne pas aller bûcher. Après le repas, pour ne pas montrer son inquiétude, il continue à pelleter autour de la maison et des bâtiments.

Vers quatre heures de l'après-midi, Marie perd ses eaux, et la sage-femme l'aide à se coucher. Guillaume, rentré plus tôt, vient déposer la lampe à pétrole sur la commode.

— Va nous chercher deux chaises, Guillaume, ça peut être long, dit madame Côté.

En revenant dans la chambre, il remarque que la sage-femme tâte longuement le ventre de sa femme. Puis elle va s'asseoir sur la chaise au pied du lit sans dire un mot.

Les heures passent avec une lenteur cruelle pour Guillaume, qui voit Marie souffrir et s'épuiser. Assis près de sa femme, il n'ose lâcher sa main qu'il sent maintenant toute molle. Les mots d'encouragement qu'il lui chuchotait au début n'arrivent plus à franchir ses lèvres. Il se sent impuissant et se reproche même de l'avoir mise enceinte.

En fin de soirée, les longs cheveux noirs de Marie sont ruisselants et ses yeux bruns ont perdu leur éclat. La voix de la sage-femme, qui l'incite à pousser de toutes ses forces, semble percer le brouillard dans lequel elle baigne. Obéissante, elle halète sous l'effort. Serrant si fort la main de Guillaume qu'elle y imprime ses ongles, sa dernière poussée, accompagnée d'un cri de bête, libère le bébé que la sage-femme s'empresse d'attraper par les pieds. Elle soulève le petit corps trempé et dégage le nez du mucus qui l'obstrue. Dans la chambre résonne alors le premier cri du nouveau-né.

— C'est une fille et elle a de bons poumons ! constate la sage-femme en riant.

Guillaume regarde Marie, dont le visage rayonne de bonheur, et pousse un long soupir de soulagement. De grosses larmes inondent ses joues lorsqu'il baise la main de sa femme.

Sur la table, au pied du lit, la petite fille rouspète pendant que la sage-femme la nettoie. Les cris perçants de cette vie toute neuve et les menus membres qui s'agitent rassurent Guillaume : sa fille est en bonne santé.

Lorsque madame Côté lui tend l'enfant emmaillotée, le jeune papa contemple le duvet foncé qui encadre le petit visage aux traits bien dessinés.

— Elle te ressemble, ma douce, dit Guillaume en déposant l'enfant dans les bras de sa mère.

Marie soulève la couverture pour examiner sa poupée. Guillaume se penche et caresse de son index la main minuscule du bébé. La petite s'empare aussitôt du gros doigt de son père et s'accroche à lui comme un naufragé à une planche de salut, ne peut s'empêcher de penser Guillaume, et son cœur de marin en est tout retourné. Ce geste inattendu de la part d'un si petit être bouleverse tant le nouveau papa qu'il ne se rend pas compte qu'il vient de se prendre au piège d'un amour si profond qu'il ne pourra plus y échapper tant qu'il aura un souffle de vie.

— Elle serre fort, dit-il, trop ému pour en dire davantage.

— Elle t'aime déjà, répond Marie, attendrie.

Puis soudain, il voit le visage souriant de sa femme se crisper. Il n'a pas le temps de comprendre ce qui arrive que madame Côté vient leur enlever leur petite merveille.

— Nous allons coucher ce bébé dans son berceau, le travail est pas fini, dit-elle avec autorité.

Après une série de contractions intenses, toujours agrippée à Guillaume, Marie pousse de nouveau très fort, mais elle ne crie pas cette fois. La sage-femme se penche au pied du lit, se redresse et soulève un autre bébé, qui s'époumone aussitôt.

— C'est un garçon! clame Cédulie.

Marie regarde son Guillaume plongé dans l'hébétude. La bouche ouverte, les bras ballants, il est figé dans la contemplation de ce deuxième rejeton imprévu. Il observe la sage-femme couper et nouer le cordon ombilical et se frotte les yeux pour s'assurer qu'il ne rêve pas. Mais les pleurs du nouveau-né ne laissent place à aucun doute.

— Je suis si heureuse de t'avoir donné un fils, dit Marie en prenant la main de son époux.

Guillaume, encore sonné, s'essuie les yeux du revers de la manche. Il s'incline vers son épouse et dépose un long baiser sur sa joue trempée en lui caressant les cheveux.

— Merci, murmure-t-il d'une voix étranglée.

Pendant que les parents se minouchent du regard, madame Côté s'occupe du nouveau bébé qui continue de brailler. Mais, comme par magie, le garçon se calme aussitôt qu'elle le dépose dans les bras de son père.

— On dirait qu'il reconnaît son papa, s'étonne Marie.

Extasié, Guillaume admire son fiston un moment et finit par le déposer dans les bras tendus de sa mère. Marie effleure la joue de ce fils qu'elle a tant espéré. Le garçon réagit aussitôt à son contact et tourne sa petite bouche affamée vers ce morceau de peau tendre et tiède.

— On dirait, Guillaume, que t'avais senti ça pour faire un si grand berceau, pis Marie qui a cousu autant de piqués! ajoute madame Côté en riant aux éclats. Bon ben, mon homme, va chauffer le poêle pendant qu'on finit nos affaires. Fais réchauffer un peu du reste de bouillon de poulet du dîner pour Marie.

Tout à son affaire, elle reprend le bébé et le couche dans le berceau, aux pieds de sa sœur. Après l'expulsion du placenta, elle retire les piqués tachés. Avec la douceur d'un ange, elle lave Marie des pieds à la tête et recouvre la jeune mère d'un plaid de laine douce. Elle se rend à la cuisine et en revient avec une robe de nuit propre qu'elle avait pendue plus tôt derrière le poêle à bois pour la garder au chaud. Marie ressent un bien-être ineffable quand elle enfile le vêtement doux et tiède.

— Vous êtes si gentille, dit-elle à sa bienfaitrice.

— T'as travaillé fort, Marie. Il faut te gâter un petit brin.

Docile, Marie la laisse lui sécher les cheveux avec une serviette. Sa voisine les démêle en douceur et les entrelace en une longe natte qu'elle attache avec un ruban.

— Te voilà aussi belle que le jour de tes noces.

Marie prend la main de la sage-femme et y dépose un baiser. Cédulie en rosit de bonheur. Gênée, elle tapote la main de la jeune maman.

— Bon, maintenant que t'es correcte, je vais m'occuper des bébés.

Cédulie se penche au-dessus du berceau et met à chacun des poupons un petit bonnet de laine et des chaussons tricotés par leur maman, puis les emmaillote bien serrés.

— Montrez-les-moi encore un peu, implore Marie.

Le cœur de la nouvelle maman exulte lorsqu'elle prend ses chérubins dans ses bras. L'arrivée de ces jumeaux dépasse ses plus folles espérances. Euphorique, elle a déjà oublié les douleurs de l'enfantement.

— Voici le bouillon de la maman, dit Guillaume d'un ton joyeux en entrant dans la chambre.

Madame Côté recouche les bébés tête-bêche dans le berceau en calant un oreiller dans leur dos pour les maintenir sur le côté. Elle les couvre d'une couverture de laine et de la courtepointe aux tons pastel que Marie a cousue durant l'automne.

— Bonne nuit, Marie, dit-elle en sortant de la chambre.

— Merci beaucoup, madame Côté, murmure Marie.

Pendant que Marie boit sa tasse de bouillon, Guillaume examine ses jumeaux. À la mort de son père, l'été dernier, Marie et lui avaient décidé de donner à leur fils aîné le prénom de son grand-père paternel.

— Je crois que notre petit Nicolas va ressembler à ta mère, dit Guillaume. Il a son nez aux ailes marquées, les joues rondes et les lèvres charnues.

— Oui, mais il a les cheveux clairs, comme toi, dit Marie.

— As-tu pensé à un nom pour notre fille? J'aimerais qu'elle s'appelle Marie, comme toi.

— Et moi, j'aimerais l'appeler Reine, comme ma sœur.

Guillaume sait combien Marie est attachée à sa sœur aînée. Le fait que deux garçons soient nés entre elles a peut-être contribué à rapprocher ces deux sœurs que, pourtant, cinq années séparent.

— Et si on l'appelait Marie-Reine? suggère Guillaume après réflexion.

— Marie-Reine, répète Marie. Oui, j'aime bien ce prénom.

— Demain, j'irai voir les voisins. On va faire une corvée pour déblayer le chemin pour aller faire baptiser les enfants au village.

Le chemin du village qui mène aux autres paroisses est entretenu par un contracteur de la place. Mais le rang des Bouleaux, où habitent les Dumas, et les autres rangs de la paroisse ne sont pas déneigés durant l'hiver. Les habitants se retrouvent isolés lorsque l'accumulation de neige constitue une menace pour les pattes des chevaux. Au printemps, ils organisent une corvée pour ouvrir leur rang « à coups de petite pelle en bois et de sueur à bras », disent ces vaillants gaillards.

— Après j'irai voir le curé, au presbytère, et mon frère, pour lui demander d'être le parrain de Nicolas. Madame Côté pourra représenter ta mère en tant que marraine de Marie-Reine.

Guillaume et Marie tiennent à respecter la tradition qui veut que le parrain et la marraine d'un fils nouveau-né proviennent de la famille du père, et de celle de la mère s'il s'agit d'une fille.

— Ce qui veut dire que le baptême aura lieu seulement après-demain, fait remarquer la maman, soucieuse. Va tout de suite chercher l'eau bénite, tu vas les baptiser ce soir. Je dormirai plus tranquille après.

Guillaume ne voudrait pas que ses enfants aillent dans les limbes si l'un d'eux devait mourir avant d'avoir reçu l'onction sainte du curé. Il revient au bout de quelques secondes, trempe son pouce dans l'eau bénite et trace une croix sur chacun des petits fronts endormis en récitant : « Je te baptise, Nicolas », « Je te baptise, Marie-Reine ».

— Tu peux te reposer maintenant, ma douce, dit-il en caressant la joue de Marie. Je vais donner à manger à madame Côté, la pauvre femme n'a rien avalé depuis ce midi. As-tu besoin d'autre chose ?

— Allume un lampion et apporte-le comme veilleuse, quémande Marie en fermant les yeux.

❧

— Vous n'êtes pas trop fatiguée de votre journée ? demande Guillaume à Cédulie en la rejoignant à la cuisine.

— Pas trop, répond-elle en continuant de se bercer à petits coups. Qu'est-ce que t'as fait cuire ? Ça sent donc ben bon.

La tête de la sage-femme penche légèrement de côté. Ses deux avant-bras reposent bien à plat sur les accoudoirs de la chaise berçante. Les traits tirés de son visage blême contredisent ses propos.

— Une fricassée d'orignal, répond Guillaume occupé à remplir deux verres minuscules. Avant de passer à table, on va trinquer à la santé de la maman et des jumeaux.

— C'est pas de refus, dit-elle en prenant le verre tendu. Rien de mieux qu'un petit remontant pour vous remettre sur le piton.

— Santé ! dit Guillaume en entrechoquant leurs verres.

Tous deux épuisés, ils avalent d'un trait le petit verre de caribou.

— Je suis soulagé que ça se soit bien passé, soupire Guillaume.

— Moi aussi, soupire de concert Cédulie.

Guillaume retourne d'un pas lent vers le comptoir où il refait le plein des deux verres. Le poêle à bois crépite.

— Marie vous a préparé l'autre chambre du bas, dit-il en tendant le caribou à Cédulie. Demain, on ira chercher vos affaires.

— J'ai hâte de voir la tête de ma bru quand je lui dirai que je reste chez vous, dit-elle, moqueuse, en levant son verre.

— Moi aussi, admet Guillaume le sourire aux lèvres.

Aussitôt couché, Guillaume s'endort, mais l'un des bébés commence à pleurer. Il va quérir le petit braillard et le dépose dans les bras de la jeune maman ensommeillée. Marie déboutonne le haut de sa robe de nuit et approche la tête de Nicolas de son sein. La petite bouche affamée saisit le mamelon et commence à téter. Cédulie, qui s'est relevée elle aussi, change la couche de la petite fille qui pleure à son tour. Guillaume, chancelant, retourne se coucher.

⟿

Très tôt le lendemain matin, les jumeaux réclament de nouveau le sein maternel. Les nouveau-nés pleurent tous les deux en même temps, aussi affamés l'un que l'autre.

— Comment on va faire ? demande Guillaume debout près du berceau en se passant une main nerveuse dans les cheveux.

— On va essayer de les faire téter en même temps, suggère Marie.

Guillaume tend la petite fille à sa mère. Elle l'installe du côté gauche en présentant son sein à la bouche de l'enfant. La petite se met aussitôt à téter goulûment.

— Et voici l'autre, annonce Guillaume en déposant Nicolas dans le bras droit de sa mère. Je vais l'aider à trouver son biberon. Petit veinard, dit-il à son fiston quand le poupon se met à boire avec appétit.

Ses bébés suspendus à ses mamelons, Marie les observe à tour de rôle.

— Ils sont si petits et si fragiles, dit-elle, les larmes aux yeux.

— Ne t'inquiète pas, ma douce. On va en prendre bien soin.

Marie hoche la tête en signe d'assentiment pendant que son époux essuie ses larmes d'une main maladroite.

— Bon, si tout est correct, je vais réveiller madame Côté pour qu'elle t'aide pendant que je serai à l'étable.

— Oui, ça va. Je t'aime, Guillaume, lui dit-elle, émue, comme il s'apprête à sortir de la chambre.

Jamais encore Guillaume n'a senti son épouse si vulnérable. Pourquoi pleure-t-elle, maintenant que tout va bien ? Alarmé, il revient vers elle.

— Et moi, je t'adore, ma douce, murmure-t-il en lui caressant la joue du bout de ses gros doigts. Je suis fier de toi.

Devant le sourire éploré de Marie, sa voix s'étrangle et il renonce à en dire davantage. Il détourne la tête pour ne pas lui laisser voir ses yeux embués. « Bon sang, qu'est-ce qui nous prend ? », se demande-t-il en ressortant de la chambre.

⁓ঌ

— Les enfants vous ont réveillée ? demande Guillaume à Cédulie, qui brasse le gruau du déjeuner.

— Non, non. Je suis matinale. Le thé est prêt, en veux-tu une tasse ?

— Ne vous dérangez pas pour moi, madame Côté, dit-il en levant la main pour l'arrêter. Je peux me servir tout seul, vous savez.

— Y a pas à dire, t'es un homme dépareillé, toi mon homme ! Pis ta femme aussi, s'empresse-t-elle d'ajouter. C'est donc plaisant de vivre avec vous autres.

— J'espère que vous direz encore la même chose dans un mois, dit-il en prenant une tasse dans l'armoire. J'ai bien peur que nos jumeaux vous donnent trop de travail.

— Je suis habituée à la grosse besogne. Fais-toi-z'en pas avec ça. Ma vieille mère disait : "C'est pas l'ouvrage qui tue. C'est les soucis."

— Parlant de soucis, je m'inquiète pour ma femme, confesse-t-il tout bas en se versant du thé. Elle a la larme à l'œil ce matin. Pourtant, je sais qu'elle est heureuse. Ça me met tout à l'envers de la voir comme ça. Je ne l'ai jamais vue filer un mauvais coton de même. Y comprenez-vous quelque chose, vous ?

— C'est normal, mon homme, le rassure Cédulie en lui tapotant l'épaule. Ça amène ben des émotions un premier bébé, pis là, vous en avez deux du coup, c'est pas rien, tu sais. Pour astheure, Marie est pas ben forte. Mais avec du repos, tout va rentrer dans l'ordre, je t'en passe un papier. Ta femme est en bonne santé, pis je vais l'aider de mon mieux. Elle va ben se relever, tu vas voir. Tu la reconnaîtras pas dans quelques jours. Nous autres aussi, on devrait se coucher plus de bonne heure à soir. Y a rien de mieux qu'une bonne nuit de sommeil pour nous remettre les idées en place.

— Est-ce qu'on vous a déjà dit que vous êtes un ange ? la complimente Guillaume.

Cédulie rosit sous la louange et son rire franc emplit la cuisine. Guillaume aurait envie de l'embrasser tant elle a su le rassurer. C'est vrai qu'ils ont vécu des émotions fortes, il doit bien le reconnaître. Jamais il ne se serait attendu à être si bouleversé par l'accouchement. Il est même gêné ce matin de se sentir épuisé alors que c'est sa femme qui a souffert le martyre pour mettre au monde le fruit de leur amour et que c'est à elle qu'incombe le soin de les allaiter. Alors qu'il est demeuré prostré tout le temps que sa douce s'essoufflait sous l'effort, il n'a même pas été capable de rester debout cette nuit quand les bébés se sont mis à brailler. « Et on prétend être le sexe fort », songe-t-il, honteux.

~⌐

— Ils sont intelligents, les petits bougres, claironne Cédulie après le départ de Guillaume. J'en reviens pas, ils ont déjà pris le tour de téter. T'es ben chanceuse, ma fille.

Y a des enfants qui tètent mal sans bon sens. Les tiens, ils tiennent t'y ça de leur père ? plaisante-t-elle dans un grand éclat de rire.

Pour toute réponse, Marie sourit. « Oui, pense-t-elle en se sentant rougir, ils ont sûrement hérité cette habileté de leur papa. Il sait si bien me caresser et me donner du plaisir qu'il m'arrive de croire que s'il y a quelque chose de plus plaisant que le devoir conjugal, Dieu l'a gardé pour Lui. »

Après la tétée, Cédulie change les langes des jumeaux et les recouche dans leur berceau.

— Nos petits anges sont déjà rendormis, dit-elle en joignant les mains sur son cœur. Bon, ben, maintenant, je vais te servir un bon gruau.

Marie se sent maintenant légère. Elle a réussi à nourrir en même temps ses jumeaux, son Guillaume vient de lui dire qu'il l'adore et madame Côté, avec ses réparties cocasses, est un vrai rayon de soleil. Son bonheur est complet.

Cédulie revient et l'aide à s'asseoir dans le lit. Elle cale dans son dos des oreillers et un coussin pour qu'elle soit assise bien droite. Elle dépose ensuite sur le lit un plateau de service garni d'une platée de gruau, de deux grandes tranches de pain grillé et d'un bocal de cassonade. En infirmière dévouée, elle noue une petite serviette autour du cou de sa patiente. Marie, l'œil gourmand, recouvre son gruau d'une épaisse couche de cassonade et en avale une pleine cuillerée.

— Le gruau est-y à ton goût ? s'informe Cédulie qui a dû l'éclaircir avec de l'eau parce que les deux vaches gravides de Guillaume ne donnent plus de lait.

— Il est parfait, affirme Marie avant d'en avaler une autre cuillerée.

Elle termine le gruau, puis mord à belles dents la rôtie beurrée.

— J'ai tellement faim que je dévore comme un goéland, dit-elle pour s'excuser après avoir englouti les deux tranches de pain.

— C'est bon signe d'avoir de l'appétit. C'est comme ça qu'on se refait des forces. À te regarder, on dirait pas que tu viens d'accoucher, ma belle. T'es aussi pétillante que le soleil d'à matin.

— Je peux respirer à pleins poumons maintenant que je n'ai plus à porter le poids des bébés, dit-elle en aspirant et expirant profondément. Je comprends pourquoi on appelle ça la délivrance.

— Ça m'avait fait la même impression à mon premier, confesse Cédulie.

D'un geste las, Marie enlève la serviette qui lui a servi de bavoir et la dépose sur le plateau que sa voisine s'empresse d'enlever. Elle fait glisser de côté le coussin et les oreillers en trop et s'étend à plat dans le lit.

— Tantôt on va aller chercher mes affaires, mais on va revenir vite. Profites-en pour dormir un peu.

— Je me demande ce que j'aurais fait sans vous. Merci pour tout, dit Marie, les paupières lourdes.

⁓

Malgré le froid coupant, le soleil projette une profusion de reflets aveuglants sur la neige qui recouvre les champs et les arbres comme si, du haut du ciel, un joaillier trop prodigue avait déversé des tonnes de diamants. Les joues rougies, Cédulie et Guillaume entrent chez Hubert, le fils de madame Côté.

— Quel bon vent vous amène, à matin ? s'enquiert la bru en retournant la galette de sarrasin qu'elle fait cuire sur le poêle à bois.

Les cheveux bruns d'Hortense sont retenus en un chignon serré. Son tablier, d'un blanc immaculé, protège sa robe de semaine de couleur gris souris. Hortense ressemble d'ailleurs à un petit mulot rachitique. Elle scrute l'entourage d'un œil nerveux et ses lèvres sont si minces que sa bouche a l'air d'une fente.

— On vient chercher mes affaires. Je m'installe chez nos voisins pour un bout de temps. Marie a besoin d'aide : les jumeaux, ça donne beaucoup d'ouvrage, répond la belle-mère en montant les escaliers deux marches à la fois.

— Comme ça, elle a eu des bessons, la Marie, dit la bru en déposant la galette cuite dans une assiette sur le panneau du réchaud. C'est ben pour ça qu'elle était si grosse ! C'est y des filles ou des garçons ?

— Une fille et un garçon, répond avec fierté Guillaume malgré la remarque peu délicate de sa voisine.

Comme Hortense ne lui offre pas de s'asseoir pendant que sa belle-mère fait sa valise, Guillaume reste debout sur le tapis de la porte d'entrée. Il tient dans sa main son casque qu'il a enlevé en entrant, comme le veut la bienséance.

— Quand est-ce que vous allez les faire baptiser ? questionne Hortense en versant de la pâte à crêpe dans son poêlon.

— Aussitôt qu'on pourra se rendre à l'église, répond avec patience Guillaume.

Il se demande comment Hubert a pu s'enticher de cette femme toute en os, à la voix de crécelle et dotée d'un caractère de plus en plus irascible. Il lui trouve encore moins de charmes qu'un épouvantail.

— Pis la belle-mère, a va t'y rester longtemps chez vous ?

— Autant qu'elle voudra. C'est un vrai trésor, cette femme-là, et je suis bien content qu'elle ait accepté de nous aider.

Sur les entrefaites, Cédulie redescend, radieuse, avec sa valise à la main. Elle tient dans l'autre main son sac de tricot que la bru reluque d'un œil suspicieux.

— Bon, ben, on te retardera pas dans ton ouvrage, Hortense. Faut y aller avant que les bébés se réveillent.

— Est-ce que Hubert est à l'étable ? demande Guillaume en empoignant la valise de Cédulie.

— Oui, y devrait pas tarder, ronchonne Hortense.

— Dis-lui que je repasserai le voir tantôt. Venez donc passer un bout de veillée après le souper, dit Guillaume.

— C'est ben correct, on se reverra à soir, répond Hortense.

～୨

Après avoir reconduit madame Côté chez lui, Guillaume retourne pelleter le chemin jusque chez son plus proche voisin. Hubert, l'apercevant par la fenêtre de sa cuisine, sort avec sa pelle à la main. Les grandes pelletées de neige atterrissent en cadence de chaque côté des deux hommes jusqu'à ce qu'ils se rejoignent au milieu du rang.

— Je te félicite, Guillaume, t'es ben chanceux d'avoir eu deux beaux petits bébés d'un seul coup. Je me contenterais ben d'un seul.

— Vous allez finir par en avoir un, Hubert, dit Guillaume, essoufflé.

— Que le bon Dieu t'entende ! Viens te chauffer deux minutes avant de continuer ta tournée.

Pour aider le nouveau papa à se réchauffer et pour fêter l'heureux événement, Hubert lui sert un petit verre de caribou. Hortense grimace quand Hubert porte un toast à la santé des nouveau-nés. Comme elle doit être malheureuse ! se dit Guillaume. Dès qu'un couple se marie, tout le voisinage guette l'arrivée du premier bébé. S'il se pointe en dedans de neuf mois, les mauvaises langues se font aller : « Un prématuré ? », dit-on en affichant un sourire mesquin. Mais s'il tarde le moindrement à venir, les femmes demandent sans gêne à la nouvelle mariée : « C'est pour quand, l'heureux événement ? », et les hommes taquinent effrontément le mari. Guillaume se rappelle qu'un de ses cousins, dont la femme accouchait chaque année, lui avait dit en riant stupidement : « Si t'es pas capable, passe-moi-la, ta femme. Je vais lui en faire un, moi, ce sera pas long. » « On n'a pas besoin de ton aide », avait riposté Marie en se cramponnant au bras de Guillaume. Le mois suivant, à son grand soulagement, Marie lui avait annoncé la venue de la cigogne.

— Il ne faut pas que je traîne si je veux que le chemin soit ouvert à temps, dit Guillaume en déposant son verre vide. Merci bien, Hubert.

La pelle à la main, il continue la tournée de ses voisins pour leur annoncer l'heureuse nouvelle et leur demander de dégager leur bout de route dans la journée.

— Une largeur de berlot, ce sera assez, dit-il à chacun.

Marie s'éveille au son de l'eau pompée dans la cuisine. Qui peut bien faire tout ce remue-ménage ? Puis, elle aperçoit les bébés assoupis dans leur grand berceau et se rappelle les derniers événements. Marie prête l'oreille, mais elle n'entend plus que le tic tac familier de l'horloge.

— Madame Côté ? demande-t-elle tout bas pour ne pas éveiller les bébés.

Sa voisine, le sourire étiré jusqu'aux oreilles, apparaît aussitôt dans le cadre de porte.

— Je t'ai pas réveillée, au moins ?

— Non, proteste Marie pour ne pas la mettre mal à l'aise. Quelle heure est-il ?

— Y dépasse huit heures, chuchote Cédulie. Pendant que les bébés dorment, je vais en profiter pour faire un petit lavage. J'ai mis de l'eau à bouillir sur le poêle.

— Ouvrez la trappe au-dessus de l'escalier pour réchauffer le haut. Il fait trop froid pour étendre le linge dehors, vous vous servirez des cordes à linge que Guillaume a installées à l'étage. Ma cuve et ma planche à laver sont rangées là-haut le long du mur du nord, avec le savon.

— Je vais quand même étendre le linge blanc dehors un bout de temps. Avec le soleil qu'il fait aujourd'hui, ça va garder tes draps pis tes piqués ben blancs. Y a rien de mieux que le soleil pour désinfecter le linge. Après, je les étendrai en haut pour les faire sécher comme il faut.

❧

Bien réchauffé par les petites ponces que lui servent ses voisins du rang pour fêter la naissance des jumeaux, Guillaume marche jusqu'au village afin de prendre arrangement avec le curé pour le baptême.

Arrivé chez son frère Hector, qui tient le magasin général, Guillaume prend le petit verre rituel à la santé des jumeaux. La blonde Eugénie regarde son mari en fronçant les sourcils quand il s'apprête à resservir Guillaume.

— Il commence à avoir les pieds ronds, dit-elle, le sourire aux lèvres. Tu devrais aller le reconduire en carriole, Hector. À l'heure qu'il est, les voisins ont dû avoir le temps d'ouvrir le chemin du rang.

Guillaume, guilleret, se relève en titubant.

— Viens voir ton filleul, Eugénie. Vous allez souper avec nous autres.

— Pas aujourd'hui. Je dois m'occuper du magasin, s'excuse Eugénie. Dis à Marie que je vais me reprendre demain. Tu vas lui apporter l'ensemble de baptême de mes enfants pour le mettre à mon filleul demain.

— Merci, ma belle Eugénie, bafouille Guillaume qui doit prendre appui sur l'épaule de sa belle-sœur.

— Aide-le, suggère-t-elle à son mari. Il s'en vient pas mal paf.

— Viens t'asseoir, mon Guillaume, l'incite Hector en aidant son frère à prendre place dans la chaise berçante. Je vais aller atteler Belle. J'ai hâte de voir mon filleul et ma nièce.

— Je vais lui servir une tasse de thé en attendant, dit Eugénie.

Hector enfile ses bottes, son capot de chat sauvage, son casque de poil et ses mitaines. Il emporte un grand sac de papier brun et la boîte contenant le trousseau de baptême qu'Eugénie est allée chercher dans sa chambre.

— Ça sera pas long. À tantôt.

— C'est correct… prends ton temps, baragouine Guillaume dont la tête commence à dodeliner.

Eugénie verse le thé et y ajoute un peu d'eau froide pour l'attiédir. Elle tend la tasse à Guillaume qui la renverse illico. Elle s'empare vivement d'un torchon et s'empresse d'éponger le liquide inondant le plancher pendant que Guillaume se répand en excuses. Eugénie verse une autre tasse de thé.

— Je vais t'aider cette fois.

Docile, Guillaume avale le thé noir à petites gorgées.

— Faudrait pas que Marie me voie dans cet état-là, dit-il, penaud.

— Marie comprendra. Tu as passé la journée au froid et tu n'as pas senti l'effet de l'alcool avant de rentrer à l'intérieur, le réconforte Eugénie.

— J'ai rien avalé d'autre que du caribou depuis le matin. T'aurais pas un petit quelque chose à manger ?

— Une beurrée à la graisse de rôti, ça t'irait ?

— Ce serait – hic – parfait, dit-il en appuyant la tête au haut dossier de la chaise berçante.

Eugénie coupe une épaisse tranche de pain et y étend une généreuse portion de graisse de rôti. Affamé, Guillaume engloutit sa tartine en moins de temps qu'il a fallu à Eugénie pour la préparer.

— Dis-le pas à Marie, mais ta graisse de rôti – hic – c'est la meilleure.

— Quand on a faim, on trouve tout meilleur, dit-elle, amusée. T'en veux une autre ?

Guillaume hoche la tête et Eugénie lui prépare une autre grosse tartine qu'il prend le temps de mastiquer cette fois. Sa belle-sœur lui sert ensuite une autre tasse de thé qu'il réussit à boire sans aide.

— Je me sens moins étourdi.

— Tu vas finir de dégriser en chemin, l'assure sa belle-sœur en riant.

Comme un gamin, il la laisse faire quand elle l'aide à chausser ses bottes et à mettre son manteau. Forgé aux rudes exigences du métier de marin, Guillaume apprécie les trop rares occasions de se faire dorloter. Reconnaissant, il adresse un sourire à Eugénie et coiffe son casque à oreilles quand Hector revient le chercher.

— J'ai oublié ma pelle chez le curé, déplore Guillaume en se tapant le front.

— La mémoire te revient, c'est bon signe, le taquine Eugénie.

— On va passer au presbytère, dit Hector. Viens-t'en.

⚓

Les grelots du collier de Belle carillonnent au rythme du trot de la jument. L'haleine de ses naseaux projette une fumée blanche qui se déroule derrière elle en un long ruban diaphane. L'air vif et froid picote les joues des deux hommes et chasse du cerveau de Guillaume les dernières brumes de l'alcool.

— As-tu l'intention de continuer à naviguer ? demande Hector.

— Oh, oui ! C'est de l'eau salée que j'ai dans les veines.

La réponse de Guillaume a jailli avec la force d'un torrent en crue au printemps. Hector observe un moment de silence avant de reprendre la discussion.

— Sauf que… la maison, les bébés, le jardin et tout le reste, c'est beaucoup pour une femme seule, Guillaume. Avec les jumeaux, Marie va avoir du mal à s'occuper de la terre, même si elle a de l'aide pour les foins et les gros travaux.

— Je sais… répond Guillaume.

Sous l'effet du froid intense, les sabots de Belle et les patins de la carriole crissent sur la neige. La lune éclaire le chemin bordé de sapins croulant sous le poids de leur manteau de neige.

— Elle est bien courageuse, dit Hector. Eugénie mourrait d'ennui d'être coupée du monde tout l'hiver.

— C'est l'été que Marie s'ennuie, l'hiver on est ensemble. Mais tu as raison, Hector, j'ai compris hier que je n'aurais jamais dû m'établir sur une terre. Je ne suis pas fait pour être cultivateur.

Guillaume avait acheté la propriété à peu de frais quelques années auparavant pour le bois qui servirait à la construction de sa goélette. Seulement le tiers de la terre avait été défriché par l'ancien propriétaire qui habitait seul un camp en bois rond. Le vieux célibataire s'était contenté d'investir dans les bâtiments de ferme : un poulailler, séparé en deux pour loger aussi des cochons, et une étable, en retrait, près d'un champ réservé au pacage. Un jour, le voisin, qui s'inquiétait de ne pas voir l'ermite dans ses champs au temps de la récolte des foins, l'avait trouvé mort dans son lit. La majeure superficie de cette ferme de 10 arpents de large sur 40 arpents de profondeur était couverte d'une épaisse forêt. En explorant les bois du domaine, Guillaume avait constaté qu'il y avait de quoi construire plusieurs goélettes en plus de fournir le bois de chauffage d'une famille pendant des décennies. Il avait rapidement conclu l'affaire avec le seul héritier du défunt : un neveu de Montréal, trop heureux de se débarrasser du legs encombrant. Le plus proche voisin avait accepté de s'occuper des champs et du cheval de Guillaume en son absence, moyennant le partage de la récolte de foin et le pacage pour ses animaux durant la belle saison. C'est ainsi que la cabane en rondins fut de nouveau habitée par un « vieux garçon ». D'avril à novembre en mer, le navigateur-fermier passait la saison froide à bûcher et n'avait guère de temps pour songer à courtiser les filles. Devenu matelot à quinze ans sur la goélette de son oncle, Guillaume avait été privé jeune de la douceur d'un foyer et de la tendresse d'une mère. La rudesse de la vie de marin avait développé sa musculature en plus de l'avoir habitué aux privations de toutes sortes et il ne souffrait de la monotonie de sa vie que lorsqu'il rendait visite à Hector et Eugénie – nouvellement mariés – les dimanches d'hiver, après la grand-messe, quand les chemins étaient praticables. Il se régalait alors des mets exquis que lui servait sa belle-sœur dont il admirait les yeux bleu clair et la blondeur. Si Eugénie avait eu une sœur célibataire, il l'aurait volontiers épousée. L'année suivante, pourtant, il avait rencontré l'exact opposé de celle qui avait représenté à ses yeux l'épouse idéale. Marie, une jeune beauté aux cheveux d'ébène et aux yeux de braise, avait harponné son cœur au premier regard échangé. Et Guillaume avait tout de suite su qu'elle était celle à qui il voulait s'unir pour la vie. Il avait alors commencé à construire une maison neuve pour y loger cet amour qui arrivait à point. À force de travail et de renoncements, il avait une goélette toute neuve et l'argent nécessaire pour fonder un foyer.

⁓

— On a beau trimer d'un soleil à l'autre tous les jours que le bon Dieu fait, on n'arrive même pas à survivre avec la terre, dit Guillaume à Hector. Mes voisins doivent aller travailler dans les chantiers ou au moulin s'ils veulent gagner un peu d'argent pour acheter ce que la terre ne peut pas donner. Alors, vois-tu, même si je renonçais à naviguer, Marie devrait se débrouiller toute seule pendant des mois. On ne peut pas tous tenir un magasin général, Hector.

— Je sais bien, je ne disais pas ça pour te critiquer, Guillaume. Chaque printemps, quand tu repars en mer, je me dis que…

Les épaules d'Hector s'affaissent et il pousse un long soupir.

— Ben, vois-tu, je me dis que… que j'ai hâte de te voir revenir, avoue-t-il tout bas. Je dois tenir de maman, poursuit-il avec un rire gêné. La mer, je la vois un peu comme une voleuse.

Remué par les timides aveux de son grand frère, Guillaume ressent une bouffée d'affection pour les siens. Il a eu beau leur épargner les difficultés qui sont le lot courant des marins, il éprouve un brin de remords en se rendant compte qu'il cause à sa famille autant de tourments. Depuis sa rude initiation comme moussaillon, il a su taire les rigueurs endurées. À chaque retour, pour éviter tout souci à sa mère, et aujourd'hui à sa femme, il ne relate que les bons moments: les jours de mer calme où les vents sont favorables, les agréables rencontres lors des escales, les plaisanteries qui émaillent les jours gris. Les avaries et retards sont minimisés et contribuent à glorifier la force et la débrouillardise de l'équipage. Les tempêtes, les privations, les souffrances et l'épouvante sont remisées au fond de la cale dès que le navire s'amarre au quai. Les anecdotes pittoresques alimentent les légendes et embellissent peut-être l'image qu'on se fait des navigateurs, songe Guillaume, mais elles ne sont qu'un vaporeux mirage pour les proches qui continuent d'appréhender les accidents, les naufrages.

Au pied du rang des Bouleaux, Hector fait tourner sa jument. D'instinct, la brave bête ralentit et marche à pas lents dans la neige fraîchement pelletée par les habitants.

— N'empêche qu'on a des saprés bons voisins, dit Guillaume. Malgré le froid qu'il a fait aujourd'hui, ils se sont attelés à la tâche sans rechigner.

❧

— Je t'amène la plus belle pouliche du canton, Tom, dit Guillaume à son cheval quand il installe Belle dans le box voisin.

L'étalon accueille la nouvelle venue en hennissant et en se cabrant, ce qui énerve la vache Noiraude qui se met à cornailler le devant de sa stalle.

— Tout doux, dit Guillaume à l'étalon émoustillé. On va te donner une bonne ration d'avoine pour te tranquilliser.

Guillaume sert aux deux chevaux leur ration d'avoine et ajoute un peu de foin dans l'auge de Noiraude. La vache

Caillette, qui était restée bien calme, reçoit elle aussi sa portion de foin. Pendant ce temps, Hector verse à boire aux animaux.

— Quel âge elle a, Belle ? demande Guillaume.

— Elle s'en va sur quatre ans.

— C'est l'âge parfait pour la faire pouliner. On devrait la mettre au clos avec Tom au printemps. Je pourrais garder Belle jusqu'au poulinage pour la ménager un peu et je te prêterais Tom pour tes sorties. Je le reprendrais juste une couple de jours pour sortir mon bois avant la fonte des neiges. Qu'est-ce que t'en dis ?

— Ces deux-là devraient nous faire un beau poulain, approuve Hector.

Guillaume termine son ouvrage à l'étable en pelletant le fumier à travers un carreau. Il se dépêche de refermer l'ouverture pour conserver la chaleur dégagée par les bêtes.

— Tes deux vaches sont pleines, remarque Hector.

— Elles vont vêler au printemps. Comme elles ne donnent plus de lait, ça me fait moins d'ouvrage, mais je trouve ça dur de me passer de crème au dessert.

— On retient de papa pour avoir la dent sucrée, dit Hector en riant. Tu te souviens comme il aimait les tartes au sucre de maman ?

— Il en mangeait une à lui tout seul et maman le grondait gentiment : "Gardes-en pour les enfants, Nicolas." Mais on savait tous qu'elle en avait d'autres en réserve.

— Le père Jos, du rang du Ruisseau, a une vache qui n'a pas été saillie et qui donne encore un peu de lait. Je vais lui demander de nous garder de la crème.

— *All right*, dit Guillaume, rayonnant. Viens, on va aller nourrir les poules et la truie.

— Avec ton casque de poil sur les yeux, tu ressembles à Guillaume comme deux gouttes d'eau, dit Cédulie quand Hector revient des bâtiments.

Hector enlève prestement son bonnet de fourrure. Les deux frères ont la même stature et portent la moustache. Seule la couleur de leurs yeux permettait aux gens de les différencier quand ils étaient plus jeunes : l'iris gris clair des yeux d'Hector est pailleté de jaune et de vert tendre, et leur pourtour est vert foncé, alors que les yeux de Guillaume sont d'un bleu étincelant. Depuis quelques années, le teint du marin, constamment exposé au grand air, a pris la couleur du cuivre. Grâce aux talents culinaires de Marie, ses joues creuses de l'automne commencent à se rembourrer.

— Bonjour, madame Côté. Tout le monde va bien, chez vous ?

— Tout le monde va ben comme tu pourras le voir tantôt. Guillaume les a invités à faire un bout de veillée. Dégreye-toi pis viens te chauffer au ras le poêle.

Hector suspend son capot de chat au crochet, près de la porte d'entrée, et reprend la boîte et le sac qu'il avait déposés par terre. Après avoir balayé ses bottes dans le tambour, Guillaume entre à son tour et enlève son manteau. Puis il pompe l'eau à l'évier de la cuisine pour se laver les mains. Cédulie lui tend une serviette.

— Prends la chaise berçante, Hector, insiste Guillaume.

Cédulie retourne au poêle et verse l'eau bouillante dans la théière. Guillaume s'essuie les mains et mouille un coin de la serviette pour se rafraîchir le visage et le cou. Sa courte toilette terminée, il se dirige à pas feutrés vers la chambre.

— Je vais aller voir si Marie et les bébés sont réveillés, dit-il.

À la vue de Marie et des petits qui dorment à poings fermés, une grosse vague de bonheur le submerge. Il revient à la cuisine sur la pointe des pieds, les yeux étincelants, l'index sur la bouche en signe d'appel au silence. Cédulie et Hector échangent un sourire complice.

— Venez manger, chuchote Cédulie.

— Ils dorment depuis longtemps ? s'enquiert Guillaume en s'assoyant à table. Comment ça s'est passé durant mon absence ?

— Tout a ben été, répond Cédulie en servant les bols de soupe. Marie les a nourris au milieu de l'après-midi et ils se sont rendormis tout de suite après.

Après le souper, Cédulie commence la vaisselle et Guillaume s'approche pour l'essuyer. Cédulie lui enlève le linge d'un geste autoritaire.

— Laisse-moi faire, mon homme. Assis-toi, pis jase avec ton frère. T'as assez travaillé pour aujourd'hui.

— Le chemin est bien carrossable, dit Guillaume à Cédulie après avoir allumé sa pipe. Nos voisins ont fait de la belle besogne. J'aimerais les inviter à prendre un petit verre demain soir, si ça ne vous donne pas trop d'ouvrage, comme de raison.

— Ben non, invite-les, mon homme. Ça fait longtemps qu'on s'est pas fait une petite veillée.

— Je vais demander au père Jos d'apporter son violon, dit Guillaume.

— Pis Hubert va jouer de l'accordéon, promet Cédulie.

— Moi, je vais apporter ma musique-à-bouche et Eugénie va jouer des cuillères. Tout le rang des Bouleaux va se rappeler du baptême des jumeaux Dumas, je vous en donne ma parole, dit Hector en se tapant la cuisse.

À sept heures tapantes, Hubert et Hortense frappent à la porte. Ils ne sont pas sitôt entrés, que les bébés leur souhaitent la bienvenue à leur manière.

— Entrez, entrez, dit Guillaume. Vous arrivez juste à temps pour voir les jumeaux. Ils viennent de se réveiller.

Pendant que les voisins enlèvent leurs manteaux, Hector s'éclipse en douce. Il entre dans la chambre de Marie avec le trousseau de baptême et son grand sac de papier brun et s'arrête devant le berceau. Un lampion allumé au pied de la statue de la Sainte Vierge, qui trône au centre de la commode, projette une lumière diffuse. Marie a demandé à Cédulie de l'allumer en fin d'après-midi pour remercier la Vierge.

— Lequel est Nicolas ? demande Hector à Marie qui se couvre chastement jusqu'au cou.

— C'est celui des deux qui ressemble à ma mère, dit-elle, curieuse de voir si son beau-frère va être de l'avis de son mari.

Le parrain dépose ses paquets et, sans la moindre hésitation, identifie le garçon. Il soulève son filleul qui continue de pleurer malgré les joyeux guili-guili que lui fait son oncle. Guillaume entre à son tour, suivi d'Hortense et Hubert qui examinent tour à tour les deux bébés et s'amusent à les comparer. Guillaume prend sa fille qui pleurniche et la tend à Hortense. À la surprise générale, la petite Marie-Reine arrête de pleurer dès qu'Hortense la prend dans ses bras.

— T'as le tour avec les enfants, la complimente Hubert.

Les traits d'Hortense se détendent au point d'esquisser une ébauche de sourire. « Ma fille est déjà une petite charmeuse », se réjouit Guillaume.

Le petit Nicolas, de son côté, maintient sans faiblir son concert de protestation. D'un geste autoritaire, Cédulie l'enlève au parrain déconfit.

— Je vais changer sa couche. Il n'aime pas être mouillé, dit-elle à Hector. C'est pour ça qu'il pleure de même.

Cédulie dépose le bébé sur la table à cartes qui sert provisoirement de table à langer.

— Passons au salon, dit Guillaume.

— Vous avez des vrais beaux petits bébés, les félicite Hubert avant de sortir.

Hortense recouche la petite Marie-Reine dans son berceau et va rejoindre son mari au salon.

Hector soulève son sac de papier brun en jetant un coup d'œil à Guillaume qui l'attend à la porte.

— J'ai apporté des petits riens pour Marie et les bébés.

— T'aurais pas dû, proteste Guillaume.

— Donne-moi mon châle, lui demande Marie.

Guillaume prend l'écharpe de laine rangée dans un tiroir et aide sa femme à s'en couvrir. Pendant que Cédulie recouche Nicolas, il soulève Marie et lui cale un oreiller dans le dos. Puis il apporte une chaise près du lit.

— Je vais aller m'occuper de nos voisins, dit-il.

Hector dépose le sac sur le lit et regarde sa belle-sœur en fouiller le contenu. Ses yeux brillent de plaisir quand Marie s'extasie à chacun des objets qu'elle en retire : un savon de toilette parfumé – « Qu'il sent bon », dit-elle en fermant les yeux – des savons doux pour les bébés et de la poudre – « Hum », fait-elle en les humant – des petites bavettes brodées à la main – « Qu'elles sont jolies ! Je vais les garder pour le dimanche », dit-elle en les repliant soigneusement.

— C'est Eugénie qui les a brodées, déclare fièrement Hector. Regarde au fond, il reste quelque chose.

Marie plonge le bras dans le sac et en retire un paquet enrubanné. Avec précaution, elle défait la boucle du ruban et soulève le bord de l'emballage.

— C'est trop, dit-elle, émue, en soulevant la délicate liseuse rose tendre.

— Eugénie l'a crochetée avec toute son affection pour toi, dit Hector, heureux de la joie que procure à sa belle-sœur le délicat vêtement d'intérieur.

— Eugénie a des doigts de fée.

Marie effleure les motifs de petites fleurs de la liseuse, l'approche de son visage et la frôle contre sa joue.

— La laine est si douce.

— Cette couleur te va très bien, affirme Hector, admiratif.

— Merci, dit Marie en remettant la liseuse dans son papier d'emballage. Je vais l'étrenner demain pour recevoir nos invités après le baptême. En attendant, dis à Eugénie que je lui suis très reconnaissante et que j'ai hâte de la voir pour partager avec elle mon bonheur.

⁊⁊

— Qu'est-ce que tu fais debout? Retourne te coucher, gronde Cédulie quand Marie arrive à la cuisine le lendemain matin.

— Je veux terminer ma lettre à maman, pour que Guillaume la malle cet après-midi, dit-elle d'un ton suppliant. J'ai juste un petit mot à ajouter, ce ne sera pas long.

Marie profite de l'excuse invoquée pour se dégourdir les membres. Jamais encore elle n'était restée alitée si long-temps. Ses jambes picotent comme si elles étaient envahies par des centaines de fourmis. Elle prend la lettre laissée sur la huche à pain.

— C'est correct, d'abord. Mais assis-toi, dit Cédulie en la conduisant à la table, je vais t'apporter ce qu'il te faut.

Ne voulant pas contrarier sa bienfaitrice, Marie s'installe à la table. Cédulie lui apporte la plume et l'encrier. Marie relit la missive écrite trois jours plus tôt.

Anse-aux-Brûlots, le 12 janvier 1900

Bien chère maman,

J'ai reçu votre lettre hier et j'ai eu tant de peine d'apprendre que notre chère Reine est de nouveau malade. J'aurais aimé vous avoir près de moi, mais j'approuve votre décision de rester auprès de Reine et des petits. Ils ont davantage besoin de vous, je le comprends.

Guillaume n'aura aucun mal à s'occuper de moi. Le garde-manger est rempli de victuailles. Pour la délivrance, notre voisine a de l'expérience comme sage-femme et je m'entends bien avec elle. Donc, ne vous inquiétez pas pour nous, tout ira bien.

Je vous écrirai bientôt pour vous dire si vous avez un nouveau petit-fils, comme je le souhaite.

Que Dieu vous bénisse tous.

Votre fille affectionnée,

Marie

Il semble à Marie qu'il s'est écoulé une décennie depuis cette journée de tempête où elle cherchait à rassurer sa mère alors qu'elle-même avait du mal à contrôler l'angoisse qui lui nouait l'estomac. Elle se sent si différente ce matin : à la fois apaisée et en même temps plus consciente de la fragilité de la vie. « Quel phénomène étrange de devenir maman », se dit-elle avec un léger pincement au cœur. Deux petits êtres sont venus métamorphoser son univers. Ils se sont développés en elle – à son insu pourrait-on dire. Elle n'a pu choisir ni leur sexe, ni la couleur de leurs yeux, ni leurs traits. «Par quel miracle ont-ils tous leurs membres?», se demande-t-elle, émue et reconnaissante, avant d'ajouter un post-scriptum à sa lettre.

P. S. Dieu nous a bénis, nous avons eu, le 13 janvier, des jumeaux et vous serez aujourd'hui (15 janvier) la marraine de notre aînée, Marie-Reine. Sa naissance a été suivie de celle d'un beau garçon qui se prénomme Nicolas (il vous ressemble). Notre voisine, madame Côté, s'est installée chez nous pour m'aider durant le temps des relevailles. Ici, tout le monde se porte bien et nous espérons qu'il en est de même pour vous tous.

Bons baisers,
Marie qui vous aime tendrement

Elle replie la missive et l'insère dans l'enveloppe qu'elle avait adressée la veille de l'accouchement. Elle la cachète et la place bien en évidence sur la table. Cédulie fronce les sourcils quand Marie va jeter un coup d'œil à la fenêtre.

— Sois raisonnable et retourne te coucher, la supplie-t-elle.

Marie obtempère en se promettant de se relever dès qu'ils auront quitté la maison.

Ils dînent tôt et Cédulie aide Marie à endosser sa plus belle robe de nuit: celle en flanelle blanche fleurie rose. Marie, debout devant le miroir de la commode, se brosse les cheveux et refait sa natte qu'elle attache avec un joli ruban blanc. Elle sort du tiroir du bas la douce liseuse d'Eugénie et l'étend sur l'oreiller de Guillaume pour l'avoir à portée de la main quand les invités arriveront. Puis elle ouvre la porte du placard et sort les boîtes contenant les deux ensembles blancs pour le baptême de ses enfants.

— On va leur mettre une camisole, dit-elle, une jaquette de flanelle et des pattes de laine en dessous de leurs robes de baptême, leur petite capine de satin plus une tuque de laine. Après, vous les emmailloterez d'un drap de flanelle et de leur petite couverture de laine douce, puis dans une grande couverture de laine bien serrée pour que l'air ne pénètre pas. Avant de sortir, n'oubliez pas de les envelopper dans les peaux de mouton des chaises berçantes. Je n'ai pas envie que mes bébés attrapent leur coup de mort par un froid pareil.

— T'en as assez fait, recouche-toi pis laisse-moi faire, ordonne Cédulie. T'as pas à t'inquiéter, ma belle, j'oublierai rien pis je vais en prendre ben soin, de tes bessons.

— Excusez-moi, madame Côté, je sais bien que vous allez en prendre soin. Mais je m'inquiète malgré moi. Il fait si froid pour sortir des bébés naissants, vous ne trouvez pas ?

— Oublie pas qu'on va les abrier avec les peaux du berlot itou. Ils vont être tellement au chaud qu'ils vont dormir comme des anges. Ils sentiront pas une miette de frette.

Avant leur départ pour l'église, Marie a répété ses consignes à Guillaume pendant qu'il nouait sa cravate. Il a apaisé sa douce d'un sourire et d'un baiser.

De son lit, elle entend résonner les grelots du berlot quand il passe devant la maison. Marie se croyait plus forte, les quelques efforts déployés depuis le matin l'ont épuisée. Bien au chaud sous ses couvertures, aux sons joyeux des grelots de Tom qui s'évaporent dans le lointain, Marie s'assoupit.

3

Cap-aux-Brumes, 1900

Sous l'effet des grands froids, le bois d'une goélette devient cassant comme du verre. Patient, Guillaume a attendu la fin de l'hiver pour se livrer aux travaux de radoubage. De la proue à la poupe, tout sera passé en revue : le bordé, les châteaux, les baux, le boudin, les lisses, l'étrave, l'étambot. On brossera et huilera les mâts, on sortira les voiles et on les fixera en position. Le pont sera colmaté et goudronné. On ajoutera du sable au goudron chaud en guise d'antidérapant.

Dans le havre de Cap-aux-Brumes, couchés sur la grève, les bateaux somnolent sous la neige. Dans le bassin intérieur, l'eau est encore gelée en surface. De l'autre côté du barachois, les rafales de vent agitent la mer d'où se détachent des blocs de glace. Qu'il vienne de l'ouest, du nord ou de l'est, le vent du large, libre de toute entrave, arrive à contrer les effets du soleil. Malgré la couche de paille étendue sur la neige pour le protéger de la froidure, Guillaume frissonne. L'humidité le transperce. Il resserre autour de son cou le foulard de laine que Marie lui a tricoté en se berçant le soir, après que les jumeaux repus se soient endormis dans leur grand berceau.

Depuis une semaine, Guillaume et les membres de son équipage ont libéré le navire de la glace qui le ceinturait, puis ils se sont mis à gratter la coque pour enlever les coquillages qui s'y sont fixés durant la saison de navigation.

La structure de sa belle voiture d'eau, comme Guillaume l'appelle parfois, est solide et, cette année encore, sa carène ne présente aucune détérioration. Depuis sa mise à l'eau, le nouveau voilier semble porter chance à son capitaine. En trois ans, aucun incident majeur à déplorer. Superstitieux comme le sont tous les marins, Guillaume y voit un heureux présage.

Et cette belle goélette dont il est si fier, il l'a baptisée *La Cigale*. La fable de La Fontaine lui était revenue en mémoire quand il avait souffert d'engelures en bûchant le bois qui devait servir à la construction de son nouveau voilier. Guillaume avait lu et aimé toutes ses fables, sauf *La cigale et la fourmi*. Le chant strident des cigales avait enchanté ses étés d'enfant et le sort de la pauvre bestiole, condamnée par la fourmi acariâtre à mourir de froid durant l'hiver, lui paraissait des plus cruels. La religion catholique n'enseignait-elle pas le pardon? Horrifié par la férocité de la morale du conte, il s'était demandé ce que vaudrait la vie sans plaisir.

Le monde n'a-t-il pas autant besoin de cigales que de fourmis? Si le travail nourrit, la musique apaise, égaie et fait naître l'espoir. C'est ce que le capitaine constate quand l'accalmie du vent cloue l'équipage au milieu du fleuve pendant de longs jours et que le grand Médée sort son harmonica. Dès les premières notes, les matelots arrêtent de maugréer. Franchissant le rempart des grosses mains velues du marin où disparaît le minuscule instrument, les airs de gigues irlandaises et de quadrilles endiablés font oublier à chacun la monotonie de cette inactivité forcée. Les perspectives d'éventuelles pertes financières et la possible pénurie de victuailles jusqu'à la prochaine escale vont rejoindre, dans les fonds marins, l'ancre qu'on a larguée afin de déjouer les courants capricieux du Saint-Laurent qui pourraient déporter le navire sur des hauts-fonds.

Durant ces moments bénis, l'ours grognon qu'est le gros Médée paraît si débonnaire que ses coéquipiers en oublient ses coups de gueule. La trêve dure tant que l'artiste prend le pas sur le rustre…

Occupé à gratter la coque, Médée s'amuse à asticoter le jeune mousse qui travaille de son bord.

— Envoye, le feluette, l'entend glapir Guillaume. C'est pas en flattant la coque comme ça que tu vas faire un homme de toé. Grouille-toé, nous autres, les femmelettes, on les laisse à terre.

«J'aurais dû y penser, se reproche Guillaume, Médée n'apprendra jamais à attendre d'avoir quitté le quai avant d'embêter un novice.»

Il se dit qu'une fois en mer, le jeunot aura le temps de digérer les quolibets et mauvais tours que lui feront subir les plus vieux en guise d'initiation et il s'arrangera, à l'insu des autres, pour encourager le jeune garçon à terminer la saison.

Guillaume se souvient encore de ses débuts. Bien qu'il fût le neveu du capitaine, il avait dû se livrer à un travail éreintant. Les premiers temps, il était souvent si épuisé qu'il s'affalait sur sa paillasse sans avoir mangé. En plus d'apprendre les rudiments du métier, il devait obéir aux ordres de chacun, supporter les privations, surmonter le mal de mer et le vertige, cacher sa peur devant les éléments déchaînés et, surtout, ses larmes quand l'image de sa mère faisait déborder sa nostalgie. Dans la marine, on ne tolère pas les faibles. Et son fils devra en passer par là quand il voudra suivre ses traces, mais Guillaume est confiant que son Nicolas sera brave et fort et qu'il saura se faire respecter.

Par tradition, le nouveau mousse est le souffre-douleur de l'équipage et cette rude initiation sert à démêler le bon grain de l'ivraie. Quand Louis aura démontré sa vaillance et son courage, il sera admis dans la confrérie et Guillaume pourra relâcher la surveillance.

— Ti-Toine, dit Guillaume au matelot qui besogne de son bord. Va travailler avec Médée et envoie-moi le jeune.

Depuis le matin, Antoine frotte avec vigueur la coque et cligne des yeux à chaque coup de grattoir. Le grand sec flotte dans son manteau d'hiver. En dépit du foulard de laine qui lui couvre la bouche et le nez, Guillaume a perçu l'odeur d'alcool en passant près de lui. Vivant seul, le célibataire adopte le régime liquide dès qu'il est à terre et le capitaine doit l'avoir à l'œil lors des escales.

— Ouais, marmonne Ti-Toine.

Le matelot n'est guère loquace et ses constants « ouais » peuvent signifier, au choix : À vos ordres, capitaine – Je m'en fous royalement – Tu as raison – Cause toujours… L'interlocuteur peut interpréter à sa guise la réponse laconique qui a cependant le mérite de prévenir tout débat.

Ti-Toine doit s'appuyer au bordage pour contourner la goélette. Les lendemains de cuite rendent le bonhomme plus conciliant. Médée a appris à ses dépens qu'il faut ménager ce taciturne quand il est sobre. Malgré sa forte carrure, il s'est fait casser le nez un soir qu'il avait traité Ti-Toine d'échalote.

— Vous m'avez demandé, capitaine ? dit l'apprenti-moussaillon.

Une mèche rousse dépasse de la tuque bleu marine du garçon qui se tient à distance respectueuse du patron. L'air accablé, les joues rougies autant par l'insulte que par le froid, les bras ballants de chaque côté, les yeux rivés au sol, l'adolescent renifle et serre les poings. Guillaume s'approche de lui.

— J'ai besoin de toi pour aider Simon à inspecter et calfater le bordage, mon homme. C'est un travail important, le navire doit être parfaitement étanche. As-tu de bons yeux ?

— Mon père m'appelle Œil de lynx, répond Louis, abandonnant son air de chien battu.

— C'est une qualité précieuse pour un marin. Viens avec moi, le père Simon va te montrer comment faire. T'es chanceux d'apprendre avec lui, c'est le meilleur calfateur du pays.

Celui que les gens appellent affectueusement le père Simon est réputé dans la région pour être un marin chevronné. Le jeune Louis redresse les épaules et suit le capitaine dans la cale du navire où Simon inspecte avec minutie les joints entre les bordés et colmate le moindre interstice d'un peu d'étoupe enduite de goudron. Absorbé par son travail, il sursaute à l'approche de Guillaume.

— Père Simon, je vous amène Louis. Il prend la mer avec moi cette année et je veux qu'il apprenne à radouber un navire. Vous voulez bien vous en charger ?

— Bien sûr, dit Simon. Quand j'aurai fini avec lui, vous aurez pas meilleur radoubeur, capitaine.

— Merci, mon ami, dit Guillaume.

L'automne dernier, Simon a pris la décision de ne plus naviguer. Guillaume s'était aperçu au début de l'été que son compagnon avait de la difficulté à repérer les bouées marquant le chenal et à identifier le drapeau des navires qu'ils croisaient. Simon voyait encore très bien de près, c'était le lointain qui devenait de plus en plus flou. Pour un marin, c'était un lourd handicap et Guillaume n'osait plus lui confier le gouvernail. Désireux de ménager son fidèle second, il trouvait mille prétextes pour lui assigner d'autres tâches. Quand il se retrouvait seul avec lui, Guillaume le mettait gentiment à l'épreuve afin de l'aider à admettre son problème. Un soir d'octobre sans lune, alors que le fleuve brassait, ils s'étaient amarrés pour attendre l'aube. Après avoir affalé les voiles, Ti-Toine et Médée étaient allés se coucher dans l'unique chambre située sous le pont arrière. Bercés par les flots, Guillaume et Simon fumaient leur pipe près du gaillard d'arrière. C'est alors que, sans préambule, le vieux marin avait craqué. La voix nouée, il avait déballé sa détresse à mots hachés. Guillaume avait penché la tête en recevant le pénible aveu. Le clapotis des vagues sur la coque avait un long moment comblé le silence des deux marins éprouvés par la séparation prochaine. Le capitaine perdait son homme de confiance. Désormais, il n'aurait plus personne sur qui se reposer.

En revenant sur le pont, Guillaume, ébloui par le soleil, ferme à demi les paupières. Une volée de corneilles survole la berge en croassant. Leurs cris rauques, annonciateurs du printemps, réjouissent Guillaume qui respire à fond l'air salin.

— Attention, Ti-Toine, dit-il en se penchant du haut du bastingage.

Sans un mot, le matelot relâche l'échelle de corde qu'il tenait relevée pour passer le grattoir et se tasse de côté pour laisser descendre le patron. Après quoi, il reprend son boulot sans plus attendre. À l'autre bout de la coque, Médée racle le bordé avec énergie.

— Ménage un peu le jeune, l'avertit Guillaume en passant près de lui.

Le matelot grommelle entre les dents. Guillaume n'insiste pas, il a appris que les grognements de Médée signifient qu'il est juste un peu contrarié. En vérité, il grogne parce

qu'il ne connaît pas de meilleure façon de cacher une sensibilité écorchée.

⁓

— Le travail avance à ton goût, Guillaume ? s'informe
Henri en dételant Tom, le samedi soir à l'étable.

Le cadet de la famille Dumas est venu prêter main-
forte à sa belle-sœur jusqu'à l'automne. À la demande de
Guillaume, Henri a accepté d'écourter son séjour dans les
chantiers. Au grand soulagement de sa mère, il ne fera pas
la drave cette année.

— On en a pour un bon deux semaines encore avant de
remettre *La Cigale* à l'eau.

Guillaume dépose dans l'auge de son cheval une généreuse portion d'avoine. La bête affamée se penche vers la
ripaille tant attendue. Le bras passé entre les planches de la
stalle, il lui caresse la tête.

— J'ai sorti le reste du bois bûché, dit Henri.

— Avec quel cheval ? s'enquiert Guillaume qui était parti
avec Tom.

La lumière du fanal accroché à la poutre centrale danse
sur les boucles brunes des cheveux d'Henri. Son sourire
satisfait affiche deux rangées de dents superbes dont le blanc
tranche avec le teint halé par le travail au grand air.

— J'ai emprunté celui d'Hubert.

— Tu te débrouilles bien, frérot. Ça fait rien qu'une
semaine que t'es arrivé et tu réussis déjà à emprunter le
cheval du voisin. T'es un as.

— En échange, je lui ai offert de l'aider. Lundi, on va
sortir de la forêt le reste du bois qu'il a bûché cet hiver.

— Je suis content de savoir que vous allez vous entraider.
Hubert est un voisin dépareillé.

Guillaume, entré dans le box de Tom, commence à l'étriller. La bête, docile, fait un pas de côté pour lui faire de la place et, tournant la tête vers son maître, frotte son museau et sa joue sur son épaule. C'est ainsi que Tom manifeste sa reconnaissance.

— J'en dirais pas autant de sa femme, commente Henri en train de servir du foin dans l'auge de Tom qui a fini de manger son avoine.

— T'as aussi fait connaissance avec la belle Hortense ? dit Guillaume, amusé.

— T'appelles ça belle, toi ? réplique Henri en faisant la grimace. T'es pas difficile.

— C'est une manière de parler, explique Guillaume en haussant les épaules. Faut être charitable, ce n'est pas de sa faute si Hortense n'a pas reçu grand-chose en venant au monde.

— Elle pourrait au moins se montrer polie, rétorque Henri. En plus d'être laide, c'est une vraie chipie.

— Ça prend de tout pour faire un monde, frérot. Des Hortense, ça en prend pour faire gagner leur ciel aux autres.

Comme pour approuver les dires de Guillaume, Caillette meugle dans sa stalle. La vache n'a pas apprécié d'être séparée de son veau deux jours après le vêlage. Les premiers jours, Guillaume a dû lui entraver les pattes arrière pour arriver à la traire. Sinon, elle ruait et renversait la chaudière de lait, en plus de fouetter Guillaume à grands coups de queue. Noiraude, qui n'en était pas à son premier vêlage, est restée docile quand on lui a retiré la petite taure qui est venue agrandir le troupeau. Depuis qu'on les a retirés de leur mère, on nourrit le veau et la taure de lait écrémé, la précieuse crème servant à fabriquer le beurre dont les provisions étaient épuisées.

Guillaume contourne son cheval et, dès qu'il recommence à le brosser, Tom lui donne un petit coup de tête affectueux.

— J'ai jamais vu un cheval aussi fin, dit Henri. Il va s'ennuyer de toi.

— Si tu le traites bien, il va finir par te faire des belles façons à toi aussi. C'est dans sa nature d'être affectueux.

Guillaume ressent un léger pincement au cœur. Cette année, le départ en mer ne l'enthousiasme pas autant. Il éprouve un curieux malaise à l'idée de laisser sa famille pendant de longs mois. La paternité l'a rendu plus conscient de ses responsabilités et des dangers éventuels qui pourraient menacer les siens. Et puis, les enfants grandissent si vite à cet âge. Guillaume craint qu'à son retour, ils ne reconnaissent plus leur père et ne lui fassent plus les risettes qui le comblent de bonheur. Mais il gardera pour lui ses appréhensions : un chef de famille doit toujours se montrer fort. Depuis qu'il est tout petit, on ne cesse de lui seriner qu'il faut faire son devoir avant tout et qu'un homme, ça ne pleure pas.

— En tout cas, je vais en prendre soin, ça tu peux en être sûr.

— J'en doute pas, dit Guillaume en rangeant sa brosse. Allons souper.

En sortant de l'étable, Guillaume donne une bourrade amicale sur l'épaule de son jeune frère. Henri se retourne aussitôt et lui décoche un direct de la droite sur un bras, usant d'instinct la méthode virile pour mettre fin aux apitoiements inutiles.

— T'as pris de la force, constate Guillaume en retenant le poignet de son cadet.

Henri, l'air bravache, se dégage et sautille autour de Guillaume en agitant les deux poings. Après trois hivers passés dans les chantiers, il se targue d'avoir appris quelques trucs de boxe de l'un des fiers-à-bras qu'il a croisés dans les camps de bûcherons. Guillaume, amusé, donne un coup de poing dans les côtes d'Henri et, en chemin vers la maison, les deux frères Dumas s'amusent à se colletailler. Ils finissent par rouler dans la neige à l'entrée du tambour arrière de la maison.

— Arrêtez-moi ça tout de suite ! crie Marie, apparaissant à la porte. Je ne veux pas de bataille chez moi.

— Ben voyons, proteste Henri. On se bat pas pour de vrai.

— Peut-être, mais vous allez finir par vous faire mal pour de vrai si vous continuez de même.

En continuant de bougonner, elle leur tourne le dos et retourne à la cuisine.

— Voir si ça a du bon sens ! dit-elle à l'adresse de Cédulie.

— Faut que jeunesse se passe, répond Cédulie, amusée.

— À son âge, marié et père de famille, il me semble que sa jeunesse est passée, maugrée Marie.

Guillaume, rieur, attrape sa femme par la taille et la soulève dans les airs en la faisant tournoyer. Le ton bourru de sa douce ne l'offusque pas, sachant que c'est sa manière à elle de dissimuler chagrins et frayeurs.

— Lâche-moi, Guillaume, dit-elle en se débattant. Tu es tout mouillé.

Riant toujours, Guillaume effectue un demi-tour. Le dos aux autres, il la dépose doucement et baise sa joue. Un baiser tendre, à peine esquissé, à l'abri des regards de Cédulie et Henri, pour ne pas embarrasser sa femme. Pas de privautés hors la chambre à coucher, a-t-on coutume de prôner. Jouant les innocents, Henri chantonne en se lavant les mains à l'évier et Cédulie toussote près du poêle à bois. Les joues rouges, Marie se dégage vivement et, à l'aide de son tablier blanc, s'essuie le visage pendant que Guillaume enlève son manteau trempé par le bain de neige et l'accroche au mur près de la porte d'entrée.

— La soupe est servie, annonce Cédulie.

Depuis de longues minutes, Ti-Toine, Médée et Louis pèsent de tout leur poids sur leur longue perche afin de haler vers la mer la goélette chargée de planches d'épinette. Guillaume, à la barre, les encourage :

— Encore quelques coups, les gars. On y est presque.

La tuque enfoncée jusqu'au cou, les matelots ahanent sous l'effort. Louis, le visage plus rouge qu'une écrevisse, échappe un vent à chaque poussée. « Il a du cœur au ventre ce jeune-là », se dit le capitaine, fier de son choix.

— Lâche pas, mon Ti-Rouge, lui lance Médée entre deux poussées.

En voyant les cheveux cuivrés et les taches de rousseur du moussaillon, le grand Médée n'a pas eu à se creuser longtemps les méninges pour lui trouver un surnom, se dit Guillaume, satisfait qu'il ne lui ait pas attribué un plus vilain sobriquet.

Du haut des airs, un goéland surveille les manœuvres de l'équipage. Ses ailes déployées battent l'air de façon malhabile. L'œil aux aguets, il guette la pitance que pourrait lui lancer un matelot généreux. Voyant que rien ne vient, il fonce en piqué en criaillant pour manifester sa présence. L'ombre de l'oiseau de mer plane au-dessus de Guillaume qui relève la tête et l'observe un moment.

— Eh, Médée ! On dirait que c'est le vieux glouton que tu as apprivoisé l'été passé qui revient nous voir.

Les trois hommes tournent la tête en même temps vers le volatile qui lance un nouveau cri en direction des marins.

Médée fait mine de lancer quelque chose à bâbord et l'oiseau pique aussitôt dans la direction du geste. N'ayant rien attrapé, il revient se poser sur la lisse, à l'arrière de la goélette.

— Ah ben, batêche, s'écrie Médée. C'est ben lui, capitaine.

L'œil du goéland argenté fixe Médée et son bec recourbé s'ouvre sur un long cri vibrant.

— Il doit être affamé, dit Guillaume. Va lui chercher un morceau de pain.

Appuyé sur sa perche, Ti-Toine fait observer à Louis la petite tache noire au bas de la patte gauche de leur passager à plumes, qui leur permet d'identifier le goéland que Médée avait trouvé, un matin, gisant blessé sur le pont et qui, depuis, est devenu leur porte-bonheur. Soudain, Guillaume se rend compte que la goélette dérive vers le bord du chenal.

— Gare aux rochers, s'époumone-t-il à l'endroit des deux matelots distraits.

Un bruit sourd de raclage répond aux craintes du capitaine. Ti-Toine tend sa perche et, d'un coup vigoureux, éloigne la coque des rochers bordant les flancs de l'étroit chenal.

— Restons aux aguets, marmonne Guillaume, conscient de sa bévue.

D'un geste sec, Médée referme le coffre aux provisions et balance le quignon de pain en direction du goéland. Puis, il court reprendre sa perche.

— Maudit oiseau de malheur, bougonne-t-il en recommençant à haler.

Le goéland engloutit le crouton de pain en une seconde et, sans le moindre cri de remerciement, prend son envol vers le large, indifférent aux émois qu'il a causés.

Trois coups de perche simultanés amènent enfin la goélette dans le lit du fleuve. Le courant de la marée montante entraîne le voilier vers l'ouest.

— Hissez les voiles, commande Guillaume.

Sous l'œil attentif du capitaine resté au gouvernail pour orienter le navire dans la bonne direction, Médée et Ti-Toine confient leurs perches au moussaillon qui va les ranger dans les rides des caps-de-mouton, entre les deux mâts, comme le père Simon le lui a enseigné. Les deux matelots d'expérience hissent la grand-voile, puis la misaine, et déferlent ensuite les deux focs.

Les voiles en ciseaux, gonflées par le vent, propulsent la goélette sur une mer moutonneuse. Malgré le vent du nordet qui annonce la tempête, Guillaume est confiant de se rendre à bon port. Le courant de la marée montante et le vent arrière devraient leur permettre de couvrir une bonne distance durant les prochaines heures. Pour tout capitaine soucieux de respecter ses contrats, quand le navire est chargé à pleine capacité et que les amarres sont larguées, on va où le vent nous pousse sans ménager sa peine, tout en priant le ciel de se montrer clément.

La proue du navire monte sur les vagues et retombe dans une gerbe d'écume. Chaussés de leurs longues bottes de cuir imperméabilisées à l'huile de lin et vêtus de pantalons et de manteaux d'étoffe goudronnées, les membres de l'équipage sont parés pour affronter les grosses mers du printemps et le fort vent de l'estuaire. Durant le voyage, le capitaine, au gouvernail, et les matelots, responsables du maniement des voiles, seront constamment exposés aux vents et aux embruns. Chacun devra exercer une vigilance constante, le moindre relâchement pouvant avoir des conséquences funestes.

Les jambes écartées, Guillaume savoure l'exaltation du premier voyage de la saison. Il se sent dans son élément.

Tenant le gouvernail d'une main solide, il fait corps avec son navire qui oscille d'un bord et de l'autre, ballotté par la houle qui se creuse de plus en plus. Les voiles claquent dans le vent qui forcit, les mâts craquent dans leurs emplantures, la coque gémit. Les vagues enflent et commencent à lécher l'arrière du pont.

— Tout le monde s'attache ! crie le capitaine.

Guillaume saisit le câble qu'il a attaché avant le départ au pied du gouvernail et l'entoure à sa taille en le nouant solidement. Voyant qu'aucun matelot ne suit son exemple, le capitaine gesticule et s'égosille en vain. La clameur de la tourmente couvre ses ordres. Les matelots, postés à l'avant, sont pour le moment moins exposés à être projetés par-dessus bord par une lame traîtresse, mais Guillaume craint que les conditions n'empirent rapidement et redoute surtout l'inexpérience du mousse. Médée se retourne enfin et aperçoit les signes du capitaine. Il attrape un câble et l'agite en direction de ses coéquipiers, puis s'attache au mât de la grand-voile. Devant lui, Ti-Toine, à qui le capitaine a confié la surveillance du moussaillon, montre à ce dernier comment s'encorder.

Une heure plus tard, les vagues s'élèvent et se creusent, ébauchant des monts et des vaux d'une mouvance affolante. Sous l'effet des éléments déchaînés, le voilier roule et tangue. Se mettant de la partie, les énormes nuages noirs crèvent et déversent à leur tour un crachin dense et dru. Une chape d'eau glacée, venant de tous les bords, cerne les marins grelottants. De la poupe, Guillaume aperçoit le moussaillon enserrer le mât de misaine. Tel un ange gardien, Ti-Toine passe un bras protecteur autour du gamin. Leurs chapeaux de pluie, faits de toile goudronnée, se touchent et ruissellent. Guillaume, les bras crispés, doit s'aider du poids de son corps pour ramener le gouvernail afin de maintenir le cap. Médée, l'œil rivé au capitaine, dénoue le câble qu'il a fixé au mât de la grand-voile et, les pieds écartés pour garder son équilibre, il entreprend une lente et prudente progression vers son patron. Arrivé à sa hauteur, il noue son câble au pied du gouvernail et, de ses larges paluches, s'empare de deux des poignées libres. Le coup de main inespéré galvanise le capitaine.

Pour se rendre à Québec, Guillaume emprunte toujours le chenal sud, qui offre de bons mouillages. Le voilier poussé par un fort vent arrière progresse à vive allure. Le lit du fleuve a beaucoup rétréci depuis que *La Cigale* a quitté son port d'attache à l'horizon illimité. Bien que les deux rives soient maintenant rapprochées et bien visibles, les flots demeurent agités et les dangers toujours présents.

Le Saint-Laurent est l'un des cours d'eau navigables les plus périlleux au monde. La hauteur des marées peut dépasser les 18 pieds, les courants sont forts et multidirectionnels, les hauts-fonds nombreux et la visibilité souvent mauvaise. Les capitaines au long cours le redoutent bien davantage que la pleine mer. Les naufrages se comptant par milliers depuis la colonisation de la Nouvelle-France, les autorités canadiennes en sont venues à exiger que tout navire empruntant le fleuve soit dirigé par un pilote dûment breveté. Guillaume a dû se prêter à de longues années d'apprentissage avant d'obtenir son certificat de compétence comme capitaine de cabotage.

Le vent furieux continue de mugir dans les voiles. Naviguer de nuit s'avérant trop dangereux, le capitaine déniche un mouillage sécuritaire en fin de journée.

— On met à la cape, crie-t-il à Médée qui est retourné à son poste.

De sa voix de stentor, Médée retransmet l'ordre à ses coéquipiers. Les matelots choquent les écoutes pour que la goélette perde de la vitesse. *La Cigale* quitte le chenal pour s'abriter dans la baie. À l'avant, Ti-Toine jette la sonde et annonce la profondeur.

À trois brasses, sur un signe de Guillaume, Ti-Toine et Louis jettent l'ancre. On entend le bruit de la chaîne qui descend dans l'écubier. Quand l'ancre s'agrippe au fond, une secousse arrête d'un coup la progression du bateau. Chacun s'affaire à ramener et ferler les voiles. Pour stabiliser la goélette, le capitaine largue la deuxième ancre, plus petite, située à l'arrière du bateau.

La quiétude revenue à bord de *La Cigale*, bercée par les eaux moins agitées de la crique, le capitaine glisse le panneau coulissant sur le toit de l'unique chambre du navire, sise sous le pont arrière, et ouvre les deux battants de la porte qui débouche sur un étroit escalier menant à la chambrette d'une hauteur de 6 pieds et mesurant environ 10 pieds sur 10. Malgré la lueur de la petite lampe à pétrole qu'il accroche à l'un des murs, la pièce reste sombre.

Le dernier marin rentré referme le panneau coulissant et les deux panneaux de la porte, de façon à empêcher les vagues ou la pluie d'entrer. Devant se tenir penché, le grand Médée tire vers lui un banc et s'assoit pour enlever ses bottes. Au fond de la chambre, Ti-Toine montre à Louis comment placer à la verticale le tuyau du poêle et lui explique qu'il faut le coucher avant de reprendre la mer pour laisser passer la vergue de la grand-voile. S'agenouillant devant le petit poêle de fonte à deux ronds, ils préparent la flambée pour chasser l'humidité de la pièce et faire bouillir l'eau pour le thé qui réconforte, matin et soir, les marins frigorifiés.

Le jeune Louis claque des dents et tremble de tous ses membres. Toujours couvert de son ciré, il remonte en courant sur le pont afin de remplir la bouilloire à même le baril d'eau douce placé près du coffre où sont rangées les précieuses victuailles. Si la froidure fait frissonner les marins, elle permet de conserver les denrées alimentaires. L'équipage aura droit ce soir à du pain frais et à du rôti de porc froid que Marie a cuisinés à leur intention et, luxe suprême, une tarte au sucre couronnera ce festin.

Pendant que le mousse s'affaire aux préparatifs du souper, assis à la table à abattant, Guillaume ouvre son livre de bord. Contrairement à la plupart des capitaines qui ont commencé à naviguer avec leur père aussi jeune qu'à dix ou douze ans, Guillaume a eu la chance d'aller à l'école assez longtemps pour prendre plaisir à cet exercice. Dès qu'il a connu son alphabet, il a voulu lire tout ce qui lui tombait sous la main. Sa mère, qui avait reçu un peu d'instruction, a insisté pour l'envoyer au collège après son cours primaire. L'un de ses oncles, qui habitait Québec, ayant offert de le loger aussi longtemps que nécessaire, son père avait consenti à le laisser étudier deux années supplémentaires, ce qu'il jugeait ample- ment suffisant, lui-même n'ayant fréquenté l'école que jusqu'à la quatrième année. C'est ainsi que Guillaume était parti pour la « grand-ville », selon l'expression des gens de son village. Intelligent et curieux, les études l'intéressaient, mais c'était surtout la mer immense et les horizons illimités de son coin de pays qui le fascinaient et exerçaient une force d'attraction à laquelle il ne pouvait résister. Jamais n'aurait- il pu rester confiné entre quatre murs, il avait besoin de grand air et d'espace, d'aventures et de défis.

Guillaume dépose sa plume. Quatre lignes résument la première journée de navigation de la saison : l'heure du départ, les conditions météorologiques, la marée, etc. Personne ne pourrait deviner les efforts et le courage déployés par l'équipage durant ces heures éprouvantes. Une fois le cahier rangé dans l'un des tiroirs situés sous la couchette du capitaine, l'équipage se regroupe autour du repas attendu depuis le matin. Les gens de mer apprennent tôt à supporter la faim, le froid, le manque de sommeil, les muscles endoloris, la brûlure du soleil, l'inconfort du logement, la promiscuité d'une vie à plusieurs dans un espace restreint.

— Eh, tu trembles encore, mon Ti-Rouge, dit Médée quand le mousse lui tend son assiette de fer-blanc. Tiens, viens t'asseoir le dos au poêle pour te réchauffer, ajoute-t-il en lui cédant sa place.

Guillaume n'a encore jamais vu le géant se montrer si obligeant. En prenant la place abandonnée à son profit, le jeune Louis baisse la tête et cache ses mains tremblantes sous la table.

— C'est pas toujours des journées de même qu'on a, dit le peu bavard Ti-Toine en beurrant sa large tranche de pain.

— T'as été, comme qui dirait, mal étrenné, renchérit Médée la bouche pleine.

— Ouais, approuve Ti-Toine.

Guillaume trouve le grand sec bien causant tout à coup. «Curieux que ces deux compères démontrent tant d'affabilité, se dit-il, pourvu que ça dure.» À part sa remarque à Médée au début des travaux de radoubage, le capitaine a pris grand soin de ne pas se montrer trop paternel avec le jeune, laissant les matelots agir à leur guise, et tous ont semblé bien se comporter. «Le mauvais temps d'aujourd'hui aura fait le reste», songe-t-il, étonné par de si brusques changements.

— Allez, mange un peu, dit-il au mousse. Rien de mieux qu'un ventre plein pour combattre le mal de mer et refaire ses forces.

— Il a pas été malade, précise Ti-Toine.

— Il a le pied marin, affirme Médée.

Louis ramène ses avant-bras de chaque côté de son couvert, ses mains ne tremblent plus. Lentement, il porte à sa bouche un morceau de rôti, le mastique avec application. Voyant ses compagnons s'empiffrer en silence, il se dépêche de vider son assiette et son teint pâlot reprend vie.

La vaisselle vite rincée et essuyée est rangée dans l'armoire près du poêle. De trois des quatre couchettes enfoncées dans les murs et recouvertes d'une paillasse fraîche, s'élèvent bientôt des ronflements sonores. Sur le pont, Guillaume fume sa pipe en la protégeant de la pluie. Dans trois heures, Médée prendra la relève du tour de garde, suivi trois autres heures plus tard par Ti-Toine. Chacun pourra ainsi profiter de quelques heures de repos après avoir rechargé le poêle de fonte pour tenir au chaud la chambrée durant la nuit. Dans peu de temps, le mousse devra lui aussi être de faction la nuit.

Le quart de nuit, en solitaire, entraîne le marin dans les profondeurs intimes de son être, surtout quand tombe une pluie monotone. Guillaume, tout rempli qu'il soit de l'amour des siens, ressent cette nuit un sentiment de vide intense. Sa seule consolation est de les savoir en sécurité dans une maison solide, en compagnie de son frère pour veiller sur eux et de l'inestimable Cédulie, qui n'a jamais reparlé de retourner chez elle. Ses jumeaux potelés dorment maintenant dans une couchette qu'il a fabriquée à la hâte, le berceau étant vite devenu trop étroit. Sa douce a sûrement dû adresser une prière au ciel avant de s'endormir. Guillaume sourit dans l'obscurité : comme il la connaît, Marie a plutôt récité tout un rosaire en raison du vent du nordet qui complique la vie de son homme. Comme il est doux de se savoir aimé, songe-t-il. Et pourtant, cet amour qui vous rend fort vous fragilise aussi. Pourquoi ? se demande-t-il. Pourquoi cette dualité toujours présente ? La nuit succède au jour, la pluie abreuve et le soleil réchauffe. Les deux sont nécessaires à la vie. Est-il nécessaire que l'homme ait sa part d'ombre ? les défauts de ses qualités ? qu'il cavale d'un extrême à l'autre ? Sa jonglerie s'éternise. Il aimerait comprendre, mais plus il se questionne, moins il trouve de réponse, et son esprit tourne à vide.

Quand Médée vient le remplacer, Guillaume va se coucher. Il n'a pas le temps de finir sa prière du soir que le sommeil le transporte dans l'univers bienfaisant du rêve.

Au matin, il réveille le moussaillon et remonte au grand air où la pluie glaciale ruisselle sur le pont. Il referme vivement les ouvertures de la chambre.

— Rien à signaler ?

— Rien, répond Antoine.

Guillaume observe la rive toute proche. Sous l'effet du vent, les épinettes courbent leur cime vers l'ouest.

— On aura encore le vent dans le dos jusqu'à Québec.

— Ouais, répond Ti-Toine en se dirigeant vers la chambre.

— Dis aux autres de prendre un gros déjeuner, prévient le capitaine.

Le matelot redescend à la chambre-cuisine et le capitaine allume sa pipe matinale. Guillaume a développé une technique infaillible pour craquer une allumette par tous les temps : ses larges mains forment un globe parfaitement étanche autour de la flamme ainsi protégée du vent. Le tabac s'embrase et il tire quelques bouffées de fumée qu'il exhale, la pipe coincée entre les dents.

Louis accourt, remplit sa bouilloire et pige dans le coffre à provisions les denrées du déjeuner. Pour se dégourdir les jambes, Guillaume arpente le pont de long en large. En passant, il éteint les feux de position et range les fanaux. Quand Médée remonte après avoir mangé, Guillaume va prendre un copieux déjeuner composé de pain, de cretons et de crêpes de sarrasin arrosées de sirop d'érable. Une fois la pièce rangée, l'équipage remonte sur le pont.

À l'arrière, Guillaume remonte l'ancre jusqu'à son bossoir. À l'avant, le moussaillon et Ti-Toine actionnent le guindeau pour raccourcir la chaîne de l'ancre jusqu'à ce qu'elle commence à déraper. Puis, avec Médée, ils hissent les voiles et retournent ensuite à l'avant remonter l'ancre jusqu'à l'écubier tandis que Médée s'occupe des deux focs. Dans la baie, la faible brise soufflant dans les voiles ramène la goélette dans le chenal du fleuve où le nordet recommence à fouetter la voilure gorgée de pluie. Malgré le poids excédentaire de l'eau, les deux matelots arrivent à placer les voiles en ciseaux. Leurs mains, larges comme des battoirs, sont faites pour porter de lourds fardeaux.

～❧

Au port de Québec, le vent s'est calmé et le déchargement commence dès que la marée montante amène le pont de la goélette assez près du niveau du quai. Pendant six ou sept heures d'affilée, sans relâche, les quatre membres de l'équipage sortent le chargement de planches de la cale. Quand la marée redescend, ils mangent une bouchée en vitesse et vont dormir quelques heures. Deux marées montantes plus tard, la goélette est vidée de son contenu.

Le corps endolori par ce labeur exténuant, les marins profitent enfin d'un long sommeil réparateur. Au réveil, les matelots balaient la cale et lavent le pont à l'eau puisée au fleuve. Guillaume quitte le navire pour aller passer les commandes de marchandises à ramener aux marchands de Cap-aux-Brumes, qui ont besoin de reconstituer leurs stocks à la fin de l'hiver, de même qu'à l'automne, avant que les glaces n'emprisonnent les navires.

Dans le bassin Louise où un remorqueur à vapeur a fait accoster la goélette le long des quais Renaud, utilisés par les grossistes de la ville, le chargement de *La Cigale* se déroule au rythme des livraisons. Le soir, Médée et Ti-Toine, endimanchés, partent explorer la ville. Guillaume reste au quai, talonné par le moussaillon trop jeune pour profiter des frivolités qu'offre la vieille capitale. Plusieurs des capitaines se rassemblent sur le débarcadère et se racontent leurs périples en fumant une pipée. Le moussaillon les écoute religieusement, les yeux ronds.

C'est justement en écoutant les péripéties de son oncle que Guillaume avait décidé de sa carrière : il serait marin et, à l'exemple du tonton, il deviendrait capitaine. Comme lui, il posséderait un jour son propre navire. Son esprit, enfiévré par les récits d'aventure, n'avait connu de repos que lorsque l'oncle-capitaine l'avait pris à son bord pour l'initier. Guillaume s'était tout de suite rendu compte que l'envers du décor était aussi ténébreux que les légendes pouvaient être lumineuses. En cachette, il avait versé des larmes amères lors de sa première nuit en mer. Brisé par un travail exténuant, il n'avait pu trouver le sommeil. Le gargouillis des vagues contre le flanc du navire le faisait sursauter dès qu'il parvenait à s'assoupir. Les eaux glaciales du Saint-Laurent léchant le bordage avait refroidi sa couche et son enthousiasme. S'il avait su nager, il aurait sauté par-dessus bord sans se soucier des dangers tant il regrettait son choix. Le lendemain, un soleil radieux avait réchauffé le cœur du moussaillon transi. Les goélands planaient au-dessus des voiles gonflées par une brise dont la tiédeur aurait réussi à faire fondre un iceberg. Puis, la première escale à Québec avait parachevé l'entreprise de séduction amorcée par un début de printemps velouté. Au retour, ses copains, épatés par tout ce qu'il avait à raconter, l'avaient traité en héros.

Très vite, l'ennui des longues nuits d'hiver avaient réveillé son besoin d'aventures.

« C'est avec des petits détails de ce genre que se forge un destin », se dit Guillaume en revenant à la réalité. Il tourne la tête en direction de la rue, une voix familière se fait entendre.

— Maudit batêche !

Des vociférations de marins en goguette répondent à la voix que Guillaume reconnaît sans peine.

— V'là nos ivrognes, soupire un vieux capitaine tout ratatiné.

— Au moins, ils rentrent au bercail, dit Guillaume.

Le groupe de fêtards avance en chancelant, se soutenant les uns les autres.

— Ils se tiennent pas par les épaules par camaraderie, rigole un autre capitaine, c'est pour pas tomber.

À la sortie des tavernes, une simple altercation tourne souvent en bagarre générale. Les patrons, prêts à intervenir, observent la confrérie des joyeux lurons qui louvoient sur le quai en direction de leur embarcation respective. Dans le noir, pour un œil éméché, les quais et goélettes se confondent et il arrive parfois qu'un matelot aviné se réveille le lendemain sur un appontement voisin ou en route vers une destination imprévue.

— J'espère qu'il y en aura pas un qui va tomber à l'eau, s'inquiète encore un autre capitaine.

— J'en ai perdu un de même, à l'automne, s'afflige le voisin de Guillaume.

Un premier homme titubant, qui s'est détaché du peloton, arrive près des capitaines. Son patron l'attrape par le bras. Le matelot hébété se laisse guider puis tombe mollement sur le pont, incapable de faire un pas de plus. Un coéquipier obligeant le soulève par les épaules et le traîne jusqu'à sa couchette.

Les autres fêtards s'arrêtent et entonnent à tue-tête une chanson de marin. Les fausses notes dérangent quelques matelots endormis qui, furieux, invectivent les pochards. Chacun des capitaines s'empresse de récupérer son matelot avant que la situation ne dégénère. Le grand Médée proteste un peu quand Guillaume l'incite à le suivre, mais finit par obtempérer quand son capitaine lui dit d'un ton brusque :

— Ça suffit, Médée. On va se coucher, la fête est finie.

La marée haute facilite le transfert sur le pont des matelots ivres. Guillaume saute le premier sur *La Cigale* et tend le bras à Médée. Le colosse attrape la main, mais tombe lourdement sur le pont. Il s'ébroue et, à quatre pattes, se traîne vers la chambre. On entend une masse débouler l'escalier.

— T'es-tu fait mal ? crie Guillaume.

Un bruit assourdi parvient du toit de la chambre.

— Batêche de batêche, grogne l'ivrogne.

Guillaume fait demi-tour pour retourner sur le quai et se cogne à Louis qui le suivait comme une ombre.

— Viens. On va attendre qu'il s'endorme avant d'aller se coucher. Il vaut mieux se tenir loin d'un gars saoul.

Guillaume attrape un câble, puis saute sur le quai. Il s'assoit sur le débarcadère et fait signe à Louis de venir près de lui. Pour passer le temps et détendre le mousse, il a décidé de lui faire exécuter les nœuds marins qu'il lui a enseignés à Cap-aux-Brumes.

— Tiens, dit-il en tendant le câble au moussaillon, fais-moi une demi-clé.

Louis se concentre un moment, le temps de se rappeler des différents nœuds, puis exécute le nœud demandé à la perfection.

— Bien, le félicite Guillaume. Maintenant, une tête d'alouette.

Suivent le nœud de cabestan, le nœud en huit, etc. Chaque fois, Louis réussit avec brio l'examen.

— Tu apprends vite. Tu as du potentiel, mon homme. Maintenant, on va aller se coucher, dit Guillaume en se relevant.

— On n'attend pas Ti-Toine?

Surpris par la question, Guillaume n'ose avouer au mousse qu'il sera sans doute obligé d'explorer les tavernes de la Basse-Ville pour récupérer le matelot avant d'appareiller.

— Si Ti-Toine n'était pas avec Médée et les autres, c'est peut-être parce qu'il avait une visite à faire. Probable qu'il ne rentrera pas de bonne heure.

⁂

Une fois la cale pleine, les marchandises bien arrimées, l'écoutille fermée par des madriers et recouverte d'une toile maintenue en place le long des hiloires par des coins de bois enfoncés dans des taquets pour la rendre bien étanche, l'équipage s'apprête à prendre un bon repas avant de quitter le quai, à l'aide d'un remorqueur. Mais Ti-Toine n'est toujours pas revenu et il ne reste que deux heures avant le baissant, dont le courant facilitera le retour vers l'est.

— Ne m'attendez pas pour dîner, dit Guillaume.

En son for intérieur, le capitaine maudit les excès de boisson. Si Ti-Toine reste introuvable, il devra retarder le départ jusqu'à ce qu'il puisse le remplacer, et les matelots d'expérience ne courent pas les rues en ville. Et puis, même s'il réussit à le dénicher, sera-t-il en état d'effectuer correctement les manœuvres? Le temps de le dessoûler, il sera trop tard. Ils ne pourront partir de nuit au baissant suivant et devront patienter jusqu'au lendemain.

L'esprit préoccupé, Guillaume se rend à la taverne Chez Lessard. À l'intérieur, il fait le tour des tables, scrutant les visages des clients. Quelques buveurs sont affalés sur leur table, victimes de leurs abus. Un serveur vient vers lui, il lui décrit Ti-Toine et se fait répondre :

— Vous savez, des grands secs comme ça, on en voit par dizaines tous les jours. Je le connais pas, votre gars. Je vous sers une bière ?

Habitués aux visites des capitaines à la recherche d'un matelot manquant, les serveurs ont adopté cette manière polie pour leur faire comprendre qu'ils doivent déguerpir s'ils n'ont pas l'intention de consommer.

— Non, merci, dit Guillaume.

En ressortant de la taverne, il croise un matelot de sa connaissance.

— Bonjour, Jules. Je cherche mon Ti-Toine pour appareiller. Tu l'aurais pas vu, par hasard ?

Le matelot, chancelant, pointe l'index en direction des quais.

— Ch'viens juste d'le voir. Y ch'en allait… hic ! Par là… tantôt.

Guillaume doit le retenir pour l'empêcher de tomber. L'autre se redresse en tendant le bras vers la porte de la taverne.

— Merci, Jules, dit Guillaume pressé de repartir. À la prochaine.

— Chalut, répond le gars en faisant un léger signe de la main.

Guillaume part à la course dans la direction indiquée et, ne voyant pas son matelot, ralentit le pas à l'approche des quais. Un coup d'œil circulaire lui permet de repérer un homme de la stature de Ti-Toine. Le type, à la démarche vacillante, s'arrête. La main en visière, il inspecte les quais. Guillaume repart vers lui. L'homme s'écroule par terre. En arrivant à sa hauteur, Guillaume se rend compte que le gars n'est pas son matelot. Déçu, il aide le soûlard à se remettre debout. L'inconnu, l'air hagard, se cramponne à lui.

— Où est le *Gaspé*? Je le vois pas, dit-il en s'étirant le cou.

Le gars se tient la tête d'une main et, de l'autre, continue de s'agripper à Guillaume.

— Il est parti hier.

— Parti? dit le gars incrédule.

— Oui, parti hier, répète Guillaume.

— Blasphème! Comment que je vais faire pour rentrer chez nous?

La lèvre inférieure du matelot abandonné tremblote comme un enfant qui va se mettre à pleurer.

— J'ai plus une maudite cenne, pis j'ai faim en saudit.

Guillaume, indécis, se demande s'il ne devrait pas l'embarquer et laisser derrière lui Ti-Toine pour lui donner une leçon. Le départ devrait être reporté d'un jour, le temps que le matelot du *Gaspé* soit dégrisé. Attendre Ti-Toine ou en chercher un autre pourrait faire perdre plus de temps. «Bof, un poivrot en vaut bien un autre», conclut-il, vexé par l'inconduite du sien.

— C'est quoi ton nom?

Le gars lâche le bras charitable qui le soutenait. La mauvaise nouvelle a eu l'air de le dégriser un peu.

— Yvan Lachance.

Avec un tel nom, il ne devrait quand même pas trop défier le sort, se dit Guillaume qui se mord l'intérieur des joues pour ne pas rire. Yvan doit avoir vingt ans, estime-t-il.

— Mon nom est Guillaume Dumas. Je suis le capitaine de *La Cigale* et il me manque un homme pour appareiller.

S'il n'est pas revenu demain, tu pourras prendre sa place. À la condition d'être sobre, comme de raison, dit-il, sévère.

— Ben sûr. Mais si votre gars revient?

— S'il revient à temps, je vais quand même t'emmener à Cap-aux-Brumes. Mais, dit-il marquant une pause, vous devrez partager la même couchette et tu devras donner un coup de main pour gagner ta nourriture. Si ça te convient, t'as qu'à me suivre.

— C'est tiguidou! répond Yvan, la bouche s'ouvrant sur un sourire qui découvre deux canines de travers. Merci beaucoup, capitaine Dumas. Vous le regretterez pas, je vous le promets.

— Suis-moi.

Le jeune matelot secoue sa parka poussiéreuse et emboîte le pas à son nouveau patron.

— En débarquant à Cap-aux-Brumes, t'auras qu'à te débrouiller pour retourner chez toi ou te faire embaucher sur un autre navire. Chez nous, il y a toujours de l'ouvrage pour un matelot d'expérience.

Postés en sentinelle sur le pont, Médée et Louis dévisagent le nouveau venu les yeux en forme de point d'interrogation.

— Je vous présente Yvan. Il fera partie de l'équipage. Voici Médée et Louis.

Étonnés, Médée et Louis saluent le nouvel arrivant d'un léger signe de tête, sans chaleur.

— Ti-Toine vient pas avec nous? demande Louis.

— Il a disparu, dit Guillaume. S'il n'est pas revenu demain à cette heure-ci, nous partirons sans lui. Va nous préparer de quoi manger et fais du thé.

Le moussaillon ne se le fait pas dire deux fois et se précipite vers le coffre à provisions.

— Médée, continue Guillaume, fais visiter le navire à Yvan et explique-lui ce qu'il aura à faire pour remplacer Ti-Toine.

Le capitaine ramène sur le pont son livre de bord et sa plume. Il bourre sa pipe, l'allume et commence à écrire. Il est important d'y consigner l'absence d'Antoine. Si le matelot ne réintègre pas son poste, il devra le signaler aux autorités du port. Tout à l'heure, il les informera qu'il a à son bord le matelot du *Gaspé*. Il l'a déjà inscrit dans son journal comme nouveau membre d'équipage.

Le capitaine a senti la tension de Médée et l'anxiété de Louis, mais il n'est pas mécontent de l'occasion qui lui est fournie de leur rappeler le respect des consignes. À bord, pour la sécurité de tous, chaque marin est tenu de se conformer à une discipline stricte. Quand il y a manquement, le capitaine doit se montrer intraitable et punir sévèrement le fautif.

⁓

Yvan plante sa denture inégale dans le sandwich que lui a servi Louis. Les joues pleines, il mastique à peine la nourriture avant de l'avaler. Sa pomme d'Adam se soulève quand la boule de pain se fraie un chemin vers l'estomac.

— Prends le temps de mastiquer, l'enjoint Guillaume. Sinon, tu vas faire une indigestion. J'ai pas envie de me chercher un autre matelot, ajoute-t-il en guise de plaisanterie.

— Excusez, capitaine, dit Yvan. J'ai rien avalé de solide depuis deux jours. Je suis mort de faim.

— Bois un peu de thé entre les bouchées, si tu veux pas mourir étouffé, dit Guillaume.

Le jeune homme avale la dernière bouchée, finit sa tasse de thé et émet un rot retentissant.

— Je vais aller marcher sur le pont avant de me coucher, dit Yvan en rotant encore.

— Bonne idée, l'approuve Guillaume. Rien ne vaut l'exercice pour se remettre en forme.

Guillaume s'attarde dans la chambre, préférant laisser seuls les matelots afin qu'ils puissent tisser des liens le plus tôt possible.

Après le souper, Médée s'apprête à sortir. D'un rapide coup d'œil, Guillaume l'inspecte. Contrairement aux autres soirs, il n'a pas mis son beau costume. Rassuré, le capitaine constate qu'il n'a pas de havresac non plus.

— Ne rentre pas trop tard, dit-il. N'oublie pas qu'on part demain.

— Vous pouvez dormir sur vos deux oreilles, capitaine. Pas de danger que je manque le départ.

Le géant émet un rire contraint et disparaît dans la nuit.

꒰ꞏꞏꭅ

L'énorme pile de crêpes, placée au milieu de la table, descend rondement. Yvan, parfaitement dégrisé, et Guillaume devisent joyeusement. Médée et Louis mangent en silence, se jetant des coups d'œil à la dérobée. L'éclipse de Ti-Toine obscurcit la mine de Louis. Guillaume, malgré les exhortations de Médée, n'a dormi que d'une oreille. De la couchette occupée par Yvan ont monté toute la nuit des ronflements entrecoupés de sifflements aigus. La paillasse du jeune Louis a crissé durant de longues heures, victime des changements de position incessants de son occupant. Le gros Médée n'est revenu qu'au milieu de la nuit. Guillaume, intrigué, l'a entendu déambuler sur le pont jusqu'à la proue, farfouiller un moment, puis le matelot est rentré se coucher.

Durant la matinée, chacun s'occupe aux dernières vérifications d'usage. Ayant inspecté la veille l'arrimage du chargement dans la cale, Guillaume se contente d'une tournée générale sur le pont. Médée vient se camper devant lui, marchant lentement à reculons. D'un air jovial, il tapote l'épaule de son capitaine, qui doit ralentir à son tour.

— Patron, faut que je vous en conte une bonne, dit-il en riant.

Et Médée commence à débiter une série d'histoires cocasses que des marins lui ont supposément contées la veille au soir. Arrivé au bossoir d'ancre, à tribord, il s'y accote et poursuit son monologue qu'il ponctue de mimiques comiques. Guillaume sourit par politesse et, excédé, finit par lui demander d'en garder pour le soir. Puis il continue sa tournée d'inspection à bâbord.

Ti-Toine n'ayant pas reparu, Guillaume quitte le navire pour aller aviser les autorités portuaires. Nourrissant l'espoir de l'apercevoir au dernier moment, il recherche la silhouette efflanquée, se dévissant le cou d'un bord et de l'autre.

À son retour sur *La Cigale*, il convie l'équipage à un dîner rapide avant que le remorqueur ne vienne les sortir de la rade. Nerveux, il se contente d'une tasse de thé noir et remonte fumer sa pipe sur le pont. Mine de rien, il en profite pour jeter un coup d'œil furtif aux alentours. Les mouettes de ville, comme il appelle les goélands du port de Québec, viennent tournoyer autour des goélettes amarrées, en quête d'ordures jetées par-dessus bord. «Sale ordure», murmure Guillaume entre les dents en songeant à son subordonné en cavale.

Une fois dans le chenal, les matelots hissent les voiles. En voyant opérer Yvan à la grand-voile, le capitaine se tranquillise. Le jeune matelot est fort et habile. Guillaume a demandé à Médée de prendre la place de Ti-Toine à la misaine et de superviser le moussaillon. Une légère brise souffle de l'ouest, combinée aux voiles filées grand largue et à la marée descendante, la tâche du capitaine sera facile et les matelots auront moins de virements de bord à effectuer. Le soleil joue à cache-cache avec les nuages: la rive nord est baignée d'ombre alors qu'une mince éclaircie anime les chantiers maritimes de Lauzon. Le printemps s'adoucit, les journées rallongent. Rivé au gouvernail, Guillaume exhale un long soupir, se secoue les épaules comme s'il voulait se dégager d'un poids invisible.

La Cigale dépasse la pointe nord-est de l'île d'Orléans quand Guillaume voit bouger un ballot de toile à l'avant du pont. Il fronce les sourcils, se croyant victime d'un mirage, mais la grande toile, roulée comme un tapis, bouge encore. Intrigué, Guillaume fait signe à Yvan de venir le remplacer.

— T'as qu'à garder le cap, j'en ai pour une minute.

D'un pas souple et allongé, il arrive près du ballot et décoche un bon coup de pied en son milieu. Un cri de douleur franchit l'épaisseur de la toile et la forme allongée sur le pont se démène en grognant pour se libérer de son cocon. Guillaume saisit l'ouverture de la toile et la tire vers lui d'un coup sec. Un corps roule dans le pavois. Face contre pont, un grand sec empestant l'alcool se vomit les entrailles.

— Tiens, donc, dit Guillaume en se retournant vers Médée. On a retrouvé l'homme invisible.

— Mieux vaut tard que jamais, marmotte Médée.

— Louis, débarrasse-moi de cet ivrogne, commande Guillaume. Couche-le en bas et remonte vite. On n'a pas de temps à perdre.

D'un pas ferme, le capitaine revient au gouvernail et Yvan retourne à son poste. À l'avant, Louis se penche au-dessus de la forme inerte, passe les mains sous les épaules de Ti-Toine et le soulève sans mal. Il le traîne jusqu'aux portes de la chambre et descend doucement l'escalier. Les pieds bottés de Ti-Toine martèlent chacune des marches. Quelques minutes plus tard, Louis remonte, referme les ouvertures et retourne auprès de Médée.

Guillaume conserve son air sévère, mais intérieurement il jubile. Tout est bien qui finit bien, se dit-il, heureux que Ti-Toine soit à bord. Il a suffisamment dégobillé, plus de danger qu'il s'étouffe dans ses vomissures en dormant. Ce soir, durant son quart, quand ils seront à l'ancre, il ira puiser une bouteille de brandy dans sa réserve secrète et préparera un thé spécial pour aider son matelot à se remettre d'aplomb.

Guillaume s'est constitué une bonne clientèle qu'il doit régulièrement réapprovisionner en alcools de toutes sortes. Il s'arrange avec ses fournisseurs pour que la marchandise soit camouflée dans de faux emballages. La plus grande discrétion s'impose pour éviter que les réserves soient pillées en cours de route par son équipage. Mais, comme il peut s'avérer judicieux de se servir d'alcool à l'occasion, le capitaine conserve quelques bouteilles dans un endroit facilement accessible, dont lui seul connaît l'existence.

⁓ᴾ

Comme cela se produit souvent à l'heure du souper, le vent s'essouffle. La légère brise a diminué jusqu'à n'être plus qu'un filet d'air en suspension. Sur la rive où *La Cigale* est ancrée pour la nuit, l'eau du fleuve est si calme qu'elle ressemble à un long miroir où la lune et les étoiles se mirent.

Louis a mis l'eau à bouillir sur le poêle. Dans la chambre devenue trop étroite par la présence d'un cinquième occupant, l'air empeste. Les habits de Ti-Toine, tachés de vomissures, dégagent des relents fétides. Allongé sur le dos dans sa couchette, sa poitrine s'élève et s'abaisse selon le lent tempo de ses ronflements.

— On pourra jamais dormir ici-dedans, se plaint Yvan.

— C'est pas si pire, proteste Médée.

— On va le laver, décide Guillaume. Montez-le sur le pont.

Guillaume sort le premier et va chercher un seau qu'il remplit à même l'eau du fleuve. Médée et Yvan étendent sur le pont arrière un Ti-Toine toujours groggy. Ils appuient sa tête contre le pavois.

— Tassez-vous, ordonne Guillaume.

D'un coup, il vide le contenu d'eau glacée sur la poitrine du matelot qui s'ébroue un peu et retombe, inerte. Le capitaine remplit de nouveau le seau et le déverse lentement sur la tête du matelot qui commence à cracher. Guillaume fait une pause et recommence à l'arroser copieusement. Ti-Toine relève un bras, puis s'assoit en maudissant le ciel et la terre et la création tout entière.

— Va chercher sa couverte, ordonne Guillaume à Louis resté près de la porte de la chambre. Déshabille-toi, commande-t-il à Ti-Toine, tu empestes autant qu'un putois.

Louis remonte et entoure Ti-Toine de la couverture, le protégeant de l'air frais et des regards de l'équipage. Les vêtements mouillés tombent au pied du matelot grelottant qui resserre la couverture de laine autour de son corps décharné.

— Lave son linge, dit Guillaume à Louis. On soupera plus tard. J'ai à causer avec Ti-Toine. Viens, dit-il en entraînant le matelot sous le pont.

Ti-Toine descend en chancelant et s'assoit sur un banc, serrant la couverture autour de ses maigres épaules. Guillaume ébouillante le thé et sort deux tasses de l'armoire qu'il dépose sur la table, devant le matelot qui claque des dents. Il tire un banc en face de Ti-Toine, bourre sa pipe et l'allume. Une odeur chassant l'autre, l'air de la chambre lui semble plus supportable.

— J'ai embauché un matelot pour te remplacer, commence Guillaume.

Selon son habitude, le matelot ne dit mot. Gêné, il fixe le plancher.

— Comme tu le sais, je ne tolère aucun manquement à la discipline.

Guillaume fait une pause et observe le matelot.

— Je me souviens plus de rien, dit Ti-Toine.

— Ce n'est pas une excuse, martèle le capitaine en colère. Tu mériterais que je te jette par-dessus bord.

Le fautif baisse la tête et renifle. Guillaume verse du thé dans les tasses et sort un petit flacon de la poche de son manteau. La pipe entre les dents, il verse un peu de la potion dans les deux tasses fumantes et en tend une au matelot. Ti-Toine avale une gorgée de thé additionnée de brandy et, ahuri, regarde son capitaine qui fume tranquillement sa pipe.

— Un petit remède, commente ce dernier.

Le matelot ne se fait pas prier pour avaler toute la prescription. Il dépose la tasse vide sur la table et murmure un timide « merci ». Guillaume remplit de nouveau la tasse de son matelot de thé brûlant et y verse encore une larme de brandy.

— Prends, dit Guillaume en lui tendant la tasse.

Ti-Toine regarde Guillaume, étonné.

— T'as besoin d'un double traitement vu que tu vas devoir monter la garde une bonne partie de la nuit. Il fait trop froid pour te laisser dormir sur le pont et on n'a que quatre couchettes, tu devras partager celle d'Yvan.

Guillaume avale sa tasse de thé et se lève.

— Habille-toi chaudement, recommande-t-il.

Sur le pont, Louis vide le seau d'eau sale. Les vêtements de Ti-Toine sont étendus sur la lisse arrière en attendant d'être suspendus au-dessus du poêle, après le souper.

— Appelle-nous quand le souper sera prêt, dit le capitaine au moussaillon.

Médée rentre les épaules quand Guillaume se dirige vers lui, mais le capitaine n'a pas l'intention d'enquêter sur l'incident du retour bizarre d'Antoine.

— Cette nuit, je fais le premier quart de garde. Médée, le deuxième et Yvan, le dernier. Ti-Toine restera sur le pont durant les deux premiers quarts.

Médée ouvre la bouche pour dire quelque chose, puis la referme.

⁂

— Tu peux dormir encore, dit Guillaume à Ti-Toine quand il s'éveille en se frottant les yeux. Il n'y a toujours pas de vent. On va attendre le baissant plutôt que de culer.

— Ouais, marmonne Ti-Toine d'une voix ensommeillée avant de lui tourner le dos.

La Cigale est clouée sur place, car la force des courants la ferait reculer et risquerait de la déporter sur des écueils ou de l'enliser dans la vase. Sans vent, une goélette ressemble à un pantin manipulé par un enfant lunatique.

Guillaume retourne sur le pont. Les lueurs rougeoyantes du lever de soleil embrasent le ciel, à l'est. Au loin, un coq pousse son cocorico matinal et un chien aboie. On distingue le bruit d'un attelage. La vie à la campagne s'harmonise aux humeurs du soleil, celle des marins doit en plus s'ajuster aux caprices du vent, des marées et des courants.

Les matelots prennent leur temps pour avaler un gros déjeuner en silence afin de laisser dormir Ti-Toine. Un à un, ils remontent sur le pont savourer leur thé. Ils se regroupent à la proue et s'assoient sur un ballot de toile. Yvan répond de bonne grâce aux questions de Médée qui cherche à tout savoir sur le nouveau venu. Puis, à son tour, il se retrouve sur la sellette, sans grand embarras, il faut le dire, Médée aimant jaser. Louis suit la conversation avec le plus grand intérêt. Guillaume fume sa pipe et se demande ce qui a pu se passer pour que l'ours polaire se soit transformé en ourson de peluche. Sous la tiédeur des rayons du soleil printanier, les heures s'écoulent tout doucement jusqu'à la fin de la marée haute.

Les deux ancres sont relevées et les voiles hissées pendent mollement. Guillaume guide *La Cigale* dans le chenal où elle glisse sans bruit dans le courant de la marée baissante. Les matelots inoccupés regardent défiler le paysage au ralenti. Les rares goélands semblent eux aussi faire du sur-place.

Pendant six longues heures, le temps se traîne, le trajet s'étire, les matelots languissent et le capitaine patiente tant que la goélette bouge vers l'avant.

Quand la mer est à l'étale, ils s'ancrent près de la rive pour éviter que la marée montante ne les ramène à leur point de départ. Ti-Toine, complètement remis de ses libations prolongées, allume les feux de position.

Après le souper, Médée sort son harmonica.

— Ma musique-à-bouche est restée sur le *Gaspé*, se désole Yvan.

Médée commence son concert improvisé par une gigue entraînante. Les bras dans les airs et le sourire ouvert sur ses incisives de travers, Yvan se lève et commence à sautiller, ses pieds s'entrecroisent, se délient, la jambe droite croisant la gauche par-devant et par-derrière. Agiles et souples, les pieds du danseur suivent les séquences rythmiques vigoureuses de la musique folklorique. Louis et Guillaume se mettent de la partie et improvisent à leur façon les pas de danse rapides de la gigue endiablée, Ti-Toine bat la mesure en tapant des mains.

~❧

Le lendemain matin, à la barre du jour, Guillaume aperçoit un petit renard qui sautille à l'orée du bois. La bête cabriole et tourne sur elle-même, essayant d'attraper le bout de sa queue. Guillaume, à pas de loup, descend dans la chambre et fait signe à ses compagnons de le suivre en silence. Sans bruit, l'équipage envahit le théâtre à ciel ouvert et observe le jeu improvisé du renardeau.

— Il gigue comme vous autres hier soir, chuchote le grand Médée.

Le renardeau à l'oreille fine, gêné par la présence inopinée de spectateurs, décampe sans réclamer son cachet.

— Je sais pas comment s'appelle la gigue que j'ai jouée hier soir, dit Médée, mais à partir d'asteure, je vais l'appeler *Le reel du renard.*

— En autant que tu nous forceras pas à sortir nos bijoux de famille pour imiter le petit renard d'à matin, plaisante Yvan.

— Pff! T'es mieux de garder ta petite crevette à l'abri des goélands, dit Médée.

Tous éclatent de rire, même Yvan qui aurait pu s'offusquer d'être tourné en dérision. Guillaume mouille son index et le tient en l'air pour mieux sentir la direction du vent.

— Allons manger. Apporte du pain et le jambon que j'ai acheté à Québec, dit-il à Louis. On n'a pas le temps de faire cuire des crêpes aujourd'hui.

Un léger vent du sud-ouest s'est levé avec l'aurore et le capitaine désire appareiller le plus tôt possible.

— Le suroît va nous obliger à louvoyer, dit-il à la fin du déjeuner.

Il avale d'un trait sa tasse de thé et se lève pour inciter l'équipage à se dépêcher.

— Qu'est-ce que ça veut dire "louvoyer"? s'enquiert Louis.

— Deux fois la route, trois fois la peine, traduit Médée en avalant sa dernière gorgée.

Guillaume, en enfilant son manteau, explique à Louis que la goélette devra zigzaguer dans le fleuve pour maximiser l'effet du vent venant de côté et que les matelots devront souvent changer l'orientation des voiles.

Avec un équipage réduit à deux matelots d'expérience et un moussaillon à qui il faut tout apprendre, Guillaume se félicite d'avoir embarqué Yvan Lachance. Le jeune Gaspésien est jovial et travaillant. Aujourd'hui, Ti-Toine, Médée et Yvan pourront se relayer et prendre un peu de repos entre les virements de bord.

En fin de journée, épuisés par les incessants « Parés à virer » criés par le capitaine, les matelots affamés se régalent du plat pourtant fade mitonné par le moussaillon. La viande en conserve étant épuisée, l'habituel chiard de goélette revient au menu quotidien : chaudronnée de patates, d'oignons hachés et de lard salé. Durant la saison, pour varier, on remplace quelquefois le lard par de la morue salée.

Les matelots se couchent sans tarder. Seuls Ti-Toine et Guillaume montent la garde sur le pont. Une brise chaude soufflant du sud caresse les mâts dégarnis. Les champs labourés de la rive parfument l'air des odeurs de la terre fraîchement retournée. Près du flanc de la coque, sous les reflets de la lune, un poisson saute hors de l'eau, laissant une coulée de gouttelettes argentées s'évanouir au milieu des cercles concentriques de l'onde remuée par sa galipette.

Envoûtés par la sérénité du soir, le capitaine et le matelot veillent en silence. À la fin de son quart, le capitaine va s'allonger à son tour, laissant Ti-Toine condamné à rester seul sur le pont jusqu'à ce qu'un coéquipier charitable prenne la relève au milieu de la nuit et lui cède sa couchette.

Durant le dernier moment de lucidité qui précède le sommeil, Guillaume se plaît à rêver que le Saint-Laurent a plus de phares pour guider les navigateurs dans la nuit et plus de quais pour les abriter de la tempête. Si le ciel était clair et le vent favorable, il pourrait naviguer de nuit, au beau milieu de l'estuaire, pour rattraper les retards causés par les caprices du vent. Il gagnerait plus d'argent et pourrait grappiller quelques heures pour aller embrasser sa douce et sa marmaille entre deux périples.

Puis, le rêve l'emporte dans le giron de Marie, avec Marie-Reine et Nicolas qui gazouillent à ses côtés. Soudain, il voit Nicolas s'agiter et tendre les bras, aspiré par un épais brouillard. Guillaume cherche en vain sa corne de brume. La petite Marie-Reine, toute molle, transpire dans les bras de sa mère. Le cœur affolé, Guillaume veut partir à la recherche de son fils, mais ses jambes refusent d'avancer. Il essaie de crier, mais aucun son n'arrive à franchir ses lèvres.

Arraché de son rêve, trempé de sueur, il se relève brusquement et se cogne la tête au plafond de sa couchette. Il frotte la bosse qui se forme déjà au sommet de son crâne, attrape son manteau et monte sur le pont, troublé par le cauchemar qui lui enserre la poitrine.

4

Anse-aux-Brûlots, 1902

À l'aide de son aiguille à tricoter, Marie ouvre prestement l'enveloppe que vient de lui remettre Henri à son retour du village. Sachant que ces lettres sont attendues avec impatience par sa belle-sœur, il a arrêté le boghey près du tambour arrière et lui a donné le courrier avant d'aller dételer Tom. L'état de Reine allant d'améliorations en rechutes, Marie éprouve une certaine anxiété chaque fois qu'une nouvelle missive lui parvient. Fébrile, elle sort les feuilles et les déplie, se persuadant que sa sœur est toujours vivante.

Cap-o-Brume, le 15 juillet 1902

Ma trè chèr enfan,

Notre chèr Reine pran du mieux. Elle peu resté asise sur la galeri pandan une heure. Le grant air lui fe du bien. Aprè, elle rantre et doi se couché. O moins, elle repran des couleur et digère assé bien.

Les enfan grandisse en age et en sagèsse. Les povre petit on appri a ètre sage comme des image vu leur mère toujour malade.

La porte du tambour arrière grince. Marie replie les feuillets et les range dans la poche de son grand tablier blanc.

— Pis, les nouvelles sont bonnes? chuchote Henri.

Cédulie et les jumeaux font la sieste à l'étage. Georges, le bébé né en novembre dernier, dort dans la chambre voisine de celle de ses parents.

— Oui, ma sœur prend du mieux, répond tout bas Marie. Est-ce que Hector a vu Guillaume quand il est allé à Cap-aux-Brumes?

— Non.

Henri se détourne et va se laver les mains à l'évier. Alarmée par la réponse laconique de son beau-frère et l'absence prolongée de son époux, Marie s'approche, saisit le bras d'Henri pour le forcer à lui faire face.

— Toi, tu me caches quelque chose.

Henri soupire.

— Je te cache rien.

Lui tournant le dos, il se savonne les mains avec application.

— Henri Dumas, vide ton sac, dit Marie d'un ton sec.

— Qu'est-ce que tu veux que je te dise? répond Henri, conscient que l'incertitude est souvent pire qu'une mauvaise nouvelle.

— Hector a dû rencontrer d'autres capitaines là-bas, non?

— Ben oui. Mais personne a vu *La Cigale*.

Marie porte la main à sa poitrine, pour retenir son cœur qui tambourine.

— Ça veut rien dire, reprend Henri. Va pas t'imaginer toutes sortes d'affaires, Marie. Sûr qu'il va finir par revenir, Guillaume. J'en mettrais ma main au feu.

— Que Dieu t'entende, dit Marie en portant les mains à ses tempes. J'ai mal à la tête. Je vais aller m'allonger un peu en attendant que les enfants se réveillent.

— Moi, j'ai encore du foin à monter sur le fenil.

La tête enfoncée dans son oreiller de plumes pour étouffer ses sanglots, Marie déverse le trop-plein d'inquiétude qui l'étreint. Guillaume n'a pas donné signe de vie depuis plus d'un mois et demi. Devant les enfants, Marie s'efforce d'être sereine. Jusqu'à aujourd'hui, elle est demeurée confiante de recevoir des nouvelles indirectes à défaut de lire ne serait-ce qu'un court billet écrit à la hâte par son mari avant de quitter son port d'attache. Guillaume revient rarement à la maison durant la saison de navigation. Seul un imprévu pourrait lui laisser le loisir d'une courte visite. Étant donné que le moulin à bois de Cap-aux-Brumes emploie toutes les goélettes disponibles pour livrer sa production, aucun capitaine n'a besoin d'attendre au quai et Guillaume se doit de surveiller le chargement pour s'assurer qu'il est bien arrimé. Quelquefois, revenant du port, un voisin de l'Anse-aux-Brûlots remet à Marie une enveloppe contenant quelques dollars et lui répète le message oral de son époux.

Elle est d'autant plus inquiète que Guillaume est allé livrer une cargaison de bois aux lointaines îles Saint-Pierre et Miquelon, situées à l'est de la Nouvelle-Écosse. Son époux lui a appris que ces îles appartiennent à la France, bien qu'elles soient proches du Canada et, d'après la carte qu'il lui a montrée, elles sont encore plus près du sud de la grande île Newfoundland, qui appartient à la Grande-Bretagne. En raison du dénuement des îles françaises, la mère-patrie doit les approvisionner en denrées de toutes sortes. Les Saint-Pierrais sont prêts à payer un bon prix pour acheter des Canadiens le bois de menuiserie qui leur fait cruellement défaut.

Guillaume connaît bien les parages puisqu'avec son oncle, ils se sont rendus jusqu'à Terre-Neuve assez souvent. Pourtant, il semble à Marie qu'une si longue route doit être parsemée de dangers, et le long silence de son homme renforce ses craintes.

Les pleurs de Georges mettent fin au relâchement de Marie. Passant devant un miroir, elle constate que ses paupières sont enflées, de même que son nez et ses lèvres. Trop tard pour effacer les stigmates du chagrin. Elle prétextera une attaque de rhume des foins, ce qui ne trompera pas Henri et Cédulie. Mais les enfants, la voyant rire et plaisanter, la croiront heureuse, et c'est ce qui lui importe le plus.

~ᴘ

Les journées fort occupées par les marmots et les diverses tâches ménagères sont plus supportables que les nuits où, seule dans son lit, Marie se tracasse pour Guillaume. Son esprit ne connaît plus de repos et son corps suit les mouvements désordonnés de son imagination affolée. Chaque nuit elle tourne sur son matelas comme une toupie trop remontée. La moiteur de la fin de juillet lui donne des bouffées de chaleur insupportables. Elle se relève et va s'éponger au bassin qu'elle a rempli d'eau froide avant d'aller se coucher pour ne pas réveiller la maisonnée en actionnant la pompe à bras qui sonne la ferraille. Elle jette un coup d'œil par la fenêtre et s'inquiète du hurlement d'un chien à la lune, s'imaginant qu'il s'agit d'un loup affamé qui les guette. Les nerfs en boule, elle s'assoit dans la chaise berçante et finit par verser quelques larmes en priant de toute son âme. Épuisée et quelque peu apaisée par sa prière à la Vierge à qui elle confie son homme, elle retourne s'étendre et s'abandonne à un sommeil agité.

Au creux de la nuit, Marie sombre au fond du puits de son chagrin et se rend compte qu'il est tari. Plus une seule goutte ne jaillit et cela lui fait si mal qu'elle comprend enfin que, si elle n'y prend garde, elle sombrera dans un désespoir si profond que rien ne pourra plus l'en sortir. Elle comprend qu'il lui faut continuer de vivre pour les enfants nés de leur amour. En l'absence de leur père, elle seule est responsable de ces petits êtres qui ont besoin de tendresse et de sécurité. Que penserait son Guillaume s'il la voyait se morfondre ainsi ? Marie refoule sa douleur et décide d'assumer son destin avec courage. En préparant le déjeuner, elle se force à chantonner.

— On va avoir une belle journée, aujourd'hui, prédit Cédulie en arrivant au bas de l'escalier, suivie de Nicolas et de Marie-Reine.

Comme s'il voulait se joindre aux joyeuses prédictions, le petit Georges gazouille et lance des cris perçants en direction de son frère et de sa sœur qu'il voit par la porte entrebâillée de sa chambre. Se tenant debout les mains agrippées aux bords de sa couchette, il trépigne de joie et bave des : mama, mama.

— L'entends-tu ? se réjouit Cédulie. Il dit "maman". C'est signe que ton prochain bébé va être une fille.

Marie fait taire aussitôt cet espoir futile. Le petit Georges, réplique miniature de son papa, continue de gesticuler gaiement et Marie le trouve si cocasse qu'elle ne peut s'empêcher de rire. «Cher petit homme, comme il a le tour de me changer les idées», se dit-elle. Et cela renforce sa décision de vivre pour ses enfants. Si son Guillaume ne doit plus revenir, elle se fait le serment qu'elle sera à la fois leur mère et leur père. Marie sort l'enfant de son lit en imitant ses sons joyeux. Avec le bout de son tablier, elle essuie la salive du bambin qui continue de postillonner et d'agiter ses bras potelés.

— Quand les enfants feront leur sieste cet après-midi, je vais en profiter pour faire mon savon.

— Avec un beau temps de même, je vais t'aider au lieu de me coucher, décide Cédulie.

— Après le dîner, dit Henri qui revient de l'étable et dépose sa chaudière de lait encore chaud sur le comptoir de la cuisine, je vais vous installer le gros chaudron de fonte, pis je vais vous allumer un bon feu. Je veux pas vous voir forcer après ce chaudron-là. Quand il est ben plein, c'est trop pesant pour une femme.

Cédulie, dans son dos, fait un clin d'œil à Marie. Elles ont toujours fait leur savon sans l'aide d'un homme. Cependant, il est vrai que le poids d'un chaudron plein serait trop lourd pour elles. C'est pourquoi elles le mettent sur le feu avant de le remplir. Pour ménager l'orgueil de son beau-frère, Marie s'abstient de le lui dire.

— Tu nous gâtes sans bon sens! s'exclame Cédulie. La femme qui va te marier va être ben chanceuse d'avoir un homme comme toé.

— Des créatures dépareillées comme vous autres, faut prendre soin de ça, dit-il.

— Arrête de nous faire des beaux compliments, le taquine Marie, la tête va nous enfler et on ne passera plus dans la porte.

Une grosse mouche noire bourdonne autour d'Henri qui se fige, se concentre sur les va-et-vient de l'insecte, puis d'un geste sec et rapide se tape dans les mains. Il soulève un rond du poêle et jette la mouche morte dans le feu.

Après le déjeuner, Marie et Cédulie étendent leur lavage sur la corde. La brise chaude sèche vite le linge qu'elles plient et rangent dans un grand panier d'osier en attendant le repassage prévu le lendemain.

Une fois la vaisselle du dîner lavée et les enfants couchés, elles transportent à l'extérieur tous les ingrédients nécessaires à la fabrication du savon du pays: les restes de gras conservés au frais, le liquide (eau et lait) et de la cendre. Henri sort les moules à savon, puis s'en va réparer les clôtures qui divisent les différents champs. La moitié de la propriété est encore couverte d'une forêt dense où l'on bûche le bois de chauffage.

Marie et Cédulie mettent leur plus vieille robe à manches longues pour préserver leurs bras des éclaboussures et enfilent ensuite un sarrau défraîchi. Elles se couvrent les cheveux d'un vieux foulard.

— On n'est pas trop belles à voir, commente Marie.

— C'est pas grave, on n'attend pas de visite aujourd'hui, réplique Cédulie.

— Une chance, je serais plutôt gênée qu'on me voie aussi mal attifée.

— T'es donc fierpette, la taquine Cédulie.

Les deux femmes mettent le gras à fondre. Par la suite, elles ajoutent les autres ingrédients. Marie brasse la mixture avec une très longue et solide spatule de bois qu'elle réserve à cette fin. De temps en temps, Cédulie prend le relais de Marie qui se réfugie à l'ombre pour se rafraîchir. Sous les rayons ardents du soleil, les deux femmes transpirent sous les vêtements qui les couvrent de la tête aux pieds.

N'appréciant guère les relents du liquide en ébullition, les moustiques fuient les alentours. Tenant le bout du manche de la spatule, Marie retient sa respiration, puis tourne la tête pour prendre une bonne bouffée d'air. Les coups de masse d'Henri retentissent dans le champ d'à côté.

— Il est donc fin, ton petit beau-frère. Une chance qu'on l'a.

— Bon, c'est le temps de verser ça dans les moules, dit Marie qui n'a pas envie de donner suite au sous-entendu de Cédulie.

Elle sait que Cédulie veut lui faire prendre conscience du bon côté de sa situation et elle est prête à reconnaître que c'est une chance d'avoir l'aide d'Henri, mais l'idée que ce coup de main devienne permanent lui fait trop horreur pour l'instant.

Cédulie approche les moules et les deux femmes recouvrent les poignées du chaudron d'épais chiffons pour ne pas se brûler les mains en le soulevant. Avec d'infinies précautions, elles font couler lentement le liquide dans chacun des moules qu'elles transportent sur les tablettes du tambour arrière. Elles laisseront les pains de savon refroidir et durcir durant les prochains jours avant de les démouler pour les remiser à l'intérieur. Pour protéger le savon des courants d'air qui pourraient l'altérer, elles recouvrent les moules d'une cotonnade.

Sur la route de terre du rang résonnent les sabots d'un cheval au trot. Cédulie va remplir un seau d'eau à la cuisine pour que Marie puisse rincer le grand chaudron de fonte et la spatule avant de les ranger. Même si la maison est à cinquante pieds du chemin, Marie s'adosse au mur arrière pour soustraire ses vieux vêtements aux regards des passants. Fatiguée et accablée par la chaleur, elle détache son foulard, s'essuie le visage et s'évente en l'agitant.

Le pas du cheval ralentit. La pauvre bête doit avoir chaud elle aussi, se dit Marie qui tourne la tête en direction du chemin. Elle voit surgir à côté d'elle un boghey conduit par nul autre que son beau-frère Hector. Que vient-il faire ici en plein après-midi de semaine? s'inquiète-t-elle soudain. Incapable de faire face à la mauvaise nouvelle qui l'attend, elle fixe le sol. Dans sa poitrine, un gros tambour se met à battre la mesure et sa tête commence à bourdonner.

— Tu as eu des nouvelles de Guillaume? murmure-t-elle tristement en restant adossée au mur de la maison pour ne pas tomber.

— Oui, Marie. Viens voir ce qu'il t'envoie, dit Hector tout excité.

Mue comme par un ressort, Marie vole à l'arrière du boghey où Hector soulève une bâche.

— Coucou ! fait un homme émergeant de la cachette.

Son grand moustachu saute sur le sol et l'enlace. Marie rit et pleure en même temps. Sous la joie trop intense, son puits de larmes s'est rempli et déborde. Son Guillaume est là, qui la serre à l'étouffer, qui la fait tourner et l'embrasse devant Hector et Cédulie sortie en trombe. Et Marie lui rend ses baisers sans se préoccuper des convenances.

— Je l'avais dit, à matin, s'écrie Cédulie, qu'on allait avoir une belle journée !

Elle court vers Guillaume, l'agrippe par l'épaule et l'embrasse sur la joue. Henri saute par-dessus la clôture du champ et court vers eux les bras en l'air en criant de joie. Il arrive près de son frère et le serre contre lui. Trop émus pour parler, les deux hommes se donnent de grandes tapes dans le dos. Puis, un peu gênés par tant d'effusion, ils desserrent leur étreinte.

— Rentrez, rentrez, les invite Cédulie. On va arroser ça.

Guillaume et Hector retournent au boghey et en sortent une grosse caisse de bois qu'ils emportent à l'intérieur. Se rappelant qu'elle est mal fagotée, Marie court se changer. Guillaume ouvre la caisse et en sort deux bouteilles : cognac et porto.

Marie arrive à la cuisine vêtue d'une robe de coton bleu clair et Guillaume la dévore des yeux. Elle sourit, gênée, se demandant si les autres interprètent de la même manière ce qu'elle lit sur le visage de son époux. Guillaume s'avance vers elle et lui remet un petit paquet enveloppé de papier doré.

— Je t'ai rapporté un cadeau. Ça vient de Paris, précise-t-il.

— Tu es allé en Europe ? dit Henri. C'est ben pour ça que ça t'a pris autant de temps pour revenir…

— Non. Je l'ai acheté à Saint-Pierre, mais il vient de Paris.

— Oh, du parfum ! De Paris ! dit Marie fascinée par l'élégant flacon fermé par un délicat bouchon de verre.

— Mets-en un peu, l'invite Guillaume.

Marie ouvre la bouteille. Une exquise fragrance se répand dans la cuisine. D'un geste délicat, elle applique le bout du bouchon de verre parfumé derrière son oreille, puis se souvient qu'elle a transpiré et commence à craindre que les deux senteurs combinées ne dégagent une odeur dégoûtante. Mais Guillaume, qui la hume avec l'avidité d'un chien de chasse suivant une piste, lui murmure à l'oreille un « ma douce » si chargé de passion que Marie oublie sueurs et soucis.

— Vous vous minoucherez plus tard. Nous on a soif, les taquine Hector.

Marie colle son parfum sous le nez de chacun avant d'aller le placer, bien en vue, sur la commode de sa chambre. Enivrée de bonheur, elle a peine à croire qu'elle ne vit pas un rêve. Elle a l'impression de flotter sur un nuage tant elle se sent légère.

— Du porto pour les dames, dit Guillaume en lui offrant un verre.

Les hommes ont droit au viril cognac.

— Si on allait s'asseoir au salon ? suggère Marie.

Le salon est réservé pour les grandes occasions comme la visite paroissiale du curé. Aussi, l'invitation de Marie en dit-elle long à chacun sur l'importance qu'elle accorde au retour de son époux.

— Qu'est-ce qui t'est arrivé ? s'informe Henri, curieux de connaître la raison de la longue absence de son frère.

— On a dû rester un peu plus longtemps à Saint-Pierre pour réparer la voilure. Quand on est reparti, on a été immobilisé dans un épais brouillard durant plusieurs jours. Ça se produit souvent dans ce coin-là en juin et juillet et vous pouvez être sûrs que je vais éviter à l'avenir d'y retourner durant ces deux mois-là.

Guillaume s'arrête pour boire une gorgée et lève un doigt en l'air, signe que sa mésaventure ne se termine pas là. Captivés, les siens attendent la suite du récit.

— Quand on a fini par se sortir du brouillard, le beau temps est revenu. Tant et si bien que, cette fois, on a été retardé par une longue accalmie de vent. Pour finir, on s'est échoué sur un fond sablonneux de la Côte-Nord. On n'a pas eu de dégât, mais on est resté prisonnier du sable jusqu'à ce qu'une marée haute plus forte que les autres nous aide à nous en sortir avec les perches. Tous ensemble, on a halé comme des forçats.

— Je me suis fait du mauvais sang, confesse Marie.

— Comme tu vois, il nous est rien arrivé de bien fâcheux. Juste une suite de petites misères.

— En tout cas, conclut Cédulie, on est ben contents de t'avoir avec nous autres.

— Je ne m'ennuie pas, dit Hector, mais il faut que je retourne au magasin.

Se levant à sa suite, ils le reconduisent à son boghey. La jument, que dans l'énervement on n'avait pas pensé à attacher, est restée sur place sans broncher.

— Attends, dit soudain Marie. Je vais aller chercher de l'eau pour Belle. La pauvre doit être morte de soif avec la chaleur qu'il fait.

La jument renâcle de plaisir quand Marie lui présente un seau d'eau fraîche qu'elle vide en un clin d'œil. Après quoi, Hector imprime un léger mouvement aux cordeaux pour faire tourner l'attelage.

Retrouvant son sens de l'humour, Marie crie à son beau-frère :

— Merci pour la livraison du colis !

Quand le boghey s'engage dans le rang, Henri retourne à ses travaux et Cédulie prétexte avoir quelques légumes à cueillir au jardin. Se tenant par la taille, le couple regagne la maison.

En train de descendre l'escalier, les jumeaux aperçoivent leur père.

— Papa ! Papa ! crient-ils en courant se blottir dans ses jambes.

Ému aux larmes, Guillaume se penche et les prend dans ses bras. Les jumeaux entourent son cou de leurs petits bras et collent leur tête contre celle de leur père.

— Me suis ennuyée, papa, dit Marie-Reine en le serrant de toutes ses forces.

— Moi aussi, affirme Nicolas, ne voulant pas être en reste.

— Papa s'est ennuyé de vous deux, mes trésors.

Guillaume pose un bécot sur chacune des petites têtes chéries et s'assoit dans la chaise berçante. Emportés par le léger balancement, les jumeaux racontent les petits riens si importants qui remplissent leur vie quotidienne.

— Mimi a eu quatre bébés, dit Nicolas en levant trois de ses doigts.

— Le plus fin, ajoute Marie-Reine, c'est le petit gris.

— Non, le noir, objecte Nicolas.

— Bébé lala, se moque Marie-Reine vexée d'être contra-riée devant son père.

— Non, proteste le bambin, Nicolas pas bébé lala. Georges bébé lala.

Nicolas fait la moue et Marie-Reine lui décoche une grimace. Guillaume, pour mettre un terme à la dispute, leur demande de quelle couleur sont les deux autres chatons. Marie-Reine, qui parle plus franc que son jumeau, s'empresse de répondre.

— Plusieurs couleurs, comme Mimi.

— Quel âge ont-ils ?

Les deux enfants lèvent les épaules.

— Six semaines, répond Marie. Allez les chercher pour les montrer à votre père.

Pressés de ramener les chatons, les deux enfants détalent à toute vitesse, se bousculant pour devancer l'autre.

— On ne court pas dans l'escalier, les gronde Marie.

Ignorant la semonce, les petits pas pressés se dirigent vers la chambre occupée par Henri. Avec chacun deux chatons aux griffes bien plantées dans leurs vêtements, ils reviennent dans la cuisine. Guillaume en prend doucement un à chacun des enfants pour ne pas faire de jaloux. Puis il flatte les quatre chatons, émet un gentil commentaire sur chacun et les rend aux enfants en leur recommandant d'y aller doucement en les ramenant à leur cachette.

— Et le petit Georges, s'informe Guillaume, il va bien ?

— Viens le voir, il dort à poings fermés, dit Marie en entrebâillant la porte.

Guillaume se glisse dans la chambre de l'enfant et l'observe un moment. Couché sur le côté, l'enfant s'est endormi avec son pouce dans la bouche. Guillaume promène doucement son gros index sur la main potelée de son dernier-né qui a beaucoup grandi depuis le printemps. L'enfant, chatouillé par la caresse, bouge la main, se frotte le nez puis ouvre les yeux. Le bambin examine l'inconnu en fronçant les sourcils. Guillaume lui parle doucement et le prend dans ses bras. Il chatouille la joue du bébé avec sa moustache et se recule, souriant, pour observer la réaction de son fiston. Le petit Georges attrape la moustache entre deux doigts et commence à postillonner son contentement devant ce nouveau jouet.

Marie observe le père et le fils renouer des liens relâchés par la longue absence. Ils se réapprivoisent si facilement qu'elle se demande si, d'instinct, l'enfant n'a pas reconnu son père. Durant les longues nuits d'hiver, Guillaume a beaucoup bercé son fils qui souffrait de coliques et le petit finissait par s'endormir, le nez collé dans le cou paternel.

~⧫~

L'air tiède de la nuit soulève le rideau de dentelle et effleure les corps dénudés. Enfin allongés dans l'intimité de leur chambre magnifiée par un rayon de lune, les yeux étincelant de désir, Guillaume et Marie, avec tendresse, se redécouvrent du bout des doigts, du bout des lèvres. Leur passion contenue les enfièvre plus et mieux qu'un abordage fougueux. Ils prennent leur temps, car ils ont connu tant de nuits blanches, loin l'un de l'autre, qu'ils ont l'intention d'en passer toute une à s'aimer. Accompagnés par le concert des grillons, ils vont se soûler de caresses, en faire provision jusqu'à l'automne.

~⧫~

La visite inespérée de Guillaume a laissé ses empreintes : tous les occupants de la maisonnée sont enjoués. Henri prétend même que Marie essaie de faire concurrence au rossignol tant elle chante gaiement du matin au soir. Sauf qu'il ne se doute pas que sa belle-sœur commence ses vocalises tôt le matin, penchée au-dessus de son pot de chambre. Ensuite, soulagée des nausées matinales, elle est de nouveau pimpante et fredonne ses ritournelles jusqu'au soir. Personne ne doit deviner son état jusqu'au retour de Guillaume, car elle tient à ce qu'il soit le premier à l'apprendre.

Quelle que soit la saison, Marie a toujours trop chaud durant ses grossesses. Dans la fraîcheur des soirées de la fin d'août, elle aime se bercer sur la galerie après avoir couché les enfants. Cédulie et elle tricotent jusqu'au coucher du soleil pour se délasser. Les journées de la fin de l'été sont fort occupées, car elles doivent empoter les légumes du jardin, cuisiner marinades, ketchup, compote de pommes. Avec les fruits sauvages, comme les merises et les cerises à grappe, elles fabriquent un vin maison qui va en assommer plus d'un au cours de la morte-saison, le taux d'alcool élevé étant masqué par le sucre. Comme Marie et Cédulie partagent leur expertise depuis deux ans, la recette s'améliore d'année en année.

— Hortense s'en vient nous voir, murmure Cédulie en poussant Marie du coude. Hubert est pas avec elle. J'me demande ben ce qu'elle nous veut.

— Vu qu'Henri est avec Hubert, elle a peut-être envie de jaser entre femmes, chuchote Marie.

— Elle a pas l'habitude d'être ben voisineuse, objecte tout bas la belle-mère.

Les deux femmes piquent leurs broches à tricoter dans leur pelote de laine pour ne pas perdre de mailles au tricot en cours.

— Salut la compagnie ! claironne Hortense arrivée au pied du perron.

— Viens te bercer, l'invite Marie en se levant. Prends ma chaise, je vais aller m'en chercher une autre. Veux-tu prendre une tasse de thé ?

— Non, merci ben. J'ai pas soif.

Hortense s'assoit dans la chaise berçante, la mine réjouie, et regarde les deux femmes. Marie, de plus en plus intriguée par la conduite inhabituelle de sa voisine, se dépêche d'aller chercher une autre chaise.

— Quel bon vent t'amène ? s'enquiert Marie en revenant.

— J'avais besoin de marcher pour digérer mon souper.

— T'as pas l'habitude d'avoir des problèmes de digestion, remarque Cédulie. T'es pas malade au moins ?

— Non, c'est pas une maladie que j'ai, dit-elle, évasive.

Une grenouille coasse et des dizaines de criquets lui répondent. Cédulie et Marie se taisent, attendant la suite. Hortense continue de se bercer sans en dire davantage.

— Ben, c'est quoi d'abord ? s'irrite Cédulie.

— Ben, vous devinez pas ? J'ai de la misère à digérer, pis je suis pas malade...

Elle continue de se bercer sans fournir la clé de l'énigme et affiche un air de contentement qu'on ne lui a jamais vu. Marie préfère ne pas intervenir dans l'échange entre la bru et la belle-mère.

— Je suis pas forte dans les devinettes, réplique la belle-mère.

— Ben, d'abord, je vais avoir besoin de vous dans le temps des fêtes !

— Pour quoi faire ? s'impatiente Cédulie.

— Ben, c't'affaire, rétorque l'autre, pincée. Faut-y que je vous fasse un dessin ?

— Faut croire que oui, répond la belle-mère. Je vois pas où tu veux en venir, Hortense. Tu pourrais pas parler en clair, comme tout le monde ?

Marie commence à craindre que la discussion vire à la dispute.

— Voulez-vous un verre d'eau? offre-t-elle en se levant de sa chaise.

— Non, assis-toé, ordonne Cédulie, contrariée. Hortense a de quoi à dire.

Hortense se trémousse sur sa chaise, heureuse de faire durer le suspense.

— Envoye, crache! dit la belle-mère.

— Ben, j'ai pas vu rouge depuis cinq mois, annonce Hortense.

— Veux-tu dire que la cigogne va passer chez vous? demande Marie.

Abasourdie, Cédulie regarde Marie assise à sa droite, puis tourne la tête à gauche vers sa belle-fille.

— C'est en plein ça! répond Hortense, le sourire fendu jusqu'aux oreilles.

Les femmes ont beaucoup de retenue pour parler de ces choses-là. Même en compagnie d'autres femmes mariées, la femme enceinte n'en cause qu'à mots couverts. Elle va dire, par exemple, qu'elle va bientôt acheter si elle est sur le point d'accoucher ou que les Sauvages sont à la veille de passer, mais jamais elle n'emploie les termes précis.

— Ça se peut pas, dit Cédulie, troublée.

— Ben, c't'affaire, je suis pas infirme, bougonne Hortense. Si vous me croyez pas, vous le verrez ben dans quatre mois.

— Prends pas le mors aux dents, rétorque Cédulie. C'est pas ça que je voulais dire. C'est juste que depuis le temps que vous êtes mariés, toé pis Hubert... Ben, je m'attendais plus à ça. Pis à part ça, ça paraît pas pantoute.

— Ben, je fais ce qu'il faut, affirme Hortense.

La femme cache sa grossesse jusqu'à la fin en usant de toutes sortes d'artifices. Les premiers mois, elle resserre son corset à s'en couper le souffle, ce qui explique les problèmes de digestion. Plus tard, la future mère recouvre son abdomen devenu incompressible d'un grand tablier à fronces.

— Il faut faire attention aux jeunes oreilles, chuchote Marie. C'est une vraie bonne nouvelle, Hortense.

Tout ce qui a le moindre rapport au sexe est censuré. Quand les enfants posent des questions, on leur dit qu'on trouve les bébés sous une feuille de chou ou qu'ils sont livrés par les Sauvages derrière une souche. Les parents plus dévots disent que c'est « le bon Jésus » qui apporte les bébés.

— Vous pensez ben qu'Hubert est fou de joie, dit Hortense.

— As-tu mal au cœur ? s'informe Cédulie.

— Pantoute, se glorifie Hortense. J'ai jamais si ben filé.

Marie, éprouvée par les nausées et les bouffées de chaleur à chaque grossesse, envie un peu sa voisine d'être aussi en forme. Elle jauge la taille d'Hortense et constate qu'elle a épaissi malgré la compression du corset. Elle n'avait pas remarqué que la sèche Hortense s'était remplumée. « Si elle peut engraisser en masse, se dit-elle méchamment, elle va arrêter de critiquer l'embonpoint des autres. »

— Pis, la belle-mère, allez-vous m'aider pour… ? Ben, dans l'temps des fêtes, j'veux dire.

— Ben sûr, ben sûr. Il sera pas dit que j'aurai pas aidé ma propre bru.

Marie compte mentalement la date probable de son accouchement : fin mars. Cédulie pourra lui venir en aide, un bout de temps du moins. Avec la venue d'un petit-enfant, Marie se demande si sa voisine n'aura pas le goût de retourner vivre avec son fils et sa bru. Le curé désapprouvera sans doute qu'elle vive seule avec son beau-frère, même si la maison est remplie d'enfants. Bah, se dit-elle, on verra bien.

— Le serein tombe, constate Hortense. Je m'en retourne chez nous.

On qualifie de « serein » la légère humidité qui rafraîchit l'air, au coucher du soleil, et imprègne la flore de rosée durant la nuit. Comme on juge malsain d'y rester exposé, le serein sonne le glas de la veillée. Chacun rentre se coucher.

⁓

Marie et Guillaume décorent le sapin de Noël placé dans un coin du salon. L'arbre que Guillaume a bûché mesure six pieds de hauteur, il est fourni et ses branches sont bien proportionnées. L'odeur du sapin, qui embaume la pièce, est l'un des éléments qui contribuent à créer l'ambiance magique de la fête. Guillaume fixe sur la cime du sapin une étoile scintillante, puis enroule autour de l'arbre une longue spirale de guirlande argentée. Marie attache par ci par là de jolies boucles rouges sur le bout des branches ornées de boules multicolores. Guillaume dépose au pied du sapin, sur un lit de ouate immaculée, la crèche de Bethléem. Marie et Joseph sont penchés sur leur Jésus de cire, un bœuf et un âne couchés sur la paille complètent le décor de l'étable.

— Il est parfait, chuchote Marie qui s'est reculée pour juger de l'effet du sapin décoré.

Chaque année, la veille de Noël, ils attendent que les enfants soient endormis pour décorer le sapin traditionnel. On attend au dernier moment pour orner l'arbre qui ne sera démonté que le lendemain du jour des Rois. Comme le résineux sèche rapidement, Guillaume a placé le pied du sapin dans un seau de métal qu'ils rempliront d'eau tous les jours. Il s'éloigne de la crèche pour évaluer leur travail.

— C'est vrai qu'il est beau, dit-il. J'ai hâte à demain matin pour voir la joie des enfants.

— J'ai étendu ton habit au pied du lit. Tu as tout juste le temps de te laver et de t'habiller pour la messe de minuit.

Guillaume se dénude, enjambe le baquet et se plonge dans l'eau tiède jusqu'au cou. Il prend sa débarbouillette, la savonne et se lave énergiquement le visage, les oreilles, le cou. Il se rince avec soin et recommence l'opération savonnage sur son torse et ses bras poilus.

— J'ai hâte que les enfants soient assez vieux pour qu'on assiste ensemble à la messe de minuit.

— De quoi j'aurais l'air ? dit-elle en riant. Mon manteau d'hiver ne ferme plus. Je suis désormais dispensée de la messe, et avec la bénédiction du curé en plus !

— Tu ne seras pas toujours grosse à Noël.

Marie l'espère sans le dire à haute voix. Un tel souhait est presque sacrilège et elle aurait peur que ses paroles portent malheur à l'enfant qu'elle porte. Guillaume sort du baquet, le corps dégoulinant. Marie l'essuie à l'aide d'une serviette de ratine blanche.

— Tu sens bon, murmure-t-elle en humant les joues fraîchement rasées de son époux.

Guillaume l'enlace et l'embrasse. Il est tellement privé de sa douce qu'il ne se lasse pas de la tenir contre lui chaque fois que la chose est possible. Marie éprouve le même désir pour son homme et leur passion ne s'émousse pas avec le temps qui passe.

— Va vite t'habiller pendant que je range, lui dit-elle en se dégageant de l'emprise des bras vigoureux de son homme.

Endimanché, Guillaume fait appel à l'aide de sa femme pour boutonner son col de chemise amidonné.

— Tu es beau, susurre-t-elle en serrant le nœud de sa cravate.

Les compliments de Marie amènent un sourire sous la moustache.

— J'ai plus envie de vous, madame, que d'aller à la messe, dit-il en frôlant son bas-ventre contre la hanche de Marie.

— Vous avez des pensées impures, monsieur, fait mine de le gronder Marie. Et un soir de Noël en plus !

Guillaume relâche son étreinte avant qu'il lui soit impossible de faire marche arrière.

— Tu ne perds rien pour attendre, promet-il en enfilant son manteau avec le sourire. Je ne rentrerai pas tard, mais ne m'attends pas. Je te réveillerai en arrivant.

— Je n'ai pas sommeil, assure-t-elle.

Au retour de la messe de minuit, Guillaume trouve Marie la tête appuyée sur le dossier de la chaise berçante. Son tricot gît par terre. Sa poitrine se soulève doucement sous le tablier blanc. Une mèche s'est échappée de son sage chignon. Guillaume prend la main de Marie qui pend de la chaise. Elle s'éveille alors et lui sourit. Tout l'amour qu'elle lui porte est inscrit dans son visage rayonnant et Guillaume se sent pénétré d'un bonheur indicible.

❧

Au matin de Noël, Guillaume s'éveille au son du craquement de l'escalier. Des petits pas se dirigent vers la chambre du bébé. Il se lève et enfile ses vêtements pardessus son long caleçon de laine. Des bruissements de conversation enfantine lui parviennent. Il s'arrête au coin du poêle pour observer la scène. À travers les barreaux de la couchette, Marie-Reine cajole le petit Georges et répond à son joyeux babillage. Le bambin, encouragé par la voix affectueuse de sa grande sœur, s'assoit et attrape le nez passé entre les traverses.

— Aïe ! Tu me fais mal, se lamente Marie-Reine.

Le bébé, inconscient de sa force, tord le nez de la fillette qui réussit à se déprendre en s'aidant de ses deux mains. La menotte potelée s'empare d'une mèche de cheveux et la tire vers lui. La grande sœur grimace et, avec beaucoup de délicatesse, écarte les petits doigts maladroits.

Guillaume est fier de sa Marie-Reine qui démontre beaucoup de maturité pour une fillette approchant les trois ans. La petite a la délicatesse des traits de sa maman et ses cheveux noirs. Avec le bleu des yeux de son père, elle promet d'être une beauté. C'est un heureux mélange de ses parents, estime le papa satisfait.

Comme il l'avait constaté à sa naissance, son fils aîné a gardé les traits de sa grand-mère maternelle ; il a hérité de son père ses cheveux châtain foncé et de ses ancêtres micmacs son teint basané. Par contre, le benjamin est tout le portrait de son papa.

Laissant les enfants à leurs jeux, Guillaume tisonne le poêle et y met trois bûches. Une bonne attisée va vite réchauffer la maison qui a refroidi durant la nuit.

— Ne fais pas de bruit, maman dort, recommande-t-il à sa fille. Je vais faire le train et je reviens tout de suite. Si vous êtes sages, papa va vous récompenser.

À son retour, la fillette est encore tout près de son petit frère. En guise de récompense, Guillaume les amène dans sa chambre où il les couche sous les couvertures chaudes, entre lui et Marie. Réveillé par le babillage du bébé, Nicolas vient se glisser dans le lit, du côté de sa mère.

— Tu leur donnes de mauvaises habitudes, lui reproche Marie.

— Une fois n'est pas coutume, se justifie Guillaume. C'est Noël, ma douce.

Marie-Reine se blottit contre son père à qui elle doit ce passe-droit exceptionnel. Nicolas serre sa mère par le cou.

— Ne serre pas si fort, dit-elle. Tu vas m'étouffer.

Marie l'entoure de son bras et se tasse dans le lit pour lui faire de la place. Elle remonte les couvertures pour bien couvrir toute sa nichée. Le benjamin, couché à plat ventre sur son papa, lève la tête et crie sa joie d'être si bien entouré.

— Chut, fait Guillaume un doigt sur les lèvres. On fait dodo.

Georges pose sa tête sur l'épaule paternelle et commence à sucer son pouce. Marie-Reine et Nicolas ferment les yeux à leur tour, pour faire durer le plaisir.

⁓

Guillaume se réveille le premier, surpris de s'être laissé emporter par le sommeil. À la fin des huit coups sonnés par l'horloge, Marie bâille et s'étire. Elle repousse les couvertures et se lève, imitée par Nicolas et Marie-Reine. Guillaume, tenant Georges dans les bras, les entraîne au salon.

— Wow! s'exclame Nicolas en découvrant l'arbre de Noël.

L'enfant reste interdit devant les décorations, Marie-Reine se penche sur la crèche et Georges, que son père approche de l'arbre, attrape une boucle de ruban rouge et la porte à sa bouche.

— Joyeux Noël, mes enfants, s'écrie joyeusement Marie. On célèbre aujourd'hui la naissance de Jésus. Vous le voyez dans la crèche?

— Il est si petit, s'étonne Marie-Reine. Et il va avoir froid, il n'a pas de couverture.

Marie lance un regard implorant à Guillaume. Que répondre à l'enfant?

— Le petit Jésus n'a pas besoin de vêtements chauds comme nous, répond le père. Il est né dans un pays où il ne fait jamais froid.

Guillaume enlève à Georges le ruban rouge qu'il a imbibé de salive. Marie-Reine quitte le salon. Nicolas examine chacune des boules aux couleurs et motifs différents. Il en effleure une du doigt. La boule oscille dangereusement.

— Fais attention, lui dit sa mère. Les boules de Noël sont fragiles.

Fasciné par les boucles rouges, Georges tend le bras pour en attraper une autre. Marie-Reine revient et étend sur le bébé de cire de la crèche un petit mouchoir brodé qu'elle a reçu en cadeau de sa grand-mère. Guillaume est de nouveau émerveillé par les gestes maternels de ce petit bout de femme.

Le matin du jour de l'An, Marie met à ses enfants leurs plus beaux vêtements. Guillaume s'est changé au retour de l'étable et il porte fièrement son complet. Marie a revêtu sa robe de grossesse du dimanche. Le moment est solennel.

Guillaume, sachant ce qui se prépare, se berce dans la cuisine. Entourée de ses enfants, Marie s'avance vers son mari et pousse devant elle Nicolas.

— Papa, dit le bambin. Euh...

Nicolas s'embrouille, sa mère lui chuchote à l'oreille ce qu'il doit dire.

— Voulez-vous... répète maladroitement le gamin qui, de nouveau, se tait.

Il écoute attentivement le reste de la phrase que lui souffle sa mère.

— ... nous bénir, termine-t-il, fier d'avoir accompli sa tâche d'aîné de famille.

Selon la tradition, l'aîné de la famille demande la bénédiction paternelle le matin du jour de l'An. Même si Marie-Reine est née quelques minutes avant lui, l'enfant mâle a préséance sur sa sœur.

Marie s'agenouille, le petit Georges dans les bras, et les jumeaux l'imitent. Guillaume se lève et, avec des trémolos dans la voix, prononce la formule rituelle.

— Mes enfants, je vous bénis, au nom du Père, du Fils et du Saint-Esprit.

Après le signe de croix, Marie se relève et échange ses vœux de bonne année avec son époux et ses enfants. Invités au salon, les enfants découvrent sous le sapin un bas de laine qui leur est destiné. Nicolas plonge le bras dans le sien et en sort une pomme, des sucres à la crème enveloppés de papier de soie et un minuscule chien de bois sculpté par son père. Celui de Marie-Reine contient une pomme et des friandises, plus un chaton de bois né des mains habiles de Guillaume. Le bébé s'amuse avec son bas rempli de surprises et l'agite dans les airs; il en tombe un joli bavoir qu'il saisit. Il le tourne, l'observe et le porte à sa bouche, comme tout ce qui lui tombe sous la main.

Noël étant une fête religieuse, on réserve les étrennes pour le jour de l'An. On fait croire aux enfants que les présents sont apportés par saint Nicolas, un bon vieillard aux longs cheveux blancs tenant une longue canne dans sa main. Marie a tricoté pour chacun un foulard, des mitaines, des chaussons, un chandail ou une tuque. Guillaume a fabriqué un traîneau pour Nicolas, et Marie a cousu une poupée de chiffon pour sa fille et un mini ourson pour Georges qui le mord aussitôt.

De sa chaise berçante dans la cuisine, Marie jette un coup d'œil à la fenêtre.

— C'est sûr qu'on n'aura pas de visite aujourd'hui, dit Guillaume.

Marie a préparé beaucoup de nourriture en prévision des visites traditionnelles des parents et voisins. Mais la neige soulevée par un vent furibond annonce une journée de solitude. Guillaume, habitué aux caprices de dame Nature, se console à la pensée d'être au chaud auprès de sa femme et de ses enfants. Marie se réconforte en songeant qu'elle va pouvoir prendre enfin congé de son corset et profiter d'un peu de repos. Seule depuis la mi-décembre pour s'occuper de la maisonnée, elle s'ennuie de sa chère voisine. Cédulie est retournée chez son fils afin d'aider sa bru à accoucher.

La poudrerie cingle les carreaux, recouvre le paysage et séquestre la petite famille, la contraignant à vivre dans l'isolement. La maisonnette grince sous les assauts du vent qui tournoie. Suralimenté pour contrer la bise glaciale qui s'infiltre par les ouvertures, la fonte du rond arrière du poêle à bois vire au rouge incandescent.

— Doux Jésus ! Le poêle est trop chaud, s'inquiète Marie. S'il fallait qu'on passe au feu par un temps pareil !

— T'inquiète pas, dit Guillaume. La cheminée a été bien ramonée à l'automne et elle tire bien. Il n'y a pas de danger.

— J'aimerais mieux qu'on s'habille plus chaudement et qu'on le chauffe un peu moins, insiste Marie.

Sans s'en rendre compte, Guillaume a un peu trop bourré le poêle et il juge plus prudent d'acquiescer aux désirs de sa femme.

— D'accord, on va fermer la trappe du haut. Je vais installer un lit dans la chambre de Georges pour les jumeaux.

— Merci, Guillaume, dit-elle rassérénée. Je vais descendre des vêtements chauds pour Nicolas et Marie-Reine.

Les enfants, excités par les changements au programme, veulent aider au déménagement. On recouche le bébé et Marie, à l'étage, remet à chacun une pile de sous-vêtements de rechange, bas de laine et chandails. Guillaume descend un lit de bois et sa paillasse. Marie apporte oreillers, draps et couvertures. Le nouveau campement amuse les jumeaux qui devront coucher tête-bêche, comme à leur naissance.

— On va coucher avec toi, gazouille Marie-Reine au bébé quand leurs papotages le réveillent.

Après le dîner, toute la famille fait la sieste. Les jumeaux, trop agités, doivent être rappelés à l'ordre par leur mère. Étant seule avec les enfants une bonne partie de l'année, c'est Marie qui se charge de la discipline. Quand le papa revient, il s'est tellement ennuyé qu'il n'a pas envie de disputer ses enfants. D'ailleurs, il les trouve trop jeunes tandis que Marie professe que l'éducation commence au berceau.

— Je veux voir madame Côté, pleurniche Marie-Reine à son réveil.

— Papa ira la voir après la tempête, dit Marie, occupée à langer le bébé.

— Je veux qu'elle revienne, insiste la petite, qui n'a pourtant pas l'habitude de faire des caprices.

Elle sanglote et Marie pense qu'elle a probablement fait un mauvais rêve. Elle s'assoit sur le bord du lit et la fillette se blottit dans ses bras.

— Madame Côté t'a pourtant expliqué qu'elle doit prendre soin d'Hortense, lui rappelle Marie en caressant les cheveux de sa fille.

— Oui, geint Marie-Reine, mais c'est long…

Hortense ne se rappelle pas de la date de ses dernières règles qui ne sont pas régulières et, depuis deux semaines, tout le monde s'attend à une naissance imminente.

— Oui, acquiesce la maman, ce sera long encore et elle me manque à moi aussi.

Au salon, Guillaume entame un rigodon à l'accordéon, avec plus ou moins de bonheur. Dès les premières notes, Marie-Reine oublie son chagrin et se précipite au concert, suivie de Nicolas. Même un profane conclurait que la technique du musicien n'est pas très au point, mais aux yeux de ses enfants, Guillaume passe pour un virtuose.

Marie profite de l'intermède et met la table avec autant de soin que si elle allait recevoir de la visite. La vaisselle des grandes occasions est sortie du buffet. Le gâteau roulé, qu'elle a glacé de manière à imiter une bûche recouverte de neige, trône au milieu de la table. Tout autour, elle dispose des petits plats de ketchup et de marinades. Elle plie en pointe des serviettes assorties à la nappe et les dépose à côté de chaque couvert. Guillaume contemple la table de fête.

— Tu te donnes bien du mal, ma douce.

Comme maître de maison, il s'assoit en bout de table, laissant l'autre bout, près du poêle, à sa femme. Marie le sert en premier. Les jumeaux prennent place côte à côte et leur père leur fait signe d'attendre leur mère pour commencer à manger.

— Mangez tandis que c'est chaud, dit-elle comme d'habitude.

— Non, nous t'attendons, décrète Guillaume qui jette un coup d'œil aux jumeaux pour s'assurer qu'ils respectent la consigne.

La maman se sert en dernier et va chercher le petit Georges qu'elle attache dans une chaise haute placée près d'elle. Guillaume dit le bénédicité et Marie présente une bouchée de nourriture à Georges. L'enfant l'avale, puis essaie d'attraper la cuillère. Marie la lui laisse un moment pendant qu'elle mange à son tour.

⚘

Guillaume retourne à l'étable nourrir les animaux une dernière fois avant la nuit. Les deux vaches sont gravides cette année encore et il n'a pas à les traire, ce qui facilite son travail, mais prive de lait les enfants jusqu'au printemps.

Marie accroche son grand tablier. Sa robe à taille empire, garnie de fronces à l'avant, dissimule bien ses rondeurs. Elle berce le plus jeune et raconte une histoire aux aînés assis devant elle sur des chaises droites. Dehors, la tourmente continue de se déchaîner. La porte arrière s'ouvre et les enfants regardent, étonnés, le bonhomme de neige qui apparaît. Guillaume, méconnaissable sous une épaisse croûte de neige, commence par enlever ses mitaines, son couvre-chef et son foulard.

— C'en est toute une, dit-il, essoufflé.

Ses sourcils chargés de neige lui donnent un air cocasse, mais Marie se retient de le taquiner. Malgré le câble tendu entre la maison et l'étable, une bourrasque comme celle d'aujourd'hui peut suffoquer le téméraire qui ose l'affronter. Marie sait que son homme aurait pu y rester. Sans un mot, elle se lève et lui prépare le seul remède capable de combattre le froid et l'effroi.

Entre deux gorgées de caribou, Guillaume chante de sa belle voix de ténor quelques airs populaires du temps des fêtes. Marie l'écoute en berçant Georges, les yeux fermés et la tête appuyée au dossier de la chaise.

— Encore ! dit Nicolas quand son père s'arrête pour prendre une gorgée d'alcool.

⤙ᴕ

— On a eu un gros garçon à matin ! s'écrie Hubert dès que Marie lui ouvre la porte.

— Félicitations. Dégreye-toi, Guillaume va revenir d'une minute à l'autre. Veux-tu une tasse de thé ?

Hubert se passe la main dans les cheveux pour replacer une mèche rebelle qui retrousse chaque fois qu'il enlève son couvre-chef. Le geste est devenu machinal.

— Viens t'asseoir. Comment va Hortense ?

— Pas trop fort. Ç'a pris deux jours, chuchote-t-il à cause de la présence des enfants.

Marie comprend l'énervement du nouveau papa. Deux longues journées à voir souffrir la femme qu'on aime sans pouvoir l'aider, ça use son homme. Marie lui apporte une tasse de thé noir.

— Ton fils est né le jour des Rois ! dit-elle gaiement. Ça va être facile de se rappeler de sa date de naissance.

Guillaume arrive sur les entrefaites et Hubert, rempli de fierté, lui annonce l'heureuse nouvelle.

— Un héritier, ça s'arrose, mais pas avec du thé, soutient Guillaume.

Il sort la bouteille de brandy, celle qu'il garde pour les grandes occasions, et en sert de généreuses rasades. Hubert se fait enlever des mains sa tasse de thé et reçoit un verre d'alcool.

— À la santé du bébé et de la maman, dit Guillaume.

Hubert avale une gorgée et grimace un peu.

— C'en est du bon, commente Guillaume qui savoure sa gorgée avant de l'avaler.

— C'est un peu fort, le matin à jeun, se plaint Hubert, peu habitué à trinquer.

Si sa chère Hortense le voyait, elle le traiterait de dévergondé – pour le moins. Quand le curé fait un sermon sur la tempérance, la chère femme, le bec pincé, donne des petits coups de tête approbateurs tant que dure la prédication.

— Si tu trouves ça trop raide, avale-le d'un coup, suggère Guillaume.

Pour l'inciter à le faire, il vide son verre d'une seule lampée. Hésitant, Hubert se tortille sur sa chaise, lève le verre, le rabaisse.

— Ça va te remettre sur le piton, affirme Guillaume, c'est un bon remède après des grosses émotions. Tu le bois sans respirer, d'un coup, comme un homme.

Hubert rougit d'être ainsi mis au défi. Ce cœur sensible, voulant plaire à tout le monde, obéit à Guillaume, vide son verre d'un trait et s'étouffe.

— Ça t'en prendrait un autre pour faire passer le premier, plaisante Guillaume.

Marie apporte un verre d'eau au pauvre Hubert et regarde son mari d'un œil sévère. Hubert tousse, boit un peu d'eau et tousse encore.

— Je vais vous servir à déjeuner, dit Marie pour mettre fin à l'épreuve de son voisin.

Une fois qu'Hubert a mangé, il reprend des couleurs et de l'assurance. Marie se demande si c'est parce qu'il est enfin devenu papa comme les autres hommes mariés du rang ou si c'est en raison de l'alcool qui l'a réchauffé, mais elle a l'impression que le fils de Cédulie vient de grandir de quelques pouces. Il se tient le corps raide et ose taquiner Guillaume à propos d'un incident avec son bœuf à l'automne. L'animal au mauvais caractère avait foncé sur Guillaume qui avait dû détaler comme un lièvre pour ne pas être mis en charpie. Finalement, Marie – un peu froissée pour son homme – conclut que c'est probablement l'alcool qui a monté à la tête du pauvre Hubert. Avec délicatesse, elle fait dévier la conversation en offrant une autre portion de gruau.

— C'est vrai, j'oubliais, ajoute-t-elle. Henri nous a écrit. Il t'envoie ses salutations.

Hubert, réconforté d'être l'objet de tant d'attentions, redevient le voisin aimable que Marie a toujours connu.

— Comme ça, il va ben? Y aime t'y son nouveau jobbeur?

Après un peu d'hésitation, Henri a décidé d'aller travailler dans un nouveau chantier. Ne connaissant pas le patron, il s'est fié aux rétributions promises, légèrement supérieures aux autres camps de bûcherons, en espérant que les conditions de logement et la nourriture seraient satisfaisantes.

— Il n'en parle pas dans ses lettres, dit Marie. Je suppose que tout est correct.

— S'il en parle pas, ça doit être correct, approuve Hubert.

❧

Alternant journées ensoleillées et tempêtes, le mois de mars alanguit Marie. La fin d'une grossesse est toujours un peu éprouvante, ce n'est pas sans raison qu'on emploie le mot délivrance en parlant de l'accouchement. L'humeur de Marie varie elle aussi d'un extrême à l'autre. Son quatrième enfant devrait naître avant le départ de son homme. Marie ne souscrit plus aux jérémiades concernant l'hiver si long. Maintenant, elle le voit filer à la vitesse de l'éclair. «Tout est relatif», songe-t-elle avec mélancolie.

Les enfants font la sieste et elle se berce en tricotant. Avec la famille qui s'agrandit, chaque minute doit être productive. Depuis le matin, Guillaume sort le bois de chauffage qu'il a bûché sur sa terre durant l'hiver. Hector a ramené Tom pour quelques jours, ce travail étant trop fatigant pour Belle qui devrait avoir un poulain à la mi-avril. Toutes les femelles sur cette ferme vont mettre bas au printemps, s'aperçoit Marie. Le troupeau compte maintenant quatre vaches, toutes gravides. L'étable ne peut en contenir davantage. Les veaux sont engraissés au pacage durant l'été et sont soit abattus pour la viande à l'automne, soit vendus à d'autres fermiers. Avec l'accord de Guillaume, Henri a augmenté le nombre de poules pondeuses et de cochons, ce qui fournit un revenu d'appoint à Henri et le dédommage pour son travail sur la ferme.

Les deux frères se sont entendus pour le transfert de la ferme. C'est pour amasser la somme nécessaire qu'Henri retourne dans les chantiers l'hiver. Guillaume, de son côté, économise en vue de se faire construire une grande maison pour loger toute sa famille à Cap-aux-Brumes. Les deux frères prévoient concrétiser leur projet dans deux ans. Henri a rencontré son âme sœur l'an dernier et les amoureux attendent ce moment pour s'épouser. Sa belle Arthémise s'est engagée comme bonne dans une famille du village et prépare son trousseau. Henri a déjà acheté deux terres à bois dans le canton du haut qui jouxte la terre de son frère. Il pourra ainsi bûcher l'hiver à son propre compte sans avoir à s'expatrier à l'autre bout du monde. Ses lots à bois suffiront à combler ses besoins sans épuiser la forêt qui se renouvellera au fur et à mesure qu'il l'éclaircira.

Marie soupire en rêvant à son déménagement qui la rapprochera de sa mère et de sa sœur Reine, sans compter que Guillaume pourra venir coucher à la maison durant ses escales. Et puis le village offre bien des commodités : l'école pour les enfants, un médecin, des magasins pour s'approvisionner. Fini l'isolement du fin fond du rang. Plus besoin d'atteler pour aller faire des visites ou des commissions.

Perdue dans sa rêverie éveillée, Marie échappe une maille de son tricot et ne se rend compte de sa maladresse que lorsque la maille a filé sur cinq rangs. Obligée de détricoter le bas qu'elle achevait, elle se concentre sur son ouvrage. « Vis dans le présent », chuchote sa petite voix intérieure.

Mais comment résister à l'appel du printemps ? Tel un érable gorgé de sève, Marie sent sourdre en elle une source vive qui l'aspire vers un ailleurs meilleur.

Son imagination fertile la transplante sur un terrain assez grand pour semer un jardin, et où elle pourra avoir un enclos pour élever quelques poules et des lapins. Avec un lilas près de sa chambre pour embaumer les nuits de juin.

Marie frissonne. La réalité lui rappelle que le poêle réclame sa ration de bûches, que les enfants vont bientôt s'éveiller et qu'il est temps de préparer le souper.

⁓

— Je te dis, Marie, qu'il est fin pas ordinaire cet enfant-là. Il me fait des belles risettes quand je le change de couche. Je l'aime assez que je le mangerais tout rond ! Mais Hortense veut plus que je le prenne. On dirait qu'elle a peur que le petit Joseph m'aime plus qu'elle.

Que répondre pour apaiser le cœur tourmenté d'une grand-mère soumise aux humeurs revêches d'une bru irascible ? « La vie est drôlement faite, songe Marie. J'aimerais tant que ma mère soit près de moi et que les trois générations vivantes aient la chance de profiter les unes des autres. Et Cédulie, qui n'a qu'un fils et un seul petit-enfant, ne se sent plus chez elle dans sa propre maison et se voit priver du seul amour qui pourrait embellir ses vieux jours. »

— Hortense restera toujours ce qu'elle est, finit par dire Marie. J'avais cru que la maternité la changerait.

Cédulie, les épaules affaissées, secoue la tête en signe de dénégation.

— T'as ben raison, Hortense changera jamais. Autant me faire une raison.

Les deux femmes continuent de se bercer dans la cuisine qui sent le bon pain en train de cuire. Depuis quelques jours, Marie cuisine du matin au soir en prévision des jours où, sous la férule de la bonne Cédulie, elle devra rester alitée. Après chaque accouchement, la sage-femme la gronde dès qu'elle essaie de reprendre les activités routinières. Marie ronchonne alors un peu, pour la forme, car elle se sent choyée d'être ainsi dorlotée par une mère de remplacement.

— Ça te dérangerait-y, Marie, que je revienne m'installer icitte à soir?

Cédulie la regarde d'un air implorant et Marie est si révoltée par l'injustice qui frappe la pauvre femme qu'elle aurait envie de la prendre dans ses bras et de la bercer pour la consoler.

— Vous savez bien que non, voyons. Guillaume vient justement de faire un nouveau lit pour vous. Venez le voir, c'est son plus beau. Il y a mis tout son cœur.

Cédulie, un sourire heureux aux lèvres, suit Marie dans la chambre du petit Georges. Un lit en pin aux couleurs de miel doré sent la cire fraîchement appliquée. La tête et le pied sont en forme d'arceau. Une rangée de fleurs appliquées, à cinq pétales, orne la partie supérieure arrondie.

— On dirait un arc-en-ciel de boutons d'or. C'est pour moé qu'il a fait ça? demande Cédulie, incrédule.

Elle s'avance et palpe du bout des doigts les fleurs dont les pétales ondoyants chatoient sous les rayons du soleil printanier filtrés par le rideau de dentelle.

— Il a sculpté les pétales un par un, confirme Marie.

— C'est donc après ça qu'il gossait le soir, assis dans sa chaise berçante, chaque fois que je venais vous voir.

— Oui et je peux vous dire qu'il a dû limer souvent son canif.

Cédulie, admirative, continue de caresser les fleurs de bois.

— Je te crois, chaque morceau de bois est doux comme de la peau d'bébé. C'est ben trop beau pour moé.

— Rien n'est trop beau pour une maman, dit Marie en se penchant sur sa voisine. Et vous êtes une vraie mère pour nous.

Marie entoure Cédulie de son bras et dépose un baiser sur la tempe argentée. Cédulie sort un mouchoir de la manche de sa blouse et s'essuie le coin des yeux.

— Vous êtes chez vous ici, maman Côté.

Cédulie se retourne, les joues inondées, et serre Marie par le cou.

— T'es la fille que j'aurais voulu avoir, dit-elle entre deux sanglots.

Marie resserre son étreinte et laisse s'écouler toute la tendresse dont son cœur déborde pour sa chère Cédulie.

— C'est pas le temps de jouer les fontaines, murmure un Guillaume rieur en entourant les deux femmes de ses bras.

— Batêche! Tu m'as fait faire le saut! s'écrie Cédulie.

— Qu'est-ce que tu fais là? dit Marie, surprise. Je te croyais à l'étable.

— Ça fait déjà un moment que je vous surveille, mes deux coquines, avoue Guillaume, fier de son coup.

— On t'a pas entendu arriver, mon snoreau, déclare Cédulie.

Guillaume rit de plus belle. Il y a si longtemps qu'on ne l'a pas traité de snoreau. Sa mère usait de cette épithète chaque fois que son espiègle de fils lui jouait des tours.

Réveillé par le bruit, le petit Georges, debout dans sa couchette, joint ses cris de joie à ceux de ses visiteurs.

— Il est donc fin, cet enfant-là, s'exclame Cédulie en sortant de sa couchette le bambin de seize mois.

Les jumeaux réveillés à leur tour déboulent l'escalier et accourent dans la chambre surpeuplée. Marie-Reine tire sur la robe de Cédulie pour attirer son attention.

— En voilà une qui avait hâte de vous voir sans bon sens, dit Marie. Depuis trois mois, elle n'arrête pas de vous réclamer.

Cédulie caresse la joue de Marie-Reine qui la regarde, extasiée. L'affection qui les unit se passe de paroles, elle irradie de ces deux visages tournés l'un vers l'autre. Guillaume enlève le petit Georges à sa voisine pour lui permettre de prendre Marie-Reine qui reste collée à elle, n'attendant que ce geste. Nicolas chigne pour se faire prendre par sa mère.

— Viens, Nicolas, l'invite Guillaume.

Sa douce est déjà assez surchargée par sa grossesse, sans qu'elle ait à porter un gamin lourd de trois ans de soins attentionnés. Contrairement à sa jumelle qui est élancée, Nicolas est aussi massif et pesant qu'un carlin trop bien nourri.

— On va laisser les femmes ensemble. Nous, les hommes, on a des choses à faire et je vais avoir besoin de ton aide.

Nicolas, rendu à l'âge où un gamin cherche à imiter son père, ne demande pas mieux que d'aider son idole.

— On va remplir la boîte à bois pour ta mère, propose Guillaume en déposant le benjamin dans un parc à bébé.

Guillaume garde une réserve de bois, qu'il approvisionne tous les jours. Les bûches sont cordées sous les tablettes du tambour arrière, de sorte que Marie n'a pas à sortir pour refaire le plein de la grande boîte à bois située près du poêle quand il n'est pas à la maison. Guillaume place une bûche dans les bras de Nicolas qui court la lancer dans la boîte à bois. Son père le suit, chargé de cinq bûches.

— Encore ! insiste Nicolas après avoir reçu un seul rondin le tour suivant.

Guillaume ajoute une bûche et l'enfant vacille un peu en se retournant, mais réussit à livrer la brassée. La fois suivante, il prend de l'aplomb sous la charge et la réserve intérieure se trouve ainsi vite regarnie. Guillaume retourne dans le tambour et se frotte les mains, puis secoue ses vêtements pour les débarrasser des copeaux de bois avant de réintégrer la cuisine. Sur ses pas, Nicolas reproduit tous ses gestes.

— Tu m'as donné un sacré bon coup de main. Je ne pensais pas que tu étais si fort. Lève ton bras que je vois si tu as un peu de « mossel ».

Le petit bouscaud lève le bras pour que son père tâte ses biceps. La chair est ferme, comme tout le reste du petit corps court et trapu.

— Mmm, fait le père sans se compromettre.

Le gamin sourit d'aise et, pour démontrer sa force, donne un léger coup de poing sur la cuisse de son père.

— Aïe, se lamente Guillaume.

Nicolas rit de son bon coup. Guillaume s'agenouille devant son fils et lui montre comment fermer le poing et décocher un direct bien placé. Chaque fois que le fiston arrive à atteindre le menton paternel fuyant, Guillaume fait mine d'être déséquilibré.

— Bon, ça suffit, décrète Marie de retour à la cuisine.

⁓❧

À la nuit tombée, madame Côté, qui n'a eu que le temps de se réinstaller chez Marie, entend cogner à la porte arrière. Elle enfile sa robe de chambre et, tenant un chandelier allumé, se dirige vers la porte qui s'ouvre sur Henri. Il enlève sa tuque et la tient contre lui.

— Excusez-moi d'arriver si tard.

— Bon sang, grommelle Cédulie en voyant le jeune homme amaigri, ils t'ont pas nourri de l'hiver.

— C'était pas vargeux, confesse-t-il. J'avais hâte de revenir.

— On va te remplumer, mon homme. Je vais te faire chauffer un bon pâté à viande.

Au bruit des voix, Guillaume et Marie se relèvent pour accueillir celui qu'ils attendaient d'un jour à l'autre.

— Je suis plein de poux, les prévient Henri.

— On va t'arranger ça, dit Guillaume. Dégreye-toi.

Marie apporte un grand bac pour recueillir le manteau et les vêtements infestés de son beau-frère. Guillaume approche une chaise de l'entrée pour Henri, puis il remplit une cuve d'eau qu'il met à chauffer sur le poêle. Cédulie enfourne un pâté, qu'elle a prélevé sur les réserves de Marie, et prépare du thé. La maison ressemble à une ruche bourdonnante.

— Je vous donne ben de l'ouvrage, s'excuse Henri gêné de leur causer tant d'embarras.

— C'est pas grave, le rassure Cédulie. Pour de la belle visite comme toé, qu'est-ce qu'on ferait pas, hein Marie ?

— Certain ! T'en fais pas, Henri, on aime ça le trouble, plaisante Marie pour le mettre à l'aise.

Les deux bras croisés au-dessus de son ventre proéminent qui annonce un accouchement imminent, elle commence à rougir. Elle a oublié de cacher son état.

— Va te recoucher, lui recommande Guillaume, on va s'occuper d'Henri.

Il transporte le baquet dans le salon, seule pièce où son frère pourra s'isoler et se laver de la tête au pied en se savonnant vigoureusement afin d'enlever toute la crasse accumulée durant ces mois passés loin de tout confort. Cédulie apporte des vêtements propres. Après le bain, elle plonge dans l'eau savonneuse tous les vêtements d'Henri pour noyer la vermine qui a pu s'y loger.

Guillaume coupe la longue tignasse de son frère afin de faciliter l'épouillage. Il dépose les mèches coupées sur des pages de catalogue qu'il fera brûler pour éviter que les parasites ne se propagent aux occupants de la maison. À l'aide de sa lame de rasoir, il tond la barbe, qui ira rejoindre dans le poêle la toison calcinée. Cédulie dépose sur les genoux d'Henri une serviette propre et un bassin d'eau chaude. Henri penche la tête au-dessus de l'eau et, pendant un quart d'heure, Cédulie passe un peigne fin en ivoire dans la chevelure lavée. Les insectes qui s'échappent des dents fines du peigne tombent dans le bassin d'eau et meurent noyés. L'épouillage dure tant et aussi longtemps que Cédulie ne trouve plus de victimes à sacrifier. Pour tuer les lentes avant qu'elles n'éclosent, elle applique un insecticide liquide dont l'odeur nauséabonde trahit la présence des hôtes indésirables.

Reluisant comme un sou neuf, Henri se régale de la tourtière de sa belle-sœur. Entre deux bouchées, il raconte son dur hiver à Cédulie et Guillaume.

— La paye a été bonne, mais le boss était un maudit baise-la-cenne. On n'avait rien que du bois vert pour se chauffer et le cook servait des bines matin, midi et soir.

☙

Marie s'éveille et sent couler un liquide chaud entre ses cuisses. Elle se lève prestement pour ne pas mouiller son lit et coince sa robe de nuit entre ses jambes. Dans la cuisine faiblement éclairée par le clair de lune, elle attrape au passage la serviette d'Henri accrochée au-dessus du poêle et la tient entre ses genoux pour absorber le liquide amniotique.

Dans sa hâte, elle se cogne au cadre de porte de la chambre de Cédulie.

— Je perds mes eaux, chuchote-t-elle en secouant l'épaule de la sage-femme.

Endormie depuis à peine deux heures, la pauvre Cédulie se débat. Se croyant aux prises avec un malfrat, elle attrape son chandelier resté par terre à côté du lit pour assommer son attaquant. Marie pare le coup de justesse.

— C'est moi, maman Côté, gémit-elle doucement.

— Oh! C'est toi, Marie? Qu'est-ce qui se passe?

— Je perds mes eaux, répète Marie d'une voix faible.

Près du lit, la serviette imbibée gît par terre. Marie, pliée en deux par une contraction, se tient le ventre à deux mains. Cédulie, énervée, va réveiller Guillaume.

— Viens vite m'aider, dit-elle sans ménagement.

Guillaume, tout étourdi, s'assoit sur le bord du lit en caleçon et se frotte le visage pour revenir à lui.

— Dépêche-toé, le bébé s'en vient. Marie est à terre dans ma chambre.

Guillaume bondit hors de la chambre et Cédulie court en quête de piqués qu'elle étend sur le lit. Guillaume revient, portant sa douce qui grimace de douleur.

— Va me chercher un bassin d'eau chaude, il en reste dans le réservoir du poêle. Pis apporte des serviettes propres.

Guillaume court en tous sens pour trouver ce que réclame la sage-femme. Les requêtes se suivent, sans interruption: des ciseaux, des couches, des petites couvertures, des débarbouillettes. Et Guillaume repart farfouiller aux quatre coins de la maison pour dénicher les objets requis. Quand il revient dans la chambre, Marie transpire et mord une débarbouillette pour étouffer ses cris.

— Ah, j'oubliais. Une bobine de fil.

« Où peut bien se cacher le fil ? » se demande Guillaume, figé sur place.

— Dans le tiroir de la machine à coudre, murmure Cédulie.

Guillaume revient avec une bobine de fil – noir, constate-t-il à la lumière de la lampe déposée sur la commode. Pas le temps de faire le difficile, se dit-il en voyant apparaître entre les jambes écartées de Marie un petit crâne au duvet couvert de mucus. Cédulie passe sa main gauche sous la tête gluante, les épaules sortent l'une après l'autre et le reste du corps glisse sans bruit. Cédulie, de sa main droite, soulève l'enfant par les pieds. Un petit cri, ressemblant davantage à un faible bêlement, sort de la bouche miniature.

— C'est une fille, annonce Guillaume à sa douce.

Marie lève la tête pour voir sa petite Rachel. C'est le nom qu'ils ont choisi au cas où ils auraient une fille. Cédulie lave l'enfant, l'emmaillote et la tend à Guillaume qui la dépose près de sa mère. Marie examine les petites mains pour s'assurer qu'elles ont bien cinq doigts chacune. Guillaume entrouvre la couverture, soulève les pieds mignons qui ont chacun cinq orteils. Satisfaits de l'examen, les parents replient la couverture sur l'enfant qui a subi calmement l'inspection. Les traits de la petite sont fins et réguliers, la bouche bien dessinée.

— C'est une vraie merveille, déclare Guillaume, le cœur gonflé de fierté.

5

Anse-aux-Brûlots, 1903

Depuis que Guillaume a quitté la maison pour se consacrer au radoubage printanier de sa goélette, Marie a repris le train-train quotidien. Elle se réjouirait de se relever si tôt après l'accouchement si ce n'était qu'elle s'inquiète pour Marie-Reine qui fait de la forte fièvre. Cédulie a mis la chambre de la fillette en quarantaine. Elle la veille jour et nuit et défend à Marie de s'approcher de sa fille aînée.

— Faut éviter de contaminer toute la maisonnée, dit-elle, autoritaire, quand Marie insiste pour la voir.

Henri est le seul autorisé à aller porter la nourriture de Cédulie et ce qu'elle réclame pour soigner l'enfant. Il se limite à aller faire le train et s'occupe autour de la maison, toujours à portée de voix pour accourir aussitôt qu'on l'appelle.

Malgré les mouches de moutarde et autres remèdes maison, la fièvre se maintient. Depuis le début de la soirée, la fillette transpire et délire. Durant la nuit, Marie l'entend se lamenter :

— Papa, papa… Pousse sur le mur. Vite papa. Le mur s'approche…

Le reste se perd dans un ramassis de sons indistincts. Marie est si angoissée qu'elle n'arrive plus à dormir malgré la fatigue qui s'intensifie d'un jour à l'autre. Entre les tétées de la petite Rachel, elle récite chapelet sur chapelet, chauffe le poêle, cuisine et voit au bien-être de tous les autres membres de la famille.

En haut, Cédulie adoucit sa voix pour calmer la petite.

— Maman Côté est là, Marie-Reine. Maman Côté pousse fort sur le mur, il s'éloigne, le méchant mur. Maman Côté est forte.

Marie devine les gestes de sa chère Cédulie, ces gestes experts à soulager. Sa fille est entre de bonnes mains, elle en est consciente. Pour remercier le ciel de lui avoir envoyé cet ange, elle récite une nouvelle dizaine de *Je vous salue, Marie*. Marie-Reine s'est calmée et Marie n'entend plus que les murmures réconfortants de Cédulie.

Deux dizaines de chapelet plus tard, le plancher craque. Les pas de Cédulie se dirigent vers la chaise berçante qu'Henri a placée dans la chambre de la petite malade. Marie entend le balancement de la chaise sur le plancher de bois. C'est bon signe, se dit-elle. Si Marie-Reine allait plus mal, Cédulie serait restée à son chevet, près du lit. De temps en temps, le balancement cesse, les pas s'en vont en direction du lit, puis reviennent à la chaise berçante. Cette fois, les pas descendent l'escalier. Marie se redresse, son cœur s'affole.

— La fièvre a baissé, Marie, dit Cédulie au bas de l'escalier.

— La fièvre a baissé ? répète Marie pour s'assurer qu'elle ne rêve pas.

— Oui, chuchote Cédulie en s'approchant. La petite est guérie, elle dort comme un ange. On peut aller se reposer un peu astheure.

— Je peux la voir ? supplie Marie.

— Tu peux, dit simplement Cédulie.

Marie monte l'escalier deux marches à la fois. Un lampion allumé, posé sur la commode, éclaire faiblement la pièce où repose le petit corps décharné de Marie-Reine. De sa main fraîche, la mère caresse le front et les joues de la malade. Plus de doute possible, la fièvre est partie. L'enfant dort paisiblement, la respiration est régulière. Marie souffle le lampion devenu inutile puisque sa fille a vaincu la terrible maladie et que le jour va bientôt se lever. Ressentant d'un coup tout le poids de la fatigue accumulée, elle se traîne péniblement à son lit.

⚮

Marie se réveille au son du poêle à bois qu'on tisonne. À pas chancelants, elle atteint la cuisine.

— Marie-Reine va mieux, chuchote-t-elle à Henri.

— Dieu soit loué, soupire Henri en levant les yeux au plafond.

Durant la maladie de sa nièce, Henri est resté silencieux, mais ses traits tirés traduisaient éloquemment son inquiétude. « Il sera un bon mari et un bon père », songe Marie en voyant ce matin le visage apaisé de son beau-frère. « Merci, mon Dieu, de m'avoir envoyé ce deuxième ange. »

Marie prend la bouilloire en vue de la remplir, mais Henri la lui retire.

— Va te recoucher, dit-il doucement.

— Mais… commence Marie.

Devant l'air décidé de son beau-frère qui lui saisit l'épaule pour la forcer à retourner à sa chambre, elle cède.

⚮

Marie s'éveille de nouveau quand Rachel pleurniche. Cette petite fille si facile fait à peine plus de bruit qu'une souris. Entre les boires, elle dort la plupart du temps. Elle est toujours si calme qu'on ne s'aperçoit qu'elle est réveillée que si l'on observe les petits bras qui remuent un peu, les yeux qui clignent. Ce n'est que lorsque la faim se fait sentir ou que sa couche est souillée qu'elle se manifeste. Dès que sa maman la prend dans ses bras, Rachel arrête de pleurer et attend patiemment la tétée. Alors ses jolies lèvres pressent le mamelon maternel avec délicatesse jusqu'à ce qu'elle soit rassasiée.

Accompagnant le bruit de la pompe à eau dans la cuisine, des pas résonnent dans l'escalier.

— Faites pas de bruit, chuchote Henri. Faut pas réveiller nos mamans. Sont fatiguées. Je vais vous faire à déjeuner.

Marie ferme la porte de sa chambre afin de s'isoler pour nourrir le bébé.

— Marie-Reine va mieux, continue de murmurer Henri. Attendez-moi, je vais aller voir si elle a besoin de quelque chose.

Revenu à la cuisine, Henri chuchote :

— Marie-Reine dort encore.

Derrière la porte close, Marie entend la chute d'un ustensile sur le plancher.

— Voyons, Georges, dit tout bas Henri, fais attention.

À deux ans et demi, Georges est un garçonnet enjoué et sociable, quoi qu'un peu distrait. Il promet d'être un « gros jaseux », prophétise Cédulie. On l'entend marmonner de grands monologues avec force mimiques, mais on n'arrive à discerner que très peu de mots dans tout ce charabia. Marie ne s'en inquiète pas : de tous ses enfants, seule Marie-Reine a parlé franc avant deux ans. Nicolas, qui a eu quatre ans en janvier, a commencé à faire des phrases intelligibles seulement vers l'âge de trois ans. C'est un petit homme maintenant, se dit Marie, attendrie, en se remémorant combien elle a désiré ce fils qui prendra la relève de son père et perpétuera son nom. Une femme est souvent jugée sur son aptitude à assurer une descendance mâle à son époux. Bien sûr, Marie est fière de tous ses enfants, chacun a sa personnalité, chacun a du charme. Son aînée est « si raisonnable », clame maman Côté toujours prête à louanger l'un ou l'autre des enfants Dumas. Marie n'est pas surprise qu'elle se soit dévouée jusqu'à l'épuisement pour soigner la fillette.

Elle recouche Rachel dans son berceau en se promettant de laisser dormir sa chère Cédulie. Même si la maladie de son aînée ne lui a pas permis de reprendre des forces après l'accouchement, elle est si heureuse de la savoir hors de danger qu'elle peut bien s'accommoder d'une autre nuit courte et Marie-Reine a encore besoin de soins attentifs. Marie regarde par la fenêtre, il fait un temps splendide. Elle s'habille en vitesse, la lessive s'est accumulée en raison de plusieurs jours de pluie, il faut aérer cette maison pour la débarrasser de tous les miasmes de la fièvre, changer la literie de Marie-Reine.

— Laisse-moi faire, lui dit Henri quand Marie commence à pomper l'eau qu'elle compte mettre à bouillir pour le lavage.

— Merci. Je vais aller voir Marie-Reine.

En pénétrant dans la chambre de sa fille, Marie est accueillie par un sourire. Bien que pâle encore, Marie-Reine a le regard plus vif. La maman caresse le beau visage amaigri, se promettant de vite remplumer son oisillon.

— As-tu faim, ma chouette ?

Sur un signe de tête affirmatif, Marie promet de revenir avec un bon bouillon chaud. Elle a en réserve quelques pots de bouillon de poulet nourrissant qu'elle garde en prévision de ce genre de situation. Sa mère lui a enseigné qu'un malade a besoin de se réhydrater et de recommencer à manger légèrement. De mère en fille, on se transmet les recettes pour soigner avec ce que l'on a sous la main.

À la cuisine, Henri lave la vaisselle. Les frères Dumas n'hésitent pas à accomplir le travail des femmes quand les circonstances l'exigent. Henri a donné un vieux jeu de cartes aux garçons qui sont assis à la table. Nicolas s'est donné pour mission d'apprendre les couleurs des cartes à Georges : pique, cœur, trèfle, carreau – toutes les couleurs défilent au hasard de la carte tournée devant l'enfant. Pour le moment, Georges semble uniquement capable d'identifier les piques.

— Je vais habiller les garçons pour qu'ils aillent jouer dehors, dit Marie en faisant chauffer son « bouillon de malade », comme elle qualifie le quasi remède. Il fait si beau aujourd'hui.

— Je répare la clôture du côté de chez Hubert, je pourrai garder un œil sur eux autres.

Avec l'aide de sa mère, Marie-Reine boit à la cuillère tout le bol de bouillon. Marie profite du temps que sa fille utilise le pot de chambre pour changer sa literie. Après quoi, la fillette épuisée se recouche et ferme les yeux.

Quand elle redescend à la cuisine, Marie sort le linge à laver et le démêle en piles. Aux deux premières brassées : presque toute sa provision de couches et de piqués. Elle change l'eau pour laver les draps, le linge pâle et, pour finir, le foncé. Marie a revêtu une veste de laine et entrouvert la fenêtre de la cuisine pour purifier la maisonnette.

L'air printanier imprègne les couches et piqués séchés sur la corde. Marie les met dans un panier d'osier et étend les draps. Des corneilles picorent le bord du sentier qui mène à la grange et aux bâtiments de la ferme.

Les renâclements du taureau de son voisin lui parviennent. Au printemps, les bœufs sont toujours excités à leur première sortie dans les champs et le taureau d'Hubert, qui est parfois agressif, piaffe d'impatience. La tête penchée, la vapeur lui sort par les naseaux pendant qu'il gratte la terre de ses pattes avant. Le temps que Marie se dise que c'est mauvais signe, la bête charge Hubert qui court vers la clôture des Dumas pour se mettre à l'abri. Il arrive près du but quand le taureau le soulève dans les airs, le jette par terre, l'encorne et le soulève encore. Armé d'un pieu à clôture, Henri saute par-dessus la barrière et fonce sur le taureau.

— Sauve-toi! crie-t-il à Hubert.

Hubert se traîne en boitant, s'agrippe à la clôture pour se relever. Le taureau renâcle avec fureur, en face d'Henri qui brandit le pieu devant lui pour tenir la bête furieuse à distance. Marie court en direction de son voisin qui n'arrive pas à escalader la barrière. À bout de souffle, elle se penche sur la clôture, empoigne Hubert et le hisse sur la dernière perche de cèdre, remet pied à terre et fait glisser lentement le blessé qui se tient le ventre d'où s'écoule un flot de sang.

Levant les yeux vers son beau-frère qui recule lentement en fixant le taureau menaçant, Marie crie:

— Reviens, Henri!

Avec le bout aiguisé du pieu de clôture, il pique l'animal quand celui-ci s'approche un peu trop. La retraite de son beau-frère se déroule trop lentement au goût de Marie.

— On va te soigner, dit-elle à Hubert en se penchant sur la vilaine blessure.

Henri atterrit à côté d'eux, se relève et, à l'aide de son pieu, pique le taureau qui corne la barrière avec hargne. Le taureau saigne à son tour.

Debout sur sa clôture, Hortense, de l'autre côté du champ, se lamente.

— Hubert... Hubert... Dis-moé qu'y est pas mort, Henri.

— Non! lui crie Marie, il est juste blessé.

Aveuglé par le sang et la fureur, le taureau tourne de bord et fonce sur Hortense qui gesticule en agitant son tablier. Hubert gémit faiblement.

— Sauve-toi! hurle Henri.

Hortense tombe à la renverse au moment où l'animal enragé fonce tête baissée sur elle. Les cornes frappent les perches de la barrière avec fracas. Ayant perdu de vue sa cible, le taureau recule et se met à bondir en tous sens, comme s'il voulait déséquilibrer une monture qui le chevaucherait.

— Hortense! s'époumone Henri. T'es-tu fait mal?

Cédulie accourt auprès de son fils blessé.

— Aide-moi, Marie, on va l'emmener en dedans. Henri, occupe-toi d'Hortense.

Cédulie et Marie transportent Hubert en le tenant l'une par les épaules et l'autre par les pieds. Les deux mains sur la blessure pour retenir ses entrailles, Hubert geint.

Elles l'étendent sur le lit de Cédulie. Marie apporte une bassine d'eau chaude et quelques serviettes propres. Pendant que la mère nettoie la plaie dénudée, Marie court chercher encore de l'eau chaude, du sel et une pile de nouvelles serviettes.

— T'es chanceux, mon gars, tes intestins ont pas été touchés.

La bonne nouvelle laisse Hubert impassible. Marie lui passe une débarbouillette d'eau fraîche sur le visage.

— As-tu encore du brandy? demande Cédulie.

Marie se dépêche d'aller chercher la bouteille d'alcool, remplit un verre et le tend à Cédulie.

— Relève un peu sa tête, dit-elle à Marie.

Hubert grimace, mais Cédulie force son fils à boire le brandy. L'alcool remplace l'anesthésiant et parfois même le désinfectant. On fait avec ce qu'on a pour soulager la souffrance et soigner les pires blessures, et la mère se sert d'eau salée pour désinfecter celle-ci.

— Mords la débarbouillette, ordonne Cédulie à son fils en lui plantant le bout de ratine dans la bouche.

Henri obéit et grogne chaque fois que le sel pique la chair vive. Une fois la blessure bien nettoyée, Cédulie fait boire à Hubert un autre verre de brandy. Assommé par la rudesse des soins et le brandy, Hubert gît, pitoyable, sur le lit ensanglanté.

— Une aiguille et du fil blanc, commande-t-elle à Marie.

L'épiderme d'Henri vibre à la première perforation. Sombrant dans l'inconscience, il les délivre de sa souffrance. Quelques points grossiers réunissent les chairs en lambeaux. Avec l'aide de Marie, Cédulie bande l'abdomen de son fils.

Marie rapporte les bassines et plonge dans l'eau de la lessive les serviettes imbibées de sang. Par la porte entrebâillée, elle voit la mère déchausser et finir de dévêtir son fils toujours inconscient. Elle lui apporte une couverture de laine douce.

— Il faut le garder au chaud.

Hortense, tel un cyclone, entre sans frapper. Henri la suit avec le petit Joseph dans les bras.

— Je veux le voir, gémit-elle.

Cédulie lui fait signe d'approcher en silence.

— Il dort, chuchote-t-elle à sa bru.

— Seigneur, qu'il est blême ! s'écrie Hortense.

La mâchoire crispée, Cédulie lui intime de baisser le ton.

— Prends sur toé, ajoute-t-elle sans ménagement.

La pauvre Hortense a l'air aussi fané qu'une feuille d'automne. Marie la retient de peur qu'elle ne tombe.

— Viens, il a besoin de repos. Par chance, les intestins n'ont pas été touchés.

Marie n'ose affirmer qu'il est hors de danger. Jamais encore elle n'a vu une blessure aussi grave. Elle se contente de répéter les paroles encourageantes de Cédulie. Hortense claque des dents, incapable de se contrôler, ni même de s'occuper de son enfant qu'Henri tient toujours. Marie la fait asseoir dans la chaise berçante. En se retournant, elle voit Cédulie avaler d'un trait un verre de brandy. Sa main tremble.

La petite Rachel pleure dans son berceau. Marie regarde l'heure.

— Doux Jésus ! Il va être bientôt une heure et les enfants n'ont pas dîné.

— Je m'en occupe, déclare Cédulie. Va t'occuper de Rachel.

Un sentiment de culpabilité envahit Marie. L'effroyable accident d'Hubert lui a fait oublier sa responsabilité première : ses enfants.

— Il faudrait aussi faire chauffer du bouillon pour Marie-Reine, dit-elle en se hâtant vers sa chambre où les pleurs augmentent.

Pour la première fois, la petite Rachel continue de pleurer quand sa maman la prend. Un intervalle de plus de cinq heures s'est écoulé depuis la dernière tétée et la petite présente un visage écarlate. « Elle doit pleurer depuis un bon bout de temps et je ne l'ai pas entendue », se reproche Marie.

— Chut, murmure-t-elle en collant le bébé contre elle. Maman est là, mon trésor.

Le chagrin de Rachel persiste jusqu'à ce que sa maman ait changé sa couche et donné le sein. La bouche affamée suce avidement le lait trop longtemps convoité. L'allaitement apporte généralement à Marie un sentiment d'apaisement. Aujourd'hui, elle se sent dépassée, sans comprendre d'où lui vient tant d'anxiété. La sensation étrange que sa vie lui échappe gronde en elle. Si fort qu'aucun bruit extérieur ne pénètre le gouffre béant qui s'ouvre à l'intérieur d'elle. C'est parce que Guillaume n'est pas là, se dit-elle. Chaque printemps, quelques jours sont nécessaires pour que Marie s'acclimate au froid du lit déserté.

Rachel s'endort sur le sein de sa mère. Marie la couche sur son épaule en frottant le dos du bébé qui finit par émettre un rot. Avec une infinie douceur, elle dépose l'enfant dans son berceau et cale un petit oreiller dans son dos pour éviter qu'elle ne se retourne durant son sommeil et ne s'étouffe avec ses régurgitations.

Dans la cuisine, Georges pleure.

— Cola, pati, dit-il entre deux sanglots.

— Pourquoi pleure-t-il? demande Marie en regardant Cédulie et Hortense.

Hortense, aussi égarée que tout à l'heure, serre son fils dans ses bras. Cédulie, à l'évier, lui tourne le dos.

— Avez-vous fait manger Marie-Reine? demande-t-elle.

— Oui, Marie-Reine a mangé, pis elle s'est rendormie, répond Cédulie.

— Avez-vous mangé? interroge-t-elle en remarquant la table vide.

— Pas encore, répond Cédulie sans se retourner.

Frappée soudain comme par un éclair, Marie s'avance vers Georges.

— Nicolas est parti? Où?

Les joues inondées, le bambin baragouine une longue explication entrecoupée de gros sanglots.

— Allons, mon trésor, dit Marie en s'accroupissant près de son fils, ne pleure plus.

Marie essuie son nez et le cajole. Elle s'efforce de rester calme pour faire taire l'alarme stridente qui retentit en elle.

— Henri est parti à sa recherche, dit Cédulie. Il s'est peut-être caché pour jouer.

— La faim l'aurait déjà fait sortir de sa cachette, réplique Marie, angoissée.

Bouleversée, elle sort sans manteau en appelant Nicolas. Elle court au poulailler, le fouille partout en écartant à gestes nerveux tout obstacle, galope à l'étable, inspecte toutes les stalles, les auges, franchit la porte de la grange en criant le nom de son fils. Dans le recoin où la chatte loge sa dernière portée, nulle trace de l'enfant. Marie monte l'échelle menant au fenil au cas où il s'y serait endormi. Rien ! Rien non plus dans la carriole, le boghey, la charrette à foin. Entre ses appels désespérés, elle prête l'oreille au moindre son révélateur.

« Allons, réfléchis, se dit-elle pour calmer les battements désordonnés de son cœur. Il a dû se rendre quelque part et y rester coincé. La chiotte, le fumoir ? » Marie ouvre la porte de la chiotte vide, se penche au-dessus du siège percé, va inspecter le fumoir, désert lui aussi. « La maison ! » Bien, sûr elle aurait dû commencer par là.

— Avez-vous fouillé la maison ? demande-t-elle, hors d'haleine, en revenant.

— Oui, répond tristement Cédulie.

N'écoutant que son instinct, Marie entreprend une fouille minutieuse de la cave au grenier. Chaque centimètre est scruté, elle ouvre tous les contenants, même les jarres trop petites pour contenir un bébé, même les plus petits tiroirs de commode. Échevelée, elle répète le prénom de son fils comme une litanie.

Henri rentre bredouille. Il a cherché partout autour, même chez les Côté, pensant que le garçonnet aurait pu l'y suivre quand il a porté secours à sa voisine.

— As-tu regardé dans le puits ? s'inquiète Marie.

— Je vais alerter les voisins, dit Henri. On va organiser une corvée pour le retrouver avant la noirceur.

Henri part à toutes jambes, chaque minute est précieuse. Incapable d'attendre les secours, Marie s'habille chaudement et enfile de hautes bottes de caoutchouc.

— Je vais aller inspecter le bord du ruisseau.

Retenant sa respiration pour entendre tout appel à l'aide, si étouffé soit-il, Marie avance méthodiquement. Ses yeux effectuent un large balayage des alentours, à l'affût de traces de pas, d'une branche fraîchement cassée ou de tout indice révélant le passage de son fils. Durant sa balade, Nicolas pourrait avoir laissé tomber une mitaine, son foulard. « En avril, ne te découvre pas d'un fil », dit le dicton populaire, et Marie couvre ses marmots chaudement jusqu'en mai.

Arrivée à la fosse profonde où elle aime pêcher la truite en juin, Marie casse une longue branche de bouleau. À l'aide de cette perche improvisée, elle sonde le fond de la fosse où l'eau noire pourrait... Sans oser formuler le reste de sa pensée, Marie ne peut quand même pas ignorer la possibilité qu'il soit arrivé un terrible accident à son hardi Nicolas. La branche ne rencontre nul obstacle et elle décide de quitter ces lieux ne révélant aucun indice du passage récent de quelque créature que ce soit. En chemin vers la maison, un affreux doute surgit : le taureau ! Marie reprend sa course impatiente.

À bout de souffle, elle saisit le bras d'Henri qui est en train de discuter avec les voisins accourus pour établir un plan de recherche efficace et coordonné.

— Le bœuf d'Hubert l'a peut-être piétiné. Y as-tu pensé ? l'interrompt-elle.

— J'ai rien vu dans le champ. Mais on va le fouiller, Marie. Rentre à la maison, madame Côté a besoin d'aide.

Les hommes sont munis de pelles, fourches, fusils, cordes. Quelques-uns ont apporté un fanal. Marie, les bras ballants, reste figée.

— On va vous le retrouver votre petit gars, dit l'un deux.

Résignée, Marie leur tourne le dos et rentre à la maison. Le reste de sa nichée a besoin d'elle et personne ne peut la remplacer auprès de Rachel. Henri la suit.

— Hortense, il faudrait tuer l'bœuf. Il est plus dangereux depuis qu'il est blessé.

Resté sur le tapis de l'entrée, il attend l'autorisation de sa voisine. Au bout de quelques secondes, Hortense sort de la transe où elle est plongée depuis l'annonce de la disparition de Nicolas.

— Le maudit bœuf! Mets-y une bonne décharge de poudre entre les deux yeux.

Armé de son fusil, Henri va accomplir le geste qui répugne à tout fermier : sacrifier une bête en bonne santé. Mais quand un animal ose attaquer un humain, il n'a plus le choix.

La détonation résonne et fait sursauter le petit Georges qui recommence à sucer son pouce. Marie le rassure d'une caresse. Hubert commence à gémir. Cédulie tâte le front et les joues du blessé pour vérifier sa température. Hortense arrive derrière elle, lui remet son fils et s'agenouille près de son mari. La voyant penchée sur lui, Hubert lui sourit. Cédulie les laisse. Toute à la joie de pourvoir tenir dans ses bras son unique petit-fils qui s'agrippe à elle, elle le berce en fredonnant une vieille berceuse :

> C'est la poulette grise
> Qui a pondu dans l'église
> Elle a pondu un petit coco
> Pour Joseph qui va faire dodo
> Dodiche, dodo
> Dodiche, dodo

184

Sans doute attirée par la berceuse, Marie-Reine descend sans bruit l'escalier, une marche à la fois en longeant le mur. Marie se précipite vers la fillette qui vacille. La mère ramène la frêle convalescente évanouie dans son lit. « Doux Jésus ! Par pitié, implore-t-elle, laissez-moi mes enfants. Je vous en prie. » Comme si le ciel avait entendu sa prière, Marie-Reine revient à elle.

— Tu vas coucher dans mon lit, dit Marie en la couvrant jusqu'au menton.

— J'ai soif, dit la fillette.

Après avoir bu lentement un verre d'eau fraîche, la petite se rendort et Rachel fait savoir qu'elle a soif elle aussi. Au même moment, le petit Georges, larmoyant, entre dans la chambre. Marie le cajole et le couche à côté de sa grande sœur. La mère a oublié la sieste de l'après-midi. Le bambin, rassuré, se tourne vers Marie-Reine et s'endort à son tour, le pouce dans la bouche. Marie lange le bébé et, assise sur le bord du lit, lui donne le sein tout en priant pour qu'on retrouve Nicolas.

Quand Rachel est couchée dans son berceau, Marie retourne à la cuisine. Joseph dort dans les bras de sa grand-mère. Marie jette un coup d'œil vers la chambre où repose Hubert. Hortense, assise sur le plancher, dort, la tête appuyée près du blessé.

— Après le souper, chuchote-t-elle à l'oreille de Cédulie, il faudrait la renvoyer chez elle avec le petit. Qu'est-ce que vous en dites ?

— T'as ben raison, on en a assez comme ça sur les bras, marmonne Cédulie. Si encore cette innocente-là donnait un coup de main… Ben non, pas de danger, faut servir madame ! Elle est encore pire depuis qu'elle a le petit.

Les deux femmes sont à bout de forces. Les nuits sans sommeil et les tourments ont creusé leurs traits. La disparition de Nicolas est la vague qui menace de couler la barque trop chargée.

— Tant qu'Hubert aura besoin de soins, on va le garder ici, murmure Marie. Elle pourra venir le voir tous les jours, mais elle devra écourter ses visites.

— Certain, y a toujours un boutte à toute, dit Cédulie, excédée.

Marie se souvient du lavage laissé en plan en voyant la corde pleine de vêtements qui battent au vent. Cédulie l'a fini pour elle malgré tous les aléas de la journée.

— Je vais rentrer le linge. Merci, maman Côté. Qu'est-ce que je ferais sans vous ?

Marie achève de plier le linge sur la table quand Hortense sort de la chambre en bâillant à s'en décrocher les mâchoires sans prendre la peine de se couvrir la bouche. Apercevant son petit Joseph dans les bras de sa belle-mère, elle fonce sur elle, lui enlève l'enfant avec brusquerie et exige d'un ton sec qu'elle lui cède la chaise berçante. Avec un soupir de résignation, Cédulie obtempère. C'en est trop pour Marie dont les nerfs sont tendus à craquer. Agrippant la mégère par le bras, elle la soulève de la chaise.

— Toé, chez vous ! Pis ça presse ! T'as pas de cœur pis aucun savoir-vivre ! crie Marie si fâchée qu'elle en oublie le beau langage et les bonnes manières que lui ont enseignés les religieuses du couvent.

— Lâche-moé, maudite folle ! réplique Hortense qui essaie de se dégager de la poigne solide de sa voisine tout en serrant Joseph contre elle.

Marie affermit sa prise sur le bras chétif et remorque Hortense, aussi légère qu'un poil de souris, jusqu'à la porte.

— Espèce de chipie ! dit-elle au comble de la fureur. Si tu manques encore de respect à maman Côté devant moi, je t'écrabouille ta maudite face de fouine !

Elle ouvre la porte, donne une poussée à Hortense qui atterrit dans le tambour, puis referme la porte et s'y adosse.

Les yeux agrandis de surprise, Cédulie Côté fixe Marie. Puis elle éclate de rire. Un rire nerveux, impossible à réprimer. Un rire mêlé de larmes, saccadé, au bord de l'hystérie et de l'asphyxie.

— J'aurais jamais cru que t'étais maligne de même, réussit-elle à dire en se tenant les côtes.

Se rendant compte de la monstruosité de sa colère, Marie enfouit son visage dans son tablier. Le chagrin et la honte la submergent. Dans son égarement, elle aurait pu blesser le petit Joseph.

Cédulie l'étreint et lui tapote le dos.

— J'ai perdu le nord, se désole Marie.

— C'est pas grave. Hortense avait besoin d'une bonne leçon.

Marie sort son mouchoir.

— J'aurais quand même pu y aller moins fort.

— Elle est trop bouchée, elle aurait pas compris. C'est parfait de même, dit Cédulie de nouveau secouée de rires.

Les nerfs encore à fleur de peau, Marie fait chauffer deux portions de son « bouillon de malade ». Le groupe parti à la recherche de Nicolas se fait attendre. Marie passe son temps à guetter dehors. Chaque minute qui passe prolonge son martyre, rétrécit son espoir. Tant qu'il fera clair, les hommes vont ratisser les alentours. Marie voudrait suspendre le temps. Avec la nuit, viendra le froid. Heureusement que Nicolas est chaudement vêtu, se raisonne-t-elle en frissonnant. Tant de pensées contraires s'entrecroisent. À certains moments, elle croit entendre les hommes rentrer en chantant, à d'autres elle s'imagine qu'ils reviennent en silence, portant un petit corps sans vie.

Poursuivant l'inventaire des endroits qu'aurait pu explorer son petit curieux, Marie songe à la galerie. Elle laisse le chaudron en plan et court inspecter le dessous de la véranda de devant, vérifie sous les marches, se cogne le front. Elle se relève, hésite, observe les alentours, toujours avec la même question en tête : où peut-il bien se trouver? Est-il vivant, blessé, ou…? Elle écoute, examine les bosquets et le sol qui pourraient fournir la clé de l'énigme.

Se blâmant pour son laisser-aller, elle rentre à la maison où la suivent les mêmes questions sans réponse. Cédulie est occupée à refaire le pansement d'Hubert, le bouillon a bouilli, il faut le laisser tiédir. Rachel pleurniche, Marie-Reine tousse, Georges l'appelle. Les questions restent en suspens, Marie n'ayant plus assez de ses deux bras pour répondre à tous les besoins.

La main sur le front de Marie-Reine confirme le rétablissement en cours et fait naître un sourire reconnaissant sur le visage de la malade. Un câlin tranquillise Georges et son sein généreux calme les pleurs de Rachel. Un souci chassant l'autre, Marie se sent délivrée momentanément de son désarroi. Elle se sent de nouveau utile et ce sentiment la soutient.

Dès qu'elle a recouché le bébé, elle prépare une tartine pour faire patienter Georges pendant que Cédulie et elle alimentent chacune leur enfant alité de liquide nourrissant et d'un peu de tendresse. Marie-Reine boit tout son bol et en redemande, au grand plaisir de sa mère. Comme il n'en reste plus, Marie fait tremper dans du lait une demi-tranche de pain sur laquelle elle étale de la confiture de fraises.

Hubert, lui, se sent nauséeux après à peine quelques cuillerées de bouillon. Sa blessure le fait souffrir, de même que l'insolence de sa femme. Ayant eu connaissance de la scène, il demande pardon à sa mère et la remercie de prendre soin de lui.

— Dis à Marie que je regrette de lui donner tant de trouble, pis que je prie pour qu'on retrouve Nicolas sain et sauf.

Marie verse une larme en entendant les paroles du blessé et regrette encore plus son emportement. Certes, Hortense méritait de se faire remettre à sa place et Marie ne peut supporter le mépris qu'elle affiche si ouvertement envers sa chère Cédulie. Mais elle aurait dû intervenir avec plus de modération, ne serait-ce que par égard pour Hubert qui n'est que gentillesse. Et aussi pour Cédulie que la bru pourrait priver du plaisir de voir le petit Joseph en invoquant ce prétexte. Rongée de remords, Marie se creuse les méninges pour trouver le moyen de réparer sa gaffe.

Georges se frotte contre les jambes de sa mère, comme un petit chat en manque d'affection. Marie le prend et le berce, l'enfant se colle, elle resserre son étreinte. Marie sent son jeune fils perturbé par la disparition de son grand frère.

Elle a l'impression que Cédulie se rassure elle aussi en tenant compagnie au petit garçon qui subsiste dans l'adulte qu'est devenu son fils. Quelques paroles murmurées lui parviennent de temps en temps. L'amour s'exprime parfois avec plus d'éloquence dans un geste ou un silence, les mots étant impuissants à soulager les maux.

Dans la chaleur de son fils, elle retrouve celle de sa mère. Que lui dirait-elle en ce moment? se demande Marie. Probablement rien. Elle agirait comme Cédulie en s'occupant des diverses tâches ménagères pour alléger son fardeau et la réconforterait par sa seule présence. Bien que Marie n'ait pas d'appétit et n'ait rien mangé, elle décide qu'elle va se forcer à cuisiner pour ceux qu'elle aime.

— Veux-tu aider maman à préparer le souper?

La réaction enthousiaste de son petit garçon lui révèle son amour pour elle. Marie glane dans sa provision de conserves un pot de viande et rapporte de la cave une chaudière de patates et un oignon. En dorant dans le beurre, l'oignon dégage un arôme propre à éveiller les papilles gustatives les plus léthargiques. Pendant que Marie met la table, le mélange de parfums du hachis embaume la cuisine.

Elle regarde par la fenêtre et ne distingue plus que des ombres. Le ciel est entre chien et loup et les hommes ne sont pas encore rentrés.

Marie sert Georges, qui mange avec application. Cédulie et elle picorent dans leur assiette. La maigre portion servie refroidit avant d'être avalée par principe: jeter de la nourriture frise l'hérésie. Marie doit mastiquer chaque bouchée jusqu'à la réduire en bouillie avant de pouvoir l'avaler. Elle a l'impression que son gosier est bloqué et elle doit avaler un peu d'eau pour faire descendre la purée.

Par la fenêtre de la cuisine, elle distingue à l'orée du bois le faisceau d'un fanal qui se balance à la cadence d'un marcheur. Elle couche le petit Georges dans son lit, ayant besoin que le reste de sa nichée soit près d'elle. Son cœur palpite.

Drapée dans son châle de laine, Marie attend les hommes qui avancent en silence. Leur mutisme est de mauvais augure. Les pas sont lourds, les dos voûtés, les mines sombres. Les visages lugubres qui approchent confirment le pressentiment.

— On reprend les recherches demain à la première heure, l'informe Henri.

— Voulez-vous entrer? offre Marie par politesse.

Dans de telles circonstances, elle s'attend à ce que tous refusent son invitation, mais elle doit la formuler pour témoigner sa reconnaissance. Les voisins répondent tous par un signe de tête négatif et une main levée timidement en signe d'au revoir.

— Viens manger, dit Marie à son beau-frère qui les regarde s'éloigner la mine triste.

— Plus tard. Je vais faire le train.

— Doux Jésus! J'ai oublié.

Il lui tapote gentiment l'épaule et ce geste tendre fait céder la digue trop fragile du chagrin contenu à grand peine. La tête appuyée au creux de l'épaule d'Henri, Marie déverse un torrent de larmes. Les bras d'Henri forment un rempart, l'empêchant de partir à la dérive. Quand elle se dégage, des larmes d'impuissance mouillent ses joues à lui. Marie les essuie avec son tablier et s'excuse en hoquetant.

— À tantôt, répond-il en faisant demi-tour.

Après la vaisselle, suivie de tétées dont elle a perdu le compte, le cerveau de Marie flotte dans un océan de brouillard. Seul son instinct de bête survit, son cœur est de roc, son âme frigorifiée. Le lit d'Henri grince, signe qu'il ne trouve pas le sommeil. Cédulie a troqué son lit, occupé par Hubert, pour celui de Marie-Reine. Là aussi des grincements se font entendre à intervalles réguliers. Avant de se coucher, Marie a entrouvert les tentures. Sous le faible éclairage de la lune, le léger voilage de dentelle permet de distinguer la cime des arbres de l'autre côté de la route. Marie a besoin de rester à l'affût, les sens en alerte, telle une mère louve inquiète.

La route crisse. Marie bondit à la fenêtre, écarte le rideau de dentelle. Au loin, le bruit des sabots se rapproche. Un attelage inconnu tourne dans l'entrée, à la porte du tambour arrière, une voix inconnue crie:

— Wô!

Marie soulève la dentelle de la porte, Henri et Cédulie accourent. Un homme descend du chariot. Marie court se jeter dans les bras de l'arrivant.

— Guillaume! disent en même temps Henri et Cédulie.

Henri craque une allumette, embrase la mèche de la lampe, repose le globe de verre sur son socle. Une aura d'espoir flotte dans la pièce, le maître de la maison est revenu.

Le cocher descend, invité par Guillaume à prendre un peu de repos. Henri s'offre à dételer le cheval et les deux hommes s'en vont à la grange.

Cédulie grimpe l'escalier afin de préparer un lit pour l'invité. Aidée de Guillaume, Marie transfère Georges et Marie-Reine dans le lit de Nicolas. Le papa verse une larme en prenant dans ses bras le corps efflanqué de son aînée. Marie-Reine s'éveille et son visage s'éclaire, ses bras amaigris serrent le cou paternel.

Guillaume se rend ensuite au chevet d'Hubert qui lui raconte l'accident.

— J'aurais pas dû sortir le bœuf si tôt dans le champ, mais il était en train de briser son enclos dans l'étable. Il supportait plus d'être enfermé. Mais si je l'avais gardé en dedans, Nicolas serait pas disparu de même. Henri et Marie auraient pu le surveiller au lieu d'avoir à s'occuper de moi. Que je m'en veux donc, tu peux pas savoir.

— Personne n'est à blâmer, dit Guillaume. C'est juste une suite de circonstances malheureuses. Je ne veux plus t'entendre dire des choses pareilles, Hubert, tu m'entends? À part ça, tu resteras ici tout le temps qu'il faudra.

— Mais je dérange, proteste Hubert.

— Ben, disons qu'on aime ça que tu nous déranges, dit Guillaume en lui tapotant l'épaule.

La répartie amène un vague sourire sur le visage exsangue d'Hubert.

Quand les gens de la maisonnée et leur invité se regroupent autour de la table pour le verre de l'amitié, Guillaume raconte qu'on est venu le prévenir, la nouvelle a cheminé jusqu'à Cap-aux-Brumes par divers intermédiaires. Le vieux Simon a accepté de s'occuper de l'équipage et de la suite des travaux de radoubage jusqu'au départ de la goélette.

Marie se pelotonne dans les bras de son mari, le seul capable de lui procurer le sentiment de sécurité dont elle a tant besoin. Forte de la présence de son homme, son espérance renaît. Les époux sommeillent, tendrement enlacés. Aux premières lueurs du jour, ils se lèvent, confiants de ramener au nid leur petit moineau égaré.

Sous la gouverne de Guillaume, les recherches reprennent. Entre eux, les hommes échangent en toute franchise leurs points de vue et émettent différentes hypothèses dont ils n'oseraient discuter devant les femmes.

On divise le groupe en équipes, assignant à chacune un secteur à ratisser. On convient de tirer un coup de feu en l'air pour avertir les autres si l'enfant est retrouvé. Guillaume décide d'explorer sa propre terre en passant au peigne fin tous les endroits visités la veille.

À la maison, la vie continue avec ses exigences terre à terre. Les femmes boulangent, cuisinent, lavent, soignent. La survie dépend de ces tâches répétitives et fastidieuses. Marie a décidé de s'occuper du train, matin et soir, à la place d'Henri. Elle a besoin de s'étourdir de travail. Tôt ce matin, elle a préparé un panier-repas pour Guillaume et Henri qui ne reviendront qu'à la noirceur, à moins qu'on ne retrouve Nicolas avant.

La nuit vient émousser l'espoir. Guillaume a scruté à la loupe les bâtiments, il a même déplacé tout le foin du fenil dans l'éventualité où Nicolas s'y serait enfoncé par mégarde. À la suite des hypothèses émises, le père n'écarte pas la possibilité de retrouver un cadavre, ou juste un bout de vêtement.

Le champ où le taureau a livré bataille a été examiné pied par pied, en envisageant que le corps piétiné puisse se trouver enfoui dans la terre détrempée et meuble du printemps.

Demain, on fera appel à plus de volontaires, on échafaudera d'autres plans. Guillaume est bien déterminé à éclaircir ce mystère avant de reprendre la mer. Tout vaut mieux que rester dans l'incertitude.

Quand, au creux de la nuit, il finit par sombrer dans le sommeil, la voix de Nicolas l'appelle. Il se réveille, déçu par le silence qui l'oppresse.

⁓ᴘ

Chaque soir, au retour des hommes, Marie se sent défaillir. Malgré la présence de Guillaume, une partie d'elle s'effrite lentement au fil des heures. Au plus profond de son être, elle a envisagé bien des possibilités, mais jamais celle de l'absence de tout indice. Tant qu'on n'a rien trouvé, le mince espoir qui subsiste devient aussi torture. A-t-il froid, a-t-il faim, a-t-il peur ? ne cesse-t-elle de s'interroger. Si oui, il faut vite le trouver avant qu'il ne soit trop tard.

La mère la plus douce peut se transformer en bête féroce pour défendre sa progéniture. Cet instinct, qui ignore la peur et le danger pour soi-même, ne peut être contrarié sans conséquence. Le sentiment d'impuissance qui en découle détruit Marie peu à peu. Mais elle essaie de n'en rien laisser paraître. Elle se tient le corps droit, s'efforce de maîtriser ses nerfs.

Le laisser-aller est mal vu en toutes circonstances. On garde sa peine pour soi, chacun des voisins a son lot de deuils et de souffrances. On se tait et on prie. Il n'y a que dans le recueillement de la prière qu'on peut confier au ciel sa douleur et demander les grâces nécessaires pour surmonter les épreuves.

Le curé est venu les réconforter, les assurant de ses prières et répétant que Dieu éprouve ceux qu'Il aime. Marie et Guillaume se sont fait rappeler qu'ils ne doivent pas se complaire dans leur chagrin, que la terre est une vallée de larmes où l'on gagne son ciel. Plus grandes sont les épreuves, plus belle sera sa place auprès de Dieu.

Quand Marie-Reine, qui reprend des forces, comprend que son jumeau s'est volatilisé, elle court se réfugier en haut. Marie monte un peu plus tard et la trouve couchée dans le lit de Nicolas, le visage enfoui dans un chandail de son frère. Elle redescend sans bruit, pour respecter le chagrin de sa fille et parce qu'elle ne peut trouver les mots pour la rassurer.

Cédulie désinfecte chaque jour à l'eau salée la plaie d'Hubert. Il reprend des couleurs, mais Hortense n'a pas remis les pieds chez Marie. Chaque matin, en se rendant à l'étable, Marie l'aperçoit portant un seau pour la traite des vaches. Deux fois, Marie lui crie que l'état d'Hubert s'améliore de jour en jour, mais l'autre fait la sourde oreille aux tentatives maladroites de Marie pour rétablir la communication. « Qu'elle aille au diable, se dit Marie, frustrée, je ne vais pas me mettre à ses genoux. »

❧

— On a fouillé partout et on n'a rien trouvé, torrieu, déclare Gédéon. C'est pas normal.

— Je pense comme toé, acquiesce Mathias. Si une bête sauvage l'avait attaqué, on aurait au moins retrouvé de ses vêtements.

Depuis plus d'une semaine, des dizaines d'hommes de la paroisse ont participé aux recherches. Guillaume doit se rendre à l'évidence : il ne sert plus à rien de poursuivre les fouilles. Malgré le désenchantement, il a offert à boire à ses compagnons pour les remercier de lui avoir consacré tout ce temps. Avec tact, ils lui ont fait comprendre qu'il pouvait remplir leurs timbales dehors.

— Un enfant disparaît pas de même sans laisser de trace, maudit torrieu. J'ai pour mon dire qu'on l'a volé, le petit Nicolas.

— Ben voyons, Gédéon, qui serait assez méchant icitte pour voler un enfant ? Nomme-moé-z'en rien qu'un ! le met au défi Jérémie.

L'hypothèse soulevée par Gédéon est inconcevable dans un rang de campagne où tout le monde se connaît. Les hommes, fatigués et déçus, s'échauffent pour un rien. Jérémie regarde Gédéon d'un œil furieux.

— Je parle pas du monde de par icitte, torrieu ! Je parle des étrangers des vieux pays, qui se promènent partout, pis qui vivent de rapines. Maudite engeance de bons à rien…

Guillaume se souvient d'avoir déjà entendu une histoire semblable dans sa jeunesse. Un garçonnet de l'âge de Nicolas avait disparu sans laisser de trace et on avait soupçonné un groupe de vagabonds aperçus dans la région de l'avoir kidnappé.

— Est-ce que des étrangers sont venus dans les parages dernièrement ? demande Guillaume en regardant à la ronde.

Les hommes se consultent du regard, haussent les épaules.

— Pas à ce que j'ai entendu dire, répond l'un d'eux.

— C'est pas parce qu'on en n'a pas vu qu'il en est pas venu, déclare sentencieusement le père Albert. Je vois pas d'autre chose.

L'hypothèse, jamais envisagée auparavant, commence à convaincre Guillaume. C'est la seule explication plausible devant le résultat nul des fouilles.

— Vous rappelez-vous si une voiture a passé dans le rang la journée de la disparition de Nicolas ? Ou un quêteux ? s'enquiert Guillaume.

— Moé, j'étais dans le bois cette journée-là, rapporte Alphonse, l'autre voisin d'Hubert. Je vais demander à ma femme. Si elle a vu quelqu'un ou quelque chose, elle le dira à ta femme.

Les autres voisins promettent la même chose, chacun travaillait ce jour-là loin du chemin. Comme il n'y a plus rien à faire, les hommes retournent à leur routine.

Guillaume se rend à l'étable, près de son bétail. Il a besoin de calme et de silence avant de parler à Marie de l'hypothétique vol d'enfant. Il doit repartir à l'aube. Il n'a pas le choix, mais il se fait l'impression d'être un déserteur. Pourtant, il lui faudra plus de courage pour partir que pour rester.

Marie-Reine, maigre et triste, n'est plus que l'ombre d'elle-même ; Georges suce son pouce, comme un bébé ; Rachel pleurniche plus souvent. Marie agit la plupart du temps comme un automate. Ses yeux cernés voyagent dans des contrées lointaines.

Guillaume sait qu'ils auraient tous besoin de se souder les uns aux autres pour traverser la tempête. Que devient un navire sans capitaine ? Et que peut faire un capitaine seul, sans équipage ?

Dans l'intimité du lit conjugal, ils sauraient tous deux s'apporter le soutien mutuel pour supporter l'épreuve.

Au lieu de quoi il se retrouvera au loin sans possibilité de connaître les derniers développements et Marie ne voudra partager le poids de sa souffrance avec personne d'autre.

Il croyait s'être endurci au contact de la mer, au point de pouvoir tout supporter. Il comprend ce soir que les souffrances physiques ne sont rien en comparaison de la douleur morale. « Papa je t'en prie, implore-t-il, de là-haut veille sur nous tous. »

Assis sur un tabouret de bois, Guillaume se passe la main dans les cheveux en soupirant. Il pense aux espoirs qu'il avait mis dans ce fils dont il était si fier. « Dont je suis fier, se corrige-t-il. Je ne dois pas parler de mon Nicolas au passé. Jamais ! »

Sa méditation solitaire lui ayant apporté un peu de paix, Guillaume retourne dans la chaleur de son foyer.

Comme il s'y attendait, le jour où Nicolas a disparu, personne n'a rien remarqué de spécial. Henri se rappelle avoir vu les deux gamins au bord du chemin peu de temps avant qu'Hubert ne se fasse attaquer par son taureau. Seul Georges pourrait les éclairer, mais l'enfant est trop nerveux pour qu'on puisse en tirer quelque chose.

Allongés l'un près de l'autre, Marie demande à Guillaume d'aller voir le mari de Reine à Cap-aux-Brumes avant d'appareiller. Son beau-frère pourra parler de la disparition de Nicolas à tous les gens qu'il rencontre. Guillaume promet également d'en informer tous les marins et négociants qu'il croisera à Québec.

— On n'arrêtera pas de le chercher tant qu'on l'aura pas retrouvé.

Parce qu'elle sait que son homme a besoin de sa chaleur et qu'il éprouve autant de chagrin qu'elle, Marie se blottit contre lui. Guillaume répond à son abandon confiant en l'entourant de ses bras musclés. Elle niche son visage dans son cou, emplit ses narines de l'odeur de son mari : un mélange de sueur et de tabac qui la grise. Et, à la pensée de la séparation prochaine, Marie ressent une fringale animale. Son ardeur se communique à Guillaume et ils s'unissent avec fureur, pour se cuirasser contre la précarité de la vie.

Marie a dormi d'un sommeil de plomb. Elle s'éveille dans le cocon des bras protecteurs de Guillaume, qui l'observe, les yeux grands ouverts.

— As-tu dormi ? s'inquiète-t-elle.

— Oui, ma douce, murmure-t-il en continuant de l'observer.

Au fond des prunelles bleues, Marie découvre tous les sentiments que son mari n'osera exprimer avant son départ et se sent bouleversée par tant d'amour.

Rachel pleurniche, mettant fin à ce doux moment d'intimité que Marie aurait aimé prolonger. Pour l'encourager à reprendre le train-train quotidien, Guillaume lui baise les lèvres. Puis il se lève, prend la petite Rachel, l'embrasse et la tend à sa mère.

— Il fait froid. Garde-la sous les couvertures, je vais chauffer le poêle.

﹏

La maison est chaude, mais Marie gèle de l'intérieur. Guillaume est parti après avoir embrassé chacun de ses enfants et l'avoir pressée contre son cœur une dernière fois. Cédulie s'est mouchée après l'étreinte affectueuse de Guillaume.

Hubert a tenu à se lever pour le saluer. Amaigri et le dos voûté, il a dû retourner se coucher sitôt après. Cédulie prévoit que son fils en a au moins pour un mois avant de pouvoir reprendre petit à petit le travail, en commençant par des tâches légères. En plus du bouillon de poulet, midi et soir, Hubert a droit, depuis deux jours, à un déjeuner composé d'un œuf cru battu dans du lait, auquel sa mère ajoute un peu de sucre et de brandy.

Après sa routine matinale aux bâtiments, Henri est allé reconduire Guillaume à Cap-aux-Brumes. Les deux femmes lui ont remis une liste d'articles à rapporter afin de soigner leurs malades, dont de l'huile de foie de morue pour redonner des forces à Marie-Reine, du brandy, du miel et de la mélasse.

Dans l'après-midi, Marie, qui a donné toute sa provision de miches de pain à Guillaume, sort sa première fournée. L'odeur du pain frais chatouille ses narines et fait gargouiller son estomac vide.

Hubert se lève pour la deuxième fois depuis le matin. Courbé, il se rend à la chaise berçante en refermant les pans d'une robe de chambre confectionnée pour lui par Cédulie dans le reste d'un coupon de flanelle grise que Marie avait achetée pour en faire des draps de lit pour les enfants. Dessous, il porte une combinaison de laine que lui a prêtée Henri. Cédulie a rapiécé tant bien que mal celle que son fils portait le jour de l'accident. Il pourra l'utiliser quand la plaie sera parfaitement cicatrisée, autrement les coutures nombreuses risqueraient d'irriter la peau sensible. Comme Hortense ne s'est pas souciée des besoins les plus élémentaires de son mari, Guillaume lui a prêté des chaussons de laine et une paire de mocassins.

— Ça sent bon, dit Hubert.

C'est la première fois depuis son accident qu'Hubert commente les bonnes odeurs de la cuisine et qu'il vient se bercer.

— C'est bon signe, affirme Cédulie.

— Pensez-vous qu'il pourrait en manger une tranche au souper ? demande Marie.

Hubert, tourné vers sa mère, commence à se bercer légèrement quand celle-ci donne son approbation.

Il ressemble à un enfant à qui l'on vient de promettre un bonbon parce qu'il a été sage et Marie en est toute retournée. Le trop gentil Hubert n'a aucune chance de bonheur avec sa chipie d'Hortense, se dit-elle. Que sa voisine lui en veuille à elle, Marie peut le comprendre, mais elle ne peut concevoir qu'Hortense punisse son mari en ne se souciant aucunement de lui. Elle mériterait une bonne fessée, conclut-elle.

⁓ఞ

Depuis le départ de Guillaume, Marie s'est consacrée à ses trois enfants et aux trois autres personnes qui habitent sous son toit. Elle ne cesse de penser à son petit Nicolas et de prier pour lui. Marie oscille entre un immense désespoir en raison de la disparition de Nicolas, une colère intense envers Hortense et un amour sans borne pour tous les siens. Elle vit dans un état continuel de fébrilité. Ces émotions extrêmes menacent son équilibre et sa santé. Elle mange comme un oiseau, s'agite sans arrêt comme une girouette prise dans un tourbillon de vent, et fond comme neige au printemps.

Hubert et la petite Marie-Reine font maintenant quelques pas dehors, se soutenant l'un et l'autre. Sous la caresse du soleil, ils reprennent des couleurs. Henri a installé à l'arrière de la maison deux énormes bûches qui leur servent de sièges quand ils se sentent chancelants. Henri s'occupe également des gros travaux qu'Hubert ne peut accomplir, comme les semailles. Le bœuf, qu'on attelait autrefois pour exécuter certaines besognes, est remplacé par Tom qui a réintégré son box dans l'étable. Belle a mis bas et est retournée chez Hector avec son poulain.

Georges suce de moins en moins son pouce et Rachel pleure rarement. L'herbe verdit, les arbres bourgeonnent, les oiseaux pépient et construisent leur nid. Le coq chante tous les matins au lever du soleil. La nature ressuscite, mais Marie s'étiole.

~♪

Marie s'anime un peu quand elle reçoit une lettre, souhaitant qu'elle apporte la nouvelle qu'elle ne cesse d'espérer. Sans cet espoir fou qu'elle nourrit, Marie ne pourrait survivre. Guillaume lui envoie, aussi souvent que les escales le lui permettent, de courts billets et elle le tient au courant des menus détails de leur quotidien en expédiant le courrier à son beau-frère qui leur sert de relai. Pour ne pas raviver la douleur de l'autre, aucun ne mentionne le prénom de l'enfant disparu. Mais il est présent entre chacune des lignes couchées sur le papier, incarné dans le non-dit, aussi réel et intangible que leur amour.

Ce matin, Hubert retourne chez lui. Un mois de soins attentionnés l'ont remis sur pied. Ne le jugeant pas assez en forme pour faire le chemin par ses propres moyens, Marie et Cédulie demandent à Henri d'atteler Tom afin de le ramener en boghey. Hubert, mal à l'aise, proteste qu'il est inutile de se donner tout ce mal.

Durant la nuit, Cédulie a résolu que pour l'amour de son fils, elle va affronter Hortense.

— Je vais aller lui dire comment prendre soin de son mari à partir d'astheure, confie-t-elle à Marie en cachette d'Hubert.

— Remettez-la à sa place si elle vous manque de respect, insiste Marie. Vous n'êtes pas obligée de l'endurer. J'en ai parlé avec Guillaume. On est prêt à vous garder tout le temps avec nous autres, maman Côté.

— Je te remercie ben gros, ma fille. J'ai plus l'intention de me laisser marcher sur les pieds. Pas après la manière qu'elle a agi depuis un mois, la maudite sans-cœur.

— C'est de ma faute, confesse Marie, penaude.

— Non, Marie. T'as pas à prendre tout le blâme sur ton dos. T'étais déjà à boutte, pis elle a juste fait déborder le vase, comme on dit.

Cédulie et Henri hissent Hubert dans le boghey. Henri a prêté un pantalon et une chemise à son voisin. Hier soir, sa mère lui a coupé les cheveux et l'a aidé à faire sa toilette à la débarbouillette.

— Reviens quand tu veux, dit Marie.

— Merci pour tout, répond Hubert, ému.

D'un pas décidé, Cédulie suit la voiture. Pour éviter que son fils proteste, elle ne l'a pas informé de sa décision.

Par la fenêtre de sa cuisine, Marie surveille leur progression. Tom avance d'un pas lent, retenu par les cordeaux tendus. Cédulie a la tête haute, telle une fière souveraine.

Se remémorant le sang-froid dont a fait preuve Cédulie le jour de l'accident de son fils, Marie ressent un élan d'amour infini pour cette femme dont elle admire le courage. « À partir de maintenant, se jure Marie, je vais suivre son exemple. »

6

Anse-aux-Brûlots, 1903

La brunante estompe graduellement le paysage. Marie ne distingue plus la fumée qui s'échappait de la cheminée de chez Hubert et montait dans l'air frisquet de novembre il y a quelques minutes à peine.

Elle espère Guillaume d'un jour à l'autre, ne sachant jamais d'avance quand au juste il accostera. Depuis que son beau capitaine a conquis son cœur, les grosses mers d'automne l'angoissent. Marie, qui aimait autrefois le vent, se sent maintenant au supplice quand les éléments se déchaînent alors que son homme est en mer.

Avec le soleil qui a remplacé la pluie des derniers jours, elle s'est levée toute fébrile. Quand, au déjeuner, Henri a évoqué le besoin de se rendre à Cap-aux-Brumes afin de s'acheter des vêtements neufs pour l'hiver, elle a saisi l'occasion.

— Tu pourrais peut-être faire d'une pierre deux coups, si jamais Guillaume…

Elle n'a pas eu le temps de terminer sa phrase, qu'Henri a tranché :

— C'est décidé, c'est à matin que je pars.

Depuis que le jeune Henri a atteint l'âge de la majorité, il s'est laissé pousser une moustache. Ses amours avec la belle Arthémise lui donnent de l'assurance et l'incitent à soigner sa mise. Durant l'été, Marie a eu le plaisir de faire plus ample connaissance avec sa future belle-sœur. Après la messe le dimanche, Henri l'amenait dîner à la maison quand elle pouvait prendre congé de la famille qui l'engage comme bonne à tout faire. Sa patronne, une femme avenante, a fini par autoriser Arthémise à sortir, le dimanche après-midi, toutes les deux semaines.

L'entrain de la mince brunette aux yeux bruns pétillants a immédiatement conquis Marie. Arthémise est une jeune fille accomplie : elle sait cuisiner, tenir maison, tricoter, coudre et tisser. Elle sait y faire avec les enfants, et ceux de Marie ont tout de suite adopté leur future tante.

L'insouciance heureuse de la jeune fille plaît à Marie qui a besoin de s'aérer l'esprit. Arthémise a eu la délicatesse de ne jamais aborder le sujet de la disparition de Nicolas. Marie est persuadée qu'elle en a entendu parler puisqu'elle est au courant de la blessure d'Hubert que Cédulie a recousue au fil blanc.

— J'avais jamais entendu dire qu'on pouvait recoudre une personne comme on raccommode un vêtement déchiré, a-t-elle dit un dimanche à Cédulie.

— Moé non plus ! a rétorqué en riant Cédulie. Mais que voulais-tu que je fasse ? Je voulais le sauver, tu comprends.

La réponse a tout d'abord fait rire tout le monde à gorge déployée. En se couchant ce soir-là, Marie a pris conscience que Cédulie avait agi d'instinct. Dans l'urgence, elle n'avait pas eu le temps de réfléchir et avait pourtant fait ce qu'il fallait, sans faillir un seul instant. C'était prodigieux ! À moins qu'elle n'ait reçu un don de guérisseuse, s'interrogeait Marie qui s'attachait de plus en plus à sa chère maman Côté.

— S'il est pas arrivé dans une heure, annonce Cédulie en jetant un coup d'œil par la fenêtre, je vais faire le train à sa place.

Marie a recommandé à Henri de coucher à Cap-aux-Brumes si *La Cigale* n'était pas au quai. Pour lui faciliter les choses, elle l'a chargé d'une lettre et d'un paquet à remettre à sa mère. Dans la missive, elle demande à sa famille d'offrir le gîte et le couvert à son beau-frère.

Une demi-heure plus tard, Marie scrute la noirceur qui enveloppe la route et les champs. La lampe allumée chez Hubert diminue le sentiment d'isolement qu'elle ressent au crépuscule en l'absence de son époux.

— Les nuages sont partis, on a un beau clair de lune à présent, dit-elle en soupirant.

Marie s'est donné la peine de mettre à cuire un gros rôti de bœuf pour faire plaisir à son Guillaume qui doit en avoir assez de l'insipide chiard de goélette. La cuisine embaume des odeurs du pain frais et des tartes au sucre qui tiédissent sur le comptoir, de la soupe à l'orge qui mijote au milieu du poêle et du rôti dans le four auquel elle vient d'ajouter des patates et des carottes.

— Venez voir, maman! s'écrie soudain Marie-Reine penchée à la fenêtre.

Marie s'approche.

— On dirait qu'il y a une petite lumière qui danse sur la route.

— Je ne vois rien, déclare Marie, déçue.

Marie-Reine pointe du doigt un faible rayon lumineux. Marie plisse des yeux et essaie de repérer la lumière dont parle sa fille sans oser croire à l'étincelle qu'elle n'a entrevue qu'une fraction de seconde. Cédulie se penche à son tour.

— Je vois rien moé non plus, dit-elle en retournant à son jeu de patience au bout de la table.

Désappointée par le faux espoir, Marie quitte son poste d'observation. Les deux coudes appuyés sur le large rebord de la fenêtre, Marie-Reine continue de scruter les ténèbres. Marie la laisse faire, consciente que sa fille, dans sa hâte de revoir son père, s'invente peut-être une calèche à la lampe-tempête dansante, ou, mieux, un carrosse couvert d'or scintillant sous les feux de ses lanternes.

Sa petite princesse rêve déjà au beau prince charmant que lui décrit sa mère dans les histoires qu'elle lui raconte le soir avant de l'envoyer se coucher. Pour la distraire du chagrin qui la mine depuis que son jumeau s'est volatilisé, Marie a épuisé tous les contes de sa jeunesse et doit maintenant faire appel à son imagination. Elle découvre en elle des trésors insoupçonnés. Les joyaux fabuleux sortis de son imaginaire remplacent à présent ses idées noires et elle y puise à profusion sans que la source aux riches trouvailles ne semble vouloir se tarir.

— C'est mon oncle Henri ! lance Marie-Reine.

Les boudins de la fillette virevoltent au gré de ses trépignements de joie. Marie aperçoit enfin la lampe-tempête allumée suspendue à un boghey. La nuit et la distance ne permettent pas d'identifier le voyageur.

— Ce n'est peut-être pas lui. Monsieur Gagnon est parti lui aussi ce matin.

Marie-Reine arrête de sauter et colle son nez sur la vitre pour mieux voir. Une buée s'étend, obstruant son champ de vision. Elle se recule légèrement et se tasse de côté, dans la portion inoccupée par sa mère, là où la vitre est encore claire. Le reflet de la lampe à pétrole posée sur la table forme écran et on ne voit que sa frimousse maussade.

— Je vois plus rien, déplore la fillette.

— Va à la fenêtre du salon, lui suggère sa mère.

Marie vient de reconnaître leur boghey et croit distinguer la forme de deux voyageurs. Son cœur s'emballe et, dans son affolement, sa vue devient floue.

— C'est mon oncle! crie du salon Marie-Reine.

Georges, sorti de sa sieste par les cris de sa sœur, descend l'escalier tout énervé. Marie entend le grincement des roues du boghey qui approche.

— Youpi! s'exclame Marie-Reine. Papa est avec lui! Papa arrive!

La petite Rachel, âgée de seulement six mois, se mêle à la liesse générale en piaillant pour ne pas être laissée de côté. Marie la prend dans ses bras et l'amène près de la porte arrière. Elle a hâte que son époux voit combien la petite a grandi depuis son départ. Le bonheur se peint sur le visage de Guillaume quand il entre et voit sa famille agglutinée pour l'accueillir.

— Papa! Papa! s'égosillent Marie-Reine et Georges.

Chacun veut attirer l'attention de son idole. Les yeux de Guillaume vont de l'un à l'autre. Il caresse la tête des aînés qui tendent aussitôt les mains pour se faire prendre. Les bras chargés des deux bambins, Guillaume examine Marie et Rachel, les yeux brillants. Ses lèvres s'approchent du front du bébé qui frémit sous le chatouillis de la moustache paternelle. Puis Guillaume effleure de ses lèvres la joue de Marie et s'attarde un instant sur sa bouche vermeille, son cou à la peau duveteuse.

Elle a maigri, mais elle lui semble plus belle que jamais. À défaut de pouvoir la prendre tout de suite, il la flaire avec appétit. Durant tant de nuits d'insomnie, il a rêvé de sentir le corps de sa douce venir apaiser les désirs qui l'assaillaient de toutes parts. Il a cherché à recréer son odeur, le son de sa voix, le grain de sa peau, la forme de ses hanches et le collier de ses bras. Il s'est langui de sa tendresse, craignant de ne plus la retrouver à son retour. La disparition de son fils l'a ébranlé, une partie de lui-même s'en est allée avec lui. Depuis, il a pris conscience qu'il ne pourrait survivre à la perte de son épouse. Marie a été la seule femme à entrer dans son cœur et elle se l'est approprié en entier. Devant Dieu et les hommes, ils se sont unis pour la vie, ne formant qu'un seul corps, qu'une seule chair, selon la formule consacrée. Elle est sa tendre moitié et le terme lui semble bien choisi pour décrire ce qu'elle représente pour lui. Guillaume est persuadé que même la mort ne pourra mettre fin à leur amour. Ce qu'il ressent pour Marie est trop fort pour s'éteindre. Il l'aime d'un amour éternel.

Guillaume a persuadé Henri qu'il serait plus profitable pour lui de bûcher sur ses terres à bois dès cet hiver et de vendre une partie de sa production au moulin à scie de Cap-aux-Brumes. Le bois de moindre qualité sera converti en bois de chauffage et le surplus pourra être vendu aux résidants du village. Henri a renoncé avec joie aux privations et aux poux, d'autant plus qu'il a en prime le bonheur de voir sa dulcinée le dimanche après-midi, tant que les chemins seront praticables.

Le matin, les deux frères se partagent le soin des animaux, reviennent prendre un copieux déjeuner à la maison et repartent munis d'un panier à provisions composé invariablement de pain et de porc froid. Marie enveloppe une grosse cruche d'eau pour éviter qu'elle gèle et les hommes s'en vont bûcher pour ne revenir qu'à la noirceur. Après l'arrêt obligatoire aux bâtiments pour la dernière corvée de la journée, ils rentrent fourbus à la maison.

Ils se débarrassent de leurs manteaux et s'assoient, les pieds sur la porte ouverte du fourneau pour réchauffer leurs orteils engourdis par le froid malgré les bas de laine épais. La dépense énergétique nécessaire pour accomplir ce dur travail au grand froid doit être compensée par une nourriture abondante et riche en gras et en sucre. Après le souper, suivi d'un thé chaud, Guillaume fume sa pipe.

Cédulie et Marie leur laissent les chaises berçantes. Les jeunes se font bercer chacun leur tour par leur père et leur oncle pendant que les femmes jouent aux cartes ensemble après avoir lavé la vaisselle. Quand sa progéniture est couchée, Marie reprend le tricot en cours et l'augmente de quelques rangs avant d'aller au lit.

Cédulie a transféré Rachel dans sa chambre pour laisser un peu d'intimité aux parents. La petite fait ses nuits et Marie compte la sevrer au printemps, quand elle pourra lui donner du lait de vache.

— Elle va en crever des cœurs, celle-là, prédit Henri.

Il est vrai qu'avec ses bouclettes, Rachel est vraiment mignonne. Ses cheveux châtain clair ont des reflets dorés, ses grands yeux sont restés d'un bleu profond et l'expression générale du visage à l'ovale parfait respire la gaieté, à l'image de Georges qui a retrouvé sa bonne humeur et fait maintenant de longs discours plus intelligibles. Marie a tenté de le questionner sur les événements entourant la disparition de Nicolas, mais le bambin s'est renfrogné et est resté silencieux plusieurs jours d'affilée. Elle a conclu qu'elle ne réussirait qu'à le rendre plus nerveux en insistant. Serait-elle plus avancée en apprenant qu'un monsieur s'est emparé de Nicolas et l'a embarqué dans son boghey? Il lui faudrait beaucoup plus d'indices pour pouvoir retracer son fils bien-aimé.

Étant donné que l'hypothèse de l'enlèvement demeure la plus crédible, Marie et Guillaume sont loin d'abandonner tout espoir de le retrouver vivant. Depuis le printemps, plusieurs personnes, bien intentionnées, ont émis un tas de suppositions impossibles à vérifier. Il n'a été question que de rumeurs, de peut-être que, de on-dit… Entre l'Anse-aux-Brûlots et Québec, on l'a vu ici ou là ; malheureusement, l'enfant aperçu avait quitté tous ces endroits quand Marie ou Guillaume s'y présentait. Une vieille dame, un peu fêlée, a parlé d'une bête étrange ne ressemblant à rien de connu qui aurait chapardé plein d'animaux dans les bâtiments et qui aurait pu… Marie a vite relégué le témoignage farfelu dans le tiroir aux oubliettes.

Quant à Guillaume, dès qu'il a accosté à Québec, il a donné la description de son fils aux policiers de la ville. Il a subi un long interrogatoire : était-il assez à l'aise pour payer une rançon ? Avait-il des dettes envers un débiteur qui aurait agi par vengeance ? Des ennemis, des concurrents jaloux, des gens envieux dans son voisinage, des querelles de famille ? Les policiers lui ont fait rapport à la fin de l'été qu'ils avaient visité les orphelinats et les pensionnats sans aucun résultat. À force de suivre des fausses pistes et d'aller d'espoirs en déceptions, Marie et Guillaume ont arrêté d'en parler, sans renoncer cependant à le chercher. Ils dévisagent chaque gamin inconnu qu'ils rencontrent, dans l'espoir qu'un jour…

Madame Côté n'a plus remis les pieds chez Hubert. Au comble de l'exaspération, la bru ne lui a pas laissé le temps de franchir le seuil de la porte quand Cédulie a raccompagné son fils chez lui à la fin de sa convalescence. Hortense l'a chassée à coups de balai et Henri a dû retenir la forcenée pour l'empêcher de blesser la pauvre Cédulie qui essayait, les bras levés en croix, de se protéger contre les coups vicieux que sa bru lui portait au visage. La diablesse se démenait tant qu'Henri a dû resserrer la prise. Tout d'un coup, Hortense est devenue molle comme une guenille. Elle venait de s'évanouir. Henri l'a allongée par terre et a regardé Hubert.

— Elle est pas normale, ta femme.

Puis il est remonté dans le boghey et a fait demi-tour. À mi-chemin, il s'est arrêté et a fait monter Cédulie.

— Est folle, a dit Cédulie à Marie qui, de la fenêtre de la cuisine, n'avait rien manqué de la scène. Mais elle a fait une erreur : la maison pis la terre sont encore à moé.

Le lendemain, Cédulie a vu que son fils partait seul pour l'étable. Il marchait d'un pas traînant, l'échine courbée.

— Il est pas assez fort pour faire le train tout seul, s'est-elle inquiétée auprès d'Henri.

Henri y est donc allé et l'a aidé à nettoyer les stalles, puis à sortir le fumier. Hubert a porté de peine et de misère son seau de lait jusqu'à la maison.

— Elle pourrait pas l'aider ? s'est indignée Cédulie au retour d'Henri.

— Y a rien à faire avec elle, a laissé tomber Henri. À la place d'Hubert, je la ferais enfermer dans un hospice pour les fous.

Henri a continué de prêter main-forte à son voisin. Cédulie et Marie faisaient de leur mieux pour alléger sa double tâche, mais le jeune homme devait rogner sur le sommeil pour arriver à tout faire sur les deux fermes. Il ne se plaignait jamais et semblait toujours frais et dispos le dimanche matin en partant pour l'église. La belle Arthémise n'était pas étrangère à ce surplus d'énergie.

À la fin de l'été, Hubert avait suffisamment récupéré pour accomplir seul la majeure partie du travail. Les foins étaient rentrés, le pire était passé. Après le retour de

Guillaume, la neige était venue recouvrir les champs en dormance.

～ゆ～

Chaussés de leurs pattes d'ours, moins encombrantes que les longues raquettes conçues pour la marche en terrain découvert, Guillaume et Henri suivent l'étroit sentier qui mène à leur dernier abattis. À certains passages bordés de grands conifères, les branches chargées de neige se délestent de leur parure sur les raquetteurs. Surpris par la douche de flocons blancs, les deux hommes frissonnent, s'arrêtent et s'ébrouent pour chasser l'indésirable qui s'immisce, en fondant, jusque sous leurs vêtements.

Les arbres abattus la veille ont été ébranchés et gisent sur la neige. Leurs branches jonchent les abords de l'aire de bûchage. Guillaume dépose leur panier de provisions sur une souche et suit Henri vers le grand merisier qu'ils ont choisi la veille comme prochaine cible. Ils tapent la neige autour de l'arbre afin d'en durcir la surface avant d'enlever leurs raquettes.

Après avoir bien étudié le voisinage de l'arbre, à l'aide de leur hache, ils font une profonde entaille du côté où le feuillu doit tomber. Tenant chacun l'une des poignées du godendart, ils commencent ensuite à scier l'arbre du côté opposé à l'entaille. Ils tirent et poussent au même rythme sur la longue scie de six pieds dont les dents mordent le flanc du fier merisier. La lame va et vient en grinçant, s'enfonce dans la matière ligneuse. La sciure de bois gicle de chaque côté du tronc et saupoudre la neige qui recouvre le pied du géant. Un craquement sinistre déchire enfin le grand merisier.

— *Timber!* crie Henri.

Les deux bûcheurs s'éloignent d'un bond rapide, laissant le godendart dans le tronc fissuré. Dans un grand fracas, le colosse se brise à trois pieds au-dessus de l'entaille et penche du côté prévu. Mais dès que le reste du tronc cède, l'arbre monte légèrement dans les airs et retombe à reculons, frappant Guillaume de côté. Dans le silence qui suit la mésaventure, Guillaume se relève en frottant sa hanche endolorie.

— Mon heure n'était pas arrivée, dit-il, mi-figue mi-raisin.

— Es-tu capable de marcher ? s'inquiète Henri.

— Est-ce qu'il faut que je fasse des petites steppettes pour le prouver ? interroge Guillaume, moqueur.

— Envoye donc, le met au défi Henri.

Voulant le rassurer, Guillaume esquisse deux pas de gigue et grimace.

— Va t'asseoir pendant que je l'ébranche, le saudit vlimeux. J'aurais dû me méfier, il penchait un peu.

Pour qu'Henri aligne deux jurons d'affilée, il doit être drôlement secoué, se dit Guillaume qui, en boitillant, se rend à la souche où il a laissé leur casse-croûte.

Après avoir ébranché le merisier, Henri récupère le godendart resté intact dans l'encoche entamée et vient partager le repas froid.

— Inutile d'en parler à Marie, recommande Guillaume. Elle s'inquiéterait pour rien.

— Comme tu veux.

Durant l'après-midi, Guillaume retourne bûcher. Mine de rien, Henri choisit des arbres moins gros. Il oblige son frère à s'asseoir pendant qu'il ébranche l'arbre abattu.

Henri sonne l'heure du départ un peu plus tôt et Guillaume, sans s'objecter, chausse ses raquettes en anticipant le bien-être que lui apportera le repos nocturne.

— Tu boites, remarque Marie.

— Un peu de rhumatisme, répond Guillaume.

— C'est nouveau…

— Ça fait une couple de fois que ça m'arrive, puis ça s'en va comme c'est venu.

Guillaume allume sa pipe avant le souper, lui qui ne le fait d'ordinaire qu'après le repas. «Tiens, c'est nouveau ça aussi», songe Marie. Elle ne dit rien, se contentant de jeter un coup d'œil à la dérobée. Son beau-frère est immédiatement monté à sa chambre, autre nouveauté, pense-t-elle, persuadée que ces deux-là lui cachent quelque chose.

— Marie se doute de quelque chose, dit Guillaume le lundi matin, de retour dans la forêt.

— Qu'est-ce qui te fait dire ça? demande Henri.

— Elle passe son temps à nous observer quand elle pense que je la vois pas.

Un geai bleu les croise en volant sous la cime des arbres, frôlant leur tête en poussant un hurlement strident. Ils se détournent pour l'observer. L'oiseau se pose sur une branche non loin d'eux et picore le tronc.

— Il a retrouvé son garde-manger, dit Guillaume.

— Tu crois que Marie a découvert notre secret? demande Henri pour en revenir à leur sujet de discussion.

— C'est probablement ma boiterie qui l'a inquiétée. Mais il vaut mieux se montrer prudent.

— J'ai hâte d'annoncer la nouvelle à Arthémise.

— Pas avant le 1er avril, insiste Guillaume.

— J'ai peur qu'elle pense que c'est un poisson d'avril.

Guillaume émiette un bout de pain sur la neige.

— Pas si tu lui offres en même temps une bague de fiançailles.

Quand les deux frères retournent à leur boulot, le geai bleu s'envole vers le festin providentiel. Il gobe toutes les miettes et les survole de nouveau en émettant ses cris perçants.

— Il nous dit merci à sa façon, dit Guillaume en le regardant s'éloigner dans l'épaisse forêt.

— Tu connais le langage des oiseaux, astheure ? se moque Henri.

— Tu peux toujours rire, réplique Guillaume. Les animaux sont plus intelligents qu'on pense. C'est à nous d'essayer de les comprendre.

— Tu parles comme la mère de Marie.

Guillaume hoche la tête, ouvre la bouche pour dire quelque chose, mais se souvient à temps qu'il a promis à son épouse de ne pas parler des origines indiennes de sa mère. Les tribus autochtones du Canada vivent en harmonie avec la nature. Leur sens de l'observation se compare au sixième sens qu'on attribue aux marins qui prévoient les conditions météorologiques.

— Madame Lemieux a un don pour communiquer avec les bêtes, se contente-t-il de dire.

— Elle aurait du sang indien que ça m'étonnerait pas.

— Beaucoup de Canadiens français doivent en avoir une petite goutte dans leurs veines, fait remarquer Guillaume. Nos ancêtres devaient être bien heureux de se réchauffer auprès des jeunes Indiennes quand ils partaient faire du trappage tout l'hiver.

— Ben manque !

— Qu'est-ce que tu dirais qu'on coupe celui-là ? demande Guillaume en indiquant un érable au tronc fendillé.

— Ouais, il est à veille de casser. Ça va faire du bon bois de chauffage.

~ρ

Marie et Cédulie tricotent en se berçant pendant qu'Henri et Guillaume, assis à la table, jouent une partie de dames. Ils ont placé la lampe à pétrole sur le coin de la table, près des femmes. La lumière de la mèche vacille et projette un éclairage chiche. Les deux hommes bâillent à s'en décrocher les mâchoires. Le coude appuyé sur la table, ils se tiennent la tête, tentant de se concentrer sur le jeu. Cédulie arrête de tricoter et s'accote la tête au dossier de la chaise berçante.

— On va aller se coucher quand vous aurez fini votre partie, déclare Marie en rangeant son tricot dans un sac de tissu qui contient des pelotes de laine et des aiguilles à tricoter de différentes tailles.

— On achève, répond Guillaume en s'étirant.

Brusquement, des coups répétés retentissent à la porte arrière.

— Qui ça peut bien être, à cette heure-ci ? s'étonne Marie.

Dès qu'elle ouvre, Hubert surgit en épouvante, tenant dans ses bras le petit Joseph enveloppé dans une couverture. Il le tend à sa mère.

— Venez m'aider ! crie-t-il tout énervé à Guillaume et Henri.

— Qu'est-ce qui se passe ? demande Cédulie en recueillant son petit-fils qui ne porte qu'une chemise de nuit sous la couverture.

— Hortense est en crise, répond Hubert d'un ton angoissé.

Guillaume et Henri chaussent leurs bottes, enfilent leur manteau et sortent sans prendre le temps de le boutonner. Par la fenêtre, Marie les voit courir à la suite d'Hubert. La campagne, éclairée par la pleine lune de mars, est d'une beauté saisissante et ne laisse rien présager du possible drame qui se joue dans la maisonnette voisine. La fumée s'échappe de la cheminée et monte droit dans le ciel limpide.

— Tout a l'air si calme, murmure Marie.

L'air inquiet, Cédulie continue de bercer son petit-fils. Le bambin, qu'elles n'ont pas vu depuis l'été, a maintenant plus de trois ans, mais il est si chétif qu'il en paraît à peine deux. La tête appuyée sur la poitrine de sa grand-mère, Joseph a le regard effrayé. Son visage malingre ressemble à celui d'un vieillard désabusé, songe tristement Marie. Elle va chercher une petite couverture de laine douce et l'étend sur le petit corps famélique. Cédulie fredonne une berceuse et Joseph l'examine attentivement. Le sourire de sa grand-maman, combiné à la douceur de la mélodie et à la chaleur de la laine, calme peu à peu l'enfant qui se frotte les yeux et le nez, luttant contre le sommeil.

De sa chaise, Marie observe les alentours en silence. Chez Hubert, une silhouette passe devant la fenêtre éclairée, suivie d'une deuxième. Deux hommes sortent de la maison. L'un se dirige vers l'étable des Côté et l'autre vers la maison des Dumas.

— Guillaume revient, chuchote Marie qui va à sa rencontre.

Elle lui ouvre en posant un doigt sur sa bouche pour lui signifier qu'il doit en dire le moins possible devant l'enfant que Cédulie berce en s'efforçant d'afficher le plus grand calme.

— Prépare-nous des provisions, dit tout bas Guillaume. Nous devons prendre le train. Henri ramènera la carriole d'Hubert. Je vais préparer ma valise, nous partirons dans quelques minutes.

Guillaume s'approche de Marie et murmure à son oreille : « Il faut la conduire à l'asile de Québec. » L'information donne à Marie l'idée de la quantité de nourriture nécessaire pour ravitailler les voyageurs. Rongée par la curiosité, elle retient les questions qu'elle aimerait poser à son mari, car Joseph s'est rassis bien droit et observe tous ses faits et gestes malgré le calme affiché par sa grand-mère.

Marie pige dans ses réserves à la cave et sur les tablettes du tambour arrière, remplit un panier à pique-nique de victuailles et d'ustensiles de cuisine. Pain, beurre, conserves de viande, confitures : ces denrées se conserveront facilement jusqu'à Québec. Marie embrasse Guillaume sur la joue et lui souhaite un bon voyage. Dès que son époux s'engouffre dans la nuit, Marie revient à la fenêtre. D'un pas pressé, Guillaume retourne chez son voisin. La carriole attelée attend près de la porte. Guillaume dépose son bagage à l'arrière de la carriole, puis entre dans la maison. Marie le voit ressortir en compagnie d'Hubert. Les deux hommes soulèvent Hortense qui rue et se cabre comme un cheval sauvage. Après l'avoir embarquée dans le berlot, elle voit les deux hommes l'attacher au siège arrière. « Doux Jésus, à force de gigoter elle va les faire verser », s'inquiète Marie. Le soleil de mars a commencé à faire fondre la neige, mais le chemin du rang présente des bosses qu'il faut négocier avec prudence. Le voyage jusqu'à Mont-Joli risque de s'allonger de plusieurs heures en raison des conditions difficiles des chemins de fin d'hiver et Marie calcule qu'Henri ne sera de retour que dans quatre jours, si aucune tempête ne se manifeste d'ici là. Entre-temps, Cédulie et elle devront s'occuper des deux fermes.

— Allons nous coucher, soupire-t-elle en voyant Joseph endormi dans les bras de sa grand-mère.

~⌀

Revenu au bout d'une semaine en raison justement d'une de ces fameuses tempêtes de mars qui a duré trois jours, Henri prend la relève de Marie et Cédulie qui devaient se relayer aux bâtiments afin de ne pas laisser les enfants seuls à la maison. Le soir de son retour, une fois que les petits se sont endormis, les deux femmes, à voix basse, en profitent pour le questionner enfin.

— Quand on est rentrés chez Hubert, chuchote-t-il, Hortense était en train de se couper comme on entaille un érable au printemps. Elle avait les bras pleins de coupures et saignait comme un porc. Elle a essayé de nous piquer avec son couteau quand on a voulu lui enlever. Elle hurlait et se démenait comme un diable dans l'eau bénite. C'était pas beau à voir, je vous assure.

— Hubert t'a dit pourquoi qu'elle a fait ça ? s'informe Cédulie.

— Ç'a ben l'air que ça l'a pris d'un coup, comme ça, sans raison.

Comme les deux femmes demeurent silencieuses, Henri poursuit à l'adresse de Cédulie :

— Vous allez avoir un moyen ménage à faire avant que le petit retourne à maison, y a du sang partout. On n'a pas réussi à la calmer, il a fallu l'attacher. Elle est folle à lier, y a pas de doute.

— Pauvre Hubert, murmure Cédulie.

Dans l'esprit de Marie, commence à se matérialiser une évidence qu'elle avait jusqu'à ce soir refusé d'envisager. Sa chère maman Côté devra les quitter pour prendre soin de son fils et de son petit-fils.

— Demain matin, dit Cédulie à Henri, tu iras allumer le poêle avant d'aller faire le train. Je veux faire le ménage avant qu'Hubert revienne de Québec.

~~~

— Revenez dîner, insiste Marie quand Cédulie s'apprête à partir.

— Je voudrais pas te donner trop d'ouvrage, plaide Cédulie. T'es déjà ben fine de garder Joseph pendant que je fais le ménage.

Depuis près de cinq ans à faire vie commune, Marie a appris à bien connaître Cédulie, toujours prête à aider son prochain, mais qui se sent mal à l'aise quand c'est à son tour de recevoir le moindre service.

— La maison me paraît si vide quand vous n'êtes pas là, maman Côté.

Le spectre hideux de leur prochaine séparation les jette dans les bras l'une de l'autre. Les liens qu'elles ont tissés forment de gros nœuds au creux de leur poitrine. « Nous devrons les dénouer un par un pour arriver à vivre séparément », se dit Marie au bord des larmes.

— À tantôt, dit Cédulie en lui tapotant le dos.

~~~

— C'est pire que tout ce que j'avais imaginé, l'informe Cédulie après qu'elles ont couché les enfants pour la sieste de l'après-midi.

Marie s'en était doutée en voyant revenir Cédulie toute pâlotte. Le petit Joseph s'était jeté dans les bras de sa grand-mère aussitôt qu'elle avait enlevé son manteau et ses bottes. Ce qui avait amené un sourire sur le visage fané.

— Vous en avez assez fait pour aujourd'hui, décrète Marie.

— C'est un vrai grand ménage qu'il faut faire, Marie. On dirait qu'elle faisait rien. La maison est tout à l'envers, toute crottée.

— Demain après-midi, je vais demander à Henri de garder les enfants pendant leur sieste et nous ferons le ménage ensemble.

— J'ai pas le cœur à refuser ton aide, avoue Cédulie, découragée.

Après le témoignage d'Henri, voyant sa vaillante Cédulie si déprimée, Marie s'imagine un décor infernal où des détritus jonchent le sol parsemé de traînées sanguinolentes. L'enfer sans les flammes, l'horreur d'une maison détraquée. Marie en frémit d'avance et se promet d'apporter de l'eau bénite pour exorciser les pièces hantées par la folie d'Hortense.

— On va prendre un petit vin de merise en attendant, suggère Marie.

Cédulie, qui ne dédaigne pas le remontant traditionnel des hommes pour se redonner du courage, adresse un sourire reconnaissant à Marie. L'alcool est un plaisir interdit aux femmes. Celles qui se permettent une pareille entorse aux règles de la bonne société le font en de très rares occasions, et le plus souvent en cachette. Marie trouve que seul l'abus est condamnable et se sent la conscience en paix.

— J'ai jamais osé m'en confesser quand j'en prenais, dit Cédulie en dégustant le délicieux vin maison. Je crois que le curé m'aurait jamais donné l'absolution.

— Jésus a pourtant changé l'eau en vin aux noces de Cana, réplique Marie.

— C'est pourtant vrai. J'avais pas pensé à ça.

Bien qu'ils aient poursuivi le voyage en train jusqu'à Québec, Guillaume et Hubert reviennent deux jours seulement après Henri. Marie garde à coucher le charretier de Cap-aux-Brumes qui a ramené les voyageurs, ainsi qu'Hubert et son fils.

L'imagination exubérante de Marie n'était pas loin de la réalité quant à l'aspect repoussant de la maison négligée par celle qui aurait dû la bichonner. Limitées par le temps à consacrer aux enfants, les deux femmes ont décidé d'héberger Hubert et Joseph chez Guillaume jusqu'à ce qu'elles aient fini de retaper la maison de fond en comble. Marie projette même de coudre de nouveaux rideaux afin d'ajouter une touche de gaieté et de coquetterie à ces pièces si tristes. Tout en lavant, brossant et astiquant murs, meubles et planchers, Marie s'est mise à fredonner des airs joyeux afin d'imprégner les pièces de joie de vivre et aider sa chère Cédulie à se réapproprier sa maison.

Par égards pour Hubert, Marie fait passer ses invités au salon. Touchée de compassion pour son voisin, elle désire par ce geste obligeant démontrer l'estime et l'affection qu'ils ont pour lui.

Guillaume, comme de coutume, sert un verre de caribou aux hommes et du vin de merise aux femmes. Le charretier cale son verre en une gorgée et en recale avec plaisir un deuxième que lui offre le complaisant maître de maison. Après avoir vidé aussi vite un troisième verre, le gros homme au visage rubicond demande à aller se coucher. Henri le conduit à la chambre que lui a préparée Marie.

— Il ronfle déjà ? s'étonne Henri de retour au salon.

Ronflements, grognements et sifflements confirment l'endormissement le plus rapide que la maisonnée ait connu.

— T'as vu la vitesse qu'il boit, cet homme-là ! dit Hubert.

Il regarde les verres à moitié pleins de chacun des convives.

— Ce bonhomme-là bat tous les records de vitesse, dit Guillaume. Comme charretier aussi. Avec lui, on perd pas de temps. Vous allez vous en rendre compte demain matin, il sera le premier debout, je vous le prédis. Il est toujours le premier arrivé au quai quand il faut décharger une goélette.

Un bruit incongru provenant de la chambre du charretier suit la prédiction de Guillaume.

— Il vient de battre un autre record, plaisante Henri en faisant mine de se boucher le nez.

Marie se délecte de l'hilarité générale provoquée par les pitreries de son beau-frère. Le rire d'Hubert, en particulier, lui fait du bien. Le docteur de l'asile a dit à ce pauvre garçon que la maladie de sa femme ne se guérit pas. Ils ont passé une camisole de force à Hortense qui s'est mise à se griffer au sang dès qu'on l'a détachée. Elle restera enfermée à l'asile jusqu'à la fin de ses jours. Ainsi, elle ne sera plus un danger pour la société, ni pour elle-même, a dit le médecin.

Parce que le destin l'a affligée elle-même d'un malheur infini, Marie plaint Hubert qui se retrouve seul bien trop jeune. Une épouse enfermée à l'asile pour le reste de ses jours est un fardeau plus lourd à porter que le veuvage, car l'époux n'a plus aucune possibilité de refaire sa vie : il est uni à jamais à un mort-vivant. On se marie pour le meilleur et pour le pire, jusqu'à ce que la mort nous sépare, sans se douter que ce « pire » peut être encore pire que tout ce que l'on peut imaginer. À la loterie du mariage, Hubert a tiré le mauvais numéro.

En comparant son malheur à celui d'Hubert, Marie remercie le ciel d'avoir un époux aimant et de beaux enfants. Mais le vide laissé par la disparition de Nicolas ne pourra jamais être comblé, surtout que ce vide semble presque irréel dans son immatérialité. L'incertitude la torture. Elle ne sera jamais délivrée de ce fardeau plus douloureux que le deuil.

～ρ

— Tu as vraiment embelli la maison des Côté avec tes nouvelles décorations, dit Guillaume. On dirait une nouvelle demeure.

Cet après-midi, Cédulie, Hubert et Joseph ont finalement regagné leur foyer. Hubert n'arrêtait pas de s'exclamer : «Que c'est beau, c'est tellement beau!» Et Joseph, a prononcé son premier mot: «Beau, beau», a-t-il répété à la suite de son père. Cédulie avait les larmes aux yeux en voyant leur bonheur. Marie s'est approchée et lui a tapoté le dos, comme sa bonne maman Côté l'avait fait pour elle en de nombreuses circonstances. Elles se sont souri à travers le brouillard qui voilait leur vision, puis ont déposé sur le comptoir et la table les victuailles que Marie leur a offertes pour leur premier repas en famille, dans une demeure redécorée à leur image.

— Maman Côté a été si bonne pour moi, dit Marie en se pelotonnant sous les couvertures. Je voulais effacer tout ce qui pourrait lui rappeler Hortense. Ils ont tous besoin de vivre dans un nouveau décor.

Guillaume l'entoure de ses bras. Les cheveux soyeux de Marie contre sa joue et la chaleur que dégage son ventre contre le sien excitent ses sens.

— En deux semaines, tu as fait des prodiges, ma douce. Même le petit Joseph reprend vie.

— Cédulie y a grandement contribué. Joseph adore sa grand-maman. C'est l'amour qui fait des miracles.

— Eh bien, vive les femmes remplies d'amour! dit-il en la bécotant tendrement dans le cou. T'en reste-t-il un petit peu pour ton mari, ma douce?

En guise de réponse, elle lui mordille le lobe de l'oreille. Il glisse ses mains sous la robe de nuit, caresse la pointe dressée des seins, explore les replis humides et soyeux de sa femme qui geint de plaisir. Comme la nature qui s'éveille au printemps, une énergie puissante circule dans leurs veines.

Au matin, les époux s'éveillent dans les bras l'un de l'autre et se sourient. De la cuisine leur provient le bruit que fait Henri qui tisonne le poêle à bois. Marie étire ses bras au-dessus de sa tête et Guillaume se penche sur elle, lui bécote le corps par-dessus les draps, insuffle la chaleur de son haleine à travers la flanelle. Pensant mettre fin aux jeux amoureux de son époux, elle lui dit en riant:

— Je vais faire le déjeuner.

Mais Guillaume la retient dans le lit.

— Les enfants vont bientôt se lever, chuchote-t-elle pour l'inciter à plus de retenue.

Nullement impressionné par le danger de se faire surprendre, il relève la robe de nuit pudique et pénètre tout doucement Marie. Sa vulve est encore gonflée du plaisir de la veille. Sous ses lents mouvements de va-et-vient, il la sent se détendre, y prendre de plus en plus de plaisir. Elle halète et il la force à ralentir la cadence. Les mains de Marie l'agrippent par les fesses, puis elle se cabre. Le spasme qui la secoue prolonge la jouissance de Guillaume, leur orgasme simultané les laisse pantelants.

Les bras autour du cou de Guillaume, Marie le retient et lui murmure des mots tendres à l'oreille. Elle aime le garder en elle et Guillaume savoure le prolongement de bien-être que lui procure la fusion de leurs corps.

— Quelle date on est? murmure-t-il.

— Le 1er avril, répond-elle, alanguie. Pourquoi?

Il roule sur le côté, puis se soulève sur un coude. Il la regarde tout sourire.

— Qu'est-ce qu'il y a? dit-elle, intriguée par le comportement inhabituel de son époux.

Ses longs cheveux emmêlés par leurs ébats la rendent si désirable que Guillaume aurait envie de la pénétrer de nouveau pour lui annoncer sa grande nouvelle, mais il n'en a plus la force. Il la regarde intensément, lui caresse la joue. Heureuse et confiante, elle baise sa main au passage.

— J'ai une grande nouvelle à t'annoncer et ce n'est pas un poisson d'avril, la prévient-il.

Elle fronce les sourcils, incrédule.

— Dis toujours, ajoute-t-elle sur ses gardes.

Guillaume regrette maintenant d'avoir parlé de la date. Il voulait faire de son annonce un grand événement et ne sait plus comment se dépêtrer de sa maladresse.

— C'est sérieux.

— As-tu fini de me faire languir?

Il se penche à son oreille et lui murmure:

— Dans une semaine, nous déménageons à Cap-aux-Brumes.

Elle le repousse et le regarde, incrédule, les sourcils en accents circonflexes.

— Je ne te permets pas de faire des blagues sur un sujet aussi sérieux, dit-elle, le regard sombre.

— Je te jure que c'est vrai, Marie. Henri et moi, on a décidé d'avancer nos projets d'une année. Cet après-midi, tu vas le voir se mettre sur son trente-six pour aller l'annoncer à Arthémise, il veut se marier cette année.

Voyant l'expression de Marie changer, Guillaume est heureux d'y lire un étonnement heureux.

— Mais où est-ce qu'on va rester ? Tu dis qu'on déménage dans une semaine et on n'a pas encore de maison là-bas !

Marie, sans plus se soucier de sa nudité, s'assoit dans le lit et lui fait face. Guillaume sait que la maison qu'il a choisie l'automne dernier va lui plaire. Elle est située en plein cœur du village, à un quart de mille de l'église, sur la rive ouest de la rivière Mélodie, voisine de la maison de Reine et de son mari. La maison compte six chambres, une grande cuisine et un salon. Une galerie avec véranda orne la devanture de la bâtisse qui fait face à la rivière. Quand la goélette sera à quai, Guillaume pourra rentrer chez lui tous les soirs.

— J'ai acheté une jolie maisonnette à l'automne. Je crois que tu vas l'aimer.

Quand elle ouvre la bouche pour lui poser des questions, Guillaume fait un signe de dénégation de la tête.

— Je n'en dirai pas plus. Tu auras la surprise en arrivant là-bas.

Devant le sourire satisfait de son époux, Marie fait la moue, saisit un oreiller et lui en assène un coup sur l'épaule. Il prend l'autre oreiller et engage un combat enfantin qui les fait rire tous les deux. En présence de sa douce, Guillaume se sent rajeunir. Âgée de dix ans de moins que lui, malgré les grossesses, les responsabilités et les drames, Marie conserve la fougue de la jeunesse.

Éveillés par les rires de leurs parents, Marie-Reine et Georges descendent en hâte. Dans l'autre chambre du rez-de-chaussée, Rachel mêle ses cris joyeux à la liesse générale.

D'un air complice, les époux remettent les oreillers en place et remontent les couvertures du lit. Marie s'est habillée et la chambre reprend l'aspect sage qu'elle doit avoir aux yeux de l'entourage. Georges, le petit curieux, entrouvre la porte.

— On n'entre pas dans la chambre de papa et maman quand la porte est fermée, gronde Guillaume.

Gêné, le bambin rebrousse chemin en laissant la porte ouverte. De l'autre côté, Rachel crie pour attirer l'attention. Guillaume referme la porte et fait signe à Marie d'attendre, pour bien marquer l'importance de l'interdiction.

— On ne dira pas tout de suite aux enfants qu'on déménage, chuchote Marie. Ils seraient trop excités et ne dormiraient pas.

— Et toi, vas-tu arriver à dormir ? la taquine Guillaume.

Le jour du grand départ arrivé, quelques voisins, dont Hubert, entassent une partie du ménage et des effets personnels dans leur charrette. Guillaume attache solidement chacun des chargements. La machine à coudre, dont Marie est si fière, est déposée dans sa charrette et recouverte d'une catalogne pour la protéger. Guillaume prend la tête du défilé.

En bordure du chemin, Cédulie et Joseph leur font de grands gestes d'adieu. La petite Rachel se joint à la famille et agite sa menotte. La veille au soir, Marie et Cédulie sont tombées dans les bras l'une de l'autre, la larme à l'œil. Elles se sont promis de s'écrire et de se visiter dès que ce serait possible, mais les adieux ont été déchirants.

La date du déménagement, fixée d'avance par Guillaume, n'aurait pu être mieux choisie. Le soleil printanier des derniers jours a fait fondre une bonne épaisseur de neige dans le rang qui mène au village. La journée promet d'être radieuse. Les chevaux avancent à pas lents et réguliers, les roues s'enfoncent légèrement dans la neige qui ressemble à du gros sel grisâtre. Leur laissant la voie libre, quelques corneilles quittent la route en croassant et reviennent occuper le territoire après le passage de la dernière charrette.

De l'Anse-aux-Brûlots jusqu'à Cap-aux-Brumes, la route est presque entièrement déneigée, mais en raison de la terre détrempée et du lourd chargement, on ne force pas l'allure des chevaux. Les grelots des attelages résonnent gaiement et attirent l'attention des habitants qui s'arrêtent et regardent passer la procession inhabituelle. Les gens déménagent rarement au cours de leur vie et ceux qui le font n'ont généralement pas besoin d'autant de charrettes. Quelquefois, un pan de rideau est soulevé à l'une des fenêtres qui épient le chemin. Marie est certaine que ces gens vont émettre toutes sortes de commentaires et qu'ils essaieront de savoir qui peut bien être passé devant leur porte.

Au bout de trois longues heures, Marie voit apparaître le clocher de l'église de Cap-aux-Brumes. Guillaume emprunte la rue Bordeleau qui longe la rivière Mélodie. Elle observe les maisons, se demandant laquelle sera sa nouvelle demeure. Guillaume arrête l'attelage devant la résidence de Reine et descend de la charrette.

— Vous êtes arrivée, madame, déclare-t-il solennellement.

Marie le regarde sans comprendre, puis lui tend Rachel et met pied à terre. Il se dirige vers la maison voisine et elle lui emboîte le pas, n'osant croire à son bonheur : demeurer si près de sa sœur ! La toiture du perron-galerie court sur toute la façade et le côté sud-est. Quelle que soit l'heure du jour, elle pourra s'y asseoir à l'ombre ou au soleil, dans la brise rafraîchissante ou à l'abri du vent, selon son bon plaisir.

Guillaume monte les quatre marches de la galerie et sort une clé de sa poche. Ils pénètrent dans un vestibule fermé par une autre porte qui protège les occupants contre le froid. La porte intérieure débouche sur un corridor au plancher de chêne.

Marie jette un coup d'œil vers la large porte d'arche située à gauche.

— Le salon, commente Guillaume.

Elle s'arrête à l'entrée de la grande pièce et écarquille les yeux à la vue d'une élégante truie de fonte, évoquant une femme aux courbes rondes, adossée à une cheminée en pierre et dont les pieds reposent sur un carré en pierre plate.

— On n'aura pas assez de meubles, fait-elle remarquer étourdiment.

Elle regrette aussitôt ses paroles irréfléchies répercutées par l'écho des murs vides. Elle presse le bras de son époux.

— C'est trop beau, dit-elle pour se racheter.

Les yeux rieurs de Guillaume la rassurent, il n'a pas mal interprété ses paroles maladroites.

— Viens voir les autres pièces, dit-il en la faisant passer dans la chambre principale de l'autre côté du couloir.

Il la devance et ouvre une porte sur le mur du fond qui découvre un placard où l'on peut suspendre des dizaines de vêtements. À droite de la penderie, une armoire aux profondes tablettes lui permettra de ranger draps et couvertures. Marie-Reine et Georges suivent leurs parents en silence, impressionnés par leur nouvelle maison. Rachel babille dans les bras de son père en agitant les bras dans toutes les directions.

La visite se poursuit avec la vaste cuisine ensoleillée, à l'arrière. Le pan de mur extérieur est percé d'une fenêtre au-dessus de l'évier et paré d'armoires au bout desquelles repose la huche à pain. Sur le long comptoir de cuisine, Marie pourra laisser refroidir toutes ses tartes et tourtières au lieu d'en laisser une partie sur la table. Une porte menant dehors débouche sur un grand tambour garni de tablettes. Sur l'autre mur, un somptueux poêle de fonte l'Islet, dont le réchaud est surmonté d'un joli miroir décoratif, s'enracine à sa plate-forme en pierre plate. Marie est éblouie par ses enjolivures en acier chromé reluisant. À gauche, une grande boîte à bois est munie d'un couvercle à charnière.

La deuxième chambre du rez-de-chaussée, de dimension plus modeste, débouche sur la cuisine. Ce sera celle de Rachel, décide Marie, jusqu'à ce qu'elle soit assez vieille pour coucher à l'étage. L'endroit est assez grand pour y loger un lit et une couchette de bébé. Juste à côté, Marie découvre une pièce étroite pouvant servir de débarras.

— Les anciens propriétaires en avaient fait une sorte de cabinet avec un tub pour le bain, raconte Guillaume.

— Quelle bonne idée, dit Marie, heureuse à l'idée d'avoir un endroit discret pour faire sa toilette et ranger la tinette quand il fait trop froid pour utiliser les bécosses à l'extérieur.

Un escalier tournant, situé entre le cabinet de toilette et la chambre des maîtres, conduit à l'étage. Sous cet escalier, une porte ouvrant sur la cuisine mène à la cave.

— Allez voir le haut, dit Guillaume en remettant Rachel à sa mère. Je vais m'occuper de commencer à décharger nos affaires.

À l'étage, quatre chambres mansardées au plancher de bois franc impeccable ont chacune une garde-robe et des tablettes de rangement.

— La chambre au-dessus du salon sera celle des garçons, décide Marie en songeant au futur et à Nicolas qu'elle espère toujours retrouver.

— Je veux l'autre du devant, exige Marie-Reine.

— Elle sera plus froide en hiver. Tu serais mieux dans celle au-dessus de la cuisine.

Marie a remarqué que chaque pièce est percée d'un grillage laissant monter la chaleur, et par conséquent les sons, et elle veut assurer plus d'intimité à leur chambre à coucher. Elle préfère donc réserver les deux chambres situées au-dessus de celles du bas pour les rares visiteurs, ou pour les besoins futurs de la famille si elle s'agrandit selon ses vœux.

— Allons la voir. Comme elle est située du côté sud-ouest, je suis certaine qu'elle est plus gaie.

— Elle est belle, concède Marie-Reine en regardant le reflet d'un rayon de soleil folâtre danser sur le plancher de bois lustré.

Marie va à la fenêtre et voit un autre avantage à faire ressortir pour convaincre sa fille que cette chambre doit être préférée aux autres.

— Viens voir.

La fillette s'avance et regarde en direction de l'index de sa mère pointé vers un drôle d'arbre aux multiples troncs minuscules et décharnés.

— C'est un lilas, dit Marie. Quand il sera en fleur, ta chambre va sentir tellement bon ! Que tu es chanceuse ! J'ai toujours rêvé d'avoir un lilas sous la fenêtre de ma chambre.

Marie-Reine n'a pas encore vu ni senti de lilas, mais à son sourire ravi, Marie devine que sa fille se sent privilégiée d'avoir un arbre aux fleurs odorantes à portée de ses nuits.

En sortant de sa chambre, Marie-Reine jette un regard désintéressé aux deux autres pièces. À la demande de Marie, Guillaume range dans l'autre chambre à l'avant la machine à coude, le métier à tisser et le rouet. Quand elle y travaillera, Marie sera bien placée pour observer le fleuve et l'arrivée des goélettes.

— Allons préparer à dîner, dit-elle.

Sous les directives de Guillaume, les hommes déménagent les caisses destinées à la cuisine afin de permettre à Marie de préparer à manger pendant qu'ils déchargeront le reste des effets.

Paul-Émile, le mari de Reine, s'arrête dans l'encadrement de la porte avant. Le pli impeccable de son pantalon gris charbon tombe droit sur ses souliers de cuir noir. Sa chemise immaculée, au col empesé orné d'une cravate gris perle, est recouverte d'un veston sans manche de même tissu que le pantalon. Son beau-frère est grand et svelte, le sourire avenant sous la moustache brune bien taillée. Propriétaire du magasin général, Paul-Émile est toujours bien mis.

— Nous vous attendons tous pour dîner, dit-il en s'avançant pour embrasser Marie sur les deux joues.

— Ça n'a pas de bon sens, proteste-t-elle.

— Ta mère a tout préparé. Elle a fait cuire un gros cipaille et la table est prête.

— Mais… proteste Marie.

— Il n'y a pas de mais, on vous attend, dit-il d'un ton assuré qui ne supporte pas la réplique.

Il tend les bras vers sa plus jeune nièce. L'adorable Rachel se laisse prendre et gazouille comme un pinson. Elle tend sa menotte vers la moustache, au grand plaisir de l'oncle qui lui bécote l'intérieur de la main. Paul-Émile est fou des enfants. Si ce n'était de la maladie de Reine, il aurait quelques marmots de plus.

— Venez avec mon oncle Paul-Émile, dit-il à Georges et Marie-Reine.

Pour ne pas imposer à sa mère et à sa sœur d'avoir à s'occuper de sa marmaille, Marie doit le suivre. En sortant, Paul-Émile répète l'invitation à chacun des hommes.

— On arrive, l'assure Guillaume en train de décharger les chaises de cuisine.

⇜⇝

Le magasin de Paul-Émile occupe la totalité du rez-de-chaussée d'un grand cottage. Un balcon profond couvre toute la façade, à l'étage. Les déménageurs ont dételé leurs chevaux et les ont attachés à côté du magasin, où un espace aménagé permet d'accueillir les attelages des clients ; tous les chevaux sont recouverts d'une couverture épaisse pour éviter qu'ils ne prennent froid. Le climat de Cap-aux-Brumes est réputé pour ses variations brusques et imprévisibles au cours d'une même journée.

La famille de Paul-Émile loge à l'étage supérieur auquel on peut accéder par deux escaliers, l'un extérieur, l'autre intérieur caché dans l'arrière-boutique. Au haut des marches, la mère de Marie les accueille avec effusion, les enserrant tour à tour dans ses rondeurs généreuses. Reine, en robe de chambre, se lève de sa chaise berçante pour les embrasser.

— Enfin, je vais t'avoir près de moi, dit-elle à Marie à travers ses larmes de joie.

Elle est si pâle et amaigrie qu'on la croirait désincarnée. Son regard embué, plein d'étoiles ardentes, rappelle à Marie combien sa sœur pouvait être vive et enjouée avant sa maladie. Maintenant qu'elles seront proches voisines, elle compte bien rattraper ces longues années qui les ont tenues loin l'une de l'autre.

— Oui, enfin, approuve Marie en la serrant doucement, de peur de lui faire mal.

Tenant toujours Rachel dans ses bras, Paul-Émile la présente à son épouse.

— Comme tu es jolie, petite Rachel, dit Reine de sa voix mélodieuse.

Ayant sans doute compris le compliment, Rachel sourit à cette tante inconnue et cligne des yeux en roucoulant.

— C'est une ensorceleuse, celle-là, affirme Paul-Émile en riant de la mimique charmeuse de la bambine. Une vraie Lemieux !

Paul-Émile, amoureux fou de sa Reine, prétend que les Lemieux sont les plus belles femmes de la paroisse et, depuis son mariage, Guillaume se joint à ce concert d'éloges en adressant un clin d'œil fripon à sa douce, qui rougit chaque fois.

Georges et Marie-Reine se tiennent près de leur mère, regardant béatement leur tante comme si elle était un bibelot précieux et fragile. Malgré la maladie, Reine est ravissante. Son sourire empreint de douceur a beaucoup de charme. Dans sa robe de chambre de satin rose, au col de dentelle ivoire parsemé de rosettes minuscules, elle a l'air d'un ange sorti tout droit du paradis.

— Tu as de si beaux enfants, s'extasie Reine en passant la main dans les cheveux de Georges et de Marie-Reine qui, impressionnés par la grâce de leur tante, ont des sourires gênés.

Sortis sans bruit d'on ne sait où, Jean, Gabriel et Paulette viennent saluer leurs jeunes cousins. Constamment exhortés à ne pas faire de bruit en raison de la maladie de leur mère et des clients du magasin, les trois enfants manifestent beaucoup de retenue et de sérieux. Les deux aînés vont à l'école. La benjamine, qui n'a que quelques mois de plus que sa cousine, commencera sa première année en septembre alors que Marie-Reine, née en janvier, devra attendre un an de plus.

— Tes enfants sont beaux et bien élevés, dit Marie qui regarde, attendrie, ces enfants graves, privés de l'insouciance turbulente de la jeunesse.

Ses neveux et sa nièce lui sourient et viennent l'embrasser. Marie, débordante d'énergie et d'affection, les presse sur son cœur et se promet de les inviter souvent pour leur permettre de se défouler.

Guillaume est reçu par ses neveux comme un visiteur longtemps désiré. Ils pressent de questions l'oncle-capitaine aux péripéties palpitantes. Quand il les présente fièrement à ses voisins de Cap-aux-Brumes venus l'aider, les deux garçons leur donnent cérémonieusement la main, ce qui fait sourire ces campagnards peu habitués à ces gestes de civilité chez des enfants. Henri arrive le dernier et on lui fait fête. Les enfants lui donnent du « mon oncle » bien qu'il soit le frère de leur oncle « par alliance » et n'ait par conséquent aucun lien de parenté avec eux. Il est d'usage d'attribuer parfois ce qualificatif affectueux aux cousins ou amis intimes des parents pour qui l'on éprouve des sentiments de vive affection.

— Le dîner est servi, dit la grand-maman Lemieux.

Aidée de Marie, Reine retourne discrètement à sa chambre pendant que les hommes et les enfants prennent place autour de la grande table au centre de laquelle sont disposés des plats de tranches de pain, de ketchup et de diverses marinades. En tant que maître de maison, Paul-Émile s'assoit en bout de table et récite le bénédicité. La grand-maman a attribué l'autre bout à Guillaume qui assoit sa benjamine sur ses genoux et retient la menotte de la petite pour l'empêcher de toucher aux aliments brûlants de son assiette. Marie vient les rejoindre et s'occupe de faire manger Rachel entre deux bouchées.

— Va t'occuper de ton déménagement, lui ordonne gentiment sa mère quand Marie veut l'aider à faire la vaisselle après le repas.

— J'irai plus tard, je veux vous aider, proteste Marie.

— Tu m'aideras une autre fois, insiste l'aïeule. J'ai rien que ça à faire pour me désennuyer après-midi.

— Écoute ta mère, décrète Guillaume en lui enlevant le linge de vaisselle. On a besoin que tu nous dises où placer les meubles et les caisses qu'on va rentrer. Tu te reprendras une autre fois.

Il donne le linge à sa belle-mère et l'embrasse sur les deux joues.

— Merci, madame Lemieux, on vous revaudra ça. Votre cipaille et vos tartes sont durs à battre.

— Merci, mon gendre, dit-elle en riant. Avec des beaux compliments de même, je vais t'en faire d'autres, c'est certain.

Marie, poussée vers la sortie par Guillaume, se retourne et dit :

— Venez faire un tour quand vous aurez fini, maman.

En moins de deux heures, tout le ménage est déchargé et placé aux endroits indiqués par Marie. Guillaume refuse l'offre de ses voisins du rang des Bouleaux d'assembler les lits démontés, sachant qu'ils doivent rentrer tôt pour faire leur train. Après avoir pris le traditionnel verre de caribou et avoir refusé l'offre de dédommagement de Guillaume, les déménageurs bénévoles retournent chercher les chevaux pour revenir les atteler aux charrettes. Toute la famille se tient près des chariots afin de saluer et remercier une dernière fois ces voisins si serviables.

— Quand vous viendrez à Cap-aux-Brumes, venez nous voir, dit Guillaume. Gênez-vous pas, la maison est assez grande pour vous accueillir avec vos familles. Un gros merci à vous tous, mes amis.

— Vu que t'as toujours un bon petit boire à nous offrir, rigole l'un d'eux pour faire diversion aux adieux émouvants, je vais revenir, c'est sûr ! Pis je veux montrer votre belle grande maison à ma femme.

— À la revoyure, dit timidement Hubert en soulevant son couvre-chef.

Henri leur fait un dernier au revoir de la main et grimpe sur son chariot. Guillaume caresse une dernière fois le museau de Tom, qui fait partie du «roulant» de la ferme vendue à son frère. Le cheval se frotte le museau sur son épaule. D'un léger claquement des cordeaux, Henri met fin aux épanchements de l'animal. Mais, contrairement à ses habitudes, Tom hennit sans broncher. Guillaume doit se faire violence pour donner une tape affectueuse sur le flanc de l'animal qui, docilement, reprend la route. Le bras passé autour du cou de Marie, il regarde le défilé des charrettes amies s'éloigner.

— C'est tout un pan de notre vie qui s'en va, dit tristement Marie.

— Ne sois pas triste, dit Guillaume pour surmonter son propre abattement. Pense à tous les avantages qui nous attendent ici : ta mère et ta sœur juste à côté…

Marie lui met l'index sur la bouche pour mettre fin à la longue liste des avantages et le regarde tendrement.

— Je m'en réjouis, crois-moi. Et notre nouvelle maison est plus belle que tout ce que j'aurais pu imaginer. Je ne veux pas te paraître ingrate, c'est juste que je n'oublierai jamais notre premier nid d'amour, ni l'entraide extraordinaire de nos voisins, ni…

À son tour, Guillaume bloque le débit de Marie de son index parce qu'il voit apparaître dans les yeux de sa douce un brouillard qui risque de les accabler tous les deux. Ils n'ont pas à prononcer le nom du fils chéri qu'ils ont l'impression d'abandonner en quittant leur chaumière de l'Anse-aux-Brûlots, comme si l'enfant disparu pouvait encore revenir après leur départ… Autant pour l'apaiser que pour se rassurer lui-même, Guillaume plonge son regard dans les prunelles ténébreuses de sa douce.

— Henri et Arthémise prendront soin de notre nid d'amour, dit-il lentement, détachant chaque mot.

Le message sous-jacent semble pénétrer le cœur tourmenté de Marie.

— Tu as raison. Ils sont là pour nous remplacer si…

Guillaume la serre fort contre lui. Malgré le courage et l'espoir, en dépit du silence qui masque la douleur, au moment le plus inattendu, le souvenir de Nicolas revient leur tordre les entrailles.

—◆—

— Je vais sortir les tapis, décide Marie. Ensuite on montera les lits des enfants.

— En t'attendant, j'apporterai du bois de chauffage pour le poêle et le foyer, dit Guillaume.

Plus tard, il fera visiter la cave à Marie qui déborde de corvées toutes plus pressantes les unes que les autres. Sa douce n'aura plus à sortir pour s'approvisionner en bois de chauffage durant son absence. Une porte extérieure est aménagée pour entrer la provision de bois à l'automne. Plusieurs cordes sont alignées dans la cave de terre assez haute dans cette partie pour permettre de marcher sans avoir à se courber.

Marie sort ses tapis tressés et les dispose aux endroits stratégiques. Puis elle jette un coup d'œil aux enfants qui, sous la surveillance de Marie-Reine, s'amusent dans le salon. Malgré l'apport d'une causeuse, de deux fauteuils à haut dossier, de deux chaises berçantes et d'une table à cartes avec ses quatre chaises, le grand salon a l'air vide. Marie décide qu'elle disposera des pots de grandes fougères pour garnir la pièce, comme elle en a vu au presbytère.

Aidée par Guillaume, elle monte les lits des enfants et recouvre les paillasses de draps propres. Jusqu'à l'été, chaque lit a sa couverture de laine et sa courtepointe de « pointes folles » coupées dans les retailles de tissus et patiemment assemblées à l'aiguille.

— C'est si grand pour seulement deux jeunes enfants, dit Marie en s'apprêtant à quitter l'étage.

Elle s'arrête en haut de l'escalier et se blottit dans les bras de Guillaume.

— Bien sûr, Rachel viendra rejoindre sa sœur dans quelques mois. Et puis, il faudra que tu fabriques un autre lit cet hiver, ajoute-t-elle en observant sa réaction.

— Veux-tu dire que notre famille va s'agrandir ? s'enquiert Guillaume.

Un sourire épanoui et un hochement de tête affirmatif confirment ce qu'il soupçonnait déjà. Les seins plus ronds et la chaleur de la peau de sa douce sont les premiers signes avant-coureurs à lui révéler sa grossesse. Mais chaque fois, il attend sans mot dire, ne voulant rien enlever au plaisir qu'elle manifeste à lui annoncer l'heureuse nouvelle. Il l'étreint et l'embrasse dans le cou.

— Il y a quelqu'un ? crie une voix féminine d'en bas.

— Oui, maman, nous arrivons, dit Marie.

Elle se dégage des bras de Guillaume et rajuste son chignon.

— Je ne veux pas le lui annoncer tout de suite, chuchote-t-elle.

D'une pression de la main, il lui exprime son assentiment. Galamment, il descend lentement l'escalier devant elle pour lui servir de rempart en cas de chute.

Après avoir fait le tour des pièces du rez-de-chaussée avec leur visiteuse, Guillaume suggère à Marie de préparer du thé pendant qu'il fera visiter l'étage à sa mère. Avant de repartir en mer, il entend tout faire pour ménager sa douce.

Marie fouille dans les caisses et sort la bouilloire, la théière et le pot de feuilles de thé. Elle constate avec plaisir que le poêle à bois a été allumé, sans doute par Guillaume, et met l'eau à bouillir. D'une autre caisse, elle déballe les tasses et range dans l'armoire une partie de la vaisselle de tous les jours. Le service de porcelaine, qu'elle réserve pour les grandes occasions, restera à l'abri dans sa caisse jusqu'à ce que tout le reste soit rangé. Elle attendra que les enfants fassent leur sieste le lendemain après-midi pour laver les précieux couverts.

Du coffre à provisions, elle extrait des galettes à la mélasse qu'elle pourra servir à sa mère, avec le thé, et aux enfants en guise de collation, avec un verre d'eau. En dépit du travail urgent, Marie remercie le ciel de lui accorder cette pause avec sa mère. Après, elle devra préparer le lit de Rachel et le souper, faire la vaisselle, déballer la lampe à pétrole et les chandelles, laver les enfants avant de les coucher dans leurs draps propres, installer sa chambre, faire sa toilette et ses prières.

— Je vais t'aider à placer ta cuisine, offre sa mère en redescendant.

— Pas question, dit Marie en avançant une chaise pour inviter sa mère à s'asseoir à table. On va faire les paresseuses pendant une quinzaine de minutes.

Guillaume a amené les enfants à la cuisine et la pause de quinze minutes s'étire jusqu'à ce qu'on ait vidé la théière et épuisé les nouvelles concernant toute la parenté dispersée au Québec et aux États-Unis.

— J'ai plus rien de neuf à vous annoncer, conclut la grand-mère pour mettre fin à son long bavardage. Je pense qu'on a couvert tout le monde jusqu'aux cousins de la fesse gauche !

La grand-mère rit de bon cœur. Marie la regarde sévèrement et lui fait un léger signe de tête en direction des enfants.

— Qu'est-ce que ça veut dire, des cousins de la fesse gauche ? demande Marie-Reine.

L'aïeule se couvre la bouche et cesse de rire net.

— C'est une expression, commence Marie embarrassée, pour parler d'une parenté lointaine ou incertaine.

— Bon, ben, je pense que je vais y aller, moé là, marmonne la grand-mère mal à l'aise.

— Vous reviendrez, s'empresse de dire Guillaume.

Il se lève pour aller reconduire sa belle-mère à la porte et Marie l'entend la complimenter pour ses talents culinaires. Elle se reproche de s'être montrée contrariée après tout ce que sa mère vient de faire pour eux.

— À demain, maman.

— Oui, à demain, répond sa vieille mère en lui faisant au revoir de la main.

« Il faudra pourtant que je lui fasse comprendre gentiment qu'elle doit surveiller son langage en présence des enfants », se dit Marie, inquiète à l'idée que sa mère pourrait aussi parler de ses origines autochtones pour faire l'intéressante. « Bof, je verrai demain », décide-t-elle, écrasée de fatigue.

⁓⁓

Marie s'éveille et se sent fourbue. Elle ouvre un œil et le referme aussitôt. Le soleil envahit la chambre aux fenêtres nues. Se souvenant soudain qu'elle est dans sa nouvelle demeure et paniquée à l'idée que les passants puissent

244

l'apercevoir, elle se cache la tête sous les couvertures et cherche à se coller contre son mari. À côté d'elle, le lit est froid. Elle étend la jambe : la place est vide. Alarmée, elle repousse les couvertures et court revêtir sa grosse robe de chambre, puis revient chausser ses pantoufles restées au pied du lit. La porte de la chambre est fermée, Guillaume a dû décider de la laisser dormir. Elle s'inquiète de l'heure, se rappelant qu'elle a oublié hier de remettre en place le balancier de l'horloge grand-père.

À la cuisine, les enfants sont assis sagement autour de la table. Guillaume fait frire des tranches de pain doré qui embaument la cuisine.

— Viens t'asseoir, l'invite Guillaume, heureux de la surprise qu'il réservait à sa douce.

— Quelle heure est-il ? Tu n'aurais pas dû me laisser dormir si tard.

— Comment sais-tu qu'il est si tard si tu ne sais pas l'heure qu'il est ? plaisante-t-il en lui présentant une tranche de pain doré.

— Où as-tu eu du lait ? dit-elle, surprise, en voyant une pinte de lait au centre de la table.

Le matin du départ, trop préoccupée par les mille et un détails de dernière minute, elle avait oublié d'en prélever sur la traite du matin. Guillaume lui verse une tasse de thé noir.

— Je suis allé à l'épicerie. C'est à moins de cinq minutes de marche.

— Plus besoin de traire les vaches, dit-elle, soulagée à la pensée de ne plus avoir à se soucier de cette corvée astreignante en l'absence d'homme à la maison.

— Non et je ne m'en plaindrai pas, commente Guillaume.

Marie ne s'était jamais doutée que le travail de fermier pouvait déplaire à son époux. Se conformant au dicton :

« Qui prend mari, prend pays », elle l'avait suivi sans se poser de question.

— J'en veux une autre, réclame Georges en montrant son assiette vide à son père.

— Patiente une minute, mon bonhomme. Papa va te faire une toast encore meilleure que celle de tantôt.

— Quand commences-tu tes travaux de radoubage ? s'informe-t-elle.

— Mon équipage est supposé avoir commencé les travaux. J'irai les voir cet après-midi si tu n'as pas besoin de moi.

Guillaume glisse la tranche de pain doré dans l'assiette de Georges. Marie, qui a terminé, se lève et lui enlève la poêle à frire.

— C'est à ton tour de te faire servir.

En un tournemain, elle fait dorer trois tranches de pain pour son époux qui les mange copieusement arrosées de sirop d'érable. Après le thé, Guillaume allume sa pipe et berce Rachel pendant que Marie-Reine et Georges s'amusent à construire un château de cartes sur la table de la cuisine. « Le tableau du bonheur », se dit Marie en revenant de sa chambre où elle a fait le lit. Elle en rapporte une jupe grise et une blouse blanche qu'elle compte enfiler dans le cabinet, à l'abri des regards indiscrets. Puis elle retourne dans sa chambre ranger sa lingerie de nuit et mettre un grand tablier blanc. La vaisselle du déjeuner l'attend, de même que des caisses à déballer. Mais le beau temps l'incite à mettre de l'eau à bouillir pour faire un peu de lavage : les couches de Rachel et les draps enlevés le matin du déménagement.

— Tout à l'heure, voudrais-tu t'occuper de l'horloge ? demande Marie à Guillaume. Je me sens un peu perdue de ne pas l'entendre.

— Viens aider papa, dit Guillaume à Rachel en rangeant sa pipe.

La veille, il a placé la grande horloge haute de six pieds dans le coin du salon, en face de la porte. Guillaume consulte sa montre de poche et place les aiguilles noires des heures et des minutes en position, remonte les deux poids suspendus à leur chaîne, accroche le balancier et, après l'avoir stabilisé, lui donne une légère poussée de côté. Le tic tac régulier se fait entendre, marquant chaque seconde de vie qui s'écoule. Guillaume, planté devant l'horloge, consulte sa montre et le cadran pour s'assurer que le mécanisme fragile n'a pas été endommagé durant son transport. Quand il entend sonner le quart d'heure qui suit, il retourne à la cuisine.

— Merci, dit Marie en relevant la tête.

Penchée au-dessus d'une grande cuve d'eau chaude, elle frotte l'un des draps sur la planche à laver. Le savon du pays est efficace pour détacher le linge souillé qu'elle rince ensuite dans un bac d'eau claire. Marie tord le drap et le dépose dans un panier d'osier, puis retourne frotter un autre drap, et ainsi de suite jusqu'à avoir une pleine cordée à étendre.

Juchée sur un banc de bois qu'elle déplace au fur et à mesure, elle étend les draps sur la corde à linge. Le soleil complète au besoin l'œuvre de détachage et purifie le blanc. Marie retourne à l'intérieur. Les couches trempent dans l'eau savonneuse. Quand les draps auront séché, elles seront étendues à leur tour.

Marie se lave les mains dans un petit bassin dans lequel elle a pompé de l'eau froide. La causticité du savon, la rugosité de la planche à laver et l'effet combiné du chaud et du froid lui rougissent les mains. Elle les essuie et les laisse sécher quelques secondes de chaque côté au-dessus du rond du poêle. Marie se trouve chanceuse d'avoir toutes ces commodités à portée de la main quand elle se compare aux premiers colons qui devaient aller puiser l'eau dehors et cuisiner les repas dans des chaudrons suspendus au-dessus de l'âtre brûlant. Elle peut même se comparer avantageusement aux autres ménagères de son temps qui n'ont pas toutes la chance d'avoir un mari travaillant et débrouillard.

Marie monte à l'étage faire les lits des enfants. Marie-Reine a plié sa robe de nuit sous son oreiller et elle a remonté ses couvertures. Son aînée lui rend déjà bien des services. Quand elle n'a pas à surveiller son frère et sa sœur, elle cherche à imiter sa mère en tout. Georges commence à s'habiller seul et tente parfois de replacer maladroitement ses couvertures. Marie ouvre les tiroirs de bureau et constate que les piles de linge n'ont pas trop souffert du déplacement. Quand la maison sera garnie de rideaux et de cadres et que tout sera à sa place, elle devra faire le tri des vêtements et en coudre de nouveaux pour ses poussins qui grandissent à vue d'œil.

— Je vais engager un ouvrier pour clôturer la cour au début de l'été, dit Guillaume quand Marie redescend. Ça te permettra de travailler l'esprit tranquille quand les enfants joueront dehors.

— Merci, Guillaume. Tu penses vraiment à tout. La rivière et le chemin m'inquiètent beaucoup.

« Les voleurs d'enfant aussi », pourrait-elle ajouter. En même temps que l'horloge grand-père commence à sonner, les cloches de l'église carillonnent l'angélus de midi.

— L'horloge tient bien le temps, constate Guillaume, tout content.

Les époux font leur signe de croix, imités par leurs aînés.

— J'aime entendre les cloches sonner l'angélus… surtout quand j'oublie de préparer le repas! dit Marie. Je vais faire chauffer deux pâtés.

— Arrête de courir, on a déjeuné tard et on peut attendre pour dîner.

Mais sans perdre une minute, elle court à la cave où ils ont rangé la veille les provisions qui devaient être conservées au frais. Pour l'aider, Guillaume tasse dans un coin les cuves destinées à la lessive, puis il commence à mettre la table. Marie remonte, enfourne les pâtés et ajoute deux bûches dans le poêle.

Dans l'après-midi, elle couche les enfants et envoie Guillaume acheter des tringles à rideaux chez son beau-frère. La vue des passants, ce matin, lui a fait modifier la liste des priorités établie la veille, la vaisselle de porcelaine attendra. Marie mesure, coupe et coud des rideaux de dentelle pour toutes les chambres. Dans les jours à venir, elle confectionnera les rideaux pour les autres fenêtres et les tentures qui leur assureront l'intimité le soir.

❧

Les talons de Guillaume claquent sur le pavé de bois de la rue qui mène au bassin de la rade. La pipe au bec, la tuque calée jusqu'aux oreilles et le dos droit, le capitaine se sent aussi frétillant qu'un adolescent allant à la rencontre de son amoureuse dont il a été longtemps séparé. Il l'aperçoit enfin, alanguie sur la berge, plus touchante que jamais au sortir d'un interminable hiver. De loin, trois hommes lutinent la coque glacée. Sur le pont, un autre s'agite au-dessus du bastingage. *La Cigale*, refroidie par l'abandon de celui qui la possède, attend patiemment qu'on la fasse revivre.

À chacune de ses foulées, le capitaine distingue un peu mieux ses matelots. À grandes enjambées, il franchit les derniers écarts qui le séparent de sa deuxième famille. Sur le pont, le vieux Simon plisse les yeux. Il ne reconnaît plus les gens de loin mais, sa vue étant excellente de près, il a décidé de fabriquer des meubles pour gagner sa vie après avoir dû abandonner la navigation. Ceux qu'il a faits pour Henri et Arthémise sont lisses et doux comme une peau de bébé.

Le vieux Simon enlève sa casquette et l'agite en direction de Guillaume qui lui crie :

— Bonjour, père Simon. Je vais aller vous voir tantôt. J'ai d'autres commandes à vous passer.

— Bonjour, capitaine, dit Louis.

Le moussaillon est devenu un grand jeune homme fort et musclé. L'été précédent, lors d'une escale à Québec, il a fait la connaissance de la fille d'un capitaine de la région de Charlevoix. La jolie Laura étant aussi rousse que lui, Médée appelle la mignonne le petit chaperon rouge. Les deux rouquins, pour éviter les sarcasmes du géant, ont pris l'habitude d'aller se réfugier sur la goélette du père de Laura, ce qui a permis au capitaine Dufour de mieux connaître et surveiller le jeune marin qui recherchait la compagnie de sa fille aînée.

Les deux autres matelots abandonnent le grattage de la coque et viennent saluer leur patron. Toujours vieux garçon et aussi desséché que par le passé en dépit ou en raison de ses libations, Ti-Toine empeste l'alcool. Comme de raison, il s'adosse à la coque de la goélette.

— Salut, Ti-Toine, dit le capitaine. Ça va comme tu veux ?

— Ouais, répond-il.

En vraie poule couveuse, le gros Médée se tient derrière lui, prêt à le soutenir. Guillaume a compris pourquoi le caractère de l'ours grognon avait connu une soudaine et radicale transformation. Le grand nounours était amoureux et il a épousé sa Berthe à l'automne 1900. Depuis, elle lui a donné deux filles. Deux petites princesses, comme il les qualifie, et un troisième marmot est en route.

Guillaume jette un coup d'œil à son navire, passe une main sur la coque que l'équipage achève de gratter.

— Vous avez bien travaillé.

Les marins retournent à leur boulot, fiers de l'appréciation de leur capitaine. Guillaume monte sur le pont et continue l'inspection de son navire en compagnie de Simon, qui l'informe :

— En plus de changer la lisse, on va devoir réparer le pont et changer quelques bordés dans la cale.

— On devrait nous livrer le bois d'ici une couple de jours.

— Je peux attendre, l'ouvrage manque pas, dit le vieux marin à la retraite.

— Assoyons-nous.

Guillaume prend le temps d'allumer sa pipe. Simon sort la sienne de sa poche, prélève du tabac de la blague que lui tend Guillaume. De l'index, il tasse le tabac odorant dans le fourneau de sa pipe au tuyau croche. Simon craque une allumette sur la bôme et allume d'abord la pipe de Guillaume. Assis paisiblement, les deux fumeurs emboucanent l'air froid du large qui avive leur teint.

— Père Simon, je vais avoir besoin de meubles.

Guillaume décrit à l'habile menuisier le mobilier dont il veut doter la maison : un lit d'enfant, un lit double pour la chambre des visiteurs, une chaise percée ainsi qu'une patère pour le cabinet de toilette, une commode avec miroir, un chiffonnier et une causeuse.

— Tabarouette ! s'exclame Simon, c'est toute une commande. Ça va me prendre deux ou trois mois pour vous livrer ça. J'ai d'autres contrats à respecter.

Chacun tire une bouffée de sa pipe.

— Pas de problème, l'assure Guillaume. Venez me voir un soir avant que je parte en mer. Je vous ferai visiter la maison et vous verrez la causeuse qu'il faut appareiller.

— Je passerai au début de la semaine prochaine.

∼❧

Du matin au soir, Marie cuisine, lave, astique, coupe et coud. Elle a remisé le tricot jusqu'à ce que la routine vienne remplacer l'effervescence causée par l'aménagement de sa nouvelle demeure. Le soin des enfants et les visites à Reine occupent le reste de son temps. C'est à peine si elle profite des dernières soirées avec Guillaume avant qu'il retourne bourlinguer. Loin de lui tenir rigueur du peu de temps qu'elle lui consacre le soir, il lui offre de profiter du fait qu'il peut garder les enfants pour aller voir sa mère et sa sœur.

À l'occasion, Paul-Émile vient lui tenir compagnie et les deux beaux-frères se découvrent d'autres intérêts communs en dehors de leur union avec les deux sœurs.

— Marie me dit que Reine prend du mieux.

— Oui, elle fait de beaux progrès d'un jour à l'autre. On dirait que la présence de Marie la stimule. Maintenant, elle s'habille en se levant au lieu de passer la journée en robe de chambre. Il faut dire qu'elle n'est pas encore très forte et qu'elle doit se recoucher dans l'après-midi, mais c'est encourageant.

∼❧

Madame Lemieux se berce en silence, observant ses deux filles papoter gaiement autour de la table, comme par le passé. Un halo de sérénité irradie le visage de Reine et défripe les plis creusés par les années de maladie.

— J'aimerais aller marcher dehors, dit Reine.

Depuis son dernier accouchement, Reine n'a jamais remis les pieds à l'extérieur, même durant les courts laps de temps où son état s'améliorait. Le bercement de la chaise s'arrête net sous la surprise causée par une proposition si inattendue. Sa mère en ouvre la bouche de saisissement et regarde Marie en lui faisant signe de modérer les visées de son aînée.

— Allons sur la galerie, propose sagement Marie.

— Non, proteste Reine. J'aimerais voir ta maison.

— Te sens-tu assez forte ? demande sa mère en fronçant les sourcils.

— Laissez-moi essayer, implore Reine. Paul-Émile me soutiendra au retour si je faiblis en cours de route.

Marie adresse un sourire confiant à sa mère.

— Reine a raison, maman. Si elle en a le goût, c'est signe que ses forces reviennent.

◦◦◦

— Reine ! s'exclame Paul-Émile en voyant sa femme entrer au bras de Marie.

Sous le coup de l'émotion, Paul-Émile se lève d'un bond et reste figé sur place, regardant sa bien-aimée les yeux écarquillés. Heureuse de son effet, Reine s'avance vers lui en souriant. Revenant d'instinct à son rôle de protecteur, Paul-Émile l'enlace tendrement.

— Quelle belle surprise, dit-il, la gorge nouée.

Voyant sa belle-sœur pâlir, Guillaume s'empresse de lui tirer une chaise.

— Viens t'asseoir, ajoute-t-il, craignant qu'elle s'évanouisse.

Reine obtempère sans se faire prier, s'appuyant à la table.

Les efforts déployés ont épuisé sa résistance encore fragile.

— Prendrais-tu une tasse de thé ? suggère Marie.

— Oh, oui, avec plaisir.

Marie prépare le thé et Reine, qui avait parlé de visiter la maison de sa sœur, se contente d'observer la cuisine.

— Ton poêle est un vrai bijou.

Marie, connaissant le goût de sa sœur pour les belles choses, reçoit le compliment avec beaucoup de fierté. Elle jette un coup d'œil amoureux à son époux.

— Guillaume me gâte sans bon sens.

— Une cuisinière hors pair mérite ce qu'il y a de mieux, dit celui-ci.

— Nous avons les meilleurs maris du monde, affirme Reine.

— Oui, on est chanceuses, convient Marie.

— Et nous, on a les deux plus belles femmes de Cap-aux-Brumes, conclut Paul-Émile.

~ঌৎ~

Au cours des jours suivants, Reine poursuit son entraînement, augmentant graduellement la durée des sorties. Quelque temps après le départ de Guillaume, le couple vient passer un bout de veillée avec Marie.

— La nouvelle clôture donne un côté très chic à ta maison, la complimente Reine, toute pimpante.

Vêtue d'une jupe marine qui lui couvre la cheville, elle a épinglé un joli camée au col de dentelle de sa blouse rose pâle. Elle a repris un peu de poids et la marche au grand air avive son teint. Marie trouve sa sœur plus jolie que jamais.

— Elle est surtout pratique, souligne Marie. Je peux travailler l'esprit tranquille parce que les enfants sont en sécurité.

Un voile de tristesse passe dans le regard de Marie. «Si seulement j'avais eu une clôture comme celle-là du temps de Nicolas», songe-t-elle.

— Nos enfants n'ont pas eu la chance d'avoir une cour clôturée, déplore Paul-Émile. Avec l'achalandage au magasin, ils ont dû se contenter de la galerie à l'étage.

— C'est mieux que rien, le rassure Reine. On ne peut pas tout avoir dans la vie.

La remarque de Reine rappelle à Marie qu'elle doit s'efforcer de voir le beau côté des choses au lieu de s'appesantir sur les aspects négatifs.

— L'an prochain, j'aimerais avoir des fleurs autour de la galerie, dit Marie pour chasser ses idées sombres.

— Et moi, j'ai toujours rêvé d'avoir des hortensias blancs devant le magasin, avoue Reine.

— Nous en planterons, promet Paul-Émile, toujours prêt à satisfaire le moindre désir de sa femme.

— Et nous en planterons des roses chez moi, dit Marie, tout heureuse de leur projet commun. J'ai toujours aimé les hortensias, moi aussi.

Le lendemain en début de soirée, par la fenêtre de la cuisine, Marie voit passer sa mère. Elle se hâte d'ouvrir la porte arrière. L'air bouleversé, madame Lemieux entre et lui annonce que Reine fait une grave rechute.

— Elle demande à te voir, Marie. Je vais garder les enfants, vas-y tout de suite.

— C'est si grave ? demande Marie, stupéfaite.

— J'en ai peur.

Dans son affolement, Marie se prend les tempes pour essayer de contenir la douleur qui la foudroie. «Ce n'est pas possible», se répète-t-elle.

— Va, ma fille. Prends tout le temps voulu.

Marie ne peut croire que le sort se montre si cruel. Reine prenait du mieux et toutes deux faisaient de si beaux projets. Elle se demande comment elle arrivera à faire face à ce nouveau malheur. Malgré la chaleur de l'été, elle se sent frigorifiée, comme si tout était mort en elle.

— Tu dois te montrer forte, Marie. Gardons nos larmes pour après.

Marie se ressaisit. Cette réflexion qu'elle a entendue si souvent depuis son enfance la ramène au bon sens.

—◦—

— Je t'ai apporté un peu de bouillon de poulet, dit Marie.

Elle dépose le plateau contenant son précieux « bouillon de malade » sur la table de chevet de Reine. Marie s'efforce de paraître sereine pour soutenir le moral fléchissant de sa sœur, qui lui a avoué la veille au soir qu'elle était prête pour le grand départ, consciente que son état se dégradait rapidement.

Affalée sur une montagne d'oreillers et de coussins, les yeux noirs brillant de fièvre, Reine esquisse un demi-sourire. Marie lui fait avaler une première cuillerée de bouillon. La déglutition, qui exige un grand effort, produit un son caverneux.

— C'est bon, dit faiblement la malade.

Elle fait une pause, refuse d'un signe de la main une deuxième cuillère, puis s'empare de la main de sa sœur et murmure :

— Approche.

De sa main libre, Marie caresse les cheveux de la malade.

— Promets-moi… articule péniblement Reine.

Marie, anxieuse, regarde sa chère sœur qui lutte de toutes ses forces pour exprimer ses dernières volontés. Elle se doute bien de ce qui va suivre et aurait envie de devancer la demande pour lui éviter cet effort surhumain. Les lèvres déshydratées s'ouvrent sur des mots inarticulés :

— ... les enfants.

— Oui, je te promets de veiller sur eux, dit-elle en caressant la joue fiévreuse.

Reine ferme les yeux. Sa main s'accroche fermement et désespérément à celle de Marie. Les lèvres de la malade s'entrouvrent lentement, laissant exhaler un souffle fétide, et Marie interrompt sa respiration, se tourne légèrement de côté de manière à ne pas se laisser troubler par l'odeur qui se dégage du corps exténué.

— ... Paul-Émi...

— Oui, je veillerai sur Paul-Émile aussi, promet vaillamment Marie.

Elle refoule les larmes qui lui piquent les yeux. «Ce n'est pas le moment, garde-les pour plus tard», se morigène-t-elle.

— Et je veillerai sur maman aussi, ajoute-t-elle pour épargner la mourante. Tu peux dormir tranquille, ma très chère Reine. Je veillerai sur eux tous, je te le promets.

La pression sur la main de Marie se relâche et une longue expiration décomprime la poitrine de Reine. Une expression de bien-être se répand sur son visage.

Marie ouvre lentement les vannes du barrage fragile de sa désolation. Deux yeux humides et brûlants déversent le trop-plein des chagrins accumulés. Puis une main virile se pose sur son épaule. Dans le silence de la chambre, les larmes de Paul-Émile coulent sur l'épaule de Marie.

❧

Au bord de la fosse, Marie doit se retenir au bras de sa mère. Les paroles onctueuses du prêtre ne lui sont d'aucun secours. Depuis la disparition de Nicolas, sa foi est ébranlée. De plus, elle n'a jamais été capable d'accepter qu'une jeune maman doive quitter si tôt le monde des vivants en laissant des orphelins. Les enfants ont besoin de l'amour d'une mère et d'un père. À force de se retenir, Marie se sent comme une corde de violon sur le point de casser.

Extérieurement, elle a un comportement que les bonnes gens de Cap-aux-Brumes jugent approprié, mais au-dedans gronde un volcan bouillonnant. Elle serre les poings pour ne pas hurler sa colère au ciel et à la terre tout entière. Son mouchoir détrempé témoigne qu'elle pleure sa fureur sans parcimonie.

La grossesse exacerbe son émotivité et Marie se sent complètement vidée au retour du cimetière. Elle demande à la gardienne de rester pour s'occuper des enfants afin de lui permettre de s'étendre un moment. Une fois la porte de sa chambre refermée, elle enlève son chapeau noir, ses gants noirs, son sac à main noir. Recouverte de noir de la tête aux pieds, Marie se réfugie entre ses draps blancs et broie du noir jusqu'à ce qu'elle sombre dans les ombres cotonneuses de la léthargie.

～◦～

Le déclic de la poignée de la porte de devant fait sourciller Marie. Qui peut bien se permettre d'entrer sans frapper? se dit-elle, choquée par le sans-gêne de celui ou celle qui ose pareille effronterie. Ni sa mère ni son beau-frère ne se permettrait autant de familiarité. Elle se lève et, les deux poings sur les hanches, s'apprête à tancer vertement le malappris. On n'entre pas dans une maison comme dans un moulin, se dit-elle, furieuse quand la porte s'ouvre.

— Guillaume! s'écrie-t-elle en courant vers son mari.

Guillaume la serre à l'étouffer, oublieux de la vie qu'elle porte en elle. Le premier coup de pied du bébé en gestation prouve qu'il a de qui tenir. À l'image de sa mère, il s'insurge pour protéger son cocon des intrus.

— Je ne me souvenais plus que tu étais si belle, dit Guillaume, la mine gourmande.

La surprise est si totale que Marie, aux anges, hésite entre exhorter son époux à ne pas regarder les autres femmes ou l'entraîner immédiatement dans leur chambre et faire son devoir conjugal avec frénésie. Son homme est de retour et elle a besoin de s'ancrer à lui. Puis elle se souvient que les enfants jouent dans la cour. Gamine, elle pince la joue de Guillaume.

— Enjôleur, va!

Guillaume la garde contre lui et la regarde gravement.

— Comment vas-tu, ma douce? Je viens d'apprendre pour Reine.

Incapable de répondre, Marie éclate en sanglots dans l'épaule de son époux. Il lui caresse doucement le dos, la nuque.

— Excuse-moi, dit-elle en sortant son mouchoir. J'ai du mal à comprendre. Pendant quelques semaines, elle a repris du mieux. Elle avait retrouvé son entrain. Puis, un bon matin, elle est restée au lit. Le lendemain, c'était fini.

Guillaume l'enserre encore et Marie s'abandonne dans ses bras.

— Comment vont Paul-Émile, les enfants et ta mère? demande-t-il au bout de quelques secondes.

— Paul-Émile erre comme une âme en peine. Il n'y a plus de vie dans ses yeux. La douleur silencieuse des enfants me fait mal. Maman fait preuve de courage, elle en a tant vu.

— Je vais aller leur présenter mes condoléances. J'en ai juste pour quelques minutes.

~⌖~

Au retour de leur père, les enfants piaillent comme des moineaux pour se faire prendre. Tant bien que mal, il réussit à les asseoir tous les trois sur ses genoux. Rachel joint son babillage au bavardage de son frère et de sa sœur qui veulent raconter à leur père les incidents mineurs qui ont meublé leur quotidien en son absence.

— Pa-pa-pa, balbutie Rachel.

— L'as-tu entendue, Marie?

Rachel répète clairement « papa » et se colle le nez sur la moustache paternelle, puis elle relève la tête et se frotte le bout du nez, secouée de rires. Guillaume recommence la chatouille et Rachel crie de plaisir. Les deux grands entrent dans le jeu à leur tour et la cacophonie enfle au point que Marie doit se boucher les oreilles. D'habitude, elle ne tolère pas de tels débordements, elle essaie d'inculquer de la discipline et un bon maintien à ses marmots. Mais, pour une fois, elle ne veut pas priver Guillaume de ce rare bonheur. « Les enfants ont le don de nous ramener à l'essentiel », se dit-elle, bien décidée à supporter leur gaieté bruyante.

— Combien de temps restes-tu avec nous?

— Deux nuits, répond-il avec un clin d'œil malicieux. Nous commençons à charger demain matin à la première heure.

— Alors, nous allons nous coucher tôt.

— Pas tard, en tout cas. Mais j'attends une visite en début de soirée.

— Qui?

— Ah, ça, je ne peux pas le dire. C'est une surprise.

À sept heures, les sabots d'un cheval stoppent devant la porte des Dumas. Guillaume se lève et sort rencontrer le mystérieux visiteur. Trop curieuse pour attendre, Marie espionne à travers la dentelle du salon. Elle reconnaît Simon, l'ancien second de son époux. À eux deux, ils débarquent de la charrette de gros paquetages enveloppés de couvertures grossières. Ils placent les colis près de la porte, mais elle n'arrive pas à distinguer ce qu'ils déballent. Elle voit Guillaume replacer des couvertures pliées sur la rampe de la galerie. La porte s'ouvre et elle quitte son poste d'observation en vitesse. Arrivée dans la porte d'arche du salon, elle aperçoit une petite table et une chaise que les deux hommes transportent dans la cuisine. Intriguée, elle les suit. Guillaume ouvre la porte du cabinet.

— Viens nous dire où tu veux qu'on les mette.

Marie est émerveillée que son Guillaume ait pensé à aménager si tôt la pièce qui servira à ses ablutions. Le tub pour le bain est déjà rangé contre le mur près de la porte afin d'éviter les pas inutiles lors du remplissage et de la vidange.

— J'aimerais placer la petite table à côté du tub, au centre du mur, et la chaise dans le coin. Qu'est-ce que tu en penses ?

— Nos idées se rencontrent, répond-il.

Marie sort chercher son ensemble de toilette : une cruche à eau au col étroit, à la panse large, munie d'une anse, et un grand plat rond creux, de céramique blanche, ornés tous deux d'une fleur rose tendre. Elle les pose sur la table et remarque un tiroir où elle pourra ranger sa brosse à cheveux et son peigne.

Guillaume et Simon reviennent apportant cette fois un chiffonnier pour les débarbouillettes et serviettes, une chaise percée à placer au-dessus de la tinette pour assurer confort et stabilité, une patère pour déposer ses vêtements et, plus incroyable encore, un miroir ovale encadré du même bois que les meubles. Ils le suspendent au-dessus de la table de toilette en lui demandant de vérifier la hauteur qui lui convient.

— Je ne sais pas quoi dire, balbutie Marie examinant avec ravissement chaque élément de l'ameublement.

Elle passe la main sur le chiffonnier, ouvre les tiroirs qui glissent facilement.

— Vous travaillez bien, dit-elle à Simon.

L'humble Simon penche la tête, sourit et rosit de plaisir.

⁓

Depuis un mois, Marie cuisine et entasse ses provisions pour le temps des fêtes, au froid, dans le tambour arrière de la maison. Les tablettes regorgent de pâtés à la viande, de pains, de beignes et de tartes. Pendant que les enfants font leur sieste, elle en profite pour glacer quatre bûches de Noël. Un glaçage blanc et un au chocolat, striés avec les dents d'une fourchette, créeront l'effet d'une bûche de bois enneigée.

Marie relève la tête en voyant se profiler une ombre vis-à-vis du châssis de la cuisine. Une neige épaisse et drue tombe de biais, charriée par un fort vent d'ouest. La porte extérieure s'ouvre et elle entend quelqu'un déneiger ses bottes en tapant des pieds sur le tapis du tambour. Par le bruit étouffé, elle en déduit que ce n'est pas Guillaume. La dentelle suspendue à la fenêtre de la porte lui fait entrevoir sa mère, bien emmitouflée dans un foulard de laine qui lui couvre la bouche et le nez.

— Entrez ! crie Marie pressée d'étendre son glaçage avant qu'il ne sèche.

— T'es donc vaillante, dit sa mère essoufflée.

— Drégreyez-vous. J'achève d'étendre mon crémage.

Madame Lemieux enlève gants, foulard, chapeau de fourrure et manteau, qu'elle accroche sur la patère près de la porte d'entrée. Le poêle à bois pétille, la cuisine sent le gâteau.

— Assoyez-vous, maman. On va prendre une bonne tasse de thé.

D'une main experte, Marie termine la décoration des gâteaux. Elle range les bûches sur le comptoir et nettoie la table. Puis elle verse le thé qu'elle a gardé au chaud en prévision du retour de Guillaume, parti faire des commissions.

— J'ai vu passer Guillaume tantôt, il est parti où?

— Le bon Dieu le sait et le diable s'en doute, dit Marie en riant.

— Il te fait des cachotteries? s'inquiète sa mère.

— Quand il me fait des cachotteries, comme vous dites, c'est parce qu'il me réserve une surprise.

— Tant mieux, tant mieux!

Marie sort un plat de galettes qu'elle avait rangé dans la huche à pain et le dépose au centre de la table.

— J'en reviens pas comme t'es *fancy!* dit sa mère en voyant les galettes en forme de sapin et d'étoile.

Marie interprète la remarque comme un compliment en voyant la mine admirative de sa mère, qui n'ose se servir.

— Prenez-en une de chaque, dit Marie pour la mettre à l'aise.

Se rappelant que sa mère attendra d'y être invitée trois fois avant d'accepter, pour se montrer polie comme elle le lui a maintes fois seriné dans son enfance, Marie s'amuse à la faire languir un peu entre les deux rappels suivants.

— J'ai l'impression que t'es à la veille d'acheter, affirme sa mère pour ne pas montrer sa hâte de goûter les galettes qu'elle reluque de temps en temps.

— Servez-vous, répète Marie.

La mère ne fait pas un geste vers la collation tentante.

— Avec l'approche de Noël, Paul-Émile est ben songeur, dit-elle après un silence.

— Ça va être un Noël bien triste, soupire Marie.

— Eh oui, soupire sa mère à son tour.

Le regard chagrin de sa mère se pose de nouveau sur le plat de galettes.

— Une petite galette va peut-être nous consoler, dit Marie en tendant le plat à sa mère. Ça fait toujours du bien de manger un peu quand on a les bleus.

— T'as ben raison, l'approuve sa mère qui hésite entre une galette en forme de sapin et une en forme d'étoile.

Marie en prend une de chaque et les donne à sa mère qui affiche un sourire de contentement. «Maman est si peu exigeante, se dit-elle, son cœur généreux se contente de petits plaisirs tout simples et, pourtant, elle se dépense sans compter pour nous.»

— Je suis tellement heureuse de vous avoir près de moi.

— Une chance que je t'ai, répond sa mère, les yeux embrouillés.

<p>

Marie a forcé les enfants à se coucher de bonne heure après le souper. Guillaume et elle terminent le sapin de Noël. La veille, Guillaume est arrivé en fin d'après-midi avec un chargement inespéré: une causeuse pour le salon, un lit d'enfant et un lit double pour la chambre des invités.

— Tu devrais te coucher, toi aussi, suggère Guillaume en rangeant les boîtes vidées de leurs décorations.

— Il faut que je m'occupe de dresser la table du réveillon, objecte Marie. Même si on a dit qu'on faisait ça à la bonne franquette vu qu'on est en deuil, je veux que tout soit prêt quand tu reviendras avec Paul-Émile et les enfants.

— Je te réveillerai avant de partir pour l'église. Avec l'aide de ta mère, tu auras le temps de faire chauffer tes pâtés et de mettre la table. Tu as tellement travaillé ces derniers jours, il faut que tu prennes un peu de repos, ma douce. Surtout que le bébé est à la veille de se pointer le nez.

« La veille », Guillaume ne sait pas si bien dire. Le jour de Noël au début de l'après-midi, pendant la sieste des enfants, Guillaume court nu-tête et en chemise chez Paul-Émile.

— Marie a besoin de vous ! dit-il, tout énervé à sa belle-mère. Elle...

La présence de ses neveux le gêne et, dans son énervement, il ne trouve rien de mieux que de chuchoter à l'oreille de sa belle-mère :

— Elle a perdu ses eaux.

Paul-Émile, quasiment aussi nerveux que son beau-frère, se lève et cherche ses mots pour préparer ses enfants à l'absence prolongée de leur grand-mère. Il finit par conseiller à sa belle-mère :

— Installez-vous donc chez Guillaume pour quelques jours. Marie a besoin d'un bon repos. Les enfants et moi, on peut se débrouiller.

Inquiet de laisser sa femme seule, Guillaume part sans attendre sa belle-mère. Il glisse sur une plaque de neige glacée de la rue et s'étale de tout son long. Il se relève en maugréant. Les semelles de ses souliers glissent de nouveau et c'est en marchant comme un funambule qu'il arrive chez lui où il enlève ses chaussures mouillées.

— Va mettre de l'eau à bouillir, dit Marie quand il se présente en « pieds de bas » dans la chambre.

Pendant son absence, elle a pris le temps d'enlever ses vêtements et de revêtir une chemise de nuit. Ensuite elle a sorti des piqués et les a étendus dans son lit. Comme elle avait pris la précaution de rassembler les articles nécessaires dans l'armoire de sa chambre, elle les a déposés sur la commode et la chaise en attendant que Guillaume déménage la table à cartes du salon à la chambre.

Sa mère entre sans frapper et Marie n'y voit aucune impolitesse. Essoufflée d'avoir couru pour rassembler quelques vêtements et se rendre chez sa fille, madame Lemieux atterrit tout de guingois dans la chambre. Son chapeau de fourrure, qu'elle n'a pas pris le temps d'enfoncer sur sa tête, penche de côté et tombe sur le lit de Marie quand elle dépose sa valise par terre.

Malgré les fortes contractions qui lui coupent le souffle, Marie ne peut s'empêcher de rire en voyant l'air ahuri de sa mère et le bonnet de loup qui gît au pied du lit.

— Pauvre ti-loup. Vous le martyrisez, plaisante Marie.

— Attends, réplique la mère, tu vas moins rire tantôt, ma belle drôle.

Dotée d'un solide sens de l'humour, madame Lemieux joint son rire à celui de sa fille. Guillaume se présente dans le cadre de porte et s'enquiert :

— Pour l'amour du ciel, voulez-vous bien me dire ce qui vous fait rire autant ?

— Faites pas attention, ma fille est complètement folle.

Guillaume les regarde, interloqué.

— Ouch ! grimace Marie en se rallongeant dans son lit. Apporte la table à cartes.

Madame Lemieux enlève vivement son manteau et le laisse tomber par terre. Elle soulève la robe de Marie et tâte doucement son ventre.

— Je crois que le bébé s'en vient, halète Marie.

— Relève tes jambes, l'enjoint sa mère.

Guillaume revient avec la table et l'installe au pied du lit.

— Allez me chercher un bassin d'eau chaude, ordonne sa belle-mère.

Puis, s'adressant à sa fille :

— C'est le temps de pousser, ma belle.

Guillaume revient avec le bassin d'eau et aperçoit la tête du bébé se frayer un chemin vers la vie. Pensant aux enfants qui font la sieste, il ferme la porte. Les traits crispés, Marie serre les poings et pousse de toutes ses forces. Les épaules du nourrisson sortent l'une après l'autre. La grand-maman passe une main sous l'enfant et soutient sa sortie dans le grand monde. Elle soulève le poupon et dégage ses voies respiratoires.

— C'est un petit Noël ! dit joyeusement Guillaume à Marie.

7

Cap-aux-Brumes, 1906

La brume tiède enveloppe le village où se marient l'air salin du golfe et l'odeur du bois coupé. Les cordes de bois de pulpe étalées sur le quai attendant d'être chargées à bord des goélettes, les billots flottent dans la longue dalle longeant la rivière, les planches sciées au moulin et les monticules de bran de scie unissent leurs fragrances. Ces odeurs signalent aux voyageurs perdus dans le brouillard qu'ils arrivent à Cap-aux-Brumes.

Accroupis sur leurs talons, Paul-Émile et Marie mélangent, à l'aide de leurs outils de jardinage, le fumier de mouton et la terre ameublie qu'ils ont transportée dans des brouettes et déversée dans deux plates-bandes délimitées avec des pierres prélevées à la rivière. Sur la galerie du magasin sont alignés les plants d'hortensia blanc : trois de chaque côté, comme l'avait spécifié Reine peu de temps avant de mourir.

Fidèles à la mémoire de la défunte, Paul-Émile et Marie tiennent à réaliser le dernier projet de celle qu'ils ont tant aimée. Une fois la terre bien égalisée, Paul-Émile dépose trois plants dans chaque plate-bande. Puis il se poste à côté de sa belle-sœur pour vérifier l'agencement.

— Il faudrait éloigner les plants de l'escalier, conseille Marie. Avec le temps, les arbustes vont se développer et les fleurs déborderaient sur les marches.

— Tu as raison. Je n'y avais pas pensé.

Avec précaution, il déplace tous les plants, soucieux de préserver une certaine symétrie, et se relève pour juger de l'effet. La nouvelle disposition étant acceptée, il remet à Marie un premier hortensia et creuse un trou profond et large. Il reprend ensuite le plant et le dépose délicatement dans sa niche. Puis il rassemble autour de la plante la terre enlevée et la presse fermement afin de bien enterrer les racines, pour éviter qu'elles pourrissent, et fournir à l'arbuste un solide appui.

— Penses-tu qu'elle nous voit? demande-t-il soudain.

Sa question, telle une flèche, se fiche dans le cœur de Marie.

— Je le crois, dit-elle la gorge nouée.

Marie affirme cela sans aucune certitude. Quand le réel s'évanouit, il faut bien se raccrocher à l'espoir d'une vie future où tous les gens qui s'aiment seront réunis. Par moments, pourtant, elle sent la présence de Reine à ses côtés. Elle lui adresse ses suppliques muettes et le calme revient l'habiter. Ces doux moments l'ancrent à ses espérances. «Curieux, songe-t-elle, je n'ai jamais connu cette sensation avec Nicolas. C'est sûrement parce qu'il vit toujours», conclut-elle en implorant sa sœur de veiller sur lui et de le lui ramener.

Entre chaque transplantation, Paul-Émile s'essuie les yeux du revers de ses manches de chemise et les larmes de Marie se mêlent à l'eau d'arrosage.

— On va maintenant planter les hortensias roses, soupire son beau-frère, la tête penchée.

— Je peux le faire moi-même, l'assure-t-elle. Tu dois avoir du travail au magasin.

Marie préférerait être seule et se perdre dans la grisaille qui les cerne afin de laisser s'écouler le flot bienfaisant du chagrin.

— Je tiens à le faire avec toi... en souvenir de Reine, dit-il.

Marie ne peut lui refuser cette mince consolation. Quand il lui a proposé de planter avec elle les hortensias que désirait Reine, Marie avait été touchée. Elle n'avait pas pensé que l'hommage posthume serait si déchirant.

Sa maison étant moins large que celle de Paul-Émile, ils mettent en terre deux hortensias roses de chaque côté du perron avant et deux le long de la galerie de côté. Elle en a six en tout, comme chez Reine.

⁂

Assise au bout de la table, Marie-Reine observe tous les mouvements de sa mère occupée à tailler le tissu de sa robe d'écolière. Sa grande fille de six ans et demi, fière de mentionner cette demi-année quand on lui demande son âge, a imploré sa mère de la dispenser de la sieste de l'après-midi.

— Je vais commencer l'école cette année, je ne suis plus un bébé, a-t-elle plaidé au début de l'été.

De fait, son aînée l'aide de bien des manières et désire en apprendre toujours davantage. La fillette démontre un grand sens des responsabilités et fait preuve d'application dans tout ce qu'elle accomplit. La disparition de son jumeau a vieilli Marie-Reine prématurément. Marie aimerait tant la voir rire plus souvent. Malgré ses efforts pour la dérider, la fillette ne rit que bien peu et quand ça lui arrive, elle se couvre la bouche de la main, comme s'il était déplacé d'exprimer de la joie.

En compagnie de son père, Marie-Reine semble plus détendue et Marie se questionne sur son aptitude à sécuriser ses enfants. Pourtant, bien que la présence de Guillaume répande la gaieté dans la maison, Georges et Rachel ne changent pas de comportement de façon aussi marquée quand leur père s'absente.

— Elle est bien trop sérieuse pour une fillette de son âge. Ça m'inquiète, a-t-elle fait remarquer à son époux au cours de l'hiver.

— C'est peut-être normal vu qu'elle est l'aînée, lui a répondu Guillaume. À ta place, je ne m'en ferais pas trop. Marie-Reine cherche à te ressembler, elle t'imite en tout.

Alors, pour développer leur complicité et aider son aînée à prendre de l'assurance, Marie lui confie de menues tâches, l'initie tout doucement à son rôle de future mère. Marie-Reine a l'air d'apprécier que sa mère la traite en grande personne et, quand elle n'est pas obligée de s'occuper de ses frères et de sa sœur, elle la suit pas à pas.

— Racontez-moi comment vous avez connu papa, dit-elle, la tête appuyée sur son bras.

Marie retire les épingles droites coincées entre ses lèvres et les pique sur la pelote. «Je te l'ai déjà raconté, ma grande», a-t-elle envie de lui répondre gentiment. Elle relève la tête. Pour une rare fois, Marie-Reine sourit. Marie dépose ses ciseaux sur la table et recommence le récit de leur première rencontre. La robe peut attendre, l'école ne commence que dans deux semaines.

～✷～

Marie-Reine, vêtue de sa robe d'écolière bleu marine à col blanc, apporte à sa mère la brosse à cheveux et le peigne qui servent à toute la famille. Marie démêle les longs cheveux de sa fille, les sépare au milieu et commence à les natter, puis elle noue chacune des deux tresses avec un joli ruban blanc. Sa fille se tient droite, digne et sérieuse. Le

cœur de mère de Marie se gonfle de fierté à la vue de la mini
demoiselle distinguée debout devant elle.

«Comme le temps passe vite», se dit-elle. Dans deux
ans, ce sera au tour de Georges d'aller à l'école, il aura cinq
ans en novembre. Lui aussi devra patienter un an de plus
pour commencer sa première année. Rachel a eu trois ans
au printemps et Noël, son bébé, se traîne encore à quatre
pattes. Elle doit l'avoir à l'œil dès qu'elle le sort de sa
couchette et lui barrer l'accès à l'escalier à l'aide de chaises
renversées.

«Où est Nicolas? Commence-t-il l'école ce matin?», se
demande-t-elle, angoissée. Depuis sa disparition, il n'est pas
un matin au lever ni un soir au coucher sans qu'elle n'ait une
pensée pour son grand garçon. Ce fils tant désiré est si
vivant dans son cœur qu'il lui arrive encore de mettre un
couvert de trop à la table.

— Va chercher ton sac d'école et ta veste, dit-elle à
Marie-Reine. Paulette doit être à la veille d'arriver.

Paulette, la benjamine de Reine, a proposé de guider sa
cousine. À l'exemple de leurs mères, les deux cousines
éprouvent une vive affection l'une pour l'autre. Le fait
qu'elles aient été marquées jeunes par le malheur les
rapproche sans doute davantage.

De la galerie, Marie les regarde s'éloigner en direction
du couvent. Elles se retournent en même temps et lui font
un dernier au revoir de la main. Le soleil de septembre fait
briller leur chevelure d'ébène. Ce matin, leur ressemblance
la frappe. Non seulement les traits de leur visage indiquent
un lien de parenté étroit, mais leur taille et leur maintien
sont les mêmes, leur façon de marcher, identique. Leurs
petits pas battent le trottoir de bois au même rythme. Marie
éprouve un pincement au cœur en songeant qu'elles sont si
petites pour affronter les dangers qui les guettent hors du

cocon familial. Pour rien au monde elle ne voudrait que sa fille et sa nièce subissent les mêmes affronts que Reine et elle ont dû supporter à l'école. Portée par la brise venue du large, la voix mélodieuse de la disparue lui susurre à l'oreille : « Elles vont s'entraider et s'aimer comme nous. »

Dans l'après-midi, agenouillée devant ses plates-bandes, Marie coupe à ras les plants d'hortensia fanés qui vont rejoindre dans la brouette les branches flétries de ceux de Reine. Elle a beau savoir que c'est son beau-frère qui les a achetés et plantés après la mort de sa femme, elle ne s'habitue pas à dire les hortensias de Paul-Émile. Dans son esprit, même ses hortensias roses sont ceux de Reine.

Avec sa bêche, Marie enfonce les restes fanés des hortensias dans la terre de son jardin. La décomposition des matières végétales formera une couche d'humus qui enrichira le terreau que Guillaume labourera au printemps en y mêlant un peu d'engrais animal. Les fleurs plantées en souvenir de Reine embelliront l'été et leurs moisissures distilleront un ferment de vie à la nature qui s'endormira avant de renaître. Tout se régénère, rien ne se perd. Appuyée sur le manche de sa bêche, Marie se sent en harmonie profonde avec la nature. Elle a l'impression d'être un arbre aux racines enfoncées jusqu'au cœur de la terre. Ses branches touchent le ciel, dans ses veines coule la sève dont elle a hérité de ses ancêtres et qu'elle transmettra aux générations futures. Elle est l'un des grains de sable de la grève, elle souffle avec le vent et se mêle à l'océan. Le sang des Micmacs et des valeureux colons français, ses aïeux, la fait palpiter d'amour pour la longue chaîne humaine qui l'a conduite jusqu'à son Guillaume.

— Êtes-vous malade, maman ? demande Marie-Reine.

— Non, dit Marie, gênée.

— Vous vomissez tous les matins, s'inquiète la fillette.

— Euh… c'est parce que je mange le soir avant de me coucher. Ce n'est pas bon pour l'estomac.

Marie-Reine l'observe avec un air de doute.

— N'oublie pas de prendre ta tuque et tes mitaines, dit Marie en lui tournant le dos pour se soustraire au regard inquisiteur de sa fille.

— J'ai hâte que papa revienne, soupire Marie-Reine.

Marie sent l'inquiétude dans le ton de sa fille.

— Il va bientôt rentrer, l'assure-t-elle.

L'après-midi même, Guillaume rentre fourbu, mais heureux d'avoir terminé la saison de navigation sans incident majeur à déplorer. De son équipage, seul Louis est resté à coucher sur la goélette en attendant la fin du déchargement. Guillaume attendra à la toute fin pour sortir de sa cachette secrète la commande spéciale à l'intention de quelques proches qui viendront l'aider à faire disparaître le contenu de spiritueux que le curé de la paroisse réprouve vigoureusement. Il n'est pas un dimanche sans que le prêtre ne tonne en chaire contre l'ivrognerie. Mais comme l'alcool sert aussi de remède et de désinfectant, les médecins n'hésitent pas à en prescrire à leurs patients. Guillaume approvisionne discrètement sa clientèle et l'opération s'avère rentable.

Georges accueille son père en héros, Rachel se colle à lui avec tendresse et le petit Noël bave sa joie sur les joues paternelles râpeuses. Marie-Reine attend son tour, puis elle se jette dans les bras de son père et y reste blottie un long moment. Quand les enfants lui en laissent enfin le loisir, Guillaume entoure les épaules de sa douce.

Le souper se déroule dans une atmosphère de joie débordante. Le dernier-né, qui entend répéter « papa » à profusion, ajoute ses « baba » mouillés à l'allégresse générale. Quand il éclate de rire, le père aperçoit deux dents de lait à la gencive supérieure de son rejeton et deux à celle du bas.

Après la vaisselle, Marie lave le benjamin à l'évier de la cuisine et l'étend sur une grande serviette pour le langer de frais en prenant soin de cacher les parties génitales du bambin au regard des enfants. Marie-Reine s'assoit sagement à la table pour faire ses devoirs. De sa chaise berçante, Guillaume tend les bras à Georges.

— Je suis trop grand pour me faire bercer, déclare-t-il, bien campé sur ses pieds en se croisant les bras.

— Tourne que je te regarde, l'enjoint son père.

Guillaume examine le bambin, le sourire aux lèvres. Georges tourne lentement sur lui-même, les épaules redressées pour se grandir un peu.

— C'est vrai, mon homme, tu as drôlement grandi depuis le printemps, confirme-t-il. Tu vas pouvoir m'aider à rentrer le bois pour l'hiver.

Guillaume allume sa pipe et prend sa jolie Rachel pour la bercer.

— C'est Georges qui monte le bois de la cave, dit fièrement Marie.

Elle peigne les cheveux châtains bouclés de Noël et lui passe une longue robe de nuit de flanelle.

— C'est à ton tour, dit-elle à Rachel en tendant le bébé à son père.

Marie conduit la petite jusqu'au cabinet.

— Enlève ta blouse et ta jupe. Je vais apporter un bassin d'eau chaude.

Suivent ensuite Georges puis Marie-Reine, qui ont le droit de veiller une demi-heure plus tard que les jeunes. Déçu de ne plus pouvoir prendre ses deux grands enfants sur ses genoux, Guillaume décide de les divertir en leur décrivant les cabrioles de deux marsouins qui ont suivi *La Cigale* un après-midi du mois d'août.

— Les marsouins vivent dans l'eau comme les poissons, commence-t-il. Ils ont le dos noir et lisse et ont à peu près notre taille. Cet après-midi-là, ils étaient deux. Ils se poursuivaient et leurs corps filaient d'un trait sur les flots aussi vite que la goélette par bon vent arrière. Même que, par moments, ils nous dépassaient. Mais ils revenaient s'ébrouer à nos côtés. Puis l'un des deux marsouins se tournait sur le dos, nous laissant admirer son ventre blanc. Ensuite, le chenapan venait mordiller la nageoire de l'autre.

— Ils se battaient ? demande Georges.

— Non, ils s'amusaient, affirme Guillaume qui ne veut pas révéler à ses enfants que les cétacés étaient en période de rut et s'accouplaient plusieurs fois de suite en répétant les mêmes préliminaires.

Guillaume rallume sa pipe pour se donner le temps de réfléchir à la suite.

— Le plus souvent, ils suivent le bateau en plongeant puis en remontant à la surface. Avant de plonger, ils sortent la tête hors de l'eau et prennent une profonde respiration.

Marie, qui a hâte d'aller se coucher, met fin aux histoires de marsouins.

— Il est temps d'aller au lit. Papa doit se reposer lui aussi, il aura une grosse journée demain.

Les enfants montent se coucher sans rouspéter.

— N'oubliez pas de dire vos prières, recommande leur mère.

Le couple, enfin seul, Guillaume prend sa douce par la taille.

— Je veux te bercer avant d'aller au lit.

Il la serre et la bécote.

— Tu m'as manqué, chuchote-t-il.

— Tu m'as manqué aussi, dit-elle tout bas en nouant ses bras autour de son cou.

Tendrement enlacés, ils se respirent, se goûtent et se séduisent de nouveau.

— Notre famille va s'agrandir encore, murmure-t-elle à son oreille.

— Tant mieux. Simon va nous livrer d'autres meubles avant les fêtes, annonce-t-il joyeusement.

— Encore ! s'exclame-t-elle.

Au même instant, l'horloge commence à carillonner.

— J'ai fait une bonne saison, dit-il après les huit coups bien sonnés. As-tu un contenant de métal qui ferme hermétiquement ?

— J'ai un petit coffret de métal qui ferme avec une clé.

— Ça prendrait quelque chose de plus grand et de moins beau qu'on pourrait enterrer dans la cave pour le protéger en cas de feu.

Marie réfléchit un instant et court chercher un vieux contenant de métal bon marché.

— Il va finir par rouiller, dit-il.

— Je n'ai rien d'autre, se désole-t-elle.

Guillaume sort un mouchoir de sa poche et l'ouvre sur la table. Une liasse de billets s'éparpillent. La bouche ouverte, Marie essaie d'estimer le montant du magot.

— Apporte un cruchon de vitre, dit-il.

Guillaume forme une liasse bien serrée que Marie fait tenir avec une ficelle. Les billets sont insérés dans le cruchon de verre dont il ferme le couvercle, puis il l'entoure d'un chiffon et le glisse dans le contenant de métal.

— Apporte ça à la cave, dit-il, je vais aller chercher une pelle pour creuser.

S'étant mis d'accord sur le meilleur endroit où enfouir leurs économies, ils remontent faire leur toilette. Dans le silence feutré de leur alcôve, Marie et Guillaume réitèrent en actes leurs serments d'amour éternel.

~⊱

Marie suspend une dernière boule à l'arbre de Noël. Le sapin majestueux bouche en partie la fenêtre du salon dont les carreaux sont couverts de cristaux de givre. Dehors, une neige floconneuse tombe doucement.

— Tu vas pouvoir enfin assister à la messe de minuit, dit Guillaume.

Heureux de parader avec sa douce à son bras, il a retenu les services d'une jeune adolescente du voisinage pour garder les enfants durant la messe et il a insisté pour que sa femme s'achète une toilette neuve. Marie a eu beau évoquer son début de grossesse pour refuser l'offre, il a maintenu sa décision sans fléchir, même s'il lui a déjà offert un manteau de drap noir orné d'un col de renard argenté, confectionné sur mesure, avec la toque et le manchon assortis. Marie a discrètement suggéré de lui tailler un manteau ample. La couturière, habituée aux variations de taille des jeunes clientes de sa patronne, a coupé de longues bandes de tissu s'évasant légèrement vers le bas, ce qui allonge la silhouette tout en masquant l'ampleur de la partie moyenne du vête-ment. Quand Guillaume a vu Marie essayer l'ensemble une fois terminé, il a été époustouflé du résultat. Sa douce a l'air d'une princesse sortie tout droit d'un livre de conte ! En sifflotant gaiement, il a réglé la facture à la marchande et a laissé un pourboire à l'habile couturière.

— Je vais me laver et me faire belle pour te faire honneur, dit Marie.

— Tu es la plus belle, tout le temps. Surtout quand tu es toute nue, dit-il avec un clin d'œil malicieux.

Guillaume l'attrape et la serre contre lui. Sa douce rougit comme une jeune fille effarouchée et cela l'émoustille encore plus.

— Chut, dit-elle en posant son index sur les lèvres de son époux. S'il fallait que les enfants t'entendent.

— Ils dorment à poings fermés, proteste-t-il.

D'un geste déterminé, Marie se dégage de l'emprise de son époux.

— Je n'aurai jamais le temps de me préparer. Soyons raisonnables.

Elle lui caresse la joue avec un sourire contrit et Guillaume prend dans les siennes la main délicate de sa femme et la baise avec vénération. Le chatoyant regard de sa douce exprime mieux que des mots que son amour est aussi fort que le sien.

— Va, dit-il, rasséréné. Paul-Émile et ta mère nous attendent et la gardienne ne va pas tarder à arriver.

❧

— Marie ! Ce manteau te va à ravir, dit Paul-Émile, béat d'admiration.

La bouche ouverte, il a l'air d'un poisson hors de l'eau qui cherche son air. Guillaume s'étonne de la réaction de son beau-frère d'ordinaire moins démonstratif. Il est fier de l'élégance de sa douce et se sent flatté qu'on l'admire, mais les prunelles brillantes de Paul-Émile éveillent sa méfiance.

— Merci, dit Marie. Bonsoir, maman.

— Bonsoir, ma fille. Bonsoir, mon gendre.

— Bonsoir, madame Lemieux, répond Guillaume avec respect.

La belle-mère prend le bras de Paul-Émile, mais celui-ci reste figé à reluquer Marie.

280

— Pendant un moment, murmure-t-il, j'ai cru voir Reine. Je n'avais pas remarqué à quel point tu lui ressembles.

Guillaume desserre son col de chemise qui l'étouffe. L'engouement du beau-frère commence à l'agacer.

— Si nous ne voulons pas arriver en retard, nous ferions mieux de nous dépêcher, dit-il en affermissant sa prise sur le bras de Marie.

«Je vais l'avoir à l'œil, celui-là, se promet-il. Si le veuvage commence à l'énerver, on va lui trouver une belle petite poulette pour le tranquilliser.»

À l'église, Guillaume fait passer Marie avant de s'asseoir à leur banc. Entouré de sa femme et de sa belle-mère, il commence à se détendre, le beau-frère étant relégué à l'autre bout du banc.

Durant le *Minuit, chrétiens!*, ému par la voix puissante du ténor, il tourne la tête vers le jubé pour identifier le chanteur et il croise le regard de Paul-Émile encore rivé sur Marie. Il s'avance de manière à lui boucher la vue et toise son beau-frère d'un œil sévère. Gêné, Paul-Émile détourne la tête.

Au réveillon, Paul-Émile ayant retrouvé son comportement pondéré, Guillaume redevient cordial et les deux beaux-frères trinquent en devisant aimablement au salon pendant que les femmes lavent la vaisselle. Guillaume décide de parler à son beau-frère du prochain passage de la cigogne. Il aurait pu attendre pour le faire, mais il trouve le moment bien choisi pour faire comprendre au veuf fringant qu'il doit porter ses regards ailleurs.

— Marie va avoir besoin de sa mère. En juin, précise-t-il après une légère pause. J'ai pensé engager une bonne pour les relevailles. Mais comme sa mère lui est indispensable un certain temps, la bonne pourrait la remplacer chez toi pendant quelques jours. Durant le jour, bien sûr, car elle reviendrait coucher ici le soir. Il ne faut pas faire jaser les gens qui verraient mal qu'un veuf vive sous le même toit qu'une jeune femme, n'est-ce pas?

Et qu'un veuf rende visite à sa belle-sœur en l'absence de son mari, sous-entend le message de Guillaume. Paul-Émile se racle la gorge et desserre son col de chemise.

— Bien sûr, bien sûr, dit-il. Tout ce que je peux faire pour vous accommoder, je le ferai, sois en certain.

«Bravo, se félicite Guillaume, tu viens de lui river son clou. Il ne me reste qu'à dénicher une petite bonne délurée et ravissante.»

～◊～

Au sortir de l'église, après la grand-messe du dimanche, Guillaume rencontre Louis, son plus jeune matelot. Marie est restée à la maison pour s'occuper des enfants.

Louis est accompagné d'une jeune femme, très jolie et aussi rousse que lui. «Tiens, se dit-il, ses amours avec la belle Laura lui ont donné le goût des rousses.»

— Bonjour, capitaine Dumas!

L'enthousiasme du jeune homme fait plaisir à voir.

— Bonjour, Louis, comment vas-tu?

— Bien. Et vous?

— Très bien, merci.

Guillaume jette un coup d'œil en direction de la jeune fille.

— Je vous présente ma sœur Léonie, dit Louis.

— Bonjour, mademoiselle Léonie.

Guillaume soulève légèrement son chapeau de castor. En raison des rigueurs de l'hiver, ce geste courtois remplace l'exigence de se découvrir la tête en présence d'une dame.

— Très heureuse de faire votre connaissance, capitaine Dumas, dit aimablement la jeune fille. Louis nous parle si souvent de vous.

La distinction naturelle qui émane de Léonie impressionne Guillaume. «Voilà la jeune femme que je recherchais», se dit-il. Elle est jolie, avenante, réservée et distinguée. En un mot, la jeune fille modèle. Il aimerait savoir si ses talents de ménagère vont de pair avec le reste. Sa devise ayant toujours été de battre le fer quand il est chaud, Guillaume décide de vérifier sur-le-champ si le destin est venu l'aider à solutionner ses problèmes.

— Parmi vos amies, mademoiselle Léonie, se trouve-t-il une jeune fille qui accepterait un emploi de bonne? Nous aurons un autre enfant et mon épouse aura besoin d'aide.

— Je serais moi-même disposée à l'aider, dit-elle. Si elle veut bien de moi, naturellement.

— Naturellement, s'empresse de répéter Guillaume de plus en plus charmé. Que diriez-vous de venir tous les deux à la maison cet après-midi?

Léonie se tourne vers son frère, quêtant son approbation.

— Vous pouvez compter sur nous, capitaine.

— Vers deux heures? propose Guillaume.

— À deux heures, répète Louis habitué de répéter les ordres donnés par le capitaine, comme il est d'usage dans la marine.

∼✤∽

— Cette jeune fille me plaît beaucoup, dit Marie après la visite des deux jeunes gens. Son frère aussi. Ils me font une excellente impression.

— Si Léonie est comme son frère, tu seras bien servie, ma douce. Je tiens à ce que tu sois bien secondée en mon absence.

Les rondeurs de Marie, même dissimulées par les plis astucieux de la blouse de crêpe noir, commencent à gêner les rapprochements entre les époux. Aussi se contente-t-il d'un câlin sur la joue.

— Tu es le meilleur des maris, dit-elle, reconnaissante.

Marie verse l'eau bouillante dans le plat à vaisselle et remet la bouilloire sur le poêle. Elle fait couler un peu d'eau froide dans le bassin, vérifie la température de l'eau et y plonge les soucoupes et les tasses qui ont servi pour le thé offert aux visiteurs. Les manches de chemise roulées, Guillaume tisonne les braises dans le poêle et ajoute des bûches.

— Tu as eu une bonne idée en me recommandant de ne pas coucher tout de suite les enfants pour la sieste de l'après-midi, reconnaît Marie. Nous avons pu vérifier les aptitudes de Léonie et nous rendre compte que les enfants l'acceptaient. Noël s'est même endormi dans ses bras, j'en reviens pas !

— C'est la providence qui nous l'envoie, dit-il de plus en plus convaincu de la chose. Si tu t'entends bien avec elle, nous la garderons jusqu'à ce qu'elle se marie. Comme ça, on n'aura pas à se casser la tête chaque fois que tu auras besoin d'une bonne.

⟿

Comme convenu, Léonie s'installe chez les Dumas en avril. On lui attribue la chambre située près de la cuisine. Elle dort dans la même pièce que le petit Noël, meublée d'une commode, d'une grande couchette d'enfant et du lit orné de boutons d'or que Guillaume avait fabriqué pour Cédulie. Guillaume ramène le berceau dans leur chambre afin que Marie soit près du bébé pour l'allaiter. Rachel partage la mansarde au lilas de sa sœur aînée.

Les hommes ont terminé les travaux de radoubage et ont remis *La Cigale* à l'eau. Chargée à pleine capacité et bien à l'abri dans le havre, la goélette attend la prochaine marée haute du lundi.

— Nous devrions tous aller à la grand-messe ensemble demain, dit Guillaume à son équipage, et faire brûler un lampion pour que la saison nous soit favorable.

Sa suggestion a aussi pour but d'inciter Ti-Toine à revenir à la sobriété. Le grand sec, qui ne boit maintenant que le soir, commence à être plus solide sur ses jambes. « Il s'alimente mieux et sent moins la robine », a affirmé Guillaume, la veille, à Marie qui s'inquiète de l'ivrognerie du matelot qu'elle a croisé à quelques reprises durant l'hiver. Scandalisée par la démarche titubante du marin dans l'allée centrale de l'église, un dimanche, Marie avait laissé échapper : « La houle est forte. Ce marin-là est une vraie honte. »

« La honte rejaillit sur mon équipage », s'était désolé Guillaume, et bien qu'il n'eût plus d'autorité sur le matelot en dehors de la saison, il l'avait vertement tancé.

Avoir constamment sous les yeux les excès éthyliques de Ti-Toine l'horripile. Un homme qui ne tient pas la boisson est plus mal vu que l'abus d'alcool lui-même. Un gars peut boire la mer, s'il sait se tenir debout, personne ne le condamne, mais si le pauvre s'écroule après un verre ou deux, tous le méprisent.

Endimanchés, Guillaume et les membres de son équipage prennent place sur le même banc. Une personne doit être à jeun depuis minuit pour se présenter à la sainte table afin de recevoir la communion. Ti-Toine souffre de tremblements en raison du récent sevrage.

Revêtu de sa chasuble, le curé monte en chaire après l'Évangile du jour et commence son sermon, comme de coutume.

— Mes bien chers frères, entonne-t-il de sa voix puissante.

Ses bien chers frères ne sont pas dupes de la formule d'introduction, ils savent qu'ils vont se faire varloper l'âme jusqu'à la honte. Les plus endurcis cherchent une position agréable sur leur banc de bois inconfortable.

— L'Évangile d'aujourd'hui…

La station assise endormant plusieurs hommes actifs habitués à travailler au grand air, dont Guillaume, le curé monte régulièrement le ton. À défaut de réveiller ses ouailles assoupies, il réussit ainsi à couvrir les ronflements irrévérencieux. Guillaume sursaute, le curé brandit son crucifix dans les airs.

— Je vous le dis, mes bien chers frères, tempête le prêtre. La boisson est le pire des vices.

Guillaume soupire. Le curé de Cap-aux-Brumes reprend, comme tous les dimanches, son sujet de prédilection. Depuis quelques années, le mot « vice », qu'on attribuait le plus souvent au péché de la chair, couvre un plus large spectre de fautes. Les fidèles de la paroisse se font rappeler qu'il existe d'autres vices que celui-là. Plusieurs femmes en sont soulagées, parce qu'on les a toujours tenues responsables du premier alors qu'on ne peut guère leur reprocher le second.

En Amérique du Nord, la mode est à la tempérance. Plusieurs municipalités canadiennes, à l'exemple de certains États américains, votent des lois pour interdire l'alcool sur leur territoire, à l'exclusion des boissons servant à des fins médicales. Mais que deviendrait-on si l'on ne pouvait contourner les lois à l'occasion ? songe Guillaume, adepte des dérogations occasionnelles en matière d'eau-de-vie.

Comme personne ne saurait être contre la vertu, on laisse dire. Les sociétés de tempérance, créées pour lutter contre le fléau de l'ivrognerie qui fait bien des ravages, pullulent à la grandeur de la province, comme peut s'en rendre compte Guillaume lors de ses escales. Sous la gouverne des bonnes âmes, que certains malséants qualifient de punaises de sacristie, le recrutement forcé contribue cependant à ce que chaque ligue compte bon nombre d'hypocrites. Guillaume en sait quelque chose, même que certains membres du clergé, habitués au vin de messe, ne refusent pas un petit verre et s'absolvent en privé en évoquant les noces de Cana où Jésus lui-même a changé l'eau en vin. La conscience de Guillaume admet les plaisirs de la vie et seule l'exagération lui semble blâmable. Et, quand il est témoin des soûleries d'Antoine, il a tendance à approuver le discours de ceux qui prônent la tempérance.

Ébranlé par les menaces de brûler en enfer que le curé brandit à la fin du sermon, Guillaume allume trois lampions avant de sortir sur le parvis de l'église. Ses hommes se sont bien comportés durant l'office. Ils sont allés communier, au vu et au su de toute la paroisse. Le capitaine est si satisfait que son équipage lui ait fait honneur qu'il se sent prêt à leur pardonner tous leurs manquements passés ou à venir.

— À demain, dit-il en les quittant pour se rendre au presbytère.

Pour s'assurer des bonnes grâces de son pasteur et implorer la miséricorde divine, Guillaume a décidé d'offrir une généreuse aumône. Quand le capitaine s'émerveille des beautés de la création ou affronte les éléments déchaînés, il ne peut qu'admettre qu'il existe un Être supérieur. Même si sa conduite n'est pas toujours irréprochable, même s'il réprouve parfois le discours religieux de certains représentants de Dieu sur terre, sa foi en son Créateur est vive et inébranlable.

— Pour les pauvres de la paroisse, dit-il en remettant la somme d'argent au prêtre.

— Je prierai pour vous, répond énigmatiquement le curé.

— Merci, dit humblement Guillaume.

～ջ

Marie a l'impression de flotter dans les airs sur un tapis magique. Une douce torpeur envahit son corps alourdi par le poids de l'enfant à naître. Le chérubin est resté calme toute la nuit pour laisser un léger répit à sa maman à bout de souffle. De sa chambre, elle entend babiller les enfants à la cuisine. Sa gentille et dévouée Léonie l'incite tous les matins à paresser au lit et, aujourd'hui, elle décide d'en profiter sans remords.

Depuis une semaine, chaque matin, chaque après-midi et chaque soir, sa mère passe en courant d'air pour vérifier si elle a besoin de ses services. Marie se sent heureuse d'être ainsi dorlotée. Guillaume est de nouveau reparti peu de temps après son retour de Québec d'où il a rapporté quelques gâteries pour chacun des membres de la famille. Louis est venu rendre visite à sa sœur et Marie a appris qu'il s'est fiancé à la jolie Laura, dont lui a parlé son époux. Les tourtereaux doivent s'épouser au début de novembre, comme elle et Guillaume l'ont fait en 1898.

Depuis le départ de Guillaume, Marie n'a à se cacher d'aucun regard masculin. Même Paul-Émile ne lui rend plus visite. «Il a tant de délicatesse, se dit-elle, vu mon état il veut m'éviter toute gêne.» Ayant du mal à dormir, Marie aime contempler son village sommeillant sous la voûte étoilée. Après avoir soufflé la mèche de la lampe, elle ouvre les tentures. À travers la dentelle de la fenêtre, elle voit quelquefois passer son beau-frère devant la maison silencieuse. Son pas traînant ralentit, il jette un coup d'œil aux plants d'hortensia éclairés par la lune et Marie a mal. La douleur de Paul-Émile devient sienne. De toute évidence, Reine lui manque. Si elle n'était si grosse, elle sortirait, le bercerait dans ses bras – comme un enfant – pour apaiser son chagrin, comme il l'a aidée à surmonter le sien après la mort de son père.

— Entrez, crie-t-elle de sa couche quand elle reconnaît les trois coups caractéristiques de sa mère.

— Encore couchée, la taquine sa maman.

— Venez, dit-elle, en souriant.

Marie se tasse pour permettre à sa mère de s'asseoir sur le bord du lit.

— Ça va ?

— Je me sens lourde et paresseuse.

— Dans ce cas, je vais rester un peu plus longtemps.

— Alors je vais me lever, dit Marie en joignant le geste à la parole.

— Pas question, l'arrête sa mère. Pour une fois que tu peux rester au lit sans te tracasser, profites-en donc, ma fille.

D'un geste tendre, sa mère replace une mèche de cheveux sur son front.

— Vous êtes une si bonne mère, dit Marie.

— Et toi, tu es une brave fille, mais on va pas se mettre à pleurnicher parce que j'ai pas apporté mon ti-loup à matin.

Au rappel du chapeau de fourrure tombé sur le lit de Marie le jour de l'accouchement de Noël, la mère et la fille s'esclaffent. Soudain, Marie s'arrête net de rire.

— J'ai une contraction, dit-elle, le souffle court.

Attirée par les rires, Marie-Reine pointe son nez à la porte, suivie de Léonie qui essaie de la retenir.

— Emmenez les enfants chez mon gendre, commande madame Lemieux à la petite bonne.

À l'heure du dîner, le nouveau-né repose dans les bras de sa maman. Il est tout rond et tout rose et Marie se sent fondre d'amour pour ce petit mâle qui ressemble à son papa, moustache en moins.

— As-tu faim, ma grande?

— Oh oui, je crois que je pourrais manger un bœuf.

— Un bœuf, rien que ça? plaisante sa mère. Ça tombe bien, j'en ai mis un à cuire à matin chez Paul-Émile. Attends-moi, je reviens dans pas longtemps.

⁓℘

Poussée par le gémissement automnal du vent dans ses voiles, *La Cigale* rentre à son port d'attache. À l'approche du barachois, les matelots réduisent les voiles et les orientent de manière à aider le capitaine à aligner la goélette dans la bonne direction. Chacun à son poste, les matelots restent aux aguets : il ne faut pas entrer trop rapidement dans l'étroit passage et risquer de heurter les rochers. Une fois la passe franchie, ils abaissent complètement la voilure et la goélette avance sur son erre d'aller. Les trois matelots prennent leur perche, prêts à intervenir au moindre incident.

— Prêt à jeter l'ancre, crie le capitaine.

— Prêt à jeter l'ancre, répète Louis à la proue.

— Plus qu'un seul voyage avant de terminer la saison et d'aller chercher ta belle, dit le capitaine à Louis.

— Je comptais les mois, j'en suis maintenant à compter les semaines, dit-il, le regard et le sourire tournés en direction de la côte charlevoisienne.

— Ah, l'amour! plaisante Médée, la main sur le cœur. Tu vas passer le plus bel hiver de ta vie, mon Ti-Rouge. Pis toé, mon Ti-Toine, vas-tu finir par te marier?

— Ça se pourrait, répond ce dernier à la surprise générale.

— T'as rencontré une femme qui veut de toé ? le taquine Médée.

— Ouais, réplique Ti-Toine.

Au cours des escales, Guillaume s'est réjoui de constater que le matelot délaissait la bouteille, mais il n'avait pas soupçonné que cet heureux changement était dû à l'amour. Où et quand Antoine avait-il rencontré cette femme capable de susciter de telles conversions, personne n'aurait su le dire.

⁓ℭ

— Mon dernier moussaillon, dit Guillaume en présentant le bébé de trois mois à Louis venu dire au revoir à sa sœur avant leur départ.

Assis dans la chaise berçante, le capitaine berce une dernière fois son bébé. Demain matin, il lève l'ancre pour le dernier voyage de la saison : les îles Saint-Pierre et Miquelon.

— Il vous ressemble, dit le jeune homme. Comment s'appelle-t-il ?

— Adrien, répond Guillaume.

Assis devant la chaise berçante du capitaine, Louis se penche vers le bébé.

— Bonjour, Adrien, dit-il doucement en approchant son visage souriant du poupon.

« Areu », fait le petit bout de chou qui s'empare d'une mèche rousse. Louis grimace et rit, puis réussit à déprendre sa tignasse de la menotte du bébé.

— Il est fort, votre petit boutte, dit-il, amusé.

— Il n'est pas seulement fort, c'est un amour de bébé, affirme Léonie qui est en train d'éplucher les pommes de terre du souper.

— J'ai hâte de connaître votre belle Laura, dit Marie qui berce Noël.

— Vous allez l'aimer, dit Louis, radieux.

Le bonheur du jeune homme fait plaisir à voir. À chacune de ses visites à Léonie, Marie apprend à le connaître et elle l'apprécie de plus en plus, tout comme sa sœur. Aujourd'hui, elle aurait du mal à se passer de Léonie avec qui elle s'entend à merveille. Elle a l'impression que la vie lui procure une sœur de remplacement, comme elle lui avait envoyé Cédulie quand sa mère n'avait pu l'assister, ainsi que la joyeuse Arthémise qui l'avait aidée à surmonter son désarroi après la disparition de Nicolas.

～◈～

Arthémise est devenue sa belle-sœur et a accouché d'un garçon à l'été 1906. À la grande joie d'Henri, ils attendent de nouveau la venue de la cigogne. Cédulie vit heureuse auprès de son fils et de son petit-fils. Les deux femmes lui écrivent régulièrement et Marie éprouve pour elles une affection profonde, mais elle ne les a revues qu'une fois depuis son déménagement. La vie sur la ferme ne favorise guère les voyages, les animaux réclamant des soins continuels. Quant à elle, avec les grossesses, les absences prolongées de Guillaume durant la belle saison et les rigueurs de l'hiver, elle n'a pas non plus le loisir de faire des visites.

Cette année, si Guillaume revient assez tôt et qu'il ne neige pas, elle se promet d'aller les voir. Léonie peut s'occuper seule des enfants, Marie n'aura qu'à emmener Adrien qu'elle compte allaiter encore quelques mois. «Oui, se dit-elle, heureuse de son idée, cette année j'irai les voir avant les neiges.»

— Prends soin de toi, dit-elle à Guillaume le matin du départ.

Marie se sent triste à pleurer, mais elle fait un effort pour cacher son inquiétude. Son époux l'étreint fort et longtemps, il n'arrive plus à se détacher d'elle. Hier soir, après que la maisonnée se fut endormie, ils ont enterré un autre contenant d'argent.

Guillaume caresse la joue de chacun des enfants, salue Léonie, regarde intensément sa douce une dernière fois. Quand la porte se referme sur lui, Léonie conduit les enfants à la cuisine. À la fenêtre, Marie regarde s'éloigner son homme. Il est grand, droit, sa démarche est souple. Avec ferveur, elle demande à la Vierge de le protéger.

Marie-Reine doit se préparer pour l'école, elle monte à sa chambre, la chambre au lilas. Mais le lilas n'embaume plus, il s'est fané avec l'été. Maintenant, les nuits fraîches d'automne barbouillent les feuilles des arbres de tons chauds. Parmi les résineux verts, les coloris de jaune, d'orange, de roux et de rouge des feuillus travestissent le déclin des beaux jours en une féerie de couleurs. La nature agonisante connaît un sursaut de vitalité trompeur.

Prévoyant, l'écureuil ne se laisse pas berner et emmagasine quantité de graines, de cocottes de pin et de noisettes. Il crie aux humains insouciants sous les derniers rayons tièdes du soleil : « L'hiver s'en vient, mes amis ! » Mais certains n'écoutent pas les avis criards du petit économe et courent à leurs affaires jusqu'à ce que le gel les surprenne.

Marie soupire. Au loin, l'écume des vagues appelle les navigateurs à un ultime périple. Comme les écureuils, les capitaines font provision de revenus jusqu'aux premiers frimas. Ils veulent amasser un dernier supplément pour se prémunir contre les avaries qui surviennent inévitablement, ou des économies pour construire la prochaine goélette quand celle qu'ils ont aura rendu l'âme.

～♪

Les jours raccourcissent et les nuits s'allongent, mais Guillaume ne revient pas. Le vent rage et la pluie cingle la maison du capitaine parti au loin. Marie n'arrête pas de tourner dans son lit. Avec Léonie, elle a rentré le bois de chauffage pour l'hiver et fait ramoner la cheminée, afin de garder au chaud son espoir. Berthe se languit de son Médée. Léonie a écrit à Laura : « Le futur marié n'est pas arrivé, mais il ne faut pas s'alarmer, je te préviendrai dès son retour. » Mais la lettre promise reste à rédiger, la page blanche gît, couchée près de l'enveloppe adressée et timbrée. L'encre se dessèche sur la pointe de la plume.

Le frimas a fait place à la neige, puis aux glaces. L'embouchure de la rivière s'est frigorifiée et les battures congelées ont refroidi la confiance des femmes qui continuent d'attendre. Le cœur de Marie grelotte.

Marie-Reine rentre de l'école pâle comme la première tempête de neige qui commence, ses paupières sont enflées et rouges.

— Qu'y a-t-il ? s'inquiète Marie.

— Mathilde Tremblay a dit…

Marie sort son mouchoir et éponge les larmes de Marie-Reine qui coulent sur ses joues rougies par le vent du nordet.

— Qu'est-ce qu'elle a dit ? demande-t-elle en douceur.

— Elle a dit que papa ne reviendrait plus.

Secouée de gros sanglots, elle passe les bras autour de la taille de sa mère. Marie la tient contre elle, caresse sa tête et son dos. Croyant ménager ses enfants, elle n'a rien dit concernant le retard inexplicable de leur père, se forçant d'afficher une mine sereine pour ne pas les inquiéter.

— Demain, tu lui diras que ton père a été retardé, dit Marie posément.

— Mais elle dit que papa est mort, gémit la fillette.

« Bande de prophètes de malheur ! » hurle intérieurement Marie. Excédée, elle secoue sa fille.

— Non, Marie-Reine. Ne laisse personne te dire une si vilaine chose. Ton père a été re-tar-dé, tu m'entends ?

Pour toute réponse, Marie-Reine se colle à sa mère et son chagrin se fait moins bruyant.

— Va te changer, dit Marie quand les sanglots de sa fille se transforment en un gros hoquet.

***

Le dimanche suivant, Marie décide d'affronter résolument les rumeurs qui se répandent plus vite que le vent furieux de décembre. Elle endosse le manteau au col de renard, la toque et le manchon qui lui donnent des airs de grande dame. Elle fait montre d'une assurance déterminée pour impressionner ses concitoyens. Après la grand-messe, elle s'attarde sur le parvis de l'église.

— Madame Dumas ! s'écrie la mère de Mathilde Tremblay.

« La pire commère du village », se dit Marie qui sourit jusqu'à en avoir des crampes dans les joues. La petite bonne femme, aussi mince que la matière grise qui lui tient lieu de cerveau, se fraie un chemin dans la foule qui s'agglutine pour échanger les nouvelles.

— Madame Tremblay ! dit gaiement Marie. Comment allez-vous ?

La rapporteuse de cancans sourcille, désarçonnée par l'aplomb de Marie.

— Chez nous, tout le monde va ben, voyons donc !

Les commères ont ceci de bon qu'elles ne vous ennuient jamais avec leurs soucis. Elles ne semblent pas en avoir. Chez elles, tout va toujours pour le mieux.

— Tant mieux, dit Marie, souriant toujours.

— Mais, vous ? poursuit l'autre. On dit que votre mari est pas revenu…

— Il a été retardé, dit Marie qui se cantonne à cette seule explication.

Paul-Émile, que Marie n'avait pas vu durant la messe, vient à sa rescousse.

— Mon beau-frère devrait être de retour en mai prochain, affirme-t-il.

Marie se demande si Paul-Émile est au courant de quelque chose qu'elle ignore, mais elle tient bon et n'ose manifester sa surprise devant la potineuse.

— Ah, bon ! dit madame Tremblay. C'est drôle, on n'en avait pas entendu parler.

Se tournant vers Marie, Paul-Émile ignore la femme qui attend d'en apprendre davantage.

— Viens, dit-il, ta mère nous attend. Au revoir, madame Tremblay.

— À la revoyure, dit la commère dépitée.

Paul-Émile tient le coude de Marie pour la presser d'avancer. Une fois loin du groupe de villageois, il remonte son col pour se protéger du froid glacial qui souffle du large. Marie fulmine.

— Imagine-toi, dit-elle à son beau-frère, que Mathilde Tremblay a dit à Marie-Reine que son père était mort.

— Je sais, j'en ai entendu parler.

— Les gens sont méchants, dit Marie révoltée. Allez dire des choses pareilles à un enfant et lui briser le cœur sans pitié…

— Ils ne se rendent pas compte, dit Paul-Émile.

Arrivés devant chez lui, il s'arrête et la regarde gravement.

— J'admire ton courage, Marie.

— Je ne suis pas aussi forte que tu le crois, avoue-t-elle, au bord des larmes.

— Moi non plus, confesse-t-il, mais il faut faire comme si on l'était. C'est important pour nos enfants.

Que cet homme posé admette devoir faire des efforts réconforte Marie.

— Merci, Paul-Émile. Dis bonjour à maman pour moi, dis-lui que je viendrai la voir un autre jour.

Elle tourne aussitôt les talons et court se réfugier chez elle.

⁓ᴾ

— J'ai un mal de tête effroyable, dit-elle à Léonie après avoir enlevé son manteau. Dînez sans moi, je vais m'allonger.

— Vous tremblez, madame Dumas, fait remarquer Léonie.

— Je dois couver un rhume, dit Marie pour couper court à la discussion.

Elle ferme la porte de sa chambre et plonge sous les couvertures où elle continue de frissonner. Aujourd'hui, les larmes libératrices refusent de venir apaiser son chagrin. Recroquevillée dans le lit sans chaleur, elle claque des dents et se désespère. Que vont-ils devenir si…

Encore une fois, Marie est condamnée à vivre dans l'incertitude. Où est-il ? Que lui est-il arrivé ? Est-il mort ? Est-il vivant ? S'il vit, est-il blessé ? A-t-il faim ? A-t-il froid ? Les mêmes questions angoissantes lui reviennent. D'abord Nicolas, et maintenant Guillaume. Mais cette fois, elle est seule pour faire face au sort cruel qui s'abat sur elle. «Je n'ai plus de force, se lamente-t-elle. Je me sens comme une coquille vide échouée sur la grève. Oh, Guillaume, mon amour, dis-moi que tu es vivant, que tu reviendras en mai, comme l'a dit Paul-Émile tout à l'heure. »

⟶⟡

Marie s'éveille dans le noir. Elle essaie de lever un bras, mais il retombe mollement sur la couverture. «Je suis un coquillage vidé de sa substance, se souvient-elle. La mer m'a rejetée sur la grève. »

Son rêve lui revient en mémoire. L'obscurité menaçante, les bourrasques de vent, les vagues furieuses, la chute d'un mât, le choc fracassant et le raclement de la coque sur les rochers. Un rêve à la limite du cauchemar si ce n'était de la fin où Guillaume lui sourit en lui répétant de ne pas s'inquiéter. Son visage aimant semblait si réel. Il est vivant. Elle ne saurait expliquer pourquoi, mais elle est certaine que son homme est vivant. Revigorée par cette certitude, elle se lève, ressentant un besoin effréné d'agir.

À la cuisine, les enfants et Léonie sont attablés pour souper.

— Je suis allée vous voir tout à l'heure, dit Léonie en l'apercevant. Mais vous dormiez si bien que je n'ai pas osé vous réveiller.

— Ce sommeil m'a fait le plus grand bien. Non, reste assise, dit-elle à Léonie, je peux me servir.

Marie mange un bol de soupe, puis une grosse pointe de pâté à la viande. N'ayant rien avalé depuis la veille, tous les aliments lui paraissent d'un goût exquis. Jusqu'au thé qu'elle savoure d'un air heureux.

Après le souper, elle berce tour à tour les trois plus jeunes avant de les mettre au lit. Puis elle invente des contes de

Noël joyeux pour ses deux aînés qui montent se coucher avec des étoiles dans les yeux. Quand Léonie redescend après leur avoir fait réciter leur prière, Marie laisse son tricot de côté.

— Nous allons écrire à Laura, dit-elle.

— Maman vient de lui écrire que nous n'avions toujours pas de nouvelles.

— Ce n'est pas ce genre de message que je veux lui transmettre.

Devant l'air triste de Léonie, Marie décide de lui raconter les bribes de son rêve.

— Nous devons encourager ta future belle-sœur. Tant que nous n'avons pas de preuve que nos hommes ont péri en mer, nous devons nourrir notre confiance de les revoir et nous épauler les unes les autres en les attendant.

Léonie reste songeuse et Marie se tait par respect. Elle ne veut pas l'obliger à croire à ses visions qui pourraient passer pour des chimères. Si elle veut réellement soutenir ses compagnes éprouvées, il faut que la petite graine qu'elle sème en leur âme germe d'elle-même, nourrie par l'affection de celle qui la porte.

— Écrivons-lui toutes les deux, dit Léonie au bout d'un moment.

❧

Chère Laura,

Vous m'êtes déjà chère même si je ne vous ai pas encore rencontrée. On m'a dit tant de bien de vous que j'ai hâte que ce moment arrive.

Je me désole que votre mariage avec Louis soit retardé, mais je me console à l'idée que ce délai imprévu vous le rendra plus précieux le jour venu.

*Confiante que nos hommes seront de retour au prin-
temps, je vous offre mes meilleurs vœux pour Noël et la
Nouvelle Année.*

Marie Dumas

Léonie lit le texte de sa patronne.

— Merci, dit-elle en repliant la lettre. Votre message
m'encourage, il devrait lui faire du bien à elle aussi.

— Demain, j'irai voir Berthe, l'épouse de Médée.

Marie a décidé de remettre à Berthe les gages qu'aurait
versés Guillaume à Médée à la fin de la saison, plus un léger
supplément pour qu'elle puisse gâter les enfants au jour de
l'An. Ils ont déjà assez de leur chagrin sans avoir à se priver
en plus.

La veille de Noël, Marie donne congé à Léonie pour lui
permettre de réveillonner dans sa famille. L'absence de
Louis est suffisamment pénible sans que les siens soient
privés de leur fille, songe Marie. Pour ce qui est d'Antoine,
elle ne lui connaît aucune famille et cela lui évite une corvée
fastidieuse.

Durant la messe de minuit, Marie, restée auprès de ses
enfants endormis, commence à se questionner sur ce qu'elle
pourrait faire pour gagner un peu d'argent jusqu'au retour
de son époux. Elle se refuse à entamer le magot enfoui à la
cave, étant persuadée que Guillaume aura besoin de cet
argent à son retour. Marie voudrait un emploi auprès du
public. Elle ne voit que le commerce, mais la saison s'y prête
mal. Où trouverait-elle la marchandise nécessaire pour
garnir les comptoirs? Les navires sont les seuls à pouvoir

ravitailler les commerçants. À moins de dénicher un commerce qu'elle pourrait acheter si le ou la propriétaire voulait bien s'en départir. « Je vais en toucher un mot à Paul-Émile, se dit-elle, il pourra m'aider dans mes démarches. »

~✎

L'après-midi du jour de l'An, la mère de Marie, Paul-Émile et ses enfants arrivent les bras chargés de gâteries pour sa marmaille. Malgré son courage tout neuf, Marie a jugé préférable de s'abstenir d'offrir des douceurs aux enfants. Elle ne leur a donné que les vêtements qu'elle a cousus et tricotés.

Paul-Émile se dirige vers la cuisine pour le déballage des cadeaux. Marie apprécie le geste, l'usage du salon lui aurait paru déplacé en l'absence de son époux. À la cuisine, elle se sent plus à l'aise de laisser ses rejetons goûter aux joies du temps des fêtes. « Ils sont trop jeunes pour les accabler de nos peines », se dit-elle, heureuse de l'initiative de sa mère et de son beau-frère.

Les divers paquets contiennent des bonbons, des crayons de couleur pour Marie-Reine, une grosse toupie pour Georges, des figurines de porcelaine pour Rachel, une carriole miniature pour Noël, un ourson de ratine pour Adrien.

— Vous allez rester souper avec nous, dit Marie, gênée de n'avoir rien à offrir à ses neveux et sa nièce.

— On veut pas te déranger, objecte sa mère.

— Votre visite me fait tellement de bien. Et je veux que vous goûtiez aux beignes et aux galettes de Léonie. Vous n'allez pas le regretter, je vous le garantis.

Après le souper, pendant que Paulette et Marie-Reine aident Léonie à faire la vaisselle, la grand-maman berce

Adrien. Les plus jeunes s'amusent avec leur nouveau jouet, Marie joue aux cartes avec Paul-Émile et ses fils. Elle constate que les enfants de Reine agissent aujourd'hui comme les autres enfants de leur âge. On ne les rappelle plus constamment à l'ordre, leur grand-mère leur dispense beaucoup d'affection et leur père leur consacre tout son temps libre.

— J'aimerais te parler en privé, quand tu auras un moment, dit-elle à Paul-Émile au moment où ses visiteurs s'apprêtent à partir.

— Partez sans moi, dit-il à sa belle-mère et à ses enfants. Je vous rejoindrai tout à l'heure.

Marie fait passer son beau-frère au salon, laissant ses enfants et Léonie retourner à la cuisine. Éclairé par une seule lampe à pétrole, le grand salon, sans sapin de Noël, a l'air dépouillé. La truie de fonte n'a pas été allumée et les fenêtres givrées renforcent l'impression de froid. Paul-Émile s'assoit sur l'une des causeuses, en face de Marie.

— Je voulais te consulter et te demander conseil, commence Marie.

Elle expose son projet de commerce à Paul-Émile qui l'écoute attentivement, l'approuvant parfois d'un signe de tête pour l'encourager à poursuivre.

— Je ne vois aucun magasin existant qui pourrait te convenir, dit-il après un moment de réflexion. De plus, il serait préférable que tu puisses tenir ton commerce dans ta maison afin de faciliter ta vie familiale. Tu pourrais l'aménager dans ton salon, ou ta chambre à coucher étant donné que tu en as suffisamment à l'étage. Tu n'as pas besoin d'un grand local pour commencer.

— Tu as raison, c'est ce qu'il me faudrait. Mais comment me procurer des marchandises à ce temps-ci de l'année ?

— J'ai quelque chose à te proposer.

Et il lui explique qu'il aimerait abandonner la vente des tissus à la verge. Il plaide en riant que c'est un domaine qui convient mieux à une femme.

— Tu pourrais même, plus tard, embaucher des couturières pour coudre certains vêtements qui se vendent bien, ou vendre des tricots. C'est le genre de boutique qui peut te permettre d'offrir une foule d'autres produits si tu le désires.

En l'entendant parler des possibilités futures de croissance, Marie se rend compte que son beau-frère envisage la possibilité qu'elle ait à assumer la charge de sa famille à long terme. Même si elle continue d'espérer le retour de Guillaume, le métier de son mari comporte tant de risques…

— Tu ne dis rien, dit-il. Cette idée ne te plaît pas ?

— Au contraire. Excuse-moi, Paul-Émile, j'étais perdue dans mes pensées.

— Si c'est l'argent qui te préoccupe, je peux te rassurer. Je n'ai pas besoin que tu me payes la marchandise maintenant. Je peux même t'avancer les fonds nécessaires pour aménager ton local. Je vais te montrer comment tenir tes livres de comptes, gérer ton inventaire, te recommander les meilleurs fournisseurs, te fournir des renseignements sur les clientes éventuelles. Il y a malheureusement des personnes à qui il ne faut jamais faire crédit.

— Ouf! dit Marie, esquissant un sourire. Je ne pensais pas que c'était si compliqué.

Paul-Émile sourit. C'est la première fois que Marie le voit sourire depuis la mort de Reine et elle constate que son beau-frère est veuf depuis plus de deux ans. Un délai plus que raisonnable pour avoir le droit de penser à refaire sa vie.

— Tu devrais te remarier, lui dit-elle tout à trac.

Le sourire de Paul-Émile s'efface.

— C'est encore trop tôt, soupire-t-il.

— Excuse-moi, Paul-Émile. Je ne voulais pas te faire de peine. C'est juste que je trouve que tu es trop jeune et trop bien pour rester seul.

Au regard appuyé qu'il pose sur elle, Marie se souvient qu'il lui a dit, il y a un an, qu'elle ressemblait à Reine. «Sans doute a-t-il mal chaque fois qu'il me voit», se dit-elle.

— Je suis touché que tu te fasses du souci pour moi, dit-il en esquissant un sourire timide. Mais pour le moment, c'est de toi et de tes projets dont nous devons nous soucier. Viens me voir au magasin après-demain, nous reparlerons de tout ça, d'accord?

— D'accord.

Paul-Émile se lève pour prendre congé. Marie l'aide à endosser son manteau et lui tend son chapeau.

— Merci, Paul-Émile. À bientôt.

— Bonne nuit, Marie, dit-il précipitamment sans lui jeter un regard.

❧

Paul-Émile refuse d'accepter un seul sou noir de sa belle-sœur, lui affirmant qu'il préfère attendre le retour de Guillaume pour régler leurs comptes au cas où ce dernier n'approuverait pas la décision de Marie.

— Doux Jésus! s'exclame-t-elle. Je n'avais pas envisagé cette possibilité. Que ferons-nous si Guillaume me désapprouve?

Marie se sent désemparée, ne sachant plus si elle doit continuer d'aller de l'avant bien que le projet soit très avancé. Paul-Émile a déjà transporté chez elle les étagères et les pièces de tissu. Il ne reste que la grande table à découper et autres menus articles de couture à déménager.

— Je reprendrai tout, dit-il. Tu n'auras qu'à bien tenir tes comptes et me rembourser le matériel vendu.

À la mi-janvier, Marie ouvre sa boutique de coupons, comme les villageoises qualifient son commerce de tissu à la verge. Elle a décidé d'installer la marchandise dans sa chambre à coucher. Elle a choisi cette pièce parce qu'elle espère que le changement de chambre l'aidera à s'endormir le soir, mais surtout pour éviter de froisser son époux qui serait déçu, à son retour, de ne plus retrouver le grand salon dont il est si fier. Car Marie s'entête à croire et à répéter à tous que Guillaume reviendra au printemps.

Chaque soir, après la fermeture du commerce, Marie inscrit scrupuleusement dans son cahier de ventes le détail des transactions de la journée. Continuellement sollicitée par les multiples détails de sa nouvelle aventure, elle se couche le soir et s'endort en posant la tête sur l'oreiller.

Ses clientes lui confient qu'elles préfèrent être servies par une femme pour ce genre d'emplettes. Plusieurs demandent des conseils et Marie leur apprend des trucs de couture. La boutique devient peu à peu un lieu de rencontre où les femmes en mal de conversations se retrouvent l'après-midi quand elles ont fait le plus gros de leur besogne. Certaines viennent proposer à Marie de prendre en consignation leurs travaux de tricot ou de crochet. Elle est consciente que leurs offres ont peut-être pour but de l'aider, mais comme elles peuvent en tirer des bénéfices, Marie accepte quelques articles. Peut-être qu'elles aussi ont besoin d'argent, se dit-elle. De plus, elle s'efforce de ménager la sensibilité de ses clientes, comme Paul-Émile le lui recommande. Patiemment, il l'initie aux rouages du commerce.

Au cours de leurs conversations, Marie s'aperçoit qu'elle doit se garder d'émettre des opinions personnelles en public et se contenter d'écouter poliment les clientes en conservant une attitude bienveillante et neutre, même quand les propos entendus peuvent la heurter.

— Tu devras veiller à te conformer à cette règle en tout temps si tu veux conserver ta clientèle, insiste-t-il. Même en dehors des heures d'ouverture !

— J'ai bien peur de faillir à l'occasion, avoue Marie.

— Tu n'auras qu'à penser aux bénéfices que te rapportera ton silence, dit Paul-Émile en riant. En gardant en tête que ce sont tes clientes qui te font vivre, tu y parviendras, j'en suis sûr.

La confiance de son beau-frère la réconforte, car elle doute de parvenir à maîtriser son caractère bouillant. Mais elle a fait des progrès : la maternité lui a appris la patience et à faire passer ses désirs après avoir satisfait les besoins de sa famille.

⁂

Avril arrive sans tenir ses promesses de printemps. Le vent et la pluie froide s'acharnent sur les habitants de Cap-aux-Brumes. La grisaille les déprime, les rend impatients. Le moral de Marie s'en ressent. Elle déteste la neige sale qui dépare le paysage. Les enfants ont le rhume, elle dort mal. L'absence prolongée de Guillaume la mine, elle a du mal à maintenir son espoir à flot.

— Il fait un temps à pas mettre un chien dehors, dit la mère de Mathilde Tremblay en entrant dans la boutique.

La remarque fait sourire Marie qui retient les commentaires malveillants qui lui viennent à l'esprit.

— Vous êtes vaillante de sortir par un temps pareil.

Elle fait des efforts pour se montrer avenante. Plus que devant toute autre personne de la paroisse, elle tient à présenter un air serein à la collectionneuse de potins.

— Quel bon vent vous amène ?

— Il me manque du fil pour finir ma courtepointe.

— Une bobine de bleu marine, comme la dernière fois ? s'enquiert Marie.

— Vous avez toute une mémoire, dites donc !

« J'ai réussi à l'embobiner », se félicite Marie en voyant s'élargir le sourire de sa cliente qu'elle a fini par appeler madame Dondon en raison de l'usage abusif des *don, donc, dont* qui émaillent sa conversation. Elle s'empresse de dénicher, dans son étalage de bobines, le fil de la couleur désirée.

— Avez-vous besoin d'autre chose ?

Madame Tremblay hésite et Marie attend patiemment.

— Il me semble que j'avais besoin d'autre chose, mais je me souviens plus quoi. Je reviendrai, dit-elle en sortant une pièce de monnaie de la poche de son manteau.

Une fois la commère sortie, Marie pousse un soupir de soulagement. « Tant d'efforts pour une seule bobine de fil, se dit-elle, mais au moins j'ai l'impression d'avoir réussi à l'amadouer. Elle ne m'a pas posé de question au sujet de Guillaume, contrairement aux autres fois. »

⁂

Avec les beaux jours de mai, Marie retrouve le moral. « Mon calvaire achève », se répète-t-elle chaque matin. Elle suit en esprit les travaux de réparation de la goélette, voit les glaces céder pour aller se dissoudre dans les eaux que le soleil réchauffe. Elle compte les jours qu'elle estime nécessaires pour que les marins regagnent leur port d'attache : entre la mi-mai et la fin de ce joli mois dédié à la Vierge.

Les battements de son cœur soulèvent sa poitrine dès qu'elle aperçoit une voile à l'horizon. Elle court à la fenêtre des dizaines de fois par jour, sort même de temps en temps sur le perron pour mieux voir. Quand les enfants font la sieste, elle envoie Léonie au port. Chaque capitaine qui accoste est soumis aux questions de tous les badauds qui flânent sur le quai. Personne n'a vu ou entendu parler de *La Cigale*.

⸎

Sous le chaud soleil de juin, la nature étend son tapis de verdure jusqu'au fin fond des forêts. Les feuillus se rhabillent de vert tendre, les pommiers fleurissent, le fleuve immense se confond au ciel infini. Se détachant de tout ce bleu, les mouettes emplissent l'air de leurs cris. Elles n'ont vu ni la goélette ni les disparus, semblent-elles dire le soir à Marie qui scrute l'horizon vide.

Au sein des villageois, les spéculations les plus noires recommencent à circuler. Emportées par la brise insouciante, elles viennent aux oreilles de Marie qui se questionne. «Suis-je donc la seule à croire qu'ils sont vivants? Personne n'ose me contredire, mais par derrière, les clapets se font aller.»

— Ils sont morts, c'est certain, prétendent les uns.

— S'ils étaient vivants, quelqu'un les aurait vus, affirment les autres.

— La mer rend ce qu'elle prend, dit sentencieusement la veuve d'un marin dont le navire a sombré près de l'île du Bic.

— C'est sûr, dit l'un des vieux, mais par icitte la mer s'étend à perte de vue, pis le courant est fort, il s'en va vers le large. Ben manque qu'elle va charrier leurs débris jusque dans les vieux pays.

— Quand un bateau disparaît corps et biens, souvent, on n'en retrouve jamais la trace, admettent tristement ces bonnes gens.

Seuls quelques vieux marins mettent en doute les asser-
tions pessimistes des villageois. Ils racontent en fumant
placidement leur pipe les épopées passées où l'on a vu revenir des équipages qu'on avait cru perdus. Des survivants
dont on avait célébré les funérailles.

— À votre place, dit un soir le doyen à Paul-Émile venu
aux nouvelles, je l'enterrerais pas avant le temps.

Sachant que sa belle-sœur vit un supplice aggravé par les
ragots, Paul-Émile vient lui transmettre le sage conseil du
vieux loup de mer.

— Merci, Paul-Émile, tu es le seul à m'encourager,
s'apitoie Marie.

Toujours très digne et posé, Paul-Émile observe ses
souliers d'un air concentré.

— Madame Tremblay vient tous les après-midis, lui
confie-t-elle. Ses sales petits yeux de fouine m'épient sans
arrêt. Je sais que, dans mon dos, elle n'arrête pas de clairon-
ner la mort de mon mari.

— N'y prête pas attention.

— Je dois me retenir pour ne pas l'étrangler, confesse
Marie en serrant les poings.

Paul-Émile relève la tête et sourit.

— Je ne vois pas ce qu'il y a de drôle là-dedans, dit-elle,
mécontente.

— En pensée, tu peux bien l'étrangler autant de fois que
tu le voudras. Mais de grâce, garde-toi de passer aux actes.
Je n'ai pas envie d'assister à ta pendaison.

Irritée, elle regarde son beau-frère.

— Ce n'est pas le moment de te moquer de moi, Paul-
Émile Joncas.

Amusé, Paul-Émile soutient son regard.

— La colère te va bien, Marie, dit-il doucement.

La phrase et le ton que vient d'adopter son beau-frère lui rappellent tant son Guillaume que la colère de Marie se dissout dans les larmes, évincée par ce rappel inopiné de l'absent. Paul-Émile la serre doucement dans ses bras jusqu'à ce qu'elle surmonte son chagrin.

Quand il prend congé, Marie monte se coucher. Épuisée par les larmes, elle s'endort d'un sommeil profond.

⁓ℐ⁓

Coiffée de son éternel chapeau de paille, madame Tremblay revient fureter dans la boutique. Sous le prétexte qu'elle cherche un motif particulier pour une nouvelle courtepointe, elle peut se permettre de prolonger le martyre de Marie.

— C'est déjà la Saint-Jean-Baptiste la semaine prochaine, pensez donc, dit-elle.

Marie fait mine de chercher quelque chose dans le tiroir de son comptoir.

— Eh, oui… répond-elle négligemment.

— J'en reviens pas comme le temps passe donc vite.

— Eh, oui… répète Marie.

La clochette de la porte d'entrée fait entendre son joyeux tintement. Marie espère que la nouvelle cliente réussira à distraire la chipie de sa litanie sur le temps qui fuit. Intriguée par le silence qui suit le bruit des pas, Marie relève la tête. Elle ouvre la bouche, porte la main à son cœur, incapable de faire un pas. L'homme vêtu de loques a le visage camouflé par une barbe épaisse. Une longue tignasse emmêlée recouvre les oreilles de l'individu aux épaules carrées. Seuls les yeux d'un bleu étincelant le différencient des pauvres hères qui sillonnent parfois les routes de la région.

— C'est ainsi que tu accueilles ton mari ? dit la voix bien-aimée.

8

Cap-aux-Brumes, 1908

La nouvelle du retour de Guillaume et de son équipage au complet se répand aussi vite qu'une traînée de poudre. Étant le témoin privilégié du retour surprise du capitaine, la commère se pâme de maison en maison sur le fait qu'elle a été la première à voir le survenant.

Pendant ce temps, le capitaine oublie les affreux doutes qui l'ont torturé durant les longues nuits d'hiver. Dès que sa femme se laisse aller contre lui, il sait qu'elle l'a attendu sans faillir, il le sent à son abandon heureux. Quand elle lui explique les raisons qui l'ont amenée à ouvrir sa boutique, il salue son courage et se déclare fort satisfait de ses décisions. Guillaume est fier que sa douce soit capable de s'assumer seule. Elle ne songerait pas à se remarier au plus pressé s'il devait périr en mer, comme bien des veuves sans ressources. L'amour de sa femme est aussi fort que le sien, il en a maintenant la certitude.

Guillaume prépare une affiche indiquant « Fermé temporairement » et l'accroche à la porte. Dans le cabinet de toilette, sa douce remplit le grand baquet d'eau chaude et le savonne amoureusement de la tête aux pieds. De l'autre côté de la porte, leur parvient le babillage de Léonie et des enfants qui viennent de finir leur sieste.

— Ils vont être drôlement surpris, chuchote Marie.

À gestes mesurés, Guillaume sort de son bain sans faire de bruit. Marie le sèche et poursuit sa toilette. Vêtu de propre, les cheveux coupés, la barbe rasée et la moustache taillée, Guillaume retrouve son identité.

Dans l'effervescence qui suit son apparition à la cuisine, la maison résonne des cris et des rires des enfants. Ils suivent obstinément les pas de leur père et Guillaume n'a pas assez de caresses pour contenter chaque petit esseulé, ni pour apaiser son besoin effréné de les serrer contre son cœur.

Au retour de l'école, après avoir embrassé son père, Marie-Reine se jette dans les bras de sa mère.

— Vous aviez raison, maman. Papa a été retardé et je vais le dire à Mathilde Tremblay. Elle va arrêter de m'achaler avec ça.

— Ce ne sera pas nécessaire, dit Marie en faisant un clin d'œil à Guillaume. Elle le sait sûrement à l'heure qu'il est.

Ses yeux brillent tant que, ce soir, leur maison pourrait se passer d'éclairage.

Après le souper, madame Lemieux, Paul-Émile et ses enfants viennent saluer celui pour qui ils ont tant prié. De son côté, Léonie est allée embrasser son frère et passer la veillée dans sa famille. Dans les foyers des marins rescapés, les retrouvailles débordent de câlins, de questions et de rires. Au quai, les villageois écoutent les vieux marins commenter les avaries de *La Cigale*.

— Cré bateau, dit l'un d'eux. La goélette en a mangé toute une!

La Cigale n'a plus que le mât de misaine. Le grand mât cassé gît le long de la bôme. Le bastingage est endommagé à l'endroit où le mât est tombé.

— La coque a été défoncée aussi, fait remarquer un autre en pointant le côté tribord près de la proue.

— Regarde, fait observer un troisième en indiquant l'écubier avant, ils ont perdu leur ancre.

Un vieux marin remarque aussi l'absence d'ancre à la poupe.

— Les deux ancres ont cassé pendant qu'ils étaient à la cape, explique-t-il.

Les trois autres branlent la tête en même temps pour approuver la justesse du constat.

— Ça va lui coûter un bras, ce naufrage-là, commente l'un d'eux.

— Cré bateau, je comprends! En plus du temps perdu pour faire les réparations. La saison va être pas mal avancée quand ils vont pouvoir repartir.

*

Dans le grand salon des Dumas, faiblement éclairé par la lumière déclinante du jour, on allume la lampe à pétrole. La grand-mère Lemieux, tenant le petit Adrien, s'installe dans l'une des deux chaises berçantes. Guillaume s'assoit dans l'autre, Noël sur ses genoux. Paul-Émile et Paulette prennent place sur l'une des causeuses, en face de Marie et Marie-Reine. Les fils de Paul-Émile s'assoient près de leur oncle, sur les fauteuils droits. Par terre, Georges et Rachel s'appuient contre les jambes de leur père.

Paul-Émile demande à entendre le récit du « retard » de *La Cigale*, comme chacun se plaît maintenant à appeler la mésaventure de Guillaume.

— Depuis deux jours, dit le capitaine, nous étions ballotés par un fort vent de nordet. Le troisième jour, le crachin s'infiltrait partout et nous cinglait le visage. Du gouvernail, j'avais du mal à voir la proue du navire. Les paquets de mer inondaient le pont et le rendaient glissant. La goélette roulait et tanguait tellement que les hommes avaient dû s'attacher pour ne pas passer par-dessus bord.

Guillaume fait une légère pause, sort sa pipe sans l'allumer et poursuit.

— J'estimais être assez proche de la rive, dans les environs de la Basse-Côte-Nord. On a mesuré la profondeur de l'eau à l'aide du fil à plomb. Comme la longueur des chaînes d'ancre étaient plus que suffisante, on a mis à la cape. J'étais de garde sur le pont quand une forte bourrasque a cassé les deux chaînes d'un coup. La goélette s'est mise à dériver. J'ai réveillé les hommes qui sont montés sur le pont, à la noirceur. Peu de temps après, une énorme vague nous a frappés de côté. Je me suis retenu à la bôme. Quand l'eau a reflué, j'ai crié le nom de chacun des hommes. Dieu merci, ils avaient tous eu le temps de s'agripper aux mâts.

Guillaume se lève. Il tend Adrien à Marie, qui le remplace dans la chaise berçante, et il allume tranquillement sa pipe. Ses auditeurs, eux, restent en suspens. Personne ne bouge, tous attendent en silence qu'il exhale la boucane de sa pipée et reprenne son récit.

— Le navire prenait de la gîte, fouetté par les vagues qui s'abattaient avec fracas sur son flanc. Tout à coup, la mer agitée par un fort coup de vent a soulevé *La Cigale* comme si c'était un vulgaire fétu de paille. Le navire est retombé violemment. À moitié sonné, j'entendais des craquements. Le grand mât a cassé en même temps que la coque s'éventrait sur les brisants. Nous étions trempés jusqu'aux os et les vagues continuaient de tosser la coque. Ti-Toine claquait des dents, Louis priait à haute voix et Médée bougonnait. Le corps ankylosé par le froid, je me demandais s'il valait mieux lâcher prise afin de ne pas prolonger mon agonie. Mais à la pensée de Marie et des enfants, j'ai décidé de tenir bon. Dans l'obscurité totale, les heures m'ont paru interminables. La tempête s'est calmée au petit matin. Aux premières lueurs de l'aube, on a pu apercevoir les galets et la grève désertée par la marée basse.

Marie-Reine se rapproche de son père. Guillaume pose une main sur l'épaule de sa fille qui s'adosse la tête contre lui. Marie s'essuie furtivement les yeux.

— L'endroit était sauvage et désert. Il n'y avait que la plage délimitée par une forêt d'épinettes noires à l'aspect chétif. La région de la Basse-Côte-Nord est peu fréquentée, mais on a eu la chance de trouver un abri de fortune : une vieille cabane en bois rond, vide à l'exception d'une truie dont le tuyau rouillé perçait le toit qui faisait jour. C'était probablement la cabane d'un trappeur. Dans un coin, il restait une corde de bois d'épinette. On est retourné au navire et on a débarqué tout ce qui pouvait nous être utile pour passer l'hiver. Il nous restait un peu de vivres, on avait du linge pour se changer. C'est incroyable comme on se sent bien quand on enfile une laine sèche ! Pour soigner nos engelures, on a fait tremper des chiffons dans l'huile à lampe, puis on en a enduit les parties atteintes par le froid.

— J'avais jamais entendu parler de ce remède-là, dit la grand-mère, vivement intéressée.

— C'est mon oncle-capitaine qui m'avait recommandé ça un hiver que je m'étais gelé les doigts en bûchant. Le pétrole réveille les chairs endormies, c'est quasi miraculeux.

— Comment avez-vous réussi à survivre avec si peu ? demande Paul-Émile qui a toujours vécu dans un village et ne connaît rien à la chasse.

— On s'est d'abord confectionné des lits avec des branches d'épinette pour nous isoler du froid. Les barriques sorties de la cale du bateau nous ont servi de sièges. Comme provisions, il nous restait de la farine, des patates, du lard salé et des oignons, un peu de thé et d'eau potable, de la morue salée et du rhum. Il a bien sûr fallu restreindre les rations de chacun au minimum dès le début, car on savait qu'il faudrait subsister avec peu de nourriture jusqu'au printemps. Mais comme un capitaine apporte toujours à bord un fusil, des cartouches, de la poudre et du fil de métal pour faire des collets à lièvre, on a pu améliorer notre ordinaire avec les produits de la chasse. Quand la ration d'eau potable a été épuisée, la neige est venue et on l'a fait fondre.

Le corps décharné de Guillaume témoigne des maigres rations dont ont dû se contenter les naufragés.

— À la place du tabac, j'ai mâché de la gomme d'épinette, conclut Guillaume en rallumant sa pipe.

Dans la fumée qui s'échappe des lèvres du capitaine s'inscrivent l'issue d'une épopée éprouvante et la détermination farouche d'un survivant.

~ఞ

Tôt le lendemain, aidé de son équipage, Guillaume s'occupe de vider la cale de la goélette. Les charretiers recrutés pour transporter la cargaison se rangent le long du magasin de Paul-Émile, qui a embauché deux hommes pour placer les barriques dans son arrière-boutique.

Quand la cale est vide, les marins rapportent chez eux leur bagage personnel. Guillaume court à gauche et à droite afin de prendre les dispositions pour réparer les ravages causés par le naufrage. La goélette devra être halée au sec, car les réparations sommaires effectuées par l'équipage n'ont pas réussi à colmater suffisamment la coque. Les hommes ont dû se relayer tout le temps de la traversée pour pomper l'eau de la cale. Le capitaine doit trouver un mât de remplacement et faire réparer la voilure, endommagée elle aussi.

En fin d'après-midi, Guillaume fait un arrêt au magasin de son beau-frère avant de rentrer chez lui.

— Merci, Paul-Émile, je vais voir à ce qu'on te débarrasse de ma cargaison le plus tôt possible. Je ne voudrais pas t'attirer des ennuis.

— Prends ton temps, Guillaume. Tu as assez de chats à fouetter pour le moment. Il vaut mieux attendre pour transférer les barriques. Juste après ton retour, trop de va-et-vient serait suspect. Tandis qu'en laissant le stock là, les gens peuvent penser que tu m'as rapporté des marchandises pour le magasin.

Guillaume enlève sa casquette et se passe une main dans les cheveux.

— C'est plein de bon sens ce que tu dis là. Tu es vraiment un bon gars, Paul-Émile. Je te revaudrai ça un de ces jours.

Paul-Émile lui met une main sur l'épaule.

— Si tu as besoin d'argent pour les réparations, je peux t'avancer les fonds, Guillaume. Je ne voudrais pas que tu fasses affaire avec le père Anthime.

À l'évocation du vieil usurier de la paroisse, Guillaume grimace.

— Pas de danger que j'aille voir ce vieux grippe-sou. J'ai fait affaire avec lui une seule fois et je m'en souviens encore. J'aimerais mieux aller me mettre à genoux devant le gérant de la banque.

Debout de l'autre côté de son comptoir, Paul-Émile rajuste sa cravate.

— Tu ferais confiance à la banque? C'est nouveau ça.

— Tu sais bien que je préfère garder mon argent en sécurité, chez nous. Et comme de bonne, il m'en reste encore. À ce propos, je veux te remercier pour tout ce que tu as fait pour Marie. Elle m'a dit ce qu'elle te doit et je devrais être en mesure de te rembourser au complet d'ici l'automne.

Guillaume plonge la main dans sa poche et en sort une liasse de billets qu'il dépose sur le comptoir.

— En voici une partie.

Paul-Émile laisse l'argent sur le comptoir.

— Ça peut attendre, voyons.

— Prends ça, dit Guillaume. J'y tiens.

Paul-Émile hésite.

— Et comme je te l'ai dit tout à l'heure, je te remercie beaucoup, Paul-Émile. Je te revaudrai ça un de ces jours. Garanti.

Paul-Émile ramasse les billets et les range dans la poche de son pantalon.

— Viens veiller à la maison ce soir, dit Guillaume. On pourrait jouer aux cartes avec Marie et Léonie.

Presque tous les soirs, tant que durent les réparations de *La Cigale*, Paul-Émile vient veiller chez les Dumas. Quand il fait beau, les adultes se bercent sur la galerie. Les soirées pluvieuses ou trop fraîches sont consacrées aux cartes. L'astucieux Guillaume forme équipe avec son beau-frère contre les femmes afin de mieux cacher ses intentions. D'un soir à l'autre, l'habitude se crée et il n'a plus besoin d'inviter Paul-Émile qui les rejoint dès que les enfants se couchent.

— Léonie nous a fait du sucre à la crème, dit Guillaume l'avant-veille de son départ. Elle veut se faire pardonner de nous avoir battus hier soir.

— On va vous battre encore ce soir, les nargue Marie.

Elle se tourne vers Léonie en lui faisant un clin d'œil.

— On est aussi bien de laisser tomber les cartes et de se contenter du sucre à la crème, réplique Paul-Émile d'un ton badin.

— Si on vous bat ce soir, j'en ferai d'autre demain, dit Léonie, le rose aux joues.

— On va vous donner toute une volée, les menace Guillaume en riant. En attendant, sers-nous ton sucre à la crème, Léonie.

Paul-Émile croque un morceau et se délecte.

— Mmm, fait-il, la bouche fermée.

— Elle est bonne à marier, hein? dit Guillaume.

Le compliment habituel destiné aux jeunes filles en âge de convoler fait rougir Léonie.

— J'ai bien envie de me laisser battre encore ce soir, répond Paul-Émile, guilleret.

Il avale le reste de la sucrerie, l'œil gourmand.

— Si tu aimes tant que ça le sucre à la crème, je vais te laisser ma part, dit Guillaume. Mais, de grâce, aide-moi à les battre.

Mais au fil des erreurs de l'un et de l'autre, les hommes sont relégués au rang des perdants, ou plutôt des chanceux qui auront de nouveau du sucre à la crème.

※

Après le départ de Guillaume, Marie s'arrange pour encourager les visites de Paul-Émile, prétextant avoir besoin de conseil ou d'aide. Quand le problème est résolu, elle lui offre de veiller sur la galerie ou l'invite à la cuisine.

Sur le perron, elle le fait asseoir entre Léonie et elle, et son beau-frère se prête de bonne grâce à ses manœuvres. De fil en aiguille, il discute et plaisante, encouragé par la bonne humeur et les vives réparties de Léonie. À l'occasion, Paul-Émile offre à chacune une fleur, des bonbons, et Marie allègue avoir entendu pleurer Adrien afin de les laisser seuls un moment.

Lors d'une brève escale de *La Cigale* à Cap-aux-Brumes, les deux couples reprennent leurs parties de cartes agrémentées de sucre à la crème.

Guillaume remarque le changement intervenu en son absence et s'en réjouit. Les coups d'œil et sourires que s'échangent Paul-Émile et Léonie révèlent leur attirance réciproque.

En réponse à ses questions au sujet de la relation possible entre leur bonne et leur beau-frère, Marie lui avoue que Paul-Émile n'a pas eu l'air de se déclarer malgré les moments d'intimité qu'elle leur laisse régulièrement.

Le matin du départ, Guillaume passe saluer Paul-Émile et lui confie :

— J'ai eu vent que l'aîné des Lévesque s'intéresse à Léonie. Je ne serais pas surpris qu'il commence à rôder autour d'elle avant longtemps. Léonie a trop de classe pour ce péquenot-là, je la verrais bien plus avec quelqu'un dans ton genre.

❧

Septembre revient avec son cortège coloré, sa brise fraîche et la cloche de la cour d'école annonçant le début des classes. Georges, tout fier, revêt des culottes courtes et des bas qui montent jusqu'au-dessous des genoux, une chemise et un veston confectionnés par sa mère. Dans son nouveau costume, il se pavane comme un jeune paon. Après le déjeuner, sa mère lui adresse ses dernières recommandations.

— Souviens-toi que tu ne dois pas courir, ni parler en classe.

Elle craint que le garçonnet, sociable et remuant, ait du mal à se plier à la discipline imposée à l'école. Se tenir tranquille et muet toute la journée va exiger de lui des efforts surhumains. Il est si jeune encore ! Pour compenser, elle a l'intention de le laisser jouer au retour de l'école afin qu'il dépense son surplus d'énergie.

Encadré de Marie-Reine et Paulette, le garçon quitte la maison. Marie les regarde s'éloigner, le cœur à l'envers d'avoir à laisser aller un autre de ses oisillons.

~~⌒~~

La Cigale rentre au port à la mi-octobre. Échaudé par sa mésaventure de l'automne précédent, Guillaume n'a pas envie de tenter le sort. Le mariage de Louis, qui a été retardé d'un an, doit avoir lieu à la fin du mois. Comme dernier voyage de la saison, Guillaume planifie une livraison à Pointe-au-Père où Louis pourra prendre le train à destination de Québec. De là, il embarquera sur la goélette de son futur beau-père pour aller retrouver sa dulcinée.

Les goélettes sont le plus souvent le seul moyen de transport, les chemins de terre étant coupés par les nombreuses rivières qui se déversent dans le fleuve. Les ponts sont rares. Quand les glaces interrompent le transport fluvial, on se voit condamné à patienter jusqu'au retour de la belle saison.

Les commerçants de Cap-aux-Brumes se démènent donc depuis des années pour obtenir le prolongement de la voie ferrée. Comme le train a l'avantage d'être plus rapide et plus sûr que le bateau, les gens d'affaires font pression sur leur député et promettent d'investir de fortes sommes dans l'aventure du rail. Mais les diverses parties impliquées tardent tant à réaliser le projet que les villageois doutent même des dernières promesses qui leur ont été faites. On le croira quand on l'aura, disent-ils, dubitatifs.

Guillaume, qui cherche un matelot pour le retour de Pointe-au-Père à Cap-aux-Brumes, songe à son vieil ami Simon.

— Tu es encore en forme, dit-il pour le convaincre. La distance n'est pas bien grande et les gars seraient si heureux de faire équipe avec toi encore une fois.

— Je peux pas refuser une belle proposition de même, dit Simon en branlant la tête.

Guillaume s'attendait à plus de résistance, mais sachant qu'un jour il devra lui aussi renoncer à la mer, il comprend le manque que doit ressentir son ancien second.

～✍～

Paul-Émile sifflote dans son arrière-boutique. Les manches retroussées, il aide Guillaume à sortir les dernières barriques d'eau-de-vie qui viennent de trouver preneur. Comme le capitaine n'a pas pu, l'automne précédent, décharger sa cargaison à l'endroit habituel, il a dû trouver d'autres clients pour écouler le précieux liquide et regarnir son bas de laine. Les économies enfouies dans la cave fondent vite et, une fois toutes ses dettes réglées, il ne lui restera que ce qu'il faut pour le radoubage printanier et l'achat d'une nouvelle cargaison de *booze*.

Guillaume s'estime chanceux, les choses auraient pu être pires. Tout l'équipage est sain et sauf, Marie embellit et les enfants sont en bonne santé. Le commerce contribue à épanouir sa douce, autant que la maternité l'a comblée.

— Je te vois sourire, dit Guillaume. À quoi penses-tu ?

— Figure-toi que je vais me remarier, répond Paul-Émile.

— C'est pas trop tôt !

— Voudrais-tu me servir de père ?

Comme ce sont habituellement les pères qui servent de témoins au mariage de leurs descendants, les futurs mariés qui n'en ont plus utilisent tout de même cette formule pour désigner leur témoin.

— Beau dommage, acquiesce Guillaume. C'est pour quand les noces?

— Le samedi qui suit le jour des Rois. Tu ne me demandes pas qui est ma future épouse? s'étonne le beau-frère.

Guillaume songe à répondre qu'il s'en doute un peu, mais juge préférable de n'en rien faire pour ne pas dévoiler ses manigances.

— J'attends que tu te décides à me le dire, maugrée-t-il pour faire oublier son manque de curiosité plutôt suspect.

Paul-Émile examine ses mains. Visiblement, il hésite à dévoiler le nom de l'heureuse élue. Guillaume est déconcerté par tant de timidité. «On dirait un collégien, il a pourtant déjà été marié», raisonne-t-il. Puis il se dit qu'il se sentirait probablement coupable d'aimer de nouveau s'il venait à perdre sa douce pour qui il éprouve un amour éternel. Comme Paul-Émile aimait Reine.

— Je suis certain que tu as songé aux enfants et que tu as choisi quelqu'un de bien, dit Guillaume.

Visiblement soulagé, Paul-Émile hoche la tête et murmure:

— Léonie…

— Tu ne pouvais pas mieux choisir, l'approuve Guillaume. Je t'attends à la maison, ce soir, on va arroser ça.

❧

Le lendemain après-midi, madame Lemieux vient voir Marie. La boutique est déserte; les villageoises étant occupées à préparer la boustifaille des fêtes, elles délaissent pour un temps la couture.

— Bonjour, maman. Comment allez-vous?

— Ça va, répond-elle évasivement.

Sa mère a l'habitude de parler sans détour et sa réponse vague déroute Marie.

— J'ai l'impression que quelque chose vous chicote, dit-elle.

Sa mère lui fait signe de baisser le ton.

— Léonie est à la cuisine? demande-t-elle tout bas.

— Oui, elle fait cuire ses pâtés à la viande pour les fêtes. Madame Lemieux examine les pièces de flanelle.

— Vous avez besoin de tissu? s'enquiert Marie.

— Non, je faisais juste regarder.

Marie attend que sa mère se décide à parler. La presser de questions n'avancerait pas les choses. Sa mère est ainsi, personne ne peut en tirer un mot, il faut que ça vienne d'elle, a-t-elle déjà expliqué à sa fille. Elle soulève quelques pièces de cotonnade, puis vient s'accoter au comptoir.

— Tu as appris la dernière nouvelle?

Marie se doute que sa mère veut parler du prochain mariage de Paul-Émile, mais la prudence lui commande la discrétion.

— De quelle nouvelle voulez-vous parler?

— Du mariage de Léonie, vinyenne!

Elle n'a pas voulu dire: le mariage de Paul-Émile, et Marie se doute que sa mère a des réserves, mais elle juge que son beau-frère a le droit d'être heureux de nouveau.

— Oh! fait Marie, vous voulez parler de cette nouvelle-là. Eh bien, oui, j'en ai entendu parler et je m'en réjouis. Léonie est ce qu'il peut arriver de mieux à Paul-Émile.

Sa mère paraît désarçonnée.

— Tu perds ta bonne et tu t'en réjouis? maugrée-t-elle.

— Oui, parce que j'aime Léonie et Paul-Émile. Je serais bien égoïste de ne penser qu'à moi dans tout ça. Et puis, une bonne, je peux m'en trouver une autre.

Des plis profonds barrent le front de sa mère. Son air buté annonce une sourde colère. Marie n'avait pas prévu que sa mère serait si contrariée par le remariage de son gendre.

— Maman, dit-elle doucement. Ce sera une bonne chose pour Paul-Émile, pour les enfants… et même pour vous.

Sa mère fronce les sourcils, incrédule.

— Léonie est la bonté même, maman. Vous allez l'adorer.

— Deux femmes dans une maison, c'est trop, décrète-t-elle.

Voilà où le bât blesse, se dit Marie. Sa mère est habituée de tout régenter chez son gendre depuis des années et elle n'accepte pas de céder sa place. Pauvre Léonie ! Elle est bien à plaindre. En plus de s'adapter à son mari, elle devra composer avec les beaux-enfants dont il lui faudra ménager la sensibilité et faire face à une ancienne belle-mère revêche.

— Ça dépend, maman, commence prudemment Marie. Vous et moi, on n'aurait pas de problème à rester ensemble, n'est-ce pas ?

— Ben sûr que non, t'es ma fille. Mais, elle, je la connais pas.

— Quand vous allez la connaître, je vous garantis que vous allez l'adorer.

— Ben, à mon âge, tu sais, c'est pas facile de se faire à quelqu'un de nouveau.

Malgré son envie de proposer à sa mère de venir habiter chez elle, Marie tient à consulter Guillaume. Il lui faut aussi réfléchir à la façon de faire les choses de manière à ne blesser personne.

— C'est parce que vous êtes encore sous le choc de la nouvelle que vous parlez comme ça, maman. On y verra plus clair dans quelques jours.

Sa mère reste silencieuse, elle n'a pas osé lui demander asile. Marie en est à la fois soulagée et chagrine. Il est triste de vieillir et de ne plus avoir de chez-soi, dépendre de la charité ou du bon vouloir des autres après s'être dévouée toute une vie. Elle craint que sa mère la trouve ingrate.

— Patientez un peu, maman, on va s'en reparler.

L'horloge du salon, indépendante et souveraine, émet son tic tac régulier sans se laisser perturber par les soucis des humains. Quand chacun aura épuisé son temps, son mécanisme continuera d'égrener les secondes. Si elle pouvait parler, la vieille horloge leur dirait : « Cessez donc de vous en faire, tout passe. »

⌒ᴘ

Le 9 janvier au matin, sur le parvis de l'église balayé par le vent du nord, la mariée retient le voile de dentelle blanche fixé à son chapeau. Son père court devant elle pour ouvrir la porte centrale afin de la mettre à l'abri. Malgré le froid piquant, la jolie Léonie sourit en courant s'abriter. Dans le vestibule, elle réarrange les plis de son voile de mariée qui lui couvre le visage.

De la nef, Paul-Émile regarde sa promise, les yeux brillants. Elle est belle comme seule une mariée peut l'être. Léonie a choisi une robe beige, qu'elle pourra porter par la suite les jours de fête, et un long manteau cintré d'un beige un peu plus soutenu, avec un chapeau de la même couleur. Encadré de ses cheveux roux, son visage s'illumine lorsqu'elle prend le bras de son père. L'orgue entame la marche nuptiale et la mariée descend lentement l'allée centrale, tous les regards tournés vers elle.

Une fois que le curé déclare les époux unis, Paul-Émile relève délicatement le voile de Léonie et lui donne un chaste baiser sur les lèvres.

Après la cérémonie, les invités de la noce s'en vont en cortège chez les parents de la mariée. Les grelots du défilé des carrioles annoncent à tout le village que Léonie Laflamme a pris pour légitime époux Paul-Émile Joncas. On l'appellera dorénavant madame Paul-Émile Joncas et elle aura droit à tous les égards réservés aux femmes mariées. Son époux est désormais son seigneur et maître, celui dont elle attend amour, aide et protection.

Le repas de noce est ponctué de nombreux toasts à la santé des mariés et les invités cognent leur verre avec leur couteau pour les inviter à s'embrasser. Devant le trop timide baiser de Paul-Émile, les protestations fusent de toutes parts et le tintement des verres l'oblige à recommencer en y mettant plus d'ardeur.

Après le dessert, les musiciens accordent leurs instruments. *Le beau Danube bleu* ouvre le bal et Paul-Émile fait valser sa Léonie devant l'assistance qui observe les nouveaux époux évoluer avec grâce. Le romantisme de la valse cède la place au folklore quand le câleur entonne en chantonnant :

— Formez votre compagnie…

Louis et Laura rejoignent les mariés. Les deux rouquins, beaux et avenants, forment un couple qu'on remarque. À leur suite, Guillaume, Marie et les autres duos prennent place pour le quadrille.

— Et tout le monde balance et tout le monde danse, fredonne le câleur.

De sa chaise berçante, madame Lemieux tape des mains avec entrain. Sur ses genoux, Adrien imite sa grand-maman.

— Un demi-tour à droite, un demi-tour à gauche, poursuit le câleur.

Le violoneux, emporté par le rythme de la musique entraînante, balance le haut de son corps en faisant sautiller son archet sur les cordes qui ont du mal à supporter tant d'entrain. L'une d'elles se rompt puis retombe et pendouille à côté de l'instrument secoué de plus belle.

— Changez votre compagnie, ordonne le câleur.

Paul-Émile change de partenaire et fait tourbillonner sa belle-sœur Laura jusqu'à l'étourdir pendant que Louis et Léonie pivotent comme une toupie.

— Swing la baquèse dans l'fond d'la boîte à bois, chante le câleur. Swing-la fort, brasses-y l'corps, pis fais-y voir que t'es pas mort.

Assis sur les marches de l'escalier, les enfants surveillent les adultes s'amuser comme… des enfants.

— Et domino, les femmes ont chaud, dit enfin le câleur.

Les musiciens entament ensuite une gigue et quelques hommes sautillent côte à côte devant les invités assis le long des murs. Les femmes couchent les enfants ensommeillés en travers des lits chargés des manteaux des invités.

⁓❦

Au matin, le défilé des carrioles reprend le chemin en sens inverse. Quelques-uns des invités sont trop éméchés pour conduire leur voiture. C'est l'épouse qui prend les cordeaux et le cheval, qui connaît le chemin de la maison, s'en va au petit trot.

Selon la tradition, les nouveaux mariés passent leur courte lune de miel chez les parents de la mariée. C'est grand-maman Lemieux qui s'occupe des enfants de son gendre.

⁓❦

Au retour des tourtereaux, madame Lemieux décide de s'installer chez Marie. Elle choisit d'occuper la chambre près de la cuisine, pour ménager un peu ses vieilles jambes, dit-elle. Mais Marie sait que sa mère ne ménagera ni ses jambes ni sa peine pour la seconder.

Les enfants adoptent leur grand-maman comme si elle avait toujours fait partie de la maisonnée. Marie-Reine la questionne inlassablement sur le bon vieux temps et l'aïeule, heureuse de trouver une oreille attentive, raconte pêle-mêle ses souvenirs.

Parmi les réminiscences se glissent parfois des légendes où Glouscap, Kinap, le soleil et la lune occupent une place prépondérante. Avec circonspection, Marie recommande à Marie-Reine et Georges de ne pas parler des légendes indiennes à l'école parce qu'elles peuvent être mal interprétées. « On pourrait vous reprocher de ne pas être de bons catholiques », leur dit-elle.

☙

Au printemps 1910, sur la berge du havre, Guillaume reçoit la visite de l'un de ses frères ayant vendu sa ferme pour s'établir à Cap-aux-Brumes où il vient de dénicher un emploi au moulin. De quelques années plus âgé que lui, Lionel est devenu veuf un an après s'être marié. Durement éprouvé par la perte de celle qu'il idolâtrait, le veuf sans enfant a vécu de longues années en ermite sans donner de nouvelles à personne. Un bon jour, Guillaume a appris qu'il s'était remarié.

— Ange-Aimée porte bien son nom, dit Lionel. Elle est apparue dans ma vie comme un ange et je l'aime à la folie !

Il explique à Guillaume que sa femme se morfondait seule dans le fin fond de la campagne quand il partait bûcher l'hiver. Le ménage vient de s'installer avec ses deux jeunes enfants dans une maisonnette proche du moulin.

— Viens nous présenter ta petite famille, dit Guillaume. Ma maison est juste à côté du magasin Joncas. C'est ma femme qui tient le magasin de coupons à la verge.

— On ira faire un tour après le souper, promet Lionel.

～⁂

À la fin du jour déclinant, quand le soleil d'avril se dérobe sous la ligne d'horizon, l'air humide du large fraîchit. Durant la journée, l'effet combiné du soleil et du vent transforme la neige d'hiver souillée en flaques d'eau boueuse dont la surface se cristallise au cours de la nuit. C'est le mois de l'année où les enfants commencent à oublier de mettre leurs mitaines. Les mères ont beau les forcer à porter tuque, foulard et manteau d'hiver, les petits garnements reviennent souvent déboutonnés, le foulard dénoué, quand ce n'est pas les pieds mouillés pour avoir pataugé dans les mares d'eau.

Les quintes de toux et maux de gorge viennent rappeler aux récalcitrants que les vieux dictons ont toujours raison : « En avril... » Chez les Dumas, grand-maman Lemieux fait avaler à Georges une grande cuillerée de son sirop de gomme de sapin. Le garçonnet grimace.

— Si ça a du bon sens, le morigène sa mère. Quand vas-tu apprendre à obéir ? Attends-tu de faire une pneumonie et de mourir ?

Marie craint la maladie pulmonaire plus que la peste. Les sirops maison et les mouches de moutarde s'avèrent des armes bien faibles pour lutter contre la fluxion de poitrine qui décime sans pitié plusieurs de ses victimes.

Elle frictionne la poitrine et le dos de son fils avec un onguent fait par sa mère, puis lui met une camisole de laine qui a été réchauffée au-dessus du poêle et un pyjama de flanelle chaude. Georges tousse et râle, sa mère l'enveloppe dans une couverture de laine et l'assoit près du poêle.

— Mets tes bas, commande la grand-maman en aidant son petit-fils à enfiler ses chaussettes de laine.

Engoncé dans son cocon de laine et de flanelle, Georges appuie sa tête au dossier de chaise, ferme les yeux et s'endort, son menton finissant par retomber sur sa poitrine. Guillaume emporte le petit malade dans sa chambre en prenant soin de bien le couvrir pour le garder au chaud et le faire transpirer. La respiration de son fils est déjà moins entrecoupée de râlements et il le regarde dormir un moment. Dans son sommeil, le petit diable a l'air d'un ange. Et il se souvient qu'au même âge, il a causé bien des tourments à sa mère en commettant les mêmes étourderies que son fils. «Laissez-le-nous», implore-t-il le ciel.

Assise au salon, l'ange de Lionel est tel que l'avait décrit son époux. Les cheveux couleur de blé sont remontés en chignon d'où s'échappent quelques mèches bouclées. La jeune femme sourit timidement, les mains croisées sur les genoux, les deux pieds bien alignés, le dos droit. Les deux angelots sont assis sagement entre leurs parents. Le garçonnet de trois ans est la copie miniature de son père et la fillette d'un an et demi le portrait de sa mère.

Lionel ressemble à ses frères, sauf qu'il a les yeux couleur de ciel d'orage. De multiples rides sillonnent son front et ses joues. Ses larges mains calleuses reposent sur ses genoux écartés. Marie l'observe. Son port altier et ses pieds tournés vers l'extérieur indiquent un homme fier, sans doute un peu ombrageux. Les lèvres minces disparaissent sous la longue moustache aux pointes en accroche-cœur.

Laissant les deux frères à leur discussion, Marie entraîne sa belle-sœur à la cuisine où elle lui présente sa mère et le reste de sa nichée.

— Nous avons un autre fils, dit-elle. Georges a sept ans, mais il est au lit avec une mauvaise toux.

Ange-Aimée ne répond que des «Oh!» et des «Ah!» aux commentaires de Marie, qui se demande comment la mettre à l'aise.

— Viens t'asseoir dans la chaise berçante. On va se sucrer le bec un peu.

Un enfant sur chaque cuisse, Ange-Aimée se berce doucement. Marie leur présente du sucre à la crème. Sa belle-sœur n'en prend qu'un morceau qu'elle partage avec les enfants, la fillette n'en recevant qu'un tout petit fragment. Les bambins se comportent comme leur mère : ils observent en silence, osent à peine bouger.

Habituée aux gens expressifs, Marie ne sait trop comment lier connaissance avec une personne aussi effacée que la timide Ange-Aimée. La mise de la jeune femme est simple et propre : une blouse blanche boutonnée jusqu'au cou, sans dentelle, une jupe noire plissée, dont la taille peut être agrandie par le déplacement d'un bouton. Marie se rend compte du surplus de plis enfouis sous le pan de jupe du côté où s'attache la ceinture. Une jupe s'ajustant aux diverses saisons de la vie d'une mère de famille qui ne peut s'offrir plusieurs vêtements.

Marie et sa mère n'obtiennent que de brèves réponses à leurs diverses questions. La discussion est comme un pain sans levain, elle reste à plat.

— On s'ennuie pas, dit Lionel en arrivant à la cuisine, mais faudrait aller coucher les petits.

Dès qu'Ange-Aimée dépose son fils par terre, le garçonnet court se réfugier dans les jambes de son père. Sa fille dans les bras, Ange-Aimée remercie poliment et suit son époux vers la sortie. Une fois la porte fermée, madame Lemieux regarde sa fille et son gendre.

— J'ai jamais vu une femme aussi timide, dit-elle. J'en étais gênée pour elle.

⚭

Peu après le départ de Guillaume, Marie décide de rendre visite à Ange-Aimée. Elle marche en direction de la maisonnette située près du moulin, un peu en retrait du village. Sur sa robe noire à taille empire, elle porte un grand châle de tricot afin de dissimuler sa grossesse. Elle a beaucoup grossi au cours des dernières semaines. Bientôt, elle ne pourra plus se promener à la vue de tous. Son corset étiré au maximum lui coupe le souffle et elle marche lentement, le sourire aux lèvres, comme si elle s'amusait à musarder, heureuse de pouvoir tromper les gens de la paroisse encore un peu.

Arrivée chez son beau-frère, Marie monte les trois marches du perron et cogne à la porte, qui s'entrouvre doucement. Quand Ange-Aimée reconnaît sa belle-sœur, elle ouvre la porte en grand et l'invite à entrer. La taille de sa jupe s'est agrandie. Marie sourit et met sa main sur son propre bedon en demandant :

— C'est pour quand ?

— Fin juin, dit Ange-Aimée.

— Moi aussi.

Les deux belles-sœurs échangent un sourire de connivence. Leur grossesse simultanée vient de nouer ce lien que Marie cherchait à établir. Ange-Aimée se met à parler de couches et de piqués comme si elles étaient de vieilles connaissances.

～❦

Quelques semaines plus tard, les deux belles-sœurs accouchent le même jour. Annette et Irène Dumas ressemblent à Guillaume, et leur cousine, Armande, à sa timide maman. Le lendemain, Lionel, madame Lemieux et Léonie présentent les trois bébés sur les fonts baptismaux. Les mamans sont restées au lit et Guillaume est en mer.

La boutique est fermée pour une deuxième journée d'affilée. Demain, Léonie viendra s'occuper de la clientèle et prêter main-forte à madame Lemieux qui est aux prises avec le commerce et une maisonnée de sept enfants, dont trois aux couches.

～❦

Marie s'enferme dans la chambre de sa mère pour allaiter ses jumelles. Avec les clientes qui risquent d'arriver à tout moment, elle préfère s'isoler, laissant à sa mère le soin de les servir. Madame Lemieux s'acquitte de cette tâche avec beaucoup de fierté. Derrière le comptoir du commerce de sa fille, on ne la traite plus en paria comme autrefois. En voyant sa mère dévisager les bonnes dames de la paroisse au lieu de courber le front comme naguère, Marie prend la mesure de tout le chemin qu'elles ont parcouru.

Malgré la légère brise de l'ouest qui soulève le rideau de dentelle, l'air reste chaud et humide. Annette tète avidement. De grosses gouttes de sueur mouillent son front. Marie essuie le petit visage ruisselant, tâte les joues de l'enfant pour s'assurer qu'elle ne fait pas de fièvre. Elle-même transpire et s'essuie le cou, puis elle agite la serviette pour les éventer. La petite main potelée de sa fille repose sur son sein. Les yeux fermés, Annette ralentit le tempo et s'endort, la bouche entourant le mamelon nourricier.

Après la tétée, Marie la dépose dans sa couchette et cale un oreiller dans son dos, comme elle le fait toujours. Puis elle prend la petite Irène qui attend son tour bien sagement en suçant ses doigts. La petite bouche assoiffée vide l'autre sein et s'assoupit elle aussi. Marie l'appuie contre son épaule en lui caressant le dos pour lui faire faire son rot, puis la recouche dans la grande couchette, aux pieds de sa sœur.

Alanguie par la canicule, Marie observe un moment ses benjamines. Les fillettes se développent bien. Âgées d'un mois et demi, elles ressemblent de plus en plus à leur papa. Lors de sa dernière escale, quand Guillaume a aperçu ses deux répliques féminines en miniature, il a été bouleversé. Marie a vu sa large main trembler lorsqu'il les a caressées.

Elle a encore une fois ressenti combien chaque enfant est unique. Malgré leur ressemblance, Annette est plus nerveuse qu'Irène. Marie se saurait expliquer pourquoi, mais chacun de ses nouveau-nés l'émerveille. À chacune des naissances, son cœur s'agrandit pour faire une place spéciale au nourrisson. Néanmoins, la place de Nicolas est restée là, inoccupée. Aucun poupon n'a pu la combler et ce vide revient la tourmenter avec la régularité d'un métronome. Elle n'en dit rien à personne, évite même de parler du disparu, mais la douleur n'en reste pas moins toujours aussi vive.

Marie caresse doucement la joue de ses jolies jumelles. La peau d'Annette est moite et elle décide de ne pas la couvrir.

⁓ℰ

Dans le miroir, elle vérifie sa mise, replace une mèche échappée de son chignon et retourne à sa boutique.

— Il fait trop chaud pour allumer le poêle pour le souper, dit-elle à sa mère. Nous nous contenterons de sandwiches au concombre.

— Je vais aller en chercher dans le jardin, répond sa mère.

— Non, restez ici, j'y vais.

Dehors, le soleil tape dru et Marie, qui a oublié de mettre son chapeau de paille, cueille rapidement trois concombres et quelques tomates. Elle aperçoit ses enfants assis par terre dans un coin d'ombre.

— Venez boire un verre d'eau, les enjoint-elle.

Marie-Reine la suit. Le visage tout rouge, elle tient d'une main le jeune Adrien et de l'autre son frère Noël. Rachel et Georges ferment la marche en traînant les pieds, accablés par la chaleur.

Marie dépose sur le comptoir son panier d'osier rempli de légumes gorgés de soleil. Elle sert des verres d'eau à ses aînés en leur recommandant de boire lentement. À tour de rôle, elle désaltère les deux plus jeunes.

— Allez vous reposer dans votre chambre, recommande-t-elle à ses enfants en voyant leurs joues empourprées.

Docilement, ils montent à l'étage et Marie va jeter un coup d'œil aux jumelles. Malgré la chaleur, les petites dorment à poings fermés. Comme aucun courant d'air ne rafraîchit la pièce, Marie ferme les tentures pour faire obstacle aux rayons du soleil. De retour dans sa boutique, elle dit à sa mère :

— Étant donné qu'on ne verra pas un chat ici aujourd'hui, je vais en profiter pour épousseter les tablettes.

— Je vais t'aider.

Après avoir tout nettoyé et replacé, les blouses de coton des deux femmes sont mouillées aux aisselles. Les fenêtres restent ouvertes à la touffeur des dernières chaleurs de l'été. Dès que la canicule du début d'août prendra fin, les nuits fraîchiront. Se sachant menacé par l'automne, l'été s'accorde un dernier sursis.

— On va avoir un orage, prédit madame Lemieux.

Deux plis soucieux marquent son front.

Marie jette un coup d'œil à l'extérieur. Les feuilles des arbres sont tournées à l'envers, laissant voir leur dessous vert tendre. Le vent s'est levé. De gros nuages noirs obscurcissent le ciel.

— Je me demande où est Guillaume, s'interroge Marie tout haut.

— Va fermer les fenêtres en haut, dit sa mère. Je vais fermer celles d'en bas.

Elles n'ont que le temps de boucler toutes les ouvertures que l'orage éclate. À l'intérieur, tout s'assombrit. Le mugissement du vent et le fracas du tonnerre ébranlent la maison. Les éclairs aveuglants se suivent à intervalles de plus en plus rapprochés. Les enfants affolés descendent à la queue leu leu.

— Suivez-moi, dit Marie en les entraînant au salon.

Elle allume le lampion au pied de la statue de la Vierge et s'agenouille.

— Nous allons prier pour papa, dit-elle.

Marie-Reine se met à genoux, imitée par ses frères et sa petite sœur. En silence, la grand-maman s'agenouille à son tour et répond avec ferveur aux *Je vous salue Marie* récités par sa fille. Marie fait tout un chapelet en implorant la Vierge de protéger son Guillaume. À la fin, Marie se rend compte que le petit Adrien dort à plat ventre sur le plancher.

— S'il s'est endormi là, chuchote sa mère, c'est parce qu'il est bien. Laisse-le là.

Marie hésite, indécise.

— Venez, les enfants, dit la grand-maman. On va se faire des bonnes beurrées.

L'estomac noué par un mauvais pressentiment, Marie se sent incapable d'avaler quoi que ce soit. Par la fenêtre du salon, elle voit au loin la mer agitée et la crête écumeuse des vagues. Le vent tournoie et la pluie griffe la maison. Craintive, elle ferme les tentures. La maison baigne dans la chaleur moite et Marie a le cœur lourd malgré la prière et le lampion qui continue de brûler. Elle quitte le salon sur la pointe des pieds pour ne pas réveiller Adrien.

En entrant dans la cuisine, Marie aperçoit Marie-Reine qui gît inconsciente sur le plancher. Sa grand-mère lui passe une débarbouillette sur le visage et le cou. Affolée, elle s'agenouille près de sa grande fille.

— Un simple coup de chaleur, dit calmement la grand-maman. On va la laver à l'eau froide.

Marie remplit un bassin d'eau et le dépose près de sa mère qui continue les ablutions sur les bras et les jambes de la fillette pendant qu'elle-même lui retire ses vêtements et lui tapote les joues. Marie-Reine ouvre enfin les yeux.

— Ça va mieux, dit aussitôt la grand-maman pour rassurer sa petite-fille. Reste allongée, ma tourterelle.

Marie soulève la tête de sa fille et lui fait boire de l'eau.

— On va la coucher dans mon lit, décide la grand-maman.

Marie porte sa fille dans la chambre de sa mère.

— Je vais prendre soin d'elle. Va t'occuper des autres, ordonne gentiment sa mère.

Encore sous le choc, Marie obtempère. Attablés à la cuisine, les enfants fixent leur mère en silence. À moitié entamée, leur tartine repose dans leur assiette.

— Rien de grave, leur dit-elle en s'efforçant de paraître sereine. C'est un simple coup de chaleur. Avec du repos, Marie-Reine sera vite sur pied.

Mais ses enfants restent figés, le visage inquiet. Dehors, le tonnerre continue de gronder. À travers les rideaux fermés, on voit clairement les traces lumineuses des éclairs. Marie se dirige jusqu'au comptoir, coupe lentement une tranche de pain, la dépose dans une assiette et vient s'asseoir à la table, le sourire aux lèvres. Elle étend du beurre frais sur le pain et des rondelles de tomate, puis mord dans sa tartine.

— Mmm, que c'est bon, dit-elle, l'air gourmand.

L'un après l'autre, ses rejetons reprennent le lunch délaissé et Marie, se souvenant que sa mère lui changeait les idées pour chasser ses frayeurs enfantines, leur propose de camper dans le salon. Elle pourra ainsi veiller sur tout son petit monde en transformant une soirée d'épouvante en partie de plaisir. Malgré l'angoisse qui l'étreint, elle veut inculquer le courage à ses enfants et ne pas les inhiber de peurs paralysantes.

— Hourra ! s'écrie Georges.

— Hourra ! répète Noël qui ignore pourtant ce que signifie « camper ».

Alléchés par l'aventure, les enfants vident leur assiette dans la bonne humeur.

— Allez chercher vos oreillers et des couvertures, dit Marie en desservant la table.

La maisonnée résonne des cris joyeux des apprentis campeurs. Dans la chambre près de la cuisine, une débarbouillette humide sur le front, Marie-Reine dort dans les bras de sa grand-maman qui ronfle. Marie rejoint les campeurs au salon et prépare leurs lits de fortune. Elle change la couche d'Adrien, réveillé par le brouhaha du grand dérangement. Georges lui offre de partager son mince matelas et le petit bonhomme court se réfugier auprès de son grand frère, sans se soucier du souper manqué. La lueur du lampion brûlant au pied de la statue danse sur les murs et Marie se retire sans bruit, laissant ses enfants à leurs aventures imaginaires.

La maison étant trop chaude pour allumer le poêle, Marie rince la vaisselle à l'eau froide. Les chuchotements provenant du salon s'épuisent d'eux-mêmes, victimes de la tolérance maternelle qui les dépouille du charme de l'interdit. La dernière assiette rangée, Marie constate que ses jumelles vont bientôt réclamer la tétée.

L'orage continue de déverser sa rage sur la maison. Inquiète du sort de Guillaume, Marie ressent le besoin d'abriter tous ses poussins sous son aile. Dans la pénombre de la chambre bercée par le ronflement de la grand-maman, la petite Annette dort encore. Marie prend délicatement Irène, qui a les yeux grands ouverts, et l'amène à la cuisine. Après l'avoir nourrie, elle change sa couche et la dépose dans son lit.

La petite Annette ne transpire plus et a l'air si calme que Marie s'en inquiète. Puis elle se dit qu'elle a trop souvent réveillé inutilement ses bébés trop paisibles pour s'assurer qu'ils respiraient toujours. Elle prend l'enfant et retourne à la cuisine.

Les mouvements de la chaise berçante s'accordent au tic tac de l'horloge et les pensées de Marie retournent vers son homme. Même s'il est à quai, elle sait qu'il ne peut se permettre de dormir et qu'il est de garde sur le pont avec tous ses matelots pour parer aux dangers qui les guettent. Un marin n'est en sécurité nulle part durant une tempête. La puissance des éléments déchaînés est inconcevable pour qui n'y a pas été confronté. L'eau en furie peut soulever un gros navire, le frapper et le rejeter en pièces déchiquetées, ou l'immerger et l'engloutir d'un coup comme un ogre affamé goberait une huître.

En dépit de la chaleur moite de la cuisine, Marie ressent une impression de fraîcheur. Elle se penche et caresse la joue de sa petite Annette qui dort toujours. Puis, du bout de l'index, elle lui fait des chatouilles sur le menton et la bouche pour la sortir de sa longue somnolence, mais la petite ne réagit pas. Comme la Belle au bois dormant, Annette est plongée dans un sommeil profond. Après l'avoir remuée, puis secouée, Marie constate avec effroi que nul prince charmant ne viendra ranimer sa petite princesse. Le long gémissement qui s'échappe d'elle se mêle à la complainte du ciel qui pleure à torrent, ses sanglots s'imbriquent dans les grondements du tonnerre. Marie tempête et hurle avec le vent.

Couchée dans son petit cercueil tout blanc, Annette a l'air d'un ange endormi sur un nuage immaculé. Vêtue de noir et sans autre bijou que son alliance, Marie glisse autour des petites mains potelées un chapelet de grains blancs. Elle caresse le duvet blond et pleure en silence l'absence du père qui n'aura pas la consolation de toucher une dernière fois son enfant chérie. Elle dépose à la tête et au pied de la tombe placée le long du mur, en face de l'entrée du salon, des chandeliers à trois branches. Les fenêtres de la pièce sont drapées de noir et le mobilier a été redisposé le long des murs pour dégager l'espace réservé aux visiteurs.

Sa mère et ses enfants viennent la rejoindre. La famille s'agenouille pour prier. Même le petit dernier se met à genoux, l'air triste. La mort fait partie de la vie et sa mère lui a expliqué que sa petite sœur s'était envolée au ciel, près de Jésus. Il est d'usage de prier abondamment pour la personne décédée afin que son âme délivrée de tout mal accède au paradis sans tarder. En se concentrant sur les prières à l'intention des disparus, on arrive à juguler sa peine un moment.

La nouvelle s'est répandue et des quatre coins du village, les habitants viennent présenter leurs condoléances. Leur affliction s'accorde avec le crachin qui creuse des rigoles dans la terre boueuse.

Affichant la mine compassée de circonstance, madame Tremblay entre au salon, coiffée de son chapeau de paille noire. Près de la bière, la rapporteuse de la localité s'agenouille sur le prie-Dieu, ferme les yeux et entreprend une longue prière en remuant les lèvres. Épuisée par la nuit blanche où elle a lavé et veillé son enfant mort, les chuintements dévots émis avec ostentation déclenchent chez Marie un fou rire nerveux. Incapable de se contrôler, elle se couvre vivement le visage de ses deux mains. Pour les visiteurs, ses haussements d'épaule se confondent aux sanglots d'une mère éplorée, mais Marie rit aux larmes sans pouvoir s'arrêter, puis sanglote de rire et, pour finir, pleure pour de bon.

Le crêpe noir accroché près de la porte signale une maison en deuil. L'estomac noué, Guillaume entre et aperçoit le petit corps inanimé reposant sur un lit de satin blanc et, à la droite du cercueil, le visage de Marie baigné de larmes. Elle s'avance vers lui et il l'enveloppe de ses bras. Unis l'un à l'autre dans l'épreuve, ils s'approchent de la dépouille de leur petite fleur qui s'est fanée trop tôt. Une douleur fulgurante traverse Guillaume quand il pose sa main sur le corps glacé de sa fille. Pétrifié, il reste près du petit cercueil, s'imprégnant de la béatitude qu'affiche la petiote qu'on croirait simplement assoupie.

Le matin des funérailles, la pluie tombe toujours, triste et sinistre. Au bord de la fosse, Guillaume frissonne au moment d'ensevelir la bière. Marie se retient à son bras, secouée de sanglots. Ils se cramponnent l'un à l'autre pour supporter la déchirure d'abandonner son enfant à la terre détrempée et froide du cimetière. Encore une promesse d'avenir qui s'en va. Mais, au moins, on sait ce qu'il en est pour cet enfant-là, se dit-il, accablé en pensant à Nicolas dont le souvenir est toujours aussi vivace et douloureux.

~✥~

Aux lueurs de l'aube, les cloches de l'église sonnent le tocsin. La sonnerie répétée et prolongée si caractéristique alarme Guillaume qui s'habille en vitesse et dévale l'escalier. Il enfile son manteau et ses bottes pour affronter le froid de décembre. En ouvrant la porte, il détecte une odeur de fumée et court en direction du sinistre.

En face de l'église, l'école des garçons est en feu. Sous l'assaut des flammes, les vitres éclatent et une épaisse fumée noire s'échappe de la toiture. Guillaume se joint aux hommes accourus qui ont organisé une chaîne de porteurs pour charrier les seaux d'eau pompée au presbytère. Comme il est trop tard pour circonscrire le brasier, les pompiers volontaires arrosent le mur de la maison voisine. Une autre chaîne se forme pour retourner les seaux vides au remplissage.

À l'aide de son goupillon, le curé asperge d'eau bénite la résidence voisine menacée. Confiant en l'intervention divine, le propriétaire remercie le prêtre et grimpe néanmoins sur le toit pour donner un coup de main au ciel. Il doit se protéger des tisons qui virevoltent en tous sens. On lui achemine les seaux d'eau à l'aide d'un câble. Deux nouveaux arrivants montent l'aider. Bientôt de longs glaçons se forment sur les larmiers dégoulinants.

Quand l'étage de l'école s'effondre, les hommes reculent en courant. Le souffle d'air brûlant en atteint quelques-uns. Alerté par l'odeur de poil roussi, Guillaume porte la main à sa bouche et réussit à éteindre la flammèche qui a fait grésiller une bonne partie de sa moustache. D'autres hommes tapent leurs vêtements en feu. Puis, la chaîne des porteurs d'eau se reforme et l'on asperge sans relâche les ruines calcinées jusqu'à l'extinction complète. Il suffirait que le vent se lève et ravive les braises pour qu'un nouvel incendie anéantisse tout le village. Le visage noirci, les paroissiens retournent chez eux, la mine basse.

~ঌ

Au prône du dimanche suivant, le curé annonce que les cours sont suspendus jusqu'à la mi-janvier, le temps d'aménager des locaux temporaires. La Commission scolaire entreprendra en mai la construction de la nouvelle école pour les garçons. Les filles, plus chanceuses, fréquentent le couvent des sœurs, qui a été épargné.

Pour consoler ses ouailles qui devront contribuer financièrement à la reconstruction de l'école, le curé les informe que le prolongement de la voie ferrée est terminé. Avec beaucoup de fierté, il annonce l'inauguration du nouveau tronçon du chemin de fer avant la fin de l'année en cours.

Le grand Jos, debout à l'arrière de l'église, ne peut s'empêcher de pousser un formidable « Hourra ! » que le curé accueille avec un sourire bienveillant.

~ঌ

Avec l'hiver 1911, s'entame un nouveau chapitre de l'histoire de Cap-aux-Brumes. La municipalité sera dorénavant reliée au Grand Tronc, ce chemin de fer qui sillonne le pays d'est en ouest. Finies les pénuries de marchandises, fini l'interminable isolement des glaces. Le train étant bien plus rapide que le meilleur trotteur, les voyageurs sauveront un temps précieux et apprécieront le confort des sièges rembourrés.

Comme ses concitoyens, Guillaume se réjouit des avantages – indéniables – de ce nouveau moyen de locomotion, mais il sent peser la menace qu'il constitue pour les lentes goélettes soumises aux caprices de la nature. Il prévoit que l'ère de la navigation à voile tire à sa fin. Les steamers se répandent de plus en plus. Quand *La Cigale* aura poussé son dernier chant, le capitaine sait qu'il devra se convertir à la mécanique.

⤜ᴘ

Depuis la mort d'Annette, Marie cache son chagrin par une énergie décuplée. Aussitôt après les funérailles, elle a entrepris un deuxième grand ménage annuel. De la cave au grenier, tout a été inspecté, lavé, frotté, astiqué. La boutique a été époussetée et réaménagée de fond en comble.

Les clientes ont été traitées avec tant de courtoisie que la plus assidue d'entre elles a colporté un peu partout : « Pour une mère en deuil, elle est pas mal d'adon. » Ce qui sous-entend que Marie ne manifeste pas assez de tristesse. De là à laisser entendre qu'elle n'a pas de cœur, il n'y a qu'un hochement de tête éploré à ajouter. Et, durant tout l'hiver, la dénigreuse ne s'en prive guère. Pas un instant il ne lui vient pas à l'esprit que le deuil peut se vivre de diverses manières et que la peine refoulée est mille fois plus dévastatrice que les pleurnicheries perpétuelles.

Pourtant, le zèle enfiévré de Marie ne trompe ni son époux, ni sa mère, ni même Léonie qui, à la suite du décès d'Annette, a conclu qu'il valait mieux ne pas concevoir d'enfant si elle devait le perdre ensuite.

Le mois suivant, ses règles prennent du retard et, après un autre mois, elle se décide à consulter le médecin. Après l'avoir examinée, le docteur lui annonce qu'elle est enceinte et que l'accouchement devrait avoir lieu en mai ou juin. Ravie d'apprendre qu'elle va être mère, Léonie oublie ses appréhensions et commence à coudre la layette du bébé. Elle court chez Marie acheter rubans et dentelles, boutons et agrafes. Sa « presque belle-sœur », comme Marie la surnomme affectueusement, en profite pour lui poser des questions d'ordre intime, par exemple au sujet de l'allaitement. Mise au courant de l'heureuse nouvelle, madame Lemieux s'inquiète de l'étroitesse des hanches de Léonie.

— J'aime autant que ce soit le docteur qui s'occupe de cet accouchement-là, dit-elle à Marie après le départ de Léonie.

— Ne parlez pas de malheur, implore sa fille. On en a assez eu comme ça.

La vieille femme hoche la tête d'un air entendu et change de sujet de discussion, mais Marie replonge dans sa détresse intérieure où tout est si sombre. Elle se désole par avance de l'affliction de Paul-Émile s'il venait à perdre sa deuxième femme qu'il chérit tout autant que la première.

⁂

Jean et Gabriel, les deux fils de Paul-Émile, sont pensionnaires au Petit Séminaire de Québec où ils font leur cours classique. À l'approche de la délivrance, Marie invite Paulette à séjourner chez elle. Tous les matins, avant d'ouvrir sa boutique, elle va jaser quelques minutes avec Léonie. Ces courtes visites semblent apporter autant de réconfort à son beau-frère qu'à la future maman qu'elle sent soucieuse.

— Tu ne le croiras peut-être pas, mais à mon premier accouchement, j'étais morte de peur, dit-elle à Léonie en riant quand Paul-Émile descend au magasin.

— C'est vrai ? dit Léonie d'un air incrédule.

— Aussi vrai que je suis là. Mais je faisais comme toi, je n'en montrais rien.

Les mains de chaque côté de son gros bedon, la future accouchée se redresse sur sa chaise. Ses joues rosissent.

— Une contraction ? s'informe Marie.

— Je pense que oui, dit Léonie.

Marie pose sa main sur le ventre de Léonie et constate qu'il est dur.

— C'est une contraction, confirme-t-elle d'un ton calme. On va attendre quelques minutes pour voir si ça continue. Des fois, ça s'arrête pendant des jours avant…

— Va dire à Paul-Émile d'aller chercher maman, la coupe Léonie, le souffle court.

La jeune femme grimace de douleur et Marie comprend que cet accouchement commence bien mal.

— Très bien. Attends-moi, je reviens.

Marie vole dans l'escalier qui conduit au magasin. Relevant la tête de son cahier de comptes, Paul-Émile se retourne au bruit de ses pas.

— Va chercher madame Laflamme, lui dit-elle tout bas. Léonie la réclame et, au retour, demande au docteur de venir.

Devant l'air paniqué de son beau-frère, Marie tente de se faire rassurante.

— Le travail commence à peine, mais Léonie semble avoir de la douleur. Si le docteur l'examine, ça va la rassurer. Ne t'inquiète pas, je vais rester avec elle.

Paul-Émile, aussi pâle que sa chemise immaculée, sort en coup de vent. Marie remonte à l'étage. Les traits crispés, Léonie se tient le ventre.

— Viens t'allonger. Tu vas mettre une jaquette.

Marie l'aide à se relever. Appuyée sur elle, la jeune femme marche avec lenteur, à moitié courbée. Arrivée au bord du lit, Marie déboutonne la blouse et l'enlève. Léonie a le souffle court et se tient le ventre à deux mains.

— Dans le deuxième tiroir, halète-t-elle.

Marie en sort une robe de nuit de coton fleuri et la passe à Léonie, qui s'étend ensuite sur son lit.

— Où sont les piqués ?

— Dans l'armoire.

Marie sort deux grands piqués qu'elle glisse sous Léonie et voit se dessiner une tache de sang.

— Je vais aller faire chauffer de l'eau, dit-elle en remontant la couverture sur la parturiente.

Marie s'efforce d'accomplir avec calme les diverses tâches requises en attendant l'arrivée du médecin. En approchant une chaise du lit, elle reconnaît le pas de son beau-frère.

En le voyant entrer, Léonie s'efforce de sourire à son époux et Marie les laisse seuls. Dans la cuisine, madame Laflamme vérifie la température de l'eau qui chauffe doucement.

— Paul-Émile a-t-il prévenu le docteur ? s'enquiert Marie.

— Il n'était pas à la maison, mais sa femme va l'avertir aussitôt qu'il va revenir de la tournée de ses malades.

— Léonie perd un peu de sang, commente doucement Marie pour préparer la mère.

Madame Laflamme lance un regard inquiet à Marie. Les deux femmes se comprennent instantanément.

— Dans ma famille, les femmes n'ont pas les hanches qu'il faut. Si vous voulez bien m'excuser, je vais aller voir ma fille.

⁓◡⌐

De retour chez elle, Marie prie pour Léonie. Vers midi, elle voit le médecin entrer chez Paul-Émile et remercie le ciel d'avoir exaucé en partie sa prière. Comme le docteur ne ressort pas, Marie y voit un signe d'espoir. Quand elle peut enfin fermer boutique, elle se dépêche d'aller aux nouvelles.

Dans la cuisine, Paul-Émile est prostré dans sa chaise berçante.

— Comment va-t-elle ?

— Mal, dit-il, désespéré.

Au même moment, le docteur Gaucher sort de la chambre et ferme discrètement la porte derrière lui. En voyant la mine sombre du médecin, Marie retient son souffle.

— Ça se présente mal, dit-il en se frottant les yeux. Je ne pourrai pas sauver et la mère et l'enfant.

Marie sait que la religion prescrit au médecin de sauver la vie de l'enfant, au détriment de celle de la mère. Elle ne comprend pas l'acharnement de l'Église catholique qui oblige la femme à faire son devoir conjugal même si elle doit en crever, comme si elle n'était qu'une génitrice, un rien inutile dont on peut se débarrasser sans remords.

— Sauvez ma femme, l'implore Paul-Émile. Par pitié, docteur, sauvez ma femme.

— Je le ferai. Je vous en donne ma parole.

Marie aurait envie de remercier le médecin et son beau-frère d'avoir pris une décision aussi courageuse que déchirante. Elle se sent si touchée par leur humanisme qu'elle a

349

l'impression qu'à travers eux toutes les femmes viennent de retrouver leur dignité bafouée depuis des siècles.

Plus tard, Marie apprendra que Léonie avait mis au monde une autre petite personne aux hanches étroites, probablement condamnée à mourir à son tour sur l'autel du sacrifice de la procréation. Mais même si on avait décidé de sauver l'enfant, elle n'aurait pu survivre. Son cordon ombilical, plusieurs fois enroulé autour du cou minuscule, l'aurait étouffée avant qu'on ait pu l'extirper de l'étroit bassin de sa mère.

Combien de femmes sont-elles condamnées à mourir ainsi, pour rien, se demande-t-elle avec dépit. Et sans crier gare, un flot d'amertume se déverse en elle.

◦⟋◦

— Tu n'as pas l'air dans ton assiette, dit Ange-Aimée.

Accoudée à la table, Marie expire un bon coup, comme si elle pouvait ainsi se décharger de toute la mélancolie qui la terrasse depuis l'accouchement de Léonie. Elle se sent abattue sans comprendre pourquoi.

— Elle aurait besoin de prendre un peu de repos et de changer d'air, dit sa mère. Elle est épuisée.

— Où voulez-vous que j'aille toute seule ? objecte Marie. Et puis qui s'occuperait de la boutique et des enfants en mon absence ?

— Ouais… dit Ange-Aimée.

Les yeux agrandis d'horreur, elle regarde madame Lemieux comme si elle était détraquée et Marie se sent agacée que sa belle-sœur se permette de juger sa mère. Il est vrai que suggérer à une femme de quitter son foyer, ne serait-ce que quelques jours, est si inusité que cela peut paraître inconvenant, mais en y réfléchissant, elle se dit que

sa mère a raison. Un changement de décor lui serait salu-
taire. Comme Guillaume, l'envie lui prend de larguer les
amarres et d'aller voir le monde qui existe par delà l'horizon
vide du golfe.

— Je suis là, dit madame Lemieux, et je suis pas un
membre inutile. Je suis encore capable de m'occuper de la
maisonnée. Tu viens de sevrer la petite Irène. Pis Léonie
pourrait venir me donner un coup de main de temps en
temps pour le magasin. Ça lui ferait du bien, elle a besoin
de se changer les idées elle aussi.

— Je vais y penser, dit Marie.

Le lendemain, alors que Marie se demande où elle
aimerait aller, voilà qu'elle entend le long sifflet du train qui
entre en gare.

— J'aimerais bien essayer le train, dit-elle à sa mère.

— Toi, tu prendrais les gros chars ? dit sa mère, sceptique.
T'as pas peur de ces gros engins-là ? Ça va ben trop vite, ça
doit être dangereux.

Si sa mère l'avait approuvée, Marie aurait peut-être
abandonné l'idée. Son petit côté « contraireux » la pousse
maintenant à faire ce voyage quoi qu'il lui en coûte. Sur les
entrefaites, Ange-Aimée arrive accompagnée de sa mère
et de la petite Armande. Marie lui fait part de sa décision de
faire un petit voyage en train.

— Une femme ne doit pas voyager seule, riposte Ange-
Aimée, le bec pincé.

Marie n'avait pas prévu une telle objection, mais elle est
trop fière pour s'avouer vaincue. La meilleure défense étant
l'attaque, elle rétorque :

— Justement, je pensais t'emmener avec moi.

— Hein ? fait Ange-Aimée, décontenancée.

— Étant donné que je dois être accompagnée, tu me
servirais de dame de compagnie, dit-elle avec aplomb.

— Une dame de compagnie ? répète sottement Ange-Aimée.

— Si ta mère pouvait garder tes enfants, je paierais tes dépenses de voyage. Ça te ferait du bien à toi aussi, non ?

— Certain ! dit la mère d'Ange-Aimée. Une chance pareille, ma fille, ça se refuse pas.

— Ben, dit Ange-Aimée, il faudrait que j'en parle à Lionel.

— Ben sûr, ben sûr, dit sa mère. Mais tu sais ben qu'il va dire oui si ça lui coûte pas une cenne.

— Dites pas de mal de mon mari, vous ! s'insurge Ange-Aimée toujours prête à monter aux barricades dès qu'elle a l'impression qu'on attaque son cher Lionel.

— Je dis rien de mal, rétorque sa mère. Je dis ce que je dis, pis c'est toute. Monte pas sur tes grands chevaux.

— Prenez donc un petit sucre à la crème, intervient Marie pour calmer les esprits qui s'échauffent.

Les clochettes sonnent dans le lointain, annonçant l'arrivée du petit train qui dessert Cap-aux-Brumes. Les cheminots de la compagnie de chemin de fer, habitués aux longs trains nationaux, l'ont baptisé par dérision «la punaise». Ange-Aimée rit en mettant ses deux mains sur ses oreilles.

— C'est donc bruyant ces engins-là, crie-t-elle quand le train s'arrête dans le crissement des freins sur les rails et les sifflements de vapeur.

Devant un attroupement de femmes regroupées sur le quai de la gare, un cheminot ouvre une portière et saute sur le quai où il dépose un marchepied.

Deux religieuses descendent les hautes marches en se retenant à une rampe de métal et, avec précaution, posent pied sur le petit banc de bois ajouté au bas du minuscule escalier du wagon. Elles n'osent saisir la main gantée que tend l'employé des chemins de fer pour les aider à descendre.

— Attention à la marche, révérende mère, dit l'homme arborant fièrement l'élégant costume bleu marine de la compagnie.

À leur suite, un homme descend prestement l'escalier, tenant dans ses bras une petite fille aux cheveux bouclés. Derrière eux, la jeune maman s'appuie sur la main secourable du cheminot.

À la porte du wagon réservé aux marchandises, un employé décharge des bagages alors qu'un autre les empile sur un chariot. Marie reconnaît un sac de la poste.

Puis, c'est au tour des deux seules voyageuses en partance de monter à bord. Le cheminot au pied du wagon tend la valise de Marie à un autre employé qui attend en haut de l'escalier les passagers pour les diriger vers un banc libre et déposer leurs valises dans le compartiment à bagages, au-dessus des sièges.

Reluquant les banquettes à dossier haut recouvertes de velours rouge vin, Ange-Aimé s'exclame :

— C'est donc ben chic !

Marie, gênée, lui fait signe de se taire. Le cheminot leur indique deux banquettes libres qui se font face et les deux femmes prennent place près de la fenêtre. Marie aperçoit près de la gare l'incontournable madame Tremblay qui vient de les repérer et alerte ses concitoyennes en leur indiquant la fenêtre à regarder. Excitées, les fouineuses en cortège agitent leur mouchoir et Ange-Aimée sort le sien de son sac pour répondre aux gestes d'adieu.

Marie, qui veut paraître au-dessus de ses affaires, se sent embarrassée de l'attention qu'attire sur les deux voyageuses l'attroupement insolite sur le quai. Elle s'absorbe donc dans la fouille de son sac à main.

— En voyage, il faut montrer un peu de retenue, siffle-t-elle entre ses dents.

Arrêtée dans son élan, Ange-Aimée abaisse son mouchoir et se contente de sourire niaisement à ses voisines qui envient sa chance. Au grand soulagement de Marie, le train s'ébranle enfin.

L'escapade de quelques jours à Québec finit par rendre le sourire à Marie. Loin des soucis quotidiens, les deux belles-sœurs arpentent la ville et visitent les boutiques de mode. Pour la première fois de leur vie, elles se font servir et prennent un bain dans une vraie baignoire de porcelaine. Les deux femmes sont émerveillées par le cabinet d'aisance, avec sa chasse d'eau, et par le lavabo où l'eau coule d'un robinet en tournant simplement une délicate poignée qui paraît bien silencieuse en comparaison des grincements de leur pompe à eau. L'éclairage électrique les épate tout autant.

— C'est incroyable, répète Ange-Aimée en jouant à allumer et éteindre la lumière.

Le plaisir de Marie se trouve décuplé par celui de sa belle-sœur qui ne cesse de s'extasier. Comme en ville personne ne les connaît, elle n'en éprouve plus aucune gêne et, quand elles se retrouvent seules dans leur chambre, les deux jeunes femmes s'amusent comme deux gamines insouciantes.

— J'ai l'impression d'être une princesse, dit Ange-Aimée.

— Et moi, Alice au pays des merveilles !

Fascinée par tout ce luxe, Marie aimerait bien prolonger son séjour. Pourtant, les obligations familiales et la culpabilité d'avoir autant dépensé la rappellent à l'ordre. Après s'être gâtée, elle se sent de nouveau prête à se dévouer sans compter et elle a hâte de voir la frimousse de chacun quand ils déballeront les cadeaux achetés en ville.

En revenant chez elle, elle parade devant sa mère pour lui faire admirer la nouvelle tenue qu'elle compte étrenner au retour de Guillaume.

— Que tu es belle ! Ton mari va vouloir te croquer quand il va te voir là-dedans.

À l'évocation du désir de Guillaume, Marie est parcourue d'un frisson de plaisir. Elle se sent de nouveau vivante et vibrante.

～౸

Épuisé par les grosses mers d'automne, l'équipage de *La Cigale* rentre au port. Chacun a la tuque calée jusqu'aux oreilles et le foulard bien enroulé autour du cou. Le vent du large les fouette cruellement. Avant de rentrer chez eux, les marins doivent décharger la cargaison. Les charretiers les attendent sur le quai ainsi que quelques vieux en quête de compagnie et trois jeunes oisifs en mal de divertissement.

Les vieux se mêlent aux marins et essaient de se rendre utiles tout en s'enquérant des nouvelles. Dans le brouhaha provoqué par l'arrivée d'une seconde goélette, un cheval piaffe d'impatience.

— Reculez ! crie le charretier au groupe de jeunes qui serrent de trop près la bête effarouchée.

Le cheval se cabre et hennit. Les jeunes gens menacés reculent. Le charretier s'approche et réussit à saisir la bride de son cheval.

— Tout doux, le Grand, dit-il pour apaiser l'animal agité.

L'homme fouille dans sa poche et en sort une pomme. Le cheval croque le fruit et émet un court hennissement de reconnaissance. Voyant l'animal calmé, le charretier retourne à l'ouvrage.

~∽~

Avertie par Léonie que son mari vient d'accoster, Marie court mettre ses vêtements neufs. L'éclat de ses yeux noirs brille dans le jour déclinant quand elle ajoute une goutte de parfum derrière chacune de ses oreilles. Elle veut faire oublier à Guillaume l'épouse amorphe qu'il a vue lors de sa dernière escale.

Sa nouvelle jupe, moins lourde et moins longue, laisse voir de jolies bottines hautes lacées qui mettent en valeur la finesse de ses chevilles. Marie se sent toute légère quand elle descend à la hâte l'escalier. Elle allume les lampes et range son tricot afin que tout soit parfaitement en ordre quand Guillaume franchira le seuil de sa demeure.

Le cœur vibrant, elle reconnaît son pas sur la galerie et se tient devant la porte qui s'ouvre sur un homme amaigri et la mine triste. En la voyant, Guillaume s'arrête net.

Marie sourit et lui tend les bras. Les yeux étincelants, il la couvre de baisers sur les cheveux, les joues et le cou.

— Que tu es belle, murmure-t-il.

Marie se blottit contre lui et renifle son odeur qui l'enivre.

— Tu m'as manqué, lui chuchote-t-elle à l'oreille.

~∽~

L'équipage vient de finir de haler la goélette sur la berge du havre qui constitue ses quartiers d'hiver pour affronter la longue hibernation qui la cloue au sol. Avec ses voiles rangées dans sa cale, *La Cigale* a l'air d'un goéland amputé de ses ailes. Elle gîte légèrement, à l'abri des grands vents, en compagnie de ses congénères abandonnées par les marins épuisés par les intempéries et les déchargements faits à l'huile-de-coude.

Au retour, Guillaume s'arrête au magasin de son beau-frère. Comme il arrive souvent, quelques hommes s'y attardent pour jaser. Parmi eux, le vieil Anthime agite les bras en tous sens. Le prêteur du village n'arrête pas de décolérer à propos des nouvelles coopératives d'épargne. Depuis quelques mois, Cap-aux-Brumes a sa Caisse populaire. Le fondateur de la coopérative financière, Alphonse Desjardins, a créé une première caisse à Lévis, en décembre 1900, dans le but d'aider ses compatriotes aux prises avec les usuriers, tel le père Anthime, qui finissent par les ruiner en exigeant des taux d'intérêt faramineux frôlant souvent les 20 %. Devant la réussite de la première caisse, d'autres paroisses emboîtent le pas.

Lors de ses escales à Québec, Guillaume en a entendu parler mais, comme la plupart de ses concitoyens, il préfère garder chez lui ses économies qu'il met à l'abri des voleurs et du feu. Néanmoins, puisque le fondateur des Caisses populaires a une philosophie différente des banquiers, plusieurs Canadiens français commencent à adhérer aux coopératives financières auxquelles ils s'identifient par le sens de l'entraide qui les anime.

— Les banques, c'est pour les hommes d'affaires anglais, dit l'un des vieux connu pour sa haine des Anglais qu'il accuse d'être la cause de la pauvreté des Canadiens français. Nous autres, les gagne-petit, ils sont pas intéressés à nous prêter, renchérit-il.

Le bonhomme crache son jus de pipe vers le crachoir mis à la disposition des chiqueurs de tabac qui fréquentent le magasin. Le jet atterrit à côté du contenant, sur le tapis que Paul-Émile a judicieusement placé sous le plat.

— Si tu penses que Desjardins est mieux qu'eux autres, renchérit le père Anthime, tu vas te réveiller le cul à l'air quand il aura gaspillé toutes tes économies.

— Vous parlez à travers votre chapeau, le père, dit un autre homme. C'est pas Desjardins qui ramasse notre argent. La Caisse populaire de Cap-aux-Brumes, c'est à nous autres. On la gère nous autres mêmes, vous saurez.

Délaissant leurs débats qui le laissent indifférent, Guillaume invite Paul-Émile à venir faire un bout de veillée puis il retourne chez lui.

⚓

Parce que Marie était trop belle au retour de son homme, elle accouche d'une petite fille au début du mois d'août suivant. Guillaume est en mer. Ange-Aimée, que son Lionel attendait à la gare à son retour de Québec, a eu un gros garçon au début de l'été. Les vêtements neufs n'ont pas eu le temps de s'user qu'il a fallu ressortir les jupes ajustables. Les deux femmes ont rangé leur jolie toilette dans les boules à mites.

La dernière-née des Dumas, prénommée Cécile, ressemble tant à la petite Annette que le cœur de Marie se serre chaque fois qu'elle la prend pour l'allaiter. Craignant que le mauvais sort s'acharne de nouveau, elle veille jalousement sur sa petite fille. À tout moment, elle va vérifier que le bébé respire.

— Arrête de la réveiller, la chicane sa mère.

Marie fond en larmes. Sa mère l'entoure de son bras et essaie de la raisonner.

— Ça sert à rien de t'inquiéter, ma fille. C'est le bon Dieu qui mène. On a beau faire n'importe quoi, on peut pas empêcher les choses d'arriver. Tu te fais du mal pour rien, pis la petite peut pas se reposer si tu la réveilles tout le temps.

— Vous avez raison, comme d'habitude, finit-elle par dire en se mouchant.

— Va t'allonger un peu dans mon lit pendant qu'Adrien fait son somme. T'es pas encore assez forte pour travailler autant que tu le fais. Je suis capable d'aller répondre si une cliente se présente.

— Et la fournée de pain ? objecte Marie.

Mais l'œil autoritaire de sa mère la convainc d'obéir sans répliquer. Marie a beau être têtue et avoir trente-deux ans, elle redevient docile quand sa mère affiche son visage « t'es-mieux-de-faire-ce-que-je-te-dis ».

⚭

Chatouillée par des poils de moustache, Marie s'éveille dans la chambre de sa mère. Penché sur elle, Guillaume lui sourit.

— Tu es si belle, ma femme. Je ne me tanne pas de te regarder.

Marie sourit, ravie du compliment de son époux.

— C'est ton amour qui m'embellit. Tu n'es pas pire, toi aussi, mon mari.

Guillaume rit et embrasse sa femme langoureusement. Marie a trop envie de son homme pour le repousser, quitte à retomber enceinte un peu trop vite à son goût. Mais,

359

comme un ange venant à sa rescousse, la petite Cécile s'éveille en pleurnichant.

— Tu as vu comme ta fille est belle ? dit Marie lorsque son époux la libère de son étreinte.

— Elle ressemble à… dit-il la gorge nouée, incapable de finir la phrase.

Marie serre le bras de son époux.

— On ne devrait pas faire des comparaisons, dit-elle autant pour se faire la leçon que pour tranquilliser son mari. Chaque enfant est unique.

— Tu as raison, reconnaît-il en s'essuyant les yeux du revers de sa manche.

Quand son papa la prend dans son berceau, la petite fait la lippe. Sa mimique est si comique que Guillaume éclate de rire.

— Comment t'appelles-tu, ma jolie ? dit-il de sa voix la plus douce.

La menue Cécile cligne des yeux en fixant l'inconnu qui la regarde avec amour. Et Marie, qui voit son bébé se calmer, se dit que les liens du sang sont décidément très forts.

⁓ℙ

Au village, le progrès se poursuit et, l'année de la naissance de Cécile, le gouvernement fédéral construit un nouveau quai à Cap-aux-Brumes. La coïncidence paraît heureuse à Guillaume qui peut ainsi lutter contre la crainte qu'il a ressentie en constatant la ressemblance frappante de la dernière-née avec sa petite sœur morte subitement, sans raison apparente. Même si l'autre jumelle, qui lui ressemblait tout autant, a survécu, il ne peut s'empêcher de redouter le passage de la Grande Faucheuse.

Le transport fluvial demeure populaire en raison de son coût peu élevé. La seule chose que l'arrivée du train change dans la vie professionnelle de Guillaume est la nature des chargements des premiers et derniers voyages de la saison. Il transporte toujours autant de bois à l'aller, mais au retour, au lieu de marchandises diverses, il ramène parfois de pleines cargaisons d'alcool. En plus du réseau clandestin qu'il alimente toujours, il peut écouler une partie de son stock auprès d'une clientèle locale discrète et fidèle malgré les admonestations incessantes du curé.

En janvier 1914, Marie donne naissance cette fois à un beau gros garçon qu'on prénomme Émilien en l'honneur de Paul-Émile qui a accepté d'en être le parrain.

Après l'enfer de l'accouchement de Léonie, le médecin a annoncé au couple qu'ils ne pourraient plus avoir d'enfant. Paul-Émile s'est employé à consoler sa femme en lui disant qu'elle était plus précieuse à ses yeux que tous les enfants qu'elle aurait pu lui donner. Mais comme elle désirait un enfant bien à elle, ils ont adopté une petite fille prénommée Marie-Louise pour faire plaisir à Louis, l'oncle maternel et parrain de l'enfant.

Tout l'hiver, Guillaume berce son fiston chaque fois qu'il en a l'occasion. Quand son papa est libre, c'est la petite Cécile qui court se blottir dans ses bras, invariablement suivie d'Irène. Une fois que les plus jeunes ont reçu leur dose d'attention paternelle, Guillaume s'intéresse aux activités de ses autres enfants. Les cinq plus vieux vont à l'école.

Marie-Reine et Rachel sont déjà des grandes filles de quatorze et onze ans qui aident beaucoup à la maison. Même si l'on prétend encore qu'on n'a pas besoin de faire instruire les filles, Guillaume et Marie tiennent à leur faire terminer leur neuvième année. Georges a douze ans et son père compte l'initier à la navigation durant ses vacances estivales, tout en l'encourageant à poursuivre ses études. La vie de marin est rude et, comme tout bon père de famille, Guillaume désire ce qu'il y a de mieux pour ses enfants. Noël est le plus studieux de ses fils, mais il est moins costaud que son frère Adrien pourtant plus jeune d'un an et demi. Guillaume le croit destiné à la prêtrise et il projette de l'envoyer au Petit Séminaire de Québec, comme ses cousins.

Durant l'hiver, Guillaume occupe ses journées à gauche et à droite. Avec Médée et Louis, ils vont bûcher leur bois de chauffage sur un lot qu'ils ont acheté ensemble. Ti-Toine, déçu par ses amours, est retourné à ses anciennes habitudes. Marie sait que son époux rencontre à l'occasion de mystérieux clients dont il ne révèle jamais les noms et qu'il joue de temps à autre au poker. D'année en année, leurs profits communs augmentent et vont rejoindre les économies enfouies dans la cave. À part les frais engendrés par la famille qui s'agrandit, Marie et Guillaume conservent le même train de vie. Ils épargnent en prévision des besoins futurs comme l'instruction des enfants et leur mariage, un nouveau bateau, leurs vieux jours ou les malheurs imprévus, comme le feu et la maladie.

Depuis que la municipalité est desservie par le chemin de fer, Paul-Émile s'est abonné à *La Presse* qu'il reçoit avec une journée de retard. Une fois qu'il a lu son journal, il le prête à Marie qui s'intéresse davantage à ce qui se passe dans le vaste monde qu'aux cancans de la paroisse. La lecture la désennuie et, en tant que commerçante, elle aime bien se tenir au courant des dernières tendances de la mode.

Marie-la-rebelle se distingue en cela aussi des autres femmes du village. Depuis sa tendre enfance, elle a l'impression d'être née à la mauvaise époque ou au mauvais endroit tant ses opinions diffèrent de la majorité bien-pensante.

— Une chance que tu as épousé un homme indulgent, lui dit sa mère. Il ne cherche pas à te contrôler ou à te rabaisser, il t'approuve et te soutient dans tout ce que tu entreprends.

— Vous avez raison, maman. J'ai trouvé l'homme idéal. Vous m'auriez vue avec le grand Ferdinand?

— Grand Dieu, non! dit sa mère en riant aux éclats.

— Il me tapait tellement sur les nerfs que j'avais parfois envie de le griffer.

— Il trouvait ton caractère trop bouillant et j'ai bien peur que tu aurais été capable de lui casser quelques assiettes sur la tête!

Marie sourit au souvenir du jeune homme efflanqué qu'elle trouvait trop délicat. Il était maniéré et, par ses remarques offensantes, il avait le don de réveiller la tigresse qui sommeillait en elle. Si sa nature avait été sans cesse contrecarrée, Marie se rend compte qu'elle aurait pu faire preuve d'une extrême cruauté. Elle éprouve soudain une grande bouffée d'amour pour sa mère qui a su la guider avec sagesse et affection.

— J'ai été chanceuse de rencontrer Guillaume, mais j'ai surtout eu la chance de vous avoir pour mère.

— J'ai toujours été fière de toi, ma fille, lui avoue sa mère. Tu n'es pas un petit mouton qui bêle à la suite des autres.

Un après-midi venteux de la fin de mai, Paul-Émile arrive chez Marie avec son journal plié sous le bras. Il a l'air sombre.

— Une tragédie épouvantable vient de se produire, dit-il en tendant le quotidien à sa belle-sœur.

Marie apprend avec stupéfaction que, dans la nuit du 29 mai 1914, l'*Empress of Ireland*, qui avait quitté Québec avec 1 477 personnes à son bord, a sombré dans les eaux du fleuve, vis-à-vis de Pointe-au-Père. L'épais brouillard qui sévissait à ce moment explique le tragique accident. Le charbonnier *Storstad*, l'autre navire impliqué dans la collision, poursuit sa route vers Montréal, la proue enfoncée. À Rimouski, on a recueilli 465 survivants qu'il faut soigner, vêtir et nourrir. On retourne sur le fleuve chaque jour, à la recherche de cadavres. Les corps des noyés sont déposés dans les hangars du quai. Le journaliste écrit que le monde entier est consterné par la nouvelle qui rappelle le naufrage du *Titanic*.

Marie replie le journal en tremblant. Le naufrage rapide de ces gros navires à coque de fer vient lui rappeler les dangers auxquels s'expose la délicate *Cigale*.

9

Cap-aux-Brumes, 1914

Les mauvaises nouvelles se suivent cette année-là et, un mois après le naufrage de l'*Empress*, les journaux informent leurs lecteurs que l'archiduc François-Ferdinand, héritier du trône austro-hongrois, a été assassiné le 28 juin lors d'une visite officielle à Sarajevo, capitale de la Bosnie-Herzégovine, ainsi que son épouse, la duchesse de Honenberg. Le crime jette la consternation au sein des nations voisines et émeut l'Occident entier. Dans les semaines qui suivent, il n'est question que de l'Europe en ébullition.

Le 1er août, l'Allemagne déclare la guerre à la Russie, et la France ordonne la mobilisation générale. Le 3 août, cette fois l'Allemagne déclare la guerre à la France. Le 4 août, c'est au tour de la Grande-Bretagne de déclarer la guerre à l'Allemagne à la suite de la violation de la neutralité de la Belgique.

— Une chance qu'on est loin de tout ça, dit Marie à Paul-Émile.

— Mais par son statut de Dominion au sein de l'Empire britannique, le Canada se trouve automatiquement en guerre, Marie !

Et pour appuyer ce qu'il vient d'affirmer, il lui tend *La Presse* du 5 août qui souligne qu'il est du devoir des Canadiens français de secourir la Grande-Bretagne et de venir en aide à la France.

Le 5 août, les États-Unis proclament leur neutralité. Le 6, l'Autriche-Hongrie déclare la guerre à la Russie, et la Serbie à l'Allemagne. Le 12, la France et la Grande-Bretagne déclarent la guerre à l'Autriche-Hongrie. La Belgique et la France sont envahies par les armées allemandes. En peu de temps, le conflit s'étend et déborde le continent européen. Le 23 août, le Japon déclare la guerre à l'Allemagne.

Quelques jours plus tard, Jean, le fils aîné de Paul-Émile, se présente à la boutique de sa tante, le journal sous le bras. Le jeune homme élancé affiche une moustache fine et courte, à la dernière mode. Il vient de terminer son cours classique et s'est inscrit à la Faculté de médecine de l'Université Laval. En le voyant, Marie songe que Reine serait fière de son fils aîné. L'élégant et beau jeune homme attire les regards. À la grand-messe, le dimanche, Marie se rend compte que plusieurs jeunes filles ont les yeux fixés sur son neveu plutôt que sur leur missel.

— Bonjour, tante Marie, dit-il en déposant le quotidien sur le comptoir. Papa m'a demandé de vous apporter le journal qu'il vient de recevoir. Il n'aura pas le temps de le lire avant ce soir. Si cela vous convient, je repasserai le prendre en fin d'après-midi.

— C'est gentil à toi, dit Marie. As-tu eu le temps de le lire ?

— J'y ai jeté un rapide coup d'œil. Les gens croient que la guerre sera terminée avant la fin de l'année.

— Tant mieux !

— Des jeunes d'ici parlent de s'enrôler pour aller défendre la mère patrie.

Le ton enthousiaste de son neveu alerte Marie, qui proteste :

— J'espère que tu n'as pas l'intention de t'enrôler, toi aussi !

— À moins de tricher sur mon âge, je ne peux pas le faire avant d'être majeur.

— Tu me rassures. J'ai horreur de la guerre, même quand elle se déroule loin d'ici.

— Elle est moins loin que vous ne le pensez, tante Marie. Lisez le journal.

Intriguée, Marie déplie le journal sur le comptoir et s'absorbe dans la lecture. *La Presse* du 14 août annonce qu'un navire allemand a été capturé dès le début du conflit à Rimouski, où il prenait un chargement de bois de construction. L'équipage du trois-mâts *Bellas*, de Hambourg, ignorait tout du déclenchement des hostilités survenu après leur départ. Le Canada fait ainsi ses premiers prisonniers de guerre.

— Cet incident n'est-il pas cocasse? dit-il quand Marie relève la tête.

Mais Marie ne voit rien d'amusant dans cette nouvelle. Elle pense aux familles des inoffensifs marins qu'on a fait prisonniers, si loin de leur pays.

— C'est assez… insolite, dit-elle pour ne pas contrarier son neveu.

⌁

Lorsque Guillaume fait escale à Cap-aux-Brumes, il confirme avoir vu arriver au port de Québec, le 13 août, le voilier allemand saisi par les autorités militaires canadiennes. Tout comme Jean, il ne voit que le côté comique de l'incident.

— Moi, je pense à leur famille, s'insurge Marie. Si ça vous était arrivé, à toi et à tes hommes, vos femmes seraient bien malheureuses.

367

— Si ça peut te consoler, ma douce, dis-toi que ces gars-là sont à l'abri dans nos prisons canadiennes. Ils ne serviront pas de chair à canon.

— Je n'avais pas pensé à ça, reconnaît-elle. Tu as raison, comme toujours.

~♉~

À force de lire le journal, Marie a l'impression que le monde qu'elle a connu jusqu'à présent est en train de basculer. Tant de pays sont en guerre qu'il lui est difficile de démêler les alliés des ennemis. Parmi ses clientes, les fils de quelques-unes se sont portés volontaires. Les mères s'inquiètent et passent tous les jours de la semaine à la boutique pour s'informer des dernières nouvelles parues dans le quotidien.

Pourtant, à Cap-aux-Brumes, la vie se poursuit au même rythme qu'auparavant. Les vagues lèchent la grève de sable gris avec la même constance, le vent du large se fait frisquet, comme à chaque automne. Six jours par semaine, du lundi au samedi, le « criard » du moulin continue de se faire entendre à sept heures le matin, à midi en même temps que les cloches de l'église qui sonnent l'angélus, à une heure de l'après-midi pour rappeler les ouvriers au travail et à six heures le soir. Le criard du moulin est si précis que les villageois se fient sur lui pour régler leur montre et leur horloge.

Aidée de sa mère, Marie prépare ses marinades pour l'hiver. Les tablettes sont déjà bien pourvues en pots de haricots, macédoines de légumes, herbes salées, confitures de petits fruits, compote de rhubarbe. Viennent les rejoindre les bocaux de compote de pommes, les conserves de porc, poulet, bœuf et gibiers divers. Marie engrange toujours plus d'une année à l'autre pour répondre aux besoins de sa famille qui s'agrandit : huit enfants, plus le père, la mère et la grand-mère, ça fait bien des bouches à nourrir.

Elle n'a plus à se soucier de fabriquer le beurre qu'elle peut acheter à l'épicerie. Mais, habituée à faire ses provisions d'hiver quand elle vivait à la campagne, elle continue d'accumuler les denrées comme si elle devait subir un long siège. Les reportages sur la guerre l'incitent à se montrer prévoyante. Avec le nombre incroyable de nations affectées par le conflit, Guillaume prévoit que le monde connaîtra une pénurie de nourriture et de biens de toutes sortes.

« Nos troupes sont en route pour l'Europe », annonce *La Presse* le 1er octobre.

Marie remercie le ciel que ses fils soient trop jeunes pour être appelés sous les drapeaux et, en pensant à ses neveux Jean et Gabriel, elle espère que la guerre se terminera rapidement. Pour peu que le conflit perdure, ils atteindront l'âge fatidique.

⁂

Les journées raccourcissent et l'air froid venu du large picote les joues des promeneurs. Guillaume revient avec les premières neiges, la cale chargée de bouteilles. Cette cargaison-là, il se la garde en réserve. Il en cache une partie chez lui derrière les cordes de bois de la cave, l'autre partie dans l'écurie de Paul-Émile. Avec la guerre, les deux beaux-frères s'attendent à ce que les prix explosent. Dans l'arrière-boutique de Paul-Émile, les marchandises sèches, comme les fèves et les pois, sont empilées jusqu'au plafond et deux gros matous y logent en permanence pour faire la chasse aux mulots trop gourmands. Les deux hommes ont investi une grande partie de leurs économies dans ce surplus d'inventaire et ils craignent à présent le feu plus que l'enfer.

Sur les conseils de son époux, Marie a aussi fait ample provision de tissus, de bobines de fil et de divers articles de couture et de tricot. Le risque est grand, elle en est consciente. Ils peuvent tout perdre, mais aussi faire de gros profits.

La présence de son homme fait bien vite oublier à Marie les soucis, et les jours heureux filent plus vite que son rouet, à l'art duquel elle décide d'ailleurs d'initier Marie-Reine. Le rouet chante pendant que les touffes de laine s'effilent en un long brin impeccable. Marie-Reine est une élève douée et appliquée et, en peu de temps, elle maîtrise parfaitement la technique.

De son côté, le fringant Georges a mûri. Il déblaie la neige tôt le matin et au retour de l'école. Le samedi, il bûche avec son père sur le lot que se partagent Médée, Louis et leur capitaine. Depuis deux ans, durant les vacances d'été, le jeune homme s'initie à la navigation. Simon a trouvé le moyen de superposer deux couchettes sur l'un des murs de la chambre de *La Cigale*. Grâce à son caractère avenant et sa vaillance, Georges n'a eu aucun mal à se faire accepter par l'équipage. Les rudes travaux ont développé sa musculature et le garçon grandit si vite qu'il est à la veille de rattraper son père.

La mignonne Rachel s'est depuis longtemps lassée de sa poupée. Elle materne Irène et Cécile, berce le petit Émilien qui s'est entiché d'elle. Elle voit aussi à laver la vaisselle et mettre la table avec sa sœur aînée. Les deux grandes filles de la maison donnent un sérieux coup de main à leur grand-maman qui passe une bonne partie de son temps à cuisiner et boulanger.

Comme toutes les ménagères du village consacrent le lundi à la lessive, Marie se fie à la clochette de la porte d'entrée et, dans sa cuisine, frotte le linge sans répit toute la journée. Les manches retroussées jusqu'au coude et la tête penchée sur la planche à laver, des mèches s'échappent de son chignon et collent à ses joues trempées de sueur. Sa mère étend les vêtements lavés sur la corde à linge et les rentre une fois secs. Quand il pleut, elle étend à l'intérieur, sur des cordelettes accrochées un peu partout.

Noël est toujours aussi studieux et pieux. Il se lève tôt tous les matins pour servir la messe. Il aide son grand frère à rentrer le bois en plus de s'occuper des devoirs et leçons d'Adrien qui est en deuxième année.

━◦━

Dans son édition du 15 mars 1915, *La Presse* publie la lettre d'un soldat :

> *Après avoir été huit jours sous la gueule des canons allemands et 48 heures dans les tranchées, au sifflement des balles, j'ai la douleur de vous annoncer que j'ai eu le bras droit brisé au coude. Je ne sais pas si je pourrai aller au feu de nouveau. Mon docteur m'envoie à Londres.*

Le soldat, qui s'excuse d'écrire de la main gauche à cause de sa blessure, témoigne aussi de la vie dans les tranchées où les soldats ont de la boue jusqu'aux genoux. Malgré la retenue du blessé, les images de ces souffrances heurtent la sensibilité de Marie, qui doit s'arrêter de lire. Elle n'a pas l'intention de faire part de cette lettre à aucune de ses clientes.

Le soir, dans son lit, elle prie pour tous ces soldats que la folie meurtrière a entraînés malgré eux dans cette rafale de supplices sans cesse renouvelés. Car la guerre, qu'on croyait de courte durée, se prolonge malgré les intempéries de l'hiver. Marie s'imagine les combattants grelottant dans les tranchées, l'estomac vide et la peur au ventre. Tous ces braves garçons qui pensent à leur mère ou à la petite amie qu'ils ont laissée au pays. Toutes ces jeunes vies sacrifiées. Pour qui ? Pourquoi ?

⚜

Il n'y a qu'auprès de son Guillaume que Marie retrouve un peu de quiétude. Il est son amour, son protecteur, son héros. Mais sa chaleur la quittera bientôt. Les corneilles et le printemps attirent le capitaine sur la berge du havre. Sa goélette demande chaque année un peu plus de travail pour la remettre à l'eau.

Pendant que le vent printanier gonfle les voiles de *La Cigale*, celui d'Ypres, en Belgique, répand la mort et l'effroi. Le 22 avril, une légère brise du nord-est pousse en direction des troupes alliées un nuage verdâtre de gaz au chlore sur une distance d'environ quatre milles. Le nouveau moyen d'extermination frappe les combattants français et algériens qui suffoquent et agonisent dans les tranchées. Quelques soldats arrivent à se replier. Les alliés envoient plus tard la première division canadienne, accompagnée de troupes britanniques, pour arrêter l'avance ennemie. En dépit de nouvelles attaques au gaz, les Canadiens s'illustrent en repoussant les nombreux assauts des Allemands au cours d'une semaine de combats féroces au corps-à-corps. Entre le 22 avril et le 25 mai 1915, la bataille d'Ypres fait plus de 6 000 morts et un nombre incalculable de blessés.

⚜

En juin, quand le lilas refleurit, Guillaume fait escale à Cap-aux-Brumes. Le matin, Marie en a coupé plusieurs tiges pour faire un gros bouquet. Les fleurs parfument la cuisine. Guillaume se régale du festin que lui a cuisiné Marie. Le vent colportant les nouvelles de maison en maison, Paul-Émile ne vient pas livrer le journal en fin de journée. Ce soir, tout le village sait que Marie a mieux à faire.

Après le souper, une grosse cuve d'eau chauffe sur le poêle afin de bien nettoyer le capitaine que les semaines d'absence ont recouvert d'une épaisse croûte de saleté. Quand Guillaume sort de son bain, Marie, comme d'habitude, plonge dans l'eau savonneuse ses vêtements raidis par la crasse. Ragaillardi par le sentiment de bien-être qu'il éprouve après chacune de ses trop rares ablutions, ses mains se font baladeuses lorsque sa douce taille sa moustache, après lui avoir coupé les cheveux. Les mamelons de Marie pointent sous le mince coton de la blouse quand il caresse son sexe moite.

— Arrête… gémit-elle.

Le souffle haletant de sa douce attise son désir déjà exacerbé. Les caresses de Guillaume se font plus osées et Marie fond de désir.

— Tu ne devrais pas… dit-elle en taillant tant bien que mal la moustache de son époux.

Guillaume la plaque contre lui et l'embrasse goulument. Le peigne et les ciseaux tombent par terre.

Au lever, le lendemain matin, Guillaume rit en s'apercevant dans le miroir du cabinet de toilette. Même s'il lui répugne de se convertir à la nouvelle mode des moustaches fines et courtes, il devra sacrifier une partie de l'orgueilleux ornement qui surmontait, hier encore, sa lèvre supérieure.

— Oh! amour, quand tu nous tiens! chantonne-t-il en amincissant la ligne de poils pour l'égaliser des deux côtés.

— Que dis-tu? dit Marie venue chercher sa brosse à cheveux.

— Oh, rien! Je chantais.

Marie relève la tête et aperçoit la moustache tronquée.

— Doux Jésus, dit-elle. Qu'est-ce que tu as fait de ta moustache?

— J'ai dû la sacrifier au dieu de l'amour, chuchote-t-il en lui faisant un clin d'œil.

Marie rougit et Guillaume la trouve encore plus appétissante que la veille malgré la nuit torride qu'ils viennent de vivre.

— J'ai encore le goût de vous honorer, madame, susurre-t-il, l'œil égrillard.

— Pff! fait-elle, moqueuse. Tu n'es qu'un vantard.

Mis au défi, Guillaume ne tarde pas à lui prouver sa vigueur.

⤳✷

Au couvent des sœurs, Marie assiste à la remise des prix de fin d'année. Elle est fière de sa Marie-Reine qui vient de compléter sa neuvième année avec la mention «Très grande distinction». À quinze ans, sa fille a reçu le maximum d'éducation qu'offre le couvent de Cap-aux-Brumes. De l'avis de tous, Marie-Reine peut s'estimer chanceuse d'avoir reçu autant d'instruction.

Pourtant, elle n'a qu'une ambition: seconder sa mère du mieux qu'elle peut. Ce qui n'est pas pour déplaire à Marie, qui se réjouit que sa fille ne passe pas son temps, comme d'autres, à rêvasser aux garçons. Si Marie-Reine décide un jour de se marier, ce sera parce qu'elle aura rencontré le grand amour, se dit Marie. Entre-temps, elle forme son

374

esprit en lisant, elle apprend à coudre, broder, tricoter comme toutes les filles de son âge. Avec sa grand-mère, elle tisse de superbes catalognes, pique de jolies courtepointes, crochète d'élégantes nappes que sa mère met en vente dans sa boutique.

＊

Dès le lendemain de la remise des prix, Marie entreprend d'initier sa fille au commerce et, par voie de conséquence, à la vie, car les bavardages des clientes débordent quelquefois des normes strictes en usage. Mine de rien, Marie-Reine gobe une mine de renseignements que seul le mariage aurait dû lui apprendre. Si bien que Marie juge plus prudent de l'envoyer aider sa grand-mère à la cuisine lorsque les plus indiscrètes viennent faire un brin de jasette.

Et puis un beau matin, avec les premières chaleurs de juillet, Marie s'éveille la chemise de nuit trempée. Dès le saut du lit, elle est prise de nausées. Quand elle sort des toilettes, sa grande fille l'observe d'un air entendu. « Encore un ! », semble-t-elle dire. « Et c'est reparti ! », semble lui répondre Marie.

＊

De la cuisine provient un fumet reconnaissable entre tous : les galettes à l'anis de grand-maman Lemieux. Les enfants en raffolent et les effluves appétissants font gargouiller l'estomac de Marie.

À lui seul, Noël pourrait manger toute la fournée et la grand-mère doit veiller à restreindre sa consommation. Au début de la soirée, le garçon se plaint néanmoins de maux de ventre.

— Tu as sans doute mangé trop de galettes, dit Marie.

— Non, maman, j'ai mangé juste celles que grand-maman m'a données, dit-il en grimaçant de douleur.

— C'est vrai, confirme la grand-mère.

Elle s'approche et tâte les joues de son petit-fils.

— Viens t'allonger sur mon lit, lui dit-elle.

Le dos courbé, les mains sur le côté droit du ventre, Noël va s'allonger.

— Il fait de la fièvre, chuchote la grand-maman de retour à la cuisine. Tu devrais demander au docteur de l'examiner. J'aime pas ça.

Marie se précipite chez le médecin et cogne nerveusement à la porte. L'épouse du docteur vient lui ouvrir.

— Mon mari est absent pour deux jours, lui dit-elle froidement.

L'épouse du docteur Gaucher, toujours hautaine, se plaît à mettre une certaine distance entre elle et ses concitoyens. Blessée par cette arrogance, Marie a pris l'habitude de lever le nez en l'air en feignant de ne pas remarquer sa présence lorsqu'elle la croise. Mais ce soir elle est trop inquiète pour se prêter au jeu. Affolée, elle lui explique les symptômes de son fils.

— Emmenez-le à l'Hôtel-Dieu de Lévis. Là-bas, ils pourront s'en occuper.

L'air dédaigneux, elle referme la porte aussitôt. Revenue chez elle, Marie prépare une valise pour son fils et elle.

— Le docteur Gaucher est absent, dit-elle à Noël qui affirme avoir toujours mal au ventre. Nous prendrons le train demain matin pour te faire examiner par un médecin de Lévis.

Le très sage Noël est pâle et Marie veut le rassurer malgré ses propres craintes.

— Je vais dormir près de toi cette nuit, dit-elle en souriant. Tu pourras me réveiller si ça fait plus mal. Grand-maman va coucher dans mon lit. Ferme les yeux et essaie de dormir.

— Voulez-vous prier avec moi, maman ? dit-il d'une petite voix où perce l'inquiétude.

Après la prière, la mère et le fils passent le reste de la nuit étendus l'un près de l'autre, sans dormir.

~~✿~~

Ni le fils ni la mère ne mange durant le long trajet en train, car Noël a la nausée et Marie a l'estomac trop noué pour avaler quoi que ce soit. Arrivés à Lévis en fin de journée, elle se fait conduire par un charretier jusqu'à l'hôpital.

Après avoir examiné Noël, le médecin de faction déclare qu'il faut l'opérer.

— Conduisez madame au bureau d'admission pour les formalités d'usage, dit-il à une jeune religieuse. Et demandez à l'infirmière de préparer l'enfant pour l'opération.

— Bien, docteur, dit-elle. Suivez-moi, madame.

Marie la suit dans les longs couloirs qui sentent le désinfectant. Les plis de la jupe de la sœur froufroutent et les grains du long rosaire qui pend à sa ceinture s'entrechoquent. Arrivée au bureau d'admission, la religieuse explique à une consœur, tout aussi jeune qu'elle, la raison de leur présence. Celle-ci répond, en se tournant vers Marie :

— Il y a des papiers à signer.

— Donnez-les-moi, dit Marie impatiente de retourner auprès de son fils. Je vais vous les signer tout de suite.

— C'est que… dit la religieuse mal à l'aise, vous n'êtes pas autorisée à les signer.

Sidérée, Marie regarde la jeune sœur dont l'étroit visage est encadré par une cornette blanche. Le reflet de ses lunettes cerclées de métal cache ses yeux.

— Qu'est-ce que vous me chantez là? glapit Marie, oubliant dans sa nervosité toute retenue. Je ne suis pas autorisée à signer les papiers pour faire opérer mon fils?

Elle martèle et détache chaque mot avec l'énergie du désespoir, espérant se tromper.

— C'est la loi, madame, répond la religieuse. Les papiers doivent être signés par votre mari.

— La loi, dites-vous? Mais mon mari n'est pas là! s'écrie-t-elle. Et mon fils doit être opéré tout de suite!

— Je n'y peux rien, madame, dit la religieuse sans broncher.

— Mais voyons, on ne peut pas rester là sans rien faire et laisser mourir mon fils parce que son père n'est pas là pour signer vos papiers! Il viendra plus tard les signer, voilà tout.

— C'est avant l'opération que nous avons besoin de son autorisation, insiste la religieuse. À défaut d'obtenir le consentement de votre époux, vous pourriez demander celui d'un oncle de l'enfant.

— Ah! dit Marie, révoltée. Un oncle a préséance sur la mère?

— C'est la loi, répète la sœur à bout d'arguments.

Marie se tourne vers l'autre religieuse, quêtant du secours.

— Il vous faut trouver un oncle, conseille avec douceur son accompagnatrice en la fixant dans les yeux.

Frappée soudainement par les lumières du Saint-Esprit, Marie comprend qu'elle doit dénicher un oncle, qu'il soit vrai ou inventé.

— Mon frère habite tout près, mais il ne sait pas écrire… dit-elle pour vérifier la complicité de la religieuse.

— Ça n'a pas d'importance, il n'aura qu'à tracer une croix, répond la sœur.

— C'est bien. Attendez-moi, je reviens.

Une fois dehors, Marie essaie de repérer un homme qu'elle pourrait faire passer pour son frère. Les premiers qu'elle aperçoit sont trop vieux. Celui à qui elle s'adresse finit par lui répondre, après avoir écouté ses explications, qu'il ne peut pas l'aider parce que les religieuses le connaissent. Devant ses larmes de désespoir, il la conduit à quelque distance de l'établissement et lui présente un de ses amis qui accepte de dessiner une croix en guise de signature.

— Rappelez-vous, lui recommande Marie, que vous vous appelez Léon Lemieux, que je suis votre sœur, Marie, et que vous autorisez l'opération de votre neveu, Noël Dumas, fils de Guillaume Dumas.

— Répétez-moi tout ça plus lentement, se plaint le charitable étranger en se prenant la tête à deux mains.

Marie reprend sa litanie que le pauvre homme répète après elle.

— Si vous ne vous souvenez plus, dit Marie qui craint que la mémoire du pauvre homme ne défaille, laissez-moi répondre à votre place et contentez-vous de hocher la tête.

— D'accord, répond-il, soulagé.

— Pressons-nous, dit-elle en accélérant le pas.

Marie court en retenant son chapeau que le vent menace de lui ravir. Sur les hauteurs de Lévis, le vent souffle hardiment, libre de toute entrave, comme à Cap-aux-Brumes.

⁂

Le cœur lourd, Marie reprend le train pour retourner à la maison. Dans le wagon à bagages, suit un cercueil de chêne blond avec Noël couché dedans. La croix tracée par l'oncle factice n'a pu le sauver.

Tout au long du trajet, Marie essuie ses larmes. Tout la dégoûte. À commencer par cette loi inique qui empêche une mère d'autoriser l'opération de son enfant alors que n'importe quel illettré peut tracer une croix valide, du moment que ladite croix est de sexe masculin.

Marie se jure que l'enfant qu'elle porte sera le dernier qu'elle mettra au monde. Si la loi peut l'empêcher de signer des papiers, elle trouvera, elle, le moyen d'empêcher la famille.

Ah! Ils croient que les femmes ne sont bonnes qu'à faire des enfants, rumine-t-elle, et ils n'ont même pas la décence de leur permettre de garder leur progéniture en vie. Ils auraient l'air fin si toutes les femmes se cloîtraient dans les couvents. La race s'éteindrait vite.

Sur le quai de la gare de Cap-aux-Brumes, Guillaume fait les cent pas. À peine débarqué, madame Lemieux l'a informé du départ de Marie avec Noël et il a décidé de prendre le prochain train pour aller les rejoindre à Lévis. Quand il entend au loin résonner les clochettes, il s'arrête, sa petite valise à la main, et met l'autre en visière pour se protéger les yeux du soleil. L'engin apparaît, tirant quatre wagons, et stoppe pile devant la gare.

Guillaume aperçoit les yeux rougis de Marie. Son cœur se met à cogner dans sa poitrine et jusque dans ses oreilles. Marie s'avance vers lui et se blottit dans ses bras, pleurant comme une fontaine.

⁂

Durant trois jours et trois nuits, la dépouille du sage enfant de chœur est exposée dans la demeure de ses parents. Le crêpe noir pend mollement près de la porte d'entrée. Marie et Guillaume reçoivent les condoléances sans mani-

fester la moindre émotion. Ils se tiennent debout digne-
ment, l'un près de l'autre, immobiles, éteints. Le salon est
sombre, drapé de noir et faiblement éclairé par des chandeliers placés près du cercueil.

Le curé passe plusieurs fois par jour pour réciter des
dizaines de chapelet et des prières pour les morts.

— Votre fils était promis à un brillant avenir, dit-il
tristement aux parents éplorés. Il m'avait avoué qu'il voulait
consacrer sa vie au service de Dieu. Vous pouvez être certains qu'il est au paradis, tout près du bon Dieu.

～✍

— Monsieur Dumas ? demande l'avocat.

Guillaume acquiesce d'un léger signe de tête. D'un geste,
l'homme de loi l'invite à s'asseoir dans l'un des deux fauteuils
devant son bureau.

— Que puis-je faire pour vous ? dit-il cérémonieusement.

Guillaume se racle la gorge. C'est la première fois qu'il
s'adresse à un avocat et il se sent mal à l'aise. Il a du mal à
accepter la mort de Noël et à croire ce que lui a raconté
Marie. Cette question de loi le turlupine. Rendu à Québec,
il a décidé de prendre rendez-vous, pour en avoir le cœur net.

— Mon fils est décédé dernièrement, commence-t-il en
baissant la tête.

— Mes plus sincères condoléances, répond l'avocat.

— Je suis capitaine de goélette. Donc, je suis parti de la
maison six mois par année et, l'hiver, il m'arrive encore de
m'absenter pour aller bûcher. Quand mon fils est tombé
malade, mon épouse a dû prendre le train et l'emmener
à l'Hôtel-Dieu de Lévis. Nous n'avons pas d'hôpital chez
nous, avoue-t-il, embarrassé.

« Quand on vient de l'arrière-pays, on nous prend pour des arriérés », se dit-il, regrettant soudain sa démarche.

— Je viens de Rimouski, dit l'avocat. Et il n'y a toujours pas d'hôpital là non plus.

Guillaume relève la tête. L'avocat le regarde droit dans les yeux, attendant manifestement la suite.

— Le médecin de l'hôpital l'a examiné et il a dit qu'il fallait l'opérer, reprend Guillaume. Mais ils avaient besoin de faire signer des papiers pour les autoriser à opérer notre fils. La sœur a dit à mon épouse que la loi ne l'autorisait pas à signer, qu'il fallait absolument la signature du père ou, à défaut, d'un oncle. J'aimerais savoir si c'est vrai.

— C'est malheureusement vrai, monsieur Dumas. Voyez-vous, nos ancêtres étaient régis par le Code Napoléon. Quand les Anglais nous ont vaincus, ils ont apporté quelques changements à notre mode de vie, mais ils nous ont laissé nos lois, notre langue et notre religion. L'empereur Napoléon, qui était sans doute misogyne, avait décidé qu'en se mariant, la femme perdait tous ses droits.

— Je ne comprends pas qu'on applique une vieille loi stupide. On est rendu au vingtième siècle, bon Dieu ! s'insurge Guillaume.

— Je dois préciser que la province de Québec s'est dotée d'un nouveau Code civil en 1866, poursuit l'avocat. Mais ce dernier n'a toutefois rien changé concernant les droits de la femme mariée. Le Code civil stipule que la femme mariée est une incapable du point de vue juridique, comme les mineurs, les déficients mentaux et les anathèmes. Les conséquences légales sont que les femmes ne peuvent pas être les gardiennes de leurs enfants, se défendre ou intenter une action devant les tribunaux. Leurs époux sont les seuls habilités à gérer leurs biens, si elles en ont.

— Ça n'a aucun bon sens, une loi de même, proteste Guillaume. Il faut changer ça. Les femmes sont presque toujours seules pour s'occuper des enfants et voir à tout. Sans compter que la plupart sont plus instruites que les hommes. Dans la vie de tous les jours, c'est la femme qui gère l'argent du ménage.

— Vous avez raison, monsieur Dumas. Malheureusement, je n'ai aucun pouvoir pour changer le Code civil. La loi est la loi, et nous devons tous nous y conformer. Même si, comme vous, je considère qu'elle devrait être amendée, surtout en ce qui concerne les soins aux enfants. Mais ça, c'est du ressort des politiciens…

Guillaume se rend compte qu'il n'arrivera à rien de plus aujourd'hui. Il remercie l'avocat et lui paie ses honoraires. Mais il n'entend pas en rester là.

∼✗∽

De retour chez lui après la saison de navigation, Guillaume écrit à son député. Dans sa lettre qui relate les événements malheureux, il fait bien ressortir les préjudices que le Code civil de la province cause aux petits Canadiens français et prie instamment le parlementaire d'entreprendre des démarches pour amender une loi si injuste. Quelques semaines plus tard, il reçoit une lettre du député lui transmettant ses condoléances les plus sincères et le remerciant d'avoir porté le problème à son attention. La missive apaise un peu sa souffrance. « Mon fils ne sera pas mort en vain », se dit-il, confiant.

— Qui vivra, verra, dit madame Lemieux. Je crois pas que je vais vivre assez vieille pour voir ça.

— Voyons, maman, vous n'êtes pas si vieille que ça.

— C'est pas une question d'âge, ma fille, c'est une question de temps. Des fois, ça prend du temps avant que les choses changent.

Guillaume serre les poings. Ses jointures blanchissent.

— En tout cas, dit-il, je vais lutter jusqu'à ma mort pour faire changer cette maudite loi-là !

~✦~

À la mi-mars, Marie accouche d'une belle petite fille au crâne couvert d'un doux duvet brun. Guillaume niche sa poupée au creux de son bras et lui fait plein de guili-guili.

— Tu es jolie comme un cœur, ma mignonne, roucoule-t-il.

Accoutumée aux élans de tendresse de son gendre pourtant bien viril, madame Lemieux sourit en le voyant promener doucement son gros index sur le menton ravissant du bébé, le contour des lèvres ourlées, les joues rondes.

— C'est une vraie merveille, dit-il en tendant enfin l'adorable enfant à Marie.

La grand-maman hoche la tête en l'approuvant. Marie sourit en regardant sa mère et son époux penchés au-dessus du lit, admirant le bébé emmailloté.

Porteuse d'une aura de tendresse, la gracieuse Aurélie ranime les cœurs endeuillés. Jusqu'au jeune Émilien qui réclame le privilège de la bercer. Marie le fait asseoir dans la chaise berçante et dépose délicatement le bébé dans les bras menus du grand frère de deux ans. À voir ses enfants se chérir ainsi, Marie oublie ses chagrins.

~✦~

Le printemps ramène l'odeur saline de l'estuaire et le parfum capiteux du bois fraîchement scié qui attend sur les quais d'être chargé à bord des goélettes restaurées. Corneilles et goélands rivalisent en offrant leur récital de voix discordantes.

— Le docteur Gaucher s'est acheté une automobile! dit Guillaume en revenant du havre.

Au même moment, le médecin passe devant la maison en faisant retentir son klaxon pour prévenir les piétons du danger.

— Il conduit en fou, tempête Marie. Dans leur nouvelle machine, lui et le bijoutier sont de vrais dangers publics. Les gens parlent de faire adopter un règlement municipal pour limiter la vitesse des automobiles à 15 milles à l'heure dans les rues et à 3 milles à l'heure sur le pont. Si on les laisse faire, ils vont finir par tuer quelqu'un.

L'intrépide capitaine sourit de la peur exagérée de ses concitoyens.

— Il faut s'adapter au progrès, Marie. Pense aux rues qui seront propres quand elles seront débarrassées du crottin de cheval.

— Le bonheur des uns fait le malheur des autres, dit-elle en inversant la maxime. Pense aux pauvres petits moineaux qui ne pourront plus picorer à loisir les pommes de route que leur laissent les chevaux!

Le sens de la répartie de sa femme l'amuse beaucoup et Guillaume se plaît à discuter avec elle.

— Le docteur peut se rendre plus vite au chevet de ses malades, plaide-t-il.

— S'il ne tue personne en cours de route, ajoute-t-elle, butée. On dirait qu'il éprouve un malin plaisir à effrayer les gens.

À bout d'arguments, Guillaume abandonne : il sait qu'il n'arrivera pas à raisonner la terreur des automobiles de sa femme. Les chevaux qui s'emballent ont tué bien des gens et, pourtant, personne ne les accuse d'être dangereux, alors il est persuadé que les gens finiront par s'habituer et apprendront à se préserver des dangers nouveaux.

❧

Sollicitée par le curé, Marie accepte de travailler au bazar organisé au profit de l'église. Les marguilliers du conseil de Fabrique font appel à la générosité des marchands et notables de la paroisse afin de récolter les divers objets qui seront offerts en vente. Marie se voit confier la responsabilité de recueillir auprès des paroissiennes les articles tissés, cousus, tricotés ou crochetés par leur soin. L'abondance des produits artisanaux donnés recouvre trois longues tables où Léonie, Marie-Reine et elle-même attendent les acheteurs.

L'épouse du docteur Gaucher se présente la première, accompagnée d'une dame inconnue. Elle s'arrête à l'étalage de Marie, sans lui prêter la moindre attention, et jette un coup d'œil indifférent à la marchandise. Sa compagne examine attentivement la section des dentelles. Elle enlève ses gants et prend un joli col ajouré que Marie trouve particulièrement joli.

— La personne qui a fait cette fine dentelle est-elle de Cap-aux-Brumes ? demande-t-elle à Marie.

— Oui, c'est une jeune fille d'ici.

La dame paie le collet plus cher que le prix demandé.

— Pour les bonnes œuvres de la paroisse, dit-elle quand Marie veut lui rendre la monnaie. J'aimerais rencontrer la jeune personne qui fait de si jolies choses et voir ce qu'elle a d'autre à offrir.

— Elle est ici, dit Marie. Je vais vous la présenter.

Elle fait signe à Marie-Reine de s'approcher.

— Ma fille, Marie-Reine Dumas.

La cliente se présente comme étant la sœur de l'épouse du docteur Gaucher. Marie est stupéfaite de la dissemblance des deux femmes. Autant l'une est aimable, autant l'autre est snob. L'une est menue, l'autre est grande et forte. La voix de la première est agréable, celle de la deuxième est réfrigérante.

— Ma sœur est l'épouse du juge Beaubien, tient à préciser "madame docteur", comme l'appellent les gens du village.

— Ma chère enfant, dit l'épouse du juge à Marie-Reine, j'aimerais vous acheter d'autres articles. Cette dentelle est remarquable.

— Je n'en ai pas d'autres avec moi, dit Marie-Reine. Mais si vous pouvez passer demain à la boutique de maman, je vous montrerai ce qu'il me reste.

La dame convient de venir en début d'après-midi le lendemain et Marie-Reine retourne à sa table où des clientes l'attendent.

❧

En septembre, Irène commence sa première année au couvent. L'an prochain, Cécile prendra à son tour le chemin des écoliers. Chaque fois qu'un de ses enfants arrive à cette étape, Marie s'aperçoit que les années passent trop vite. Les obligations de la vie courante l'entraînent dans un tourbillon qui prend fin quand elle pose la tête sur l'oreiller. Au matin, en mettant le pied hors du lit, elle est emportée par la valse des tâches à accomplir. Entre la boutique et les enfants, elle n'a plus une minute à elle.

À l'approche du retour de Guillaume, Marie s'examine attentivement dans le miroir du cabinet de toilette et ressort satisfaite de son inspection : son teint est clair, elle n'a pas une ride, ni aucun cheveu blanc. Sa santé est excellente. Sa mère a encore bon pied, bon œil. Ses enfants vont bien et, pour autant qu'elle ait pu le constater lors de sa dernière escale, Guillaume reste vigoureux. Marie s'estime privilégiée. Ailleurs, il y a la guerre.

Plus de deux ans après le début des hostilités, le conflit persiste. En août, le ministère de la Défense a autorisé la création d'un nouveau régiment canadien-français. Les hommes qui s'enrôlent comme volontaires dans le 189e bataillon proviennent pour la plupart du Bas-Saint-Laurent et de la Gaspésie.

Plusieurs jeunes gens de Cap-aux-Brumes en font partie et Marie aide ses clientes, qui se savent ni lire ni écrire, dans leur échange de correspondance. L'un des jeunes soldats a écrit à sa mère que les hommes et les chevaux ont beaucoup souffert du mal de mer durant la traversée de l'Atlantique. Partis en septembre de Halifax, en Nouvelle-Écosse, ils sont arrivés en Grande-Bretagne plus morts que vifs. À sa lettre était jointe une photographie de lui au milieu de camarades portant l'uniforme de l'armée canadienne. Les jeunes gens ont fière allure avec leur casquette à écusson, leur veston aux poches à rabat, leurs « culottes *breeches* », sorte de pantalon d'équitation, et leurs longues bottes de cuir qui vont jusqu'au-dessous des genoux. Ils paraissent heureux et confiants.

~~

Jean et Gabriel, les fils de Paul-Émile, sont maintenant en âge de s'enrôler et Marie se tracasse pour ses neveux. Par les lettres que reçoivent ses clientes, elle sait que la vie des soldats au front est horrible. En plus d'avoir à braver l'ennemi, la peur, le froid et la faim, les poux les assaillent sans merci, leur causant d'affreuses démangeaisons.

« Que deviendront ces beaux neveux qui n'ont connu que la douceur du foyer et des bancs d'école ? s'inquiète Marie. Pardonne-moi, Reine, je ne peux pas veiller sur tes fils comme je te l'avais promis. »

En vertu de la Loi sur les mesures de guerre, le gouvernement fédéral interdit l'importation et l'exportation de boissons enivrantes pendant la guerre.

Guillaume laisse monter les prix avant d'écouler lentement les réserves engrangées durant deux ans.

~◌~

N'ayant pas obtenu de réponse satisfaisante à la deuxième lettre qu'il a envoyée en janvier à son député provincial, Guillaume décide de contester à sa façon la loi qui prive la femme mariée de ses droits.

— Nous allons acheter la maison des McBain à ton nom, dit-il à Marie, lors d'une escale au milieu de l'été.

La grande maison des McBain est voisine de celle de Paul-Émile, du côté de l'église. Marie le regarde septique.

— Tu es sérieux ? Avons-nous les moyens de l'acheter ?

— Oui, madame. D'ailleurs, j'ai déjà rencontré la veuve McBain et nous avons pris entente. Tiens, voici la promesse de vente qu'elle m'a signée et le reçu pour l'acompte que je lui ai versé. Prends rendez-vous avec le notaire pour les papiers.

— Maman ne va pas le croire ! dit Marie, éblouie.

La « Sauvagesse » et sa fille vont habiter une maison cossue ! La résidence de deux étages a trois lucarnes à l'avant et à l'arrière, au rez-de-chaussée, quatre fenêtres sur la façade et deux sur les murs latéraux. Le toit en pente protège la galerie qui court sur le devant et les deux côtés. Les poteaux de la balustrade sont ouvragés et une jolie frise orne le bord du toit.

Marie peste en revenant de l'étude du notaire. Évoquant la loi, ce dernier refuse de rédiger l'acte notarié à son nom. Mais elle ne s'en laisse pas imposer si facilement et, après maintes palabres, elle finit par obtenir un autre rendez-vous où Guillaume viendra appuyer sa requête.

Chapeautée et gantée, Marie retourne chez le notaire en compagnie de son époux et de la veuve McBain. Nerveux, le notaire s'empresse d'apporter une chaise supplémentaire. La veuve McBain prend place dans le fauteuil du fond et Marie s'assoit du bout des fesses sur l'autre, le corps raide, les mains appuyées sur son sac à main. Guillaume s'adosse à la chaise et se croise les jambes.

— Mon épouse m'a dit que vous exigiez que je signe pour l'autoriser à acheter la propriété de madame McBain.

— Monsieur Dumas, commence le notaire. Vous devez comprendre que la loi ne permet pas que…

— Laissez faire la loi ! le coupe Guillaume en se redressant. J'ai consulté un avocat et je sais ce qu'il en est du Code civil de la province de Québec. Mon fils est décédé à cause de cette loi aussi ridicule qu'inhumaine. Alors arrangez-vous comme vous voudrez, mais je veux que le contrat notarié soit fait au nom de mon épouse.

— En ce cas, vous devrez signer vous aussi, monsieur Dumas, dit le notaire sévèrement. Je ne peux aller à l'encontre de la loi.

— Je suis justement ici pour ça, rétorque Guillaume. Apportez-les, vos papiers, que je les signe.

Le notaire se trémousse sur sa chaise, de plus en plus nerveux. Sous le regard soutenu de Guillaume, il finit par avouer que les documents ne sont pas prêts.

— Comment ça, pas prêts ? fulmine Guillaume. Ma femme a pris rendez-vous pour ça. Pensez-vous que j'ai du temps à perdre ? Je lève l'ancre demain matin et madame McBain aura quitté Cap-aux-Brumes avant mon retour.

Le notaire blêmit et bafouille.

— Je vais les rédiger immédiatement. Si vous voulez bien repasser après le souper.

Aussi refroidie par la chute de la température que par l'humeur du notaire, Marie fait une attisée dans le poêle pendant que Guillaume sort le sherry et le brandy.

— Monsieur le notaire n'était guère jasant.

— Je l'aime mieux comme ça, répond Guillaume, l'air moqueur.

Il tend à Marie un verre de sherry.

— À ta nouvelle maison, ma douce.

— À "notre" nouvelle maison. Merci, Guillaume.

❧

Georges a terminé sa neuvième année en juin et, depuis le début de l'été, il bourlingue avec son père. En août, il annonce à ses parents qu'il n'a pas l'intention de poursuivre ses études à Québec, comme ils le lui ont proposé. Il demande à son père de le garder dans son équipage et Guillaume, même s'il aurait aimé le voir choisir un métier plus facile, est heureux que son fils suive ses traces. Une autre paire de bras s'avère souvent utile et Ti-Toine, que la présence de Georges insécurise, restreint sa consommation d'alcool.

~⊱

Sitôt qu'elle prend possession de sa maison, Marie mesure portes et fenêtres afin de les habiller avant le déménagement. Elle ne veut pas que les voisins puissent venir écornifler à travers les fenêtres dénudées.

Avec l'aide de ses deux beaux-frères, Lionel et Paul-Émile, elle commence par installer la famille dans ses nouveaux quartiers avant de déménager la boutique.

~⊱

En Russie, les bolcheviks prennent le pouvoir et décrètent le cessez-le-feu avec l'Allemagne le 8 novembre 1917. Le front allemand à l'est est soulagé.

Guillaume et Paul-Émile, qui avaient d'abord cru que l'entrée en guerre des Américains apporterait une victoire rapide, entrevoient maintenant des jours sombres pour les forces alliées.

— Mes fils vont être envoyés au front, se désespère Paul-Émile.

Le 3 janvier 1918 marque le premier appel de conscrits canadiens sous les drapeaux. *La Presse*, sous le titre « L'appel aux armes », écrit en éditorial : « C'est aujourd'hui que, dans tout le Canada, doivent s'acheminer vers les casernes les premiers groupes de conscrits recrutés en vertu de l'Acte du service militaire. On doit avouer que le spectacle de plusieurs milliers de jeunes gens, ainsi forcés de quitter leurs familles désolées, contraste douloureusement avec celui des réjouissances du premier de l'An... »

Le zèle aussitôt mis par l'armée à faire respecter la loi déclenche ce que *La Presse*, en manchette du 15 janvier 1918, appelle « le règne de la soldatesque ». Le journal dénonce le fait que des jeunes gens, en possession de certificats d'exemption accordés par les tribunaux formés à cet effet, continuent d'être arrêtés et traités comme s'ils étaient des déserteurs. Selon le journaliste, avant d'être relâchés, ils seraient souvent soumis à de multiples humiliations.

Au printemps, plusieurs conscrits se sauvent dans les bois en apprenant la suppression des exemptions prévues notamment en faveur des fils d'agriculteurs. L'Arrêté en conseil du 16 avril inclut dorénavant les jeunes gens de dix-neuf ans révolus ou qui les auront pendant le temps où l'Arrêté en conseil sera en vigueur. Environ 5 000 conscrits manquent à l'appel.

À Cap-aux-Brumes, un jeune homme se blesse intentionnellement pour éviter d'aller à la guerre. Certains le traitent de poule mouillée alors que d'autres appuient les fugitifs. La police militaire, dans sa chasse aux déserteurs, est parfois accueillie par le canon d'un fusil. Ceux qui sont repris sont emprisonnés en attendant de passer en cour martiale. Le délit est passible de la peine de mort.

En avril, c'est l'émeute à Québec. Le lundi de Pâques, un bataillon venu de Toronto charge la foule, baïonnette au canon. Cette manœuvre militaire provoque les émeutiers qui ouvrent le feu sur les soldats. Dix d'entre eux sont blessés. Les militaires ripostent à coups de fusils et de mitrailleuses. Le bilan se solde par la mort de 4 personnes et 62 arrestations.

~✿~

Les blessés de guerre commencent à revenir au pays. Ces jeunes qui ont connu la barbarie de la guerre sont en général peu enclins à se confier. Avec l'amputation d'un membre se sont envolés leurs beaux projets d'avenir. Ils s'appliquent à guérir, s'efforcent d'oublier, font des cauchemars et essaient de cacher leurs souffrances morales sous une armure de silence.

Les désabusés avancent qu'ils n'ont guère envie de raconter le combat à la baïonnette, les yeux dans les yeux, les fusils qui se percutent, le sang qui jaillit des corps troués, l'effort pour retirer l'arme emprisonnée dans les chairs en vue de foncer sur un autre ennemi ; tuer pour rester soi-même en vie.

Les convalescents préfèrent louanger les gentilles infirmières canadiennes-françaises qui les ont soignés. Bien que leur hôpital ait été bombardé, ces « oiseaux bleus », ainsi surnommés en raison de leur uniforme bleu royal, continuent d'endurer les privations et se dévouent jusqu'à l'épuisement. Pour tous ces éclopés des champs de bataille, il est doux d'entendre l'accent de chez nous.

D'autres parlent avec émotion des Français de la résistance qui les ont aidés. Au début, ils se demandaient pourquoi nos cousins de France les appelaient les Pioupious. Ils ont par la suite appris qu'en vieux français, pioupiou veut dire jeune soldat. Quant à eux, les combattants français se sont baptisés les Poilus.

↣ꝓ

Une calamité suivant l'autre, tel un aigle aux griffes acérées, la grippe espagnole lacère la population. L'influenza fait ses premières victimes parmi les jeunes enfants et les personnes âgées.

Le fléau suivant de près le retour des premiers contingents de blessés de guerre, on accuse ces derniers d'avoir ramené dans leurs bagages cette effroyable maladie.

L'épidémie se répand rapidement au pays. Le gouvernement de la province de Québec transmet ses directives aux bureaux d'hygiène locaux : désinfecter les lieux, porter un masque, se laver les mains avec de l'alcool à friction.

Pour éviter la propagation de la grippe, à Cap-aux-Brumes, on ferme tous les édifices publics au début de l'automne. Les écoliers retournent à la maison. Les religieuses transforment leur couvent en hospice et se dévouent pour soigner les malades.

On prie chez soi puisque l'église n'ouvre ses portes que pour la célébration des services funèbres. Après les funérailles, le bedeau fait brûler du soufre pour désinfecter les lieux.

⁓ℰ

Guillaume rentre au port et abrite *La Cigale* sur la berge du havre. Il ravitaille ses marins en précieuses bouteilles de whisky. On utilise cet alcool comme tonique et désinfectant.

Marie fait prendre un bain complet aux deux arrivants, lave leurs vêtements et désinfecte leurs effets. Puis, comme à tous les autres membres de la famille, elle leur passe autour du cou un ruban au bout duquel pend un bout de chiffon imbibé de camphre, supposé préserver la santé de celui qui le porte.

Guillaume impose sa propre médecine et verse une cuillerée de whisky dans le thé des dames et quelques gouttes dans le lait des enfants plus âgés.

Malgré toutes ces précautions, une semaine plus tard, madame Lemieux est terrassée par une forte fièvre et doit s'aliter. Marie fait porter un masque de coton blanc à son mari et à chacun des enfants en leur intimant de rester à l'étage et de se désinfecter régulièrement les mains à l'alcool.

Elle prépare une mouche de moutarde qu'elle applique sur la poitrine de sa mère. Madame Lemieux est si faible que Marie doit la soutenir pour lui faire boire de l'eau chaude avec du miel, du citron et du whisky. Guillaume va chercher le médecin qui administre à sa patiente de la quinine pour combattre la fièvre.

Le lendemain, l'état de madame Lemieux se dégrade rapidement malgré les soins répétés, elle a du mal à respirer. Au soir, elle sombre dans l'inconscience et expire au matin.

La maladie est si contagieuse qu'on recommande aux gens de sortir leurs morts le plus tôt possible. Plusieurs les déposent directement sur leur galerie, où le froid les conserve en attendant le passage du croque-mort, mais Marie refuse d'allonger la dépouille de sa mère sur le perron.

Guillaume se rend chez Jos Bellavance, responsable des pompes funèbres, afin qu'il vienne rapidement chercher le cadavre. Jos est débordé par l'ampleur du désastre. Il a besoin d'aide, mais la main-d'œuvre valide se fait de plus en plus rare. Ti-Toine, empestant l'alcool, travaille du matin au soir à l'atelier de Jos pour assembler les boîtes de bois qui servent de cercueils.

— C'est le seul qui a accepté de m'aider, se lamente Jos. Les autres ont trop peur.

Guillaume revient à la maison, portant seul un cercueil rudimentaire fabriqué à la hâte, et y couche sa belle-mère, enroulée dans ses draps de lit. L'intérieur du coffre n'a aucun capitonnage. Jos manque de matériaux. Georges et Guillaume sortent la bière sur la galerie et reviennent se désinfecter.

Chaque jour amène plusieurs morts. Le curé et le bedeau ne fournissent plus à la tâche. Au presbytère, Guillaume s'entend avec le curé épuisé pour qu'un service commémoratif soit célébré plus tard.

Comme le service des pompes funèbres n'arrive pas à répondre à toutes les demandes, Guillaume et Georges transportent eux-mêmes le cercueil directement au cimetière. Parce que le sol est gelé et qu'il n'y a pas de charnier, le bedeau dépose la bière dans une fosse commune en attendant de pouvoir la mettre en terre, au printemps, dans le lot où repose monsieur Lemieux.

⁓꙰

En rentrant, Guillaume trouve Marie au salon, en larmes. Dans ses bras, Aurélie pleurniche.

— Elle est bouillante de fièvre, dit Marie, le regard éploré.

— Je vais aller chercher le médecin. Et dis à Marie-Reine de garder ses frères et sœurs en haut.

— C'est déjà fait.

Durant l'enterrement de sa mère, Marie s'est dépêchée de désinfecter la chambre et tout le rez-de-chaussée, pensant que les enfants pourraient de nouveau prendre leur repas à la cuisine. Quand Marie-Reine a descendu sa petite sœur malade, Marie a su que son cauchemar n'était pas terminé.

Quand Guillaume revient, Marie essaie de faire avaler de l'eau tiède à Aurélie. La fillette pleure, s'agite et refuse de boire. Guillaume enlève son manteau et prend Aurélie dans ses bras.

— Viens, ma mignonne. Papa va soulager le gros bobo.

Il colle sa benjamine contre sa large poitrine, lui flatte le dos pour calmer ses pleurs. Marie couvre sa fille d'un drap de flanelle. La tête enfouie dans l'épaule de son père, Aurélie se débat.

— Le docteur est au couvent, dit-il, découragé. C'est ce que madame docteur m'a crié à travers la porte barrée.

Comme Aurélie continue de hurler, il la promène tout en la faisant sautiller, comme lorsqu'elle avait des coliques. Impuissant à la consoler, il finit par la remettre à sa mère.

— Va te nettoyer les mains à l'alcool et mets un masque, dit Marie qui n'en porte pourtant pas. Je vais la coucher dans la chambre de maman et la veiller.

De la chambre, lui parviennent les bruits que fait Guillaume : il tisonne le poêle, fait couler de l'eau, ouvre les panneaux d'armoire et les tiroirs de cuisine. Depuis que la grand-maman est tombée malade, c'est lui qui se charge de sustenter la famille. Marie est si désemparée qu'elle ne ressent ni la soif, ni la faim, ni la fatigue. Elle a l'impression que le chagrin refoulé l'engourdit. « Garde tes larmes pour plus tard », lui murmure sa mère, de l'au-delà.

Les mains sur le ventre et la poitrine d'Aurélie, Marie essaie de lui communiquer sa chaleur et la fillette finit par s'endormir. Mais ce sommeil ne rassure pas la mère. De la poitrine de l'enfant monte les râlements qu'elle redoutait. Marie va chercher la bouteille d'eau bénite qu'elle garde près de la statue de la Vierge qui trône dans le salon.

Dans la cuisine, la lampe projette ses lumières dansantes tout autour de la table. La pièce est vide. Guillaume est monté. Marie retourne auprès d'Aurélie et, avec le pouce mouillé d'eau bénite, elle lui fait une onction sur le front en récitant les prières rituelles.

Revenu près d'elle, Guillaume entoure son épaule et trace à son tour le signe de croix sur le front en sueur de sa mignonnette. Les râlements cessent.

Sans dire un mot, Guillaume s'en va et revient au bout d'une heure. Aurélie semble dormir, vêtue de sa plus belle robe, les mains croisées au-dessus de la taille. Ses cheveux ont été asséchés et ses jolies bouclettes brunes encadrent son visage poupin. Marie a glissé un chapelet entre les doigts du petit ange endormi pour toujours.

Guillaume dépose sur le lit le petit cercueil de bois blond. Quand il commence à soulever l'enfant, Marie s'interpose.

— Il le faut, ma douce.

Incapable d'en supporter davantage, Marie sort de la chambre, secouée de sanglots. Avec d'infinies précautions, Guillaume dépose la petite Aurélie dans son dernier lit. Il l'entoure de sa couverture de laine. « Il fait si froid dehors », se dit-il, le cœur serré. Les yeux brouillés, il cloue le couvercle du cercueil et, sur son épaule faite pour bercer, il l'emporte dans la nuit.

Épuisée par les nuits sans sommeil, Marie a glissé dans l'inconscience. Guillaume la soulève de la chaise berçante sans qu'elle s'éveille et la dépose sur le lit de sa belle-mère. Il s'allonge près d'elle, vaincu par le chagrin et la fatigue.

Après une nuit entrecoupée de cauchemars, il s'éveille dans la chambre silencieuse. À ses côtés, Marie dort encore. Sa poitrine se soulève régulièrement. Sans faire de bruit, il se lève, ferme la porte et va chauffer le poêle qui n'a plus que quelques tisons rougeoyants. Il remplit la bouilloire pour le thé, puis va se débarbouiller et se désinfecter.

Ce matin, les enfants auront droit à un vrai déjeuner composé de gruau et de pain rôti. Guillaume monte deux plateaux qu'il laisse au haut des marches. Il juge plus prudent d'éviter tout contact avec ses enfants tant que Marie et lui n'auront pas bien désinfecté la maison.

— Marie-Reine, j'ai laissé votre déjeuner en haut de l'escalier, dit-il une fois redescendu.

— Oh, merci, dit-elle en se penchant sur la rampe. Est-ce que tout va bien, papa ?

— Aurélie nous a quittés hier soir.

— Oh, Seigneur, dit sa fille, bouleversée par la triste nouvelle. Comment va maman ?

— Ta mère dort et je la laisse se reposer. Nous vous ferons savoir quand vous pourrez nous rejoindre. Et vous autres, ça va ?

— Oui, papa, tout le monde va bien. Ne vous inquiétez pas.

À l'heure du souper, la famille se réunit autour de la table pour partager un souper chaud. En dépit de la tristesse, les estomacs en santé crient famine. Malgré les pires épreuves, tel un tyran, le corps réclame qu'on satisfasse ses besoins. La tête penchée au-dessus de sa soupe fumante, Guillaume récite d'une voix grave le bénédicité.

⁂

Sous les pluies torrentielles de novembre, les humeurs, comme le ciel, grisonnent de chagrin. Se moquant des fenêtres calfeutrées, le vent morne de l'automne s'engouffre au cœur des familles affligées. Les jours se suivent et se ressemblent quand il n'y a plus de dimanche pour faire relâche. La vie perd sa saveur quand on la passe, désœuvré, à craindre la mort. On se terre chez soi dans l'espoir d'échapper à la contamination ou dans la crainte de la transmettre à ses voisins.

Dans la cuisine des Dumas, on se croise et on s'entrelace comme on reprise un lainage troué. Chacun ressent l'urgence de rapiécer la déchirure laissée par le départ de la doyenne et de la benjamine.

Marie, penchée au-dessus de la huche à pain, travaille la farine. Guillaume se berce, les yeux perdus dans les brumes qui les isolent davantage depuis le matin. Le brouillard épais alourdit l'air ambiant.

Autour de la grande table sont rassemblés les enfants. Rachel, qui a terminé sa neuvième année en juin, apprend l'alphabet à Cécile. La jeune écolière en congé forcé est bien déçue que son école soit fermée alors qu'elle vient tout juste de commencer sa première année. Marie-Reine supervise les devoirs d'Adrien et d'Irène, tout en faisant la lecture à Émilien qui l'interrompt à tout moment parce qu'il veut sortir.

— Je veux aller jouer dehors, s'entête le petit bonhomme.

Habitué à sortir tous les jours, le gamin de bientôt cinq ans a accumulé un surplus d'énergie depuis toutes ces semaines qu'il est confiné à l'intérieur. Les livres d'histoire ont perdu le peu d'intérêt qu'ils suscitaient au début chez l'enfant contraint à l'inactivité.

— Sois gentil, dit Marie-Reine. Je t'ai dit cent fois qu'on ne peut pas sortir.

— Pourquoi? geint le garçonnet.

— À cause du bonhomme Sept-Heures, réplique Adrien, excédé d'être constamment dérangé par son cadet.

— Tu dis des menteries, intervient Irène. Le bonhomme Sept-Heures, c'est le soir qu'il se promène pour attraper les enfants désobéissants.

— Irène a raison, confirme Georges. Le jour, c'est le croque-mitaine qui s'empare des enfants tannants.

Marie pétrit de ses poings la masse luisante de la pâte à pain.

— Arrêtez de lui conter des peurs! les enjoint-elle. Georges, va chercher du bois à la cave.

Adrien, mortifié, replonge le nez dans son cahier de devoirs.

— Et toi, reprend Marie d'un ton las à l'adresse d'Émilien, si tu continues de nous achaler pour sortir, je vais t'envoyer te coucher.

Émilien, fâché, appuie son menton sur ses poings. Ne pouvant répliquer sous peine de se retrouver seul à l'étage, le petit bonhomme proteste en boudant.

— Tiens donc, on va manger du boudin pour souper, l'asticote Georges en remontant de la cave, du bois plein les bras.

Marie le regarde d'un œil sévère en recouvrant les boules de pâte d'un linge humide. Le sourire moqueur de Georges disparaît. Il dépose bruyamment les bûches dans la boîte à bois et retourne à la cave. Guillaume reste prostré sans rien dire, la tête appuyée au dossier de la chaise berçante, l'air exténué.

— Ça n'a pas l'air d'aller, remarque Marie.

— Je me sens courbaturé.

Marie se lave les mains à l'eau froide de la pompe et finit de les assécher au-dessus du poêle. Puis elle s'approche de son époux et tâte ses joues du revers de la main.

— Tu fais de la fièvre, dit-elle, l'air soucieux.

— Les enfants, dit Guillaume, vous feriez mieux de retourner dans vos chambres.

Sur un signe de tête de leur mère, chacun ramasse ses affaires, la mine triste. Ils comprennent que la grippe vient de s'attaquer à leur père. Georges fait débouler la dernière brassée de bois dans le coffre et referme le couvercle.

— Prépare-moi une ponce chaude, dit Guillaume à sa femme.

D'un pas traînant, il se retire dans la chambre du rez-de-chaussée.

— Je vais vous aider, maman, chuchote Georges.

— Merci, mon grand. Si j'ai besoin, je t'appellerai. Va rejoindre tes frères et sœurs. Il vaut mieux ne pas t'exposer inutilement.

— Mais je suis fort et pétant de santé, proteste Georges.

— S'il nous arrivait de succomber à la maladie, ton père et moi, je compte sur toi et Marie-Reine pour vous occuper de vos frères et sœurs.

Pour toute réponse, Georges exerce une légère pression de la main sur l'épaule de sa mère.

Assis au bord du lit, Guillaume prend la quinine que Marie lui sert et boit l'eau chaude additionnée de miel et de whisky.

— Ça va aller mieux après un bon somme, dit-il. J'ai juste un peu mal à la gorge.

Marie n'est pas dupe des paroles rassurantes de son époux, mais elle fait semblant de le croire, pour les aider tous deux à garder le moral. Elle allume un lampion au pied de la statue de la Vierge et s'occupe à diverses tâches. Toute la maisonnée dépend de sa vaillance pour survivre, elle doit continuer de cuire le pain, de laver la vaisselle et le linge, de balayer, cuisiner et soigner sans relâche.

Quand Guillaume se met à tousser, elle lui confectionne un cataplasme. Dans la soirée, la fièvre n'a toujours pas baissé et son homme faiblit. Elle doit l'aider à prendre sa médication.

Dans la nuit, Guillaume délire et se débat faiblement contre les monstres qui le cernent de partout. Sa combinaison de laine est trempée et Marie remonte ses couvertures dès qu'il les repousse pour livrer ses combats chimériques. Elle veut faire transpirer au maximum ce grand corps malade pour le débarrasser des mauvaises humeurs qui l'assiègent. Elle passe une débarbouillette humide sur son visage et son cou, il marmonne des sons indistincts et effleure sa main, puis il replonge dans les sombres profondeurs de l'inconscience. Marie ne saurait dire s'il dort ou s'il s'évade en douce vers un monde meilleur.

Elle reste là à le veiller, à humecter ses lèvres craquelées par l'excès de fièvre. Au matin, il ouvre des yeux hagards et elle réussit à lui faire avaler la dose de quinine recommandée et un peu d'eau tiède. L'effort demandé est si épuisant qu'il sombre de nouveau dans les brumes, marmonnant faiblement de temps à autre.

Marie doit quitter le chevet du malade pour faire chauffer le poêle et préparer le déjeuner pour soutenir les bienportants.

— Laissez-moi faire, dit Georges.

Marie ouvre la bouche pour protester, mais il la prend par le bras et l'oblige à s'asseoir dans la chaise berçante.

— Je ne vais pas vous laisser vous tuer à la tâche, maman. Tant que papa aura besoin de vos soins, je vais faire la cuisine et tout le reste. Je le fais aussi pour protéger mes frères et sœurs que vous pourriez contaminer en faisant la popote. Marie-Reine et moi, on a décidé que je ferais la navette entre les étages, mais que je n'aurais aucun contact avec les enfants.

Vaincue par la justesse des propos de son grand fils, Marie cède. Cet arrangement lui permettra de consacrer toutes ses forces au salut de Guillaume, car elle est farouchement déterminée à le sauver de l'emprise de la mort.

Au début de la soirée, Georges descend, son frère Émilien dans les bras. Le garçonnet a le regard vitreux, les joues brûlantes. Marie fait étendre l'enfant dans la grande couchette, près du lit du papa qui continue de délirer.

« Quand cela s'arrêtera-t-il ? » se demande-t-elle, à bout de force. Elle passe toute la nuit auprès de ses deux malades. Le garçonnet débordant d'énergie n'est plus qu'un petit corps inerte, bouillant de fièvre. Guillaume flotte entre deux eaux, mais il s'accroche alors qu'Émilien, lui, n'est plus du tout conscient de ce qui l'entoure.

À l'aube, Guillaume ouvre les yeux au moment où Marie ferme ceux de leur fils. Le petit homme est parti jouer très, très loin. Là où sa maman ne peut lui interdire d'aller.

Quand Marie, éplorée, se retourne, elle aperçoit le faible sourire de son mari. Guillaume a déjoué la mort, mais la grande dame noire a réussi à faucher une autre vie avant de quitter la demeure.

⤙ᴘ

Pendant qu'en France les cloches carillonnent pour annoncer qu'on a signé l'Armistice, ici sonne le glas. La petite municipalité de Cap-aux-Brumes continue d'être décimée par un ennemi invisible contre lequel on n'a pas trouvé d'arme. Ce jour du 11 novembre 1918, Émilien vient rejoindre dans la paix du cimetière sa sœur Aurélie et sa grand-maman, sa cousine Marie-Louise Joncas et sa tante Ange-Aimée.

À quelques jours de Noël, l'église ouvre ses portes aux fidèles pour la première grand-messe depuis la fermeture des édifices publics. Guillaume, affaibli et amaigri, y assiste, entouré de tous les rescapés de sa famille, qui se réduit désormais à six enfants.

Les visages couleur de neige tranchent sur les vêtements noirs de l'assemblée. Cette année, Noël s'annonce lugubre.

405

La mort a frappé à toutes les portes du village. Nulle maison n'a été épargnée.

Chacun retourne, sans joie, aux activités habituelles. Aidée de ses deux grandes filles, Marie se partage entre les clientes et les tâches ménagères. Rachel suit les traces de Marie-Reine dans l'apprentissage de son rôle de femme et de commerçante. Leur prévenance soutient Marie qui s'évade dans ses souvenirs, le regard éteint. Ses filles la surprennent souvent à examiner le portrait de famille qu'a immortalisé le photographe local au printemps dernier. Au premier rang, sont assis grand-maman Lemieux avec Émilien sur les genoux, Guillaume, Marie et Georges tenant Aurélie dans ses bras. Debout à l'arrière : Marie-Reine, Rachel, Adrien, Irène et Cécile. Ils ont tous leurs habits du dimanche, noirs, bien que le dernier deuil remonte à trois ans auparavant. Seule la petite Aurélie est en blanc. Après sa méditation, Marie repose avec précaution le cadre près de la statue de la Vierge et allume un lampion. Elle ferme les yeux et ses lèvres remuent en silence. L'une des filles retourne à la boutique et l'autre va terminer les besognes commencées à la cuisine.

⁓

Le 1ᵉʳ janvier 1919, le gouvernement fédéral accorde le droit de suffrage à toutes les Canadiennes de plus de 21 ans.

C'est un pas vers la reconnaissance de la femme. Et il n'est pas négligeable compte tenu des mentalités lentes à changer. Dans la province de Québec, le gouvernement, pourtant, n'est pas prêt à reconnaître ce droit aux femmes. Il se trouve encore des hommes qui prétendent que la femme est un être inférieur et qu'elle n'est pas dotée d'intelligence.

En d'autres temps, Marie applaudirait ce nouveau privilège que le gouvernement fédéral octroie aux Canadiennes. Mais elle n'a plus la force de mener ce type de combat… Elle a épuisé toutes ses munitions dans ses dernières luttes contre les attaques sournoises de la grippe espagnole.

⁓

Soulagé des quintes de toux qui l'ont secoué durant l'hiver, Guillaume reprend la mer. Il a réchappé à la terrible maladie, mais ses bronches et ses poumons en gardent des séquelles. Marie a ajouté une doublure d'agneau à son manteau et lui a remis des bouteilles de sirop de sapin concocté par ses soins. Guillaume aurait préféré continuer de se soigner au whisky, mais les réserves sont épuisées.

⁓

La Presse publie, le 16 mai 1919, un éditorial intitulé « Salut nos braves » : « C'est cet après-midi que le 22e régiment canadien-français doit débarquer à Halifax, après une traversée qui, jusqu'à présent, a été on ne peut plus heureuse. »

Le régiment, parti le 20 mai 1915, retourne à Montréal le 19 mai 1919. Il a fallu six mois après l'armistice pour que le « glorieux 22e régiment canadien-français », comme les journalistes le qualifient désormais, revienne enfin au pays.

Au grand bonheur de Marie, Jean et Gabriel sont rapatriés et reviennent avec tous leurs membres ! Ce n'est que plus tard que leur tante se rend compte que c'est à l'intérieur que se cachent leurs blessures. Les jeunes hommes autrefois pleins d'allant sont devenus taciturnes. De concert avec Marie-Reine et Rachel, Marie et Léonie s'arrangent pour distraire ces éclopés de l'âme. Les soirs, en semaine, elles organisent divers tournois et, le dimanche, d'amusants pique-niques au bord du fleuve.

Plusieurs familles de Cap-aux-Brumes pleurent un héros mort au champ d'honneur. La Grande Guerre a causé plus de morts et de destructions que toute autre guerre avant elle. On estime qu'elle a fait environ 10 millions de morts, dont 60 000 soldats canadiens, en plus de 20 millions d'invalides.

Ces quatre années de conflit ont révélé au monde les multiples progrès accomplis grâce au génie humain. Et le monde en a été effrayé, car les développements techniques et scientifiques ont changé le visage de la guerre. Les gaz asphyxiants ont démontré l'inutilité des tranchées à protéger les soldats contre le feu de l'ennemi. Les canons, telle la Grosse Bertha des Allemands, ont prouvé qu'ils pouvaient anéantir des forts jugés imprenables lors des conflits précédents. Les sous-marins, tapis au fond des mers, ont traîtreusement coulé plusieurs navires, dont le luxueux paquebot *Lusitania* de la Cunard Line, provoquant 1 134 décès parmi lesquels on comptait 115 Américains et plusieurs Canadiens. Et, en plus de toutes ces horreurs, la mort est en plus venue du ciel avec les tirs provenant des dirigeables et des aéroplanes.

Avant la guerre, on s'était bien moqué des premiers aviateurs qui prétendaient voler comme les oiseaux et on s'amusait à prédire qu'ils se casseraient le cou. Comment se surprendre d'un tel scepticisme quand la première automobile apparue au village quelques années auparavant avait causé un tel émoi ? Les gens s'étaient massés autour d'elle pour l'examiner sous tous les angles. Le nouveau moyen de locomotion constituait une curiosité jugée bien inutile puisque le véhicule moderne ne pouvait transporter que deux personnes qui restaient exposées aux intempéries. «C'est un jouet de riche», avaient décrété les villageois tout de même impressionnés par la mécanique. «Les hommes seront punis pour leur orgueil insensé», avaient prophétisé les réfractaires au progrès devant chacune des inventions de ce nouveau siècle que les jeunes accueillaient avec enthousiasme.

Et, comme pour donner raison aux prophètes de malheur, la grippe espagnole s'est ensuite répandue sur tous les continents, sans distinction de races. Elle a fauché sans pitié ceux que la guerre avait épargnés. Le nombre de ses victimes, bien qu'impossible à déterminer, dépasse largement celui de la guerre.

Un autre grand projet fait jaser la population de la province depuis le début du siècle et suscite divers commentaires. Après bien des déboires, le 22 août 1919, le journal annonce l'inauguration officielle du pont de Québec par le prince de Galles. C'est le plus long pont de type cantilever au monde et certains le qualifient de «huitième merveille du monde».

Avant la construction du pont, la seule façon de traverser de Lévis à Québec était le traversier, durant la saison navigable. L'hiver, le fleuve était constellé de blocs de glace. Mais, en raison des forts courants, il arrivait rarement que les eaux gèlent suffisamment pour former un pont de glace. Pour se rendre d'une ville à l'autre, les riverains avaient recours à des canotiers intrépides qui devaient pousser leur canot sur la glace en s'y cramponnant de manière à pouvoir y embarquer rapidement quand l'embarcation touchait l'eau glaciale. En plus de l'inégalité des glaces à franchir qui compliquait la tâche, la traversée était également hasardeuse à cause de la force des courants et des marées fluctuantes qui pouvaient déporter les canots très loin de leur destination.

À la fin du XIXe siècle, il devint évident qu'un pont ferroviaire était nécessaire pour acheminer marchandises et voyageurs à Québec. Le 2 octobre 1900, sir Wilfrid Laurier, premier ministre du Canada, posa la pierre angulaire du pont.

Par la suite, deux tragédies manquèrent mettre fin au projet. Le 29 août 1907, la partie sud du pont s'effondre. Des 100 travailleurs qui s'y trouvent, 76 sont tués et les autres sont blessés. On décide plus tard de reprendre les travaux, mais le 11 septembre 1916, alors qu'on élève la travée centrale préfabriquée à l'aide de quatre crics hydrauliques, un bruit épouvantable se fait entendre. La masse de fer plonge dans les profondeurs du fleuve, emportant cette fois 13 personnes.

La construction, au coût total de 25 millions de dollars, est achevée en août 1917. Le 3 décembre de la même année, le pont de Québec est ouvert au trafic ferroviaire.

Quand *La Cigale* approche du cap Diamant surmonté du Château Frontenac, Guillaume admire la silhouette gracieuse de la colossale passerelle de fer. On dirait une dentelle de métal accrochée aux deux rives et suspendue entre ciel et fleuve. Et cette broderie d'acier est capable de supporter les lourds mastodontes du rail ainsi que les conducteurs les plus hardis qui empruntent cette voie vertigineuse.

Si certaines des dernières inventions des hommes causent maints préjudices au genre humain, cet ambitieux projet démontre de façon spectaculaire les avantages qu'offrent les progrès accomplis depuis le début du XXe siècle.

10

Cap-aux-Brumes, 1919

Les champs de bataille ont bu le sang des guerriers, mais à la fin des affrontements, les hommes, privés d'alcool et désabusés par le carnage, ont le gosier sec. La population de la province de Québec conteste la Loi sur la prohibition. Par référendum, le 10 avril 1919, la province francophone se distingue des autres en permettant la vente de bière, de vin et de cidre. Elle devient la seule province du Canada où la prohibition n'est pas totale. Cependant, les municipalités demeurent libres d'interdire l'usage d'alcool sur leur territoire.

Guillaume, dont la cave est vide, retourne remplir sa cale aux îles Saint-Pierre et Miquelon, territoire français où l'alcool de qualité qu'on y trouve vaut son pesant d'or. Celui distillé par les alambics clandestins de la province peut causer la cécité et même s'avérer mortel. À la fin de l'hiver, Guillaume retrouve Ti-Toine gisant dans son lit, le teint cyanosé, rigide et bien conservé par le froid qui a envahi sa maisonnette. Sur la table encombrée de vaisselle sale trône la canisse de boisson frelatée qui a empoisonné le matelot solitaire.

Le curé de la paroisse, horrifié par ce drame, exhorte de plus belle ses fidèles à la tempérance. Tous les dimanches, ses sermons s'étirent interminablement, car il doit aussi condamner la nouvelle mode qui dégage le cou, les bras et les jambes des femmes. Il doit rappeler à ses ouailles que l'évêque du diocèse interdit la danse et il cible en particulier le charleston, la nouvelle danse qui fait fureur. Le cinéma est également mis au ban et le pasteur met en garde ses paroissiens contre les dangers des «vues animées». Il tempête contre les mœurs dissolues de la jeunesse et le relâchement coupable des parents éblouis par le modernisme.

Le dimanche, Marie et ses filles se conforment aux normes de modestie édictées par l'évêque. Elles ajoutent un col de dentelle pour cacher la naissance du cou jugée indécente par les autorités religieuses. Le bas de leurs jupes est allongé pour atteindre la hauteur réglementaire de cinq pouces à partir du sol. Mais, en semaine, Marie-Reine et Rachel raccourcissent leur jupe en la roulant à la ceinture. Quand leurs manches sont trop courtes pour la visite dominicale au Seigneur, elles endossent une veste qu'elles enlèvent dès la sortie de l'église.

Les cols de dentelle de Marie-Reine s'envolent si vite que Rachel et Marie se mettent elles aussi au crochet. Les voyant crocheter dès qu'elles ont un moment de libre, Irène et la jeune Cécile s'initient au crochet et à la broderie.

Durant les vacances scolaires, c'est au tour d'Adrien d'apprendre les rudiments du métier de marin et les femmes se retrouvent seules à la maison. Jean et Gabriel se sentent responsables d'assurer leur sécurité. En compagnie de leurs jeunes cousines, le dynamisme propre à la jeunesse refait surface et les deux jeunes hommes décident de reprendre les études qu'ils ont dû interrompre à cause de la guerre.

Tout naturellement, de tendres liens se tissent entre Jean et Marie-Reine, de même qu'entre Gabriel et Rachel. Craignant que le cousinage ne se transforme en amourette, un soir, Marie aborde le sujet des mariages consanguins et informe ses filles des risques qui y sont reliés. Elle les avertit que les cousins germains désireux de se marier doivent obtenir une dispense de l'évêque. Enfin, pour achever de les décourager, elle leur raconte la triste histoire de la progéniture maladive d'un couple de cousins qui avaient osé s'épouser malgré les avis défavorables.

— Vous n'avez pas à vous inquiéter, maman, dit Rachel en mettant de côté ses travaux de crochet. Gabriel et moi ne sommes pas amoureux l'un de l'autre.

— Quant à moi, déclare Marie-Reine en continuant de crocheter un énième collet, je n'ai pas l'intention de me marier.

— Veux-tu bien me dire pourquoi tu ne veux pas te marier ? ricane Rachel. As-tu l'intention d'entrer chez les sœurs ?

— Je ne me sens pas attirée par la vocation religieuse, répond placidement Marie-Reine.

— Tu veux rester vieille fille, alors ? se moque Rachel.

— Ta sœur a le droit de choisir sa vocation, intervient Marie. Et dis-toi bien, Rachel, que je ne supporterai pas que tu traites ta sœur de vieille fille.

— À ce que je sache, rester célibataire n'est pas une vocation, proteste Rachel.

— Tu appelleras le célibat comme tu voudras, déclare Marie en la toisant d'un œil sévère, mais je ne te permettrai pas de te moquer du choix de ta sœur.

— On ne peut même plus faire des blagues, maugrée Rachel en reprenant son crochet.

Marie-Reine continue de crocheter paisiblement. Pourtant, Marie perçoit un léger tremblement dans les mains affairées de sa grande fille. Elle brûle de connaître les raisons qui poussent son aînée à renoncer à l'amour, mais pour ne pas heurter sa sensibilité elle renonce à la questionner devant Rachel. Ce soir, elle perçoit une tension et un chagrin qu'elle n'avait pas soupçonnés et, comme mère, elle se sent coupable de n'avoir rien décelé jusqu'à présent. Sa grande fille si raisonnable n'a jamais eu d'amoureux et Marie se rend compte que Guillaume et elle auraient dû se préoccuper davantage de la vie sociale de leurs filles et organiser des veillées, comme dans sa jeunesse lorsque son père invitait sans façon tout le canton à venir se trémousser. Les garçons et les filles avaient ainsi l'occasion de faire connaissance et il n'était pas rare qu'un prétendant vienne par la suite rendre visite à la famille en vue de courtiser la belle qui avait fait battre son cœur un peu plus vite que l'essoufflant quadrille.

Puisque Guillaume est parti en mer pour longtemps, Marie décide de faire appel à son beau-frère. Paul-Émile devrait voir là un bon moyen d'intéresser ses fils à revenir s'établir dans la région après leurs études et Marie n'aura pas l'air d'une mère qui cherche à caser ses filles si c'est son beau-frère qui invite. «Il est temps d'oublier nos chagrins et de préparer l'avenir», se dit-elle, convaincue que Marie-Reine reviendra sur sa décision quand elle rencontrera l'amour.

Quand Marie parle de son projet à Paul-Émile, il objecte qu'en raison des deuils qui ont affecté toutes les familles du village, il serait prématuré et mal vu d'organiser une veillée de danse. Le sage Paul-Émile ne veut pas heurter sa clientèle, mais il finit par consentir à organiser un grand pique-nique, un dimanche après-midi, avant le départ de ses fils.

— À vingt ans, il est temps que Paulette vive une vie normale de jeune fille, admet-il à la satisfaction de sa belle-sœur.

Marie a l'impression de s'éveiller d'un trop long sommeil. À l'âge où la vie s'ouvre à toutes les possibilités d'avenir pour leurs enfants, elle prend conscience qu'aucun d'eux ne fréquente une personne de l'autre sexe.

— Nos filles sont pourtant jolies, dit-elle. Comment se fait-il qu'elles n'aient pas encore de soupirant?

— N'oublie pas, Marie, que la plupart des garçons de leur âge sont allés à la guerre. Pendant ce temps, les autres étaient cachés dans les bois ou réformés pour raison médicale. Quant à ceux qui se mariaient pour éviter d'être appelés sous les drapeaux, n'en parlons pas. J'aime autant que nos filles aient eu la sagesse d'attendre plutôt que de se marier à la va-vite.

— Tu as bien raison. Ces mariages conclus pour de mauvaises raisons ne sont pas tous heureux, c'est certain.

Marie pense à Mathilde Tremblay, la fille de madame Dondon, qui a épousé un grand flanc mou que personne ne veut embaucher. Le vaurien n'est bon qu'à lui faire des marmots. Après deux ans de mariage, la pauvre Mathilde a donné naissance à deux bébés et sa mère a confié récemment à Marie qu'elle en a un autre «dans le tiroir». Le couple vit chez les parents du fainéant et Mathilde se plaint que sa belle-mère passe son temps à la houspiller.

— Qu'est-ce qui te fait sourire? s'enquiert Paul-Émile.

— Oh, dit Marie revenant à la réalité. Je pensais au pique-nique de dimanche. J'espère qu'on aura du beau temps.

Pour rien au monde elle n'avouerait que les doléances de Mathilde lui procurent un certain plaisir. Durant leur scolarité, la fille de madame Tremblay s'est appliquée à torturer Marie-Reine de toutes les façons possibles. «Elle n'a pas volé ce qui lui arrive, se dit Marie. Si je devais plaindre quelqu'un, ma sympathie irait plutôt à la belle-mère aux prises avec une telle chipie.»

— S'il fait mauvais, nous le ferons quand même, ce pique-nique, l'assure Paul-Émile. Le père Alphédor se fera un plaisir de nous prêter sa grange et son terrain en bordure du fleuve.

— Tu es plein de ressources, le complimente Marie. Bon, il faut que je file.

~ ~

Quelques jours avant la rentrée scolaire, Adrien revient à la maison, le teint halé. Les coutures de ses manches de chemise risquent de céder sous la pression de ses bras musclés.

— Bon Dieu que tu as grandi! s'écrie Marie en venant à sa rencontre.

Adrien sourit d'aise. Il dépasse maintenant sa mère d'un bon pouce.

— Avez-vous foulé durant l'été? taquine-t-il sa mère.

— Ça doit être ça! répond-elle, espiègle. Les pluies de l'été étaient si chaudes…

— Allons, cesse de faire le drôle et embrasse ta mère, réplique Guillaume qui vient d'entrer, suivi de Georges.

L'œil brillant et le sourire épanoui à la vue de son époux, Marie fait l'accolade à ses deux fils et se blottit ensuite dans les bras de Guillaume, le temps d'une brève embrassade et d'un léger effleurement du bassin, question de l'aguicher discrètement et de lui signifier son désir. Guillaume l'enlace un peu plus fort et plaque un baiser sonore sur la joue de sa douce. Ils devront se contenter de ça jusqu'au moment du coucher…

À la suite de leur mère, les filles viennent accueillir leur père et leurs frères. Marie remarque qu'elles s'animent comme si elles revenaient soudain à la vie. Les compliments fusent de toutes parts. Les demoiselles s'exclament sur la bonne mine des arrivants, et les garçons, fondant sous cet accueil chaleureux, déversent sur leurs sœurs les commentaires les plus flatteurs. En les observant, Marie se dit qu'une maison sans homme ressemble à un couvent austère.

Après le souper, Guillaume fume tranquillement sa pipe auprès de Marie qui tricote des mitaines. Au bout de la table, Marie-Reine se concentre sur un travail au crochet. Georges et Adrien sont allés rendre visite à leurs cousins. Rachel, penchée sur l'évier, lave la vaisselle avec tant de célérité que ses deux jeunes sœurs peinent à tout essuyer.

— Arrêtez de lambiner, les réprimande-t-elle en leur jetant un coup d'œil de travers.

— T'es bien pressée, s'étonne Guillaume. As-tu si hâte que ça d'aller te coucher?

— Je ne m'endors pas, rétorque Rachel. C'est juste que j'aime pas m'éterniser sur la vaisselle.

— C'est parce que son cavalier s'en vient veiller, explique Irène, l'air moqueur.

De sa chaise berçante, Marie fait discrètement signe à Guillaume de la suivre. Une fois au salon, elle l'informe que la jolie Rachel est courtisée par le fils de l'épicier.

— Mais elle n'a que seize ans, s'insurge Guillaume.

— Seize ans et demi, te ferait-elle remarquer, dit Marie en riant.

Guillaume en reste pantois. Marie comprend que, tout comme elle, son époux s'attendait à ce qu'un de leurs enfants devienne amoureux. Mais ils étaient persuadés que ça commencerait par l'aînée.

— Je suis d'accord avec toi qu'elle est un peu jeune, poursuit Marie pour atténuer le choc. Mais que veux-tu qu'on y fasse? Benjamin est un garçon sérieux et travaillant. C'est lui qui va prendre la relève de son père un jour.

— Quel âge il a, ce Benjamin? s'enquiert-il d'un ton grognon.

— Vingt-deux ans. Il est en âge de penser au mariage et il est éperdument amoureux de notre Rachel, plaide Marie.

Guillaume fronce les sourcils, l'air contrarié.

— C'est un bon parti pour notre fille, insiste Marie.

— Un bon parti, je te l'accorde, reconnaît Guillaume. Mais Rachel ne peut pas se marier si jeune, et surtout pas avant sa sœur aînée.

— J'ai bien peur qu'il faille s'y résigner, soupire Marie. Marie-Reine affirme qu'elle ne veut pas se marier.

— Elle ne veut pas se marier? répète Guillaume, ahuri.

Il fixe sa femme comme s'il espérait se faire confirmer qu'il a mal entendu. Marie lève les bras en signe d'impuissance.

— Elle veut donc entrer au couvent, se désole-t-il. C'est bien pour dire, mais j'aurais jamais imaginé notre Marie-Reine en bonne sœur.

— Elle dit qu'elle veut rester célibataire.

Guillaume la regarde, de plus en plus sidéré.

— Comment une jeune fille intelligente et équilibrée peut-elle décider de rester vieille fille? s'emporte-t-il.

Marie lui fait signe de baisser le ton.

— Est-ce qu'elle t'a dit pourquoi elle a pris cette… décision? chuchote-t-il.

— Non, confesse Marie. Et je n'ai pas osé lui demander. Elle me paraît malheureuse et j'ignore pourquoi. Et puis tu la connais, elle est si secrète qu'elle risque de se buter si je la questionne. J'attends que ça vienne d'elle.

Trop hébété pour parler, Guillaume fixe le vide. Marie entend prouver à son époux qu'elle n'est quand même pas restée sans rien faire:

— Paul-Émile a organisé un grand pique-nique pour permettre à nos grands enfants de rencontrer les autres jeunes du village et j'espérais que Marie-Reine s'intéresserait à l'un des beaux soldats couverts de gloire qui sont revenus au pays, mais…

Guillaume sort de sa torpeur pour ajouter :

— Je finirai bien par connaître ses raisons, dit-il d'un ton déterminé. Quant au soupirant de Rachel, je vais lui faire comprendre qu'il devra patienter une couple d'années.

— C'est long deux ans quand on s'aime, murmure Marie.

— S'il l'aime vraiment, il attendra, tranche-t-il.

Ainsi a parlé le chef de famille et Marie comprend qu'elle ne doit pas contrarier son époux. Il peut se montrer encore plus buté que l'est Marie-Reine. Elle se dit qu'il ne lui reste plus qu'à essayer d'adoucir les angles auprès des amoureux pour les aider à patienter.

<p>

Quelques jours plus tard, Guillaume lève l'ancre. Adrien retourne au collège, fier de dépasser en taille tous ses compagnons de classe. Irène et Cécile délaissent le crochet pour reprendre docilement le sentier des écoliers. Rachel erre dans la maison, les paupières rougies. Son amoureux a tenté en vain d'obtenir la permission de se fiancer aux fêtes et de célébrer leur mariage à l'été. Guillaume est demeuré inflexible : deux ans d'attente ! C'est à prendre ou à laisser, a-t-il proféré d'un ton sévère. En plus d'être dépitée, Rachel se sent offensée que son père traite ses amours aussi froidement que s'il s'agissait d'un contrat d'affaires. Quant à Marie-Reine, Guillaume n'a rien pu en tirer. Comme l'avait redouté Marie, sa fille aînée semble maintenant plus malheureuse qu'avant l'intervention malencontreuse de son père.

Parce que Marie comprend combien il peut être préjudiciable de contrarier la nature profonde d'une jeune personne, elle se creuse les méninges pour trouver une solution qui puisse démêler cet écheveau de contrariétés qui mine son foyer.

Marie-Reine affiche une figure désespérée. Marie croit qu'elle se sent responsable du chagrin de sa sœur, en plus de supporter la tristesse qui l'accablait déjà, car elle a pris conscience que le regard perdu dans le vague de sa fille était le signe d'un tourment intérieur profond.

L'aimable et vive Rachel se rebelle et déverse sa colère en larmes stériles. Marie tremble à l'idée que la révolte qui la secoue la pousse à des actes déplorables. Tant de jeunes filles ainsi contrariées dans leurs amours se sont mises dans une situation forçant leurs parents à les marier de toute urgence pour éviter le déshonneur!

Guillaume s'est toujours montré tendre et compréhensif envers ses enfants et Marie ne s'explique pas ce revirement. Elle espère que Georges pourra ramener son père à de meilleurs sentiments. «Je vais tâcher de lui faire comprendre le bon sens», lui a-t-il dit avant leur départ. Mais si Guillaume devait rester campé sur ses positions, qu'adviendra-t-il de sa famille si unie auparavant? Marie se sent déchirée entre son amour pour son époux et celui qu'elle voue à ses enfants. Comment parviendra-t-elle à les réconcilier?

～ᴘ

— Marie-Reine, à partir d'aujourd'hui tu vas t'occuper seule du magasin pendant que Rachel et moi ferons le ménage et la popote. Je veux apprendre à ta sœur tous les secrets que doit connaître une ménagère accomplie.

Marie, douée de sens pratique, a décidé de prendre les moyens à sa portée pour encourager ses deux grandes filles.

Si Marie-Reine maintient sa décision de ne pas se marier, elle devra pouvoir compter sur elle-même pour assurer sa survie quand ses parents ne seront plus là. Jusqu'à présent, sa participation au commerce se bornait à seconder sa mère et à fabriquer des pièces d'artisanat qu'elle mettait en vente. Marie entend la former désormais à tous les aspects de la tenue d'une boutique : préparation des commandes, collection des comptes en souffrance, inventaire et comptabilité.

Quant à Rachel, elle va lui démontrer qu'elle a encore beaucoup à apprendre pour tenir convenablement une maison. Marie lui fera valoir qu'elle pourra mettre à profit le délai imposé par son père pour se monter un trousseau bien garni et digne de la condition sociale de son futur époux.

Ce matin, Marie l'initie à la préparation du pain. Elle lui explique les différentes étapes et lui fournit au fur et à mesure les consignes nécessaires en vue de leur exécution. En débutante maladroite, Rachel commence la boulange en se poudrant copieusement de farine. Elle en a plein les narines et se met à tousser. Ses yeux piquent et deux longs sillons de larmes strient la blancheur de ses joues de Pierrot.

Après chacune de ses gaucheries, Marie lui montre de quelle façon s'y prendre. La douceur de Rachel la dessert quand vient le temps de pétrir la pâte.

— Il faut y mettre plus de force, insiste Marie. Sinon le pain ne lèvera pas, il sera lourd et dur comme la pierre.

Devant les échecs répétés des poignets et des mains fragiles de Rachel, Marie la défie d'un air espiègle.

— Figure-toi que la boule de pâte est quelqu'un contre qui tu es très en colère et frappe-la de toutes tes forces.

Le conseil déclenche le fou rire chez la mère et la fille qui pensent en même temps à une personne que la charité chrétienne les empêche de nommer.

— Voilà qui est mieux, dit Marie devant les coups de poing rageurs de Rachel.

— Est-ce pour cette raison que vous réussissez si bien votre pain, maman ?

— Ça arrive, confie Marie.

~✐

Au retour de Guillaume à la fin de la saison de navigation, Rachel a recouvré sa bonne humeur et Marie-Reine a abandonné ses airs de *mater dolorosa*. L'accueil chaleureux de ses filles répand un baume sur sa conscience bourrelée de remords. Au cours des dernières semaines, le plaidoyer de Georges lui a fait prendre conscience de son bête aveuglement, mais il est trop orgueilleux pour admettre ouvertement ses torts.

Dans son bagage, il rapporte à Marie-Reine un journal intime muni d'une serrure. Il a pensé que si sa fille ne voulait pas s'ouvrir à ses parents, elle arriverait peut-être à confier ce qui la tourmente à son journal. Pour Rachel, il a choisi un album de photographies afin qu'elle y conserve le portrait de son bien-aimé et ceux des êtres qui lui deviendront chers au cours des années à venir. Dans un écrin de velours, se love une chaîne en or où pend une breloque en forme de cœur. Il veut ainsi signifier à sa douce tout l'amour qu'elle lui inspire et lui demander muettement pardon pour son emportement ridicule. À tous les membres de la famille, le père repentant offre un présent, leur rappelant à sa manière l'amour infini qu'il éprouve pour chacun.

~✐

Le samedi suivant le retour du capitaine, Benjamin se présente à la maison des Dumas les jambes flageolantes. Guillaume a si bien refroidi le jeune homme qu'il s'en est fallu de peu qu'il ne renonce temporairement à Rachel. L'air pitoyable, il a déclaré à sa dulcinée qu'il était prêt à l'attendre jusqu'à ce qu'elle atteigne l'âge où l'on peut se dispenser de l'approbation des parents. Se sentant incapable de supporter une rupture aussi longue, elle l'a convaincu de poursuivre leurs fréquentations en se montrant résigné et déférent. Benjamin a reconnu que deux années de soumission étaient un bien léger tribut à payer pour avoir le bonheur de voir sa jolie Rachel tous les « bons soirs » permis par les usages. Depuis lors, tous les mardis, jeudis et samedis, Benjamin se présente dans son habit du dimanche chez les parents de sa belle. En l'absence du capitaine, le prétendant a commencé à se détendre. Benjamin a tout de suite senti que Marie était sa meilleure alliée et le jeune homme vénère sa future belle-mère.

Soumis au regard inquisiteur de son beau-père, Benjamin se tient à distance respectueuse de Rachel. Revenu du choc initial, Guillaume convient que le prétendant de sa fille a une belle personnalité et qu'il présente les meilleures garanties que l'on puisse souhaiter en pareilles circonstances. Selon Marie, le jeune homme a la réputation d'être courtois, bon travaillant et sérieux. « Figure-toi que Rachel est la première fille qu'il fréquente, lui dit-elle. Donc, ce n'est pas un coureur de jupon et ses parents sont d'honnêtes gens. »

Elle le rassure aussi quant au délai de deux ans : l'amoureux de leur fille le juge raisonnable. Quand Marie lui raconte l'épisode de la première boulange de leur fille, en omettant cependant le conseil pour le pétrissage, Guillaume serre tendrement sa douce.

Guillaume s'estime choyé d'avoir une compagne de la trempe de Marie et il souhaite que l'union de sa fille avec Benjamin connaisse la même félicité. Heureux de la tournure des événements, il débouche une bouteille du délicieux vin de merise de sa douce. L'arôme fruité du nectar chatouille ses narines. Il verse avec précaution la boisson d'un rouge clair et limpide dans de petits verres ballon aux motifs de boutons d'or.

— À la santé des amoureux, dit-il en faisant tinter son verre contre celui de Marie.

Le mardi 13 janvier 1920, Benjamin participe à la fête familiale improvisée pour souligner les vingt ans de Marie-Reine. Réunis au salon, Paul-Émile, Léonie, Paulette et Guillaume, en se balançant, entonnent à l'unisson la chanson de circonstance :

> *On n'a pas tous les jours vingt ans,*
> *Ça nous arrive une fois seulement,*
> *C'est le plus beau jour de la vie,*
> *Alors on peut faire des folies,*
> *L'occasion, il faut la saisir,*
> *Payons-nous un petit peu de plaisir,*
> *Nous n'en ferons pas toujours autant,*
> *On n'a pas tous les jours vingt ans.*
>
> *On n'a pas tous les jours vingt ans,*
> *Ça nous arrive une fois seulement,*
> *Et quand vient l'heure de la vieillesse,*
> *On apprécie mieux la jeunesse*
> *De ce beau temps si vite passé*

On n'en profite jamais assez…
Et plus tard on dit tristement:
« On n'a pas tous les jours vingt ans! »

Marie-Reine sourit et, en la voyant si réservée, Marie prie pour que sa grande fille connaisse un jour l'amour qui fait vibrer le corps, le cœur et l'âme, et qui vous fait oublier tous les « jamais » énoncés dans le passé avec autant de sincérité que d'inconscience.

Dans l'après-midi, Marie et Guillaume ont proposé à Marie-Reine de l'aider à ouvrir un commerce, comme celui de sa mère, dans une paroisse voisine. Marie-Reine a été si surprise de la confiance et de la générosité de ses parents qu'elle a elle-même soulevé les objections qu'ils auraient dû formuler si elle leur avait présenté une telle demande.

— Nous te faisons confiance, ont allégué Marie et Guillaume.

Marie-Reine, affichant toujours son air sérieux, en a rosi de plaisir.

— Mais que vont penser et dire les gens? s'est-elle inquiétée.

— Nous nous en soucions comme d'une guigne, a dit Guillaume. On ne peut rien faire pour empêcher les gens de jaser.

— Il s'en trouve toujours pour nous critiquer quoi que l'on fasse, a ajouté Marie.

De concert avec Guillaume, Marie a décidé que c'était la meilleure chose à faire pour leur fille.

— Avec un cheval rétif, a dit Guillaume quand Marie a commencé à lui faire part de son idée, il vaut mieux parfois lâcher un peu la bride.

— Je ne crois pas qu'elle soit rétive, a dit Marie. J'ai l'impression que, pour une raison que nous ignorons, notre fille se refuse ce bonheur. Mais si elle renonce au mariage, elle doit commencer à s'assumer.

~∘~

Trois jours plus tard entre en vigueur le Volstead Act prohibant la fabrication, l'importation et le commerce d'alcool aux États-Unis. Au Canada, même dans les provinces où la consommation de spiritueux est défendue, il est permis d'en fabriquer pour des raisons militaires, médicales et même pour l'exportation. Il va sans dire que le pays connaît un nombre accru de malades qui achètent en toute légalité l'alcool canadien. Le reste de la production canadienne est exportée à Saint-Pierre et Miquelon où l'alcool peut être vendu et acheté légalement. De là, le précieux liquide repart très vite vers d'autres destinations, dont les États-Unis. Cette façon d'échapper au contrôle gouvernemental fait en sorte que le Canada peut prétendre qu'il respecte la loi américaine.

Au printemps, Guillaume augmente la fréquence de ses voyages « outre-mer », mais renonce à livrer sa cargaison sur la côte américaine où la présence de *La Cigale* paraîtrait suspecte à la police qui patrouille la côte est. Comme un réseau de distribution clandestin s'organise dans les Maritimes, Guillaume décharge de temps à autre une cargaison en Nouvelle-Écosse. Il fait aussi parfois escale le long de la côte gaspésienne où un autre réseau distribue les spiritueux aux commerçants de la région. Ses clients locaux ne sont pas oubliés non plus et il continue à livrer réguliè-rement du bois à Québec pour conserver une apparence légitime à ses activités.

~∘~

Marie confie la maison et la boutique aux bons soins de Rachel, à la condition expresse que Benjamin renonce à venir à la maison durant son absence. Marie-Reine et elle ont retenu les services d'un charretier pour les conduire au village de Belles-Terres, situé dans l'arrière-pays à environ dix milles de Cap-aux-Brumes. Selon ce que Marie a entendu dire, le village est desservi par le seul magasin général et les dames de l'endroit doivent se procurer leurs tissus à l'extérieur. L'une d'elles, venue s'approvisionner à la boutique de Marie, lui a offert de les héberger et de les aider dans leurs démarches pour y établir le commerce de Marie-Reine. Elle est si enthousiaste à l'idée d'avoir enfin ce genre de boutique dans son patelin qu'elle propose de garder Marie-Reine en pension.

— Tu vois, dit par la suite Marie à sa fille, quand on est vraiment déterminé à faire quelque chose, on dirait que les portes s'ouvrent d'elles-mêmes devant nous.

⁓〇

Marie revient de Belles-Terres pour la troisième fois. L'ouverture de la boutique de Marie-Reine a eu lieu la veille et elle n'a pas désempli de la journée. Madame Dumont, sa logeuse, lui a fait une telle publicité que toutes les villageoises et une partie des femmes habitant les rangs de la paroisse se sont donné rendez-vous pour l'ouverture. Les recettes de la journée ont largement dépassé les plus folles espérances de sa fille.

— Il faut t'attendre à te tourner les pouces dans les jours à venir, lui dit Marie en soirée. Elles ne vont pas revenir avant un bon bout de temps.

— Ça va me donner le temps de remplacer la marchandise écoulée, répond Marie-Reine, la mine réjouie. Dans l'intervalle, je vais occuper mes dix doigts aux travaux d'artisanat.

◆

Marie est en train de réunir les articles les plus urgents à faire parvenir à Marie-Reine quand la clochette de la porte se fait entendre. Elle lève les yeux et aperçoit madame Tremblay, coiffée de son vieux chapeau de paille noire dont elle vient de changer le ruban afin de le faire passer pour neuf.

— Quel bon vent vous amène? dit Marie qui a adopté cette petite phrase de bienvenue pour accueillir la commère qui lui fait plutôt penser à une rafale décoiffante.

— Marie-Reine est pas là, coudon? demande l'autre hypocritement.

Marie a déjà eu vent des cancans qui circulent grâce à la sollicitude de sa bavarde cliente et elle attend le cœur ferme les questions indélicates de l'enquêteuse en chef du village. Le chapeau légèrement de guingois en raison de sa précipitation à se lancer dans la recherche de nouveaux potins à galvauder, madame Dondon se dandine à petits pas pressés vers le comptoir où elle doit s'appuyer, le souffle court. La main sur la poitrine, elle reprend son haleine en soufflant comme une baleine.

— Doux Jésus! s'exclame Marie. Vous devriez ménager votre cœur, madame Tremblay. Si vous continuez de courir comme ça, vous risquez de faire une crise d'apoplexie.

— Vous pensez? halète-t-elle.

Marie hoche gravement la tête pour confirmer le danger. La bouche de la frêle bavarde prend la forme d'un accent circonflexe et son teint pâlit d'effroi.

— Vous devriez retourner chez vous et vous étendre une heure ou deux, suggère Marie, le ton plein de sollicitude.

Sur les entrefaites, Rachel arrive inopinément et madame Tremblay se redresse, le sourire aux lèvres, oubliant le péril de la crise cardiaque prédit par Marie.

— C'est pour quand les noces avec le beau Benjamin, coudon ? Ça fait pas loin d'un an que vous sortez ensemble, si je me souviens bien. C'est pas conseillé, les longues fréquentations...

Rachel regarde sa mère, quêtant silencieusement son appui.

— Rachel n'a que dix-sept ans, c'est un peu jeune pour se marier, vous ne trouvez pas ?

— Comme ça, c'est donc vrai ce qu'on dit... déclare l'autre, énigmatique.

— Qu'est-ce qu'on dit ? s'inquiète Rachel.

Madame Tremblay reprend des couleurs. La belette curieuse prend son temps, un sourire sadique étire ses lèvres minces. Les narines frémissantes, elle se repaît de faire languir la candide Rachel. Ses petits yeux chafouins suivent le lent mouvement de la jeune fille qui se rapproche instinctivement de sa mère. Marie fulmine.

— On s'occupe pas des commérages, madame Tremblay, dit-elle les deux poings sur les hanches, le buste avancé vers la cancanière. La conduite de mes filles est irréprochable.

— Euh... fait madame Tremblay, désarçonnée. On dit juste que c'est son père qui refuse son consentement.

— On dira bien ce qu'on voudra, madame Tremblay, on s'en sacre. Notre vie ne regarde que nous. On n'est pas parfait, mais on ne dit pas de mal des autres. Et si vous avez un peu de charité chrétienne, ne répétez pas les ragots qu'on colporte par malfaisance.

Madame Tremblay porte la main à la poitrine, simulant un malaise.

— Je pense que je vais suivre votre conseil, madame Dumas. Je vais aller m'étendre. C'est pas bon pour moi les émotions. Je suis comme vous, j'haïs assez ça le placotage.

Quand madame Tremblay est rendue sur le trottoir, Rachel passe un bras autour de la taille de sa mère, riant de bon cœur de la déconfiture de l'indiscrète petite bonne femme.

～◈～

Assise sur la galerie en compagnie de Rachel et Benjamin, Marie se berce en observant les étoiles. La chaleur de la journée est chassée par une légère brise venant de l'ouest. Les villageois se promènent sur le trottoir de bois et l'on entend le claquement de leurs talons se mêlant aux coassements des grenouilles qui vivent au bord de la rivière. La lune jette une lumière diffuse sur le petit monde de Cap-aux-Brumes qu'il faudrait ce soir débaptiser tant le temps est clair.

— Le bruit court que madame Tremblay ne se sent pas bien, dit Benjamin. Depuis cinq jours, on ne l'a pas vue à l'épicerie. Maman s'inquiète, d'habitude sa cousine vient faire son tour tous les jours.

— La dernière fois qu'on l'a vue, dit Marie posément, elle semblait avoir des douleurs à la poitrine. Je lui ai conseillé de prendre du repos.

Rachel se couvre la bouche d'une main et Marie aperçoit le rictus moqueur au coin des lèvres de sa fille.

— J'ignorais que votre mère était la cousine de madame Tremblay, reprend Marie en donnant un léger coup de coude à sa fille.

— Oh, elles ne sont pas cousines germaines, dit Benjamin. C'est leurs grand-mères qui étaient cousines.

— Elles ne se ressemblent en rien, poursuit Marie comme pour elle-même.

— Avez-vous des nouvelles de Marie-Reine ? s'informe Benjamin.

Marie tâte l'enveloppe qu'elle est allée chercher à la poste à midi et la sort de sa poche.

— J'ai justement reçu une lettre d'elle aujourd'hui. Les affaires vont bien et elle est très heureuse à Belles-Terres. Elle m'écrit que sa logeuse, madame Dumont, est une vraie mère pour elle et qu'elles ont beaucoup de plaisir à vivre ensemble.

— Savez-vous si cette dame Dumont est la veuve de Clovis Dumont ?

— Je sais qu'elle est veuve, répond Marie, mais je ne connais pas le nom de feu son époux.

— Est-ce que son nom de fille est Durette ? s'informe Benjamin.

— Je crois que oui. Pourquoi me demandez-vous ça ?

— Parce que ce serait chez la cousine de papa qu'habiterait Marie-Reine, déclare Benjamin. Le monde est petit, n'est-ce pas ?

— Vous m'en direz tant !

Le rire de Marie enterre le chant des grillons. Elle se réjouit à l'idée que madame Tremblay devra fermer son clapet pour ne pas indisposer sa petite cousine et son mari. Cette fois, c'est Rachel qui lui donne un léger coup de coude.

◦⟿◦

Les Perséides éclaboussent de traces luminescentes la voute noire et diamantée du ciel. À chacune des étoiles filantes aperçues, Marie s'émerveille et fait un vœu, comme dans son enfance. La mi-août ramène ces soirées fraîches où il fait bon marcher le long de la berge, emmitouflé dans un bon chandail de laine. L'air marin picote les joues, le vent chasse les nuages. Les petites bêtes et les humains commencent à garnir leur garde-manger en prévision de l'interminable hiver qui engloutira tout sous une épaisse couche de neige durant six longs mois.

Les herbages chevelus du jardin s'éclaircissent au rythme des bocaux qui garnissent les tablettes du garde-manger de Marie. Quand le temps des draps de coton achève, celui de la flanelle, des noisettes et des pommes approche. En vraie nordique, Marie apprécie ce temps qui rafraîchit les corps et qui les anime d'une fringale irrépressible de vivre.

On fête les récoltes. Les épluchettes de blé d'Inde voient les maïs dénudés promptement par les jeunes gens pressés de découvrir l'épi rouge couronnant un roi et une reine, qui auront le droit d'échanger un baiser. Benjamin se démène en espérant que Rachel et lui seront les heureux élus de la soirée.

Marie pense à Marie-Reine, qui ne connaît pas ces tendres émois. Ce qu'elle ignore encore, c'est que la nouvelle résidante de Belles-Terres provoque en ce moment un grand remue-ménage dans sa nouvelle paroisse. Auréolée du mystère de l'étrangère, elle attire les jeunesses du coin qui fanfaronnent pour attirer son attention. Jalouses, les filles du village la regardent de travers et marmonnent dans leur coin, délaissées par les grands coqs orgueilleux qui se battent pour être le premier à faire la conquête de la nouvelle venue.

Dans quelque temps, la chasse va débuter, la vraie, pas celle aux jupons. Avec son capitaine de mari en mer, Marie ne connaît plus ces longues palabres entre hommes sur les préparatifs de la chasse, les caches et le pistage des animaux sauvages. Le soir, à ce temps-ci, son père commençait à charger ses cartouches de poudre à fusil. Il achetait le fil de laiton qui servirait à confectionner des collets à lièvres qu'il dissimulerait dans les branchages bordant les sentiers forestiers aussitôt que le pelage des lapins sauvages virerait au blanc.

Pas plus que son paternel, monopolisé par son commerce sept jours sur sept, Benjamin ne chasse. Ni les fils de Guillaume. Le mode de vie de la nouvelle génération change progressivement. Plusieurs tournent le dos à celui hérité de leurs ancêtres, n'ayant plus besoin de cultiver et de chasser pour se nourrir. Avec leur salaire, les ouvriers n'ont qu'à se rendre à l'épicerie.

Pour Marie, la modernité qu'elle a goûtée lors de son voyage à Québec augure une ère de commodités pour ses descendants et elle accueille avec joie chacune de ces innovations qui vont faciliter leur vie quotidienne. Un système d'aqueduc sera installé bientôt au village et l'on prévoit que les résidants seront raccordés au réseau électrique et que tous les foyers pourront avoir le téléphone dans un avenir rapproché.

~⁓

Les premiers flocons de neige de la saison voltigent dans la grisaille de la mi-octobre. Les grosses marées battent rageusement la côte gaspésienne et les vagues inondent une partie des chemins. Marie prie pour son époux et son fils partis livrer une cargaison de planches de bois au port de Québec. Guillaume lui a promis que ce serait son dernier voyage de l'année.

Debout devant la fenêtre de la boutique, les bras croisés, Marie observe dans le lointain les flots écumeux. Le bruit des pas de Rachel la font quitter précipitamment son observatoire.

— Les enfants vont pouvoir faire leur premier bonhomme de neige demain, annonce gaiement Marie en retournant derrière son comptoir.

— Pas besoin de faire semblant, maman. Je sais que vous vous inquiétez pour papa et Georges. J'ai hâte moi aussi qu'ils reviennent. Depuis le départ de Marie-Reine, la maison me semble tellement vide. Quand mon père et mon grand frère sont là, ils ont mille choses à raconter et c'est moins pire.

Rachel soupire d'ennui et se poste à la fenêtre, le regard tourné vers le fleuve qui a pris une teinte gris sombre s'accordant à l'humeur morose des deux femmes esseulées.

— Ta grande sœur me manque à moi aussi, avoue Marie. L'été prochain, c'est toi qui partiras. Il me semble que mes oisillons ont grandi trop vite. Et maintenant, ils vont quitter le nid les uns à la suite des autres.

— Je ne serai pas loin de vous, maman, et je viendrai vous voir tous les jours, promet-elle en se tournant vers sa mère, l'implorant du regard.

De la main, Marie fait le geste de chasser une mouche importune. Elle fait souvent ce geste symbolique quand elle veut se défaire de ses idées noires.

— Ne fais pas attention, dit-elle en se forçant à sourire. Tu fais bien de me rappeler que j'aurai la chance de t'avoir près de moi.

— Pendant que j'irai au bureau de poste, prenez une bonne tasse de thé, propose Rachel.

— Bonne idée, dit Marie.

Elle est si attendrie par les attentions de Rachel, que l'émotion l'empêche d'ajouter un mot de plus. Elle se dirige vers la cuisine afin de cacher à Rachel ses yeux qui s'embuent.

Pourtant habituée à se battre et à faire face aux chagrins et à l'adversité, en vieillissant, Marie sent ses yeux se mouiller dès qu'on commence à la dorloter ou à lui témoigner de l'affection. En fait, elle a commencé à réagir ainsi après avoir perdu sa mère. Durant sa tendre enfance, quand Marie voyait un adulte pleurer son père ou sa mère, elle ne comprenait pas qu'ils puissent éprouver un tel chagrin. Puisqu'ils n'étaient plus des enfants, ils n'avaient plus besoin de leurs parents, raisonnait-elle froidement. Elle avait hâte d'être grande et de pouvoir faire tout ce qu'elle voulait. Bien qu'elle aimât ses parents, ils lui paraissaient parfois sévères et étouffants. La petite graine de révolte qui germait en elle lui faisait aspirer à plus de liberté.

La liberté, elle l'a maintenant! À certains moments, elle en a même presque trop, songe-t-elle. Sans mari la moitié de l'année, ses enfants quittant la maison les uns après les autres, elle se retrouvera seule dans cette grande demeure quand Irène et Cécile seront en classe et que Rachel sera mariée. Sa plus jeune a eu huit ans en août. Elle fait son lit, aide au ménage et à la vaisselle. Comme toutes les petites filles de son âge, Cécile imite tout ce que fait sa sœur de onze ans, qui se prend déjà pour une demoiselle et parle de talons hauts et de mode.

Marie avale sa dernière gorgée de thé au moment où Rachel revient les joues rougies par le froid, brandissant une lettre de Marie-Reine. Marie en oublie sa mélancolie et décachète l'enveloppe en la déchirant.

Belles-Terres, 15 octobre 1920

Chère maman,

Les vents de l'automne me rendent nostalgique. Je pense à vous qui attendez impatiemment le retour de papa et de Georges. Je vois vos yeux tristes scruter l'horizon dans l'espérance d'apercevoir un bout de voile ou tout au moins une mer calme. Mais les grandes marées de l'automne vous broient le cœur, j'en suis sûre.

J'aimerais être à vos côtés afin d'être plus vite rassurée quand ils se pointeront à la maison. Ici, les nouvelles arrivent avec quelques jours de retard et l'attente me paraît interminable.

Les affaires vont bien et je compte plusieurs bonnes clientes qui achètent régulièrement leurs tissus et articles de couture. Les gens de Belles-Terres sont travaillants et honnêtes. Je n'ai aucun compte en souffrance. Mes dentelles se vendent bien et mes doigts sont plus occupés que ma tête.

Comme, dans le temps des fêtes, madame Dumont attend sa sœur de Québec, qui viendra avec ses enfants, j'ai décidé de fermer la boutique et j'irai passer un mois chez nous. Elle pourra utiliser ma chambre pour sa visite. Quant à moi, je ne veux pas manquer les fiançailles de Rachel.

Je compte les jours qui me séparent de vous en faisant un gros X sur chacune des cases du calendrier. Vous me manquez plus que je ne saurais le dire. Heureusement que je m'entends à merveille avec madame Dumont. Le soir, nous jouons aux cartes et elle me parle de ses grands garçons qu'elle a hâte de revoir. Ils sont partis depuis le printemps dans un chantier en Ontario et ne parlent de revenir que lorsqu'ils auront amassé assez d'argent pour se marier. Je fais de mon mieux pour la désennuyer.

Je vous embrasse tous très fort en vous disant: à bientôt.

Marie-Reine qui vous aime bien tendrement

Rachel se verse une tasse de thé et s'assoit à table, devant sa mère. Marie doit tourner la deuxième page en tous sens pour lire ce que sa fille aînée a écrit : *Dites à Rachel que je suis en train de lui crocheter une grande nappe de dentelle en cadeau de mariage. Elle est d'un beau blanc coquille d'œuf et ce sera la plus belle nappe que j'aurai crochetée jusqu'à maintenant. Grosses bises à mes petites sœurs.* Dans chacune de ses lettres, quelle qu'en soit la longueur, Marie-Reine ajoute une phrase sur le pourtour de la dernière page.

Marie replace les deux feuilles en ordre et les tend à Rachel, qui sourit lorsqu'elle tourne la dernière page et lit le message à son intention.

— Je suis si heureuse que Marie-Reine vienne à Noël ! dit-elle en remettant la lettre à sa mère. Ça va faire taire les mauvaises langues.

— Rien n'arrive jamais à les faire taire, affirme Marie d'un ton résigné.

Le regard interrogateur, Rachel fixe sa mère.

— Les gens vont bien voir que sa taille n'a pas changé !

— Les mauvaises langues diront qu'elle porte un corset pour cacher son état, ou que le bébé est déjà né… qu'elle vient se pavaner au village juste pour berner les gens crédules.

— Vous croyez ? s'étonne Rachel en fronçant les sourcils.

Sur son visage perplexe se lit l'ingénuité de la jeunesse. Il y a belle lurette, Marie a cru, elle aussi, qu'on pouvait faire triompher la vérité.

— Les esprits malfaisants trouvent toujours le moyen de dénigrer les personnes qu'elles envient, maintient-elle.

— Mais les gens sont bien capables de se faire une idée par eux-mêmes, non ? insiste Rachel.

— Il s'en trouve toujours qui ajoutent foi aux ragots, s'afflige Marie. Selon moi, le pire péché, c'est la médisance. Parce que les accusations sèment le doute chez bon nombre de gens, qui diront : "Il n'y a pas de fumée sans feu !"

— C'est injuste ! s'insurge Rachel. On ne peut rien faire ?

Marie hésite et Rachel, l'air soucieux, l'observe, attendant que sa mère se décide à parler.

— Le mieux, reprend Marie au bout d'un moment, c'est d'ignorer les médisances et de poursuivre sa route en se disant que seul Dieu est notre juge.

Rachel fait la moue et reste silencieuse, l'air désapprobateur.

— Mais, poursuit Marie l'œil espiègle, je dois avouer que j'ai déjà pris un malin plaisir à clouer le bec d'une certaine placoteuse.

Le rire joyeux de Rachel jaillit en cascade et celui de Marie s'harmonise à l'approbation enjouée de sa fille.

— Ç'a été efficace ? s'enquiert Rachel secouée de rires.

— Temporairement, avoue Marie. La commère s'est tenue tranquille un petit bout de temps, puis elle a recommencé en sourdine. Sur le coup, ça m'avait fait du bien de lui river son clou mais, comme ça n'avait pas donné de résultat durable, j'ai décidé par la suite de jouer la carte de l'indifférence. C'est une stratégie qui demande d'avoir de bons nerfs, mais à la longue c'est payant. Avec le temps, la dénigreuse finit pas perdre toute crédibilité et toi, tu gagnes en respect. Par contre, quand l'accusation risque de ternir à tout jamais ta réputation, il faut prendre les grands moyens.

— Le monde se porterait mieux si les gens se mêlaient de leurs affaires, se plaint Rachel.

Marie range la lettre de Marie-Reine dans son enveloppe et sourit, pensive.

— Les commères, c'est comme les maringouins, disait ma mère. Ça se nourrit de votre sang, ça dure un temps, puis ça s'en va. On ne sait pas à quoi servent ces bestioles-là, mais elles reviennent vous piquer chaque été, il n'y a jamais moyen de s'en débarrasser.

— Grand-maman arrivait toujours à me faire rire… Elle me manque, se désole Rachel.

La mère et la fille restent assises, chacune absorbée par ses pensées. Dans le moment de silence ouaté qui s'installe, le crépitement du poêle contribue à raviver la sensation de bien-être.

— J'ai hâte d'être à Noël, dit Rachel, rêveuse.

— Ne sois pas si pressée, lui conseille Marie. Savoure chaque moment, la vie passe si vite.

— J'ai bien l'intention d'en savourer chaque minute. Quand je serai vieille et que je regarderai en arrière, je veux pouvoir dire aux jeunes que j'en ai profité. Quand j'entends les vieux répéter que la vie passe trop vite, j'ai l'impression qu'ils regrettent leur vie.

Marie sourit en écoutant la remarque ingénue de sa fille.

— C'est ce que je me disais à ton âge.

Marie sourit également parce que, malgré le passage des années et le conseil qu'elle vient de prodiguer, elle considère encore aujourd'hui que les mornes journées d'attente sont bien longues et elle ne leur trouve aucune saveur.

⁂

Depuis le retour de Guillaume, le temps fuit comme l'eau d'un baril percé. Il n'y a pas moyen d'étirer la fin du jour. Mais la nuit auprès de son homme est d'une saveur si exquise que Marie ne se plaint plus de rien. Elle se sent comblée par la présence de ses deux aînés, Marie-Reine et Georges. Ce n'est qu'à la fin de sa prière du soir qu'un peu d'amertume vient acidifier la perfection du jour qui s'achève, quand Marie récite une prière à l'intention de ses chers disparus parmi lesquels figure, en tête de liste, son bien-aimé Nicolas.

Marie revoit le garçonnet joufflu exhibant fièrement les muscles de ses bras devant son papa et prenant des poses fanfaronnes de lutteur défiant l'adversaire. Qu'est-il advenu de son petit tocson qui fonçait sans peur, tête baissée ? De tous ses chagrins, le mystère entourant la disparition de Nicolas est son plus fidèle tourment. Il ne l'a jamais quittée et il la poursuivra jusqu'à son dernier souffle.

Même après toutes ces années, l'enfant disparu continue de la hanter. Marie se reproche de n'avoir pas su veiller sur lui. Elle revisite les lieux où il aurait pu s'égarer, espérant trouver la clé de l'énigme, se répétant qu'il est impossible qu'un jeune enfant disparaisse ainsi, sans laisser de trace. Finalement, le sommeil l'anesthésie et elle sombre dans l'univers bienheureux de l'oubli – la plupart du temps. Car il arrive, comme cette nuit, que son sentiment de culpabilité la pourchasse jusque dans ses rêves. Au matin, elle se lève épuisée, les traits tirés, les yeux hagards.

— Es-tu malade ? s'inquiète Guillaume.

— Je suis en pleine forme, l'assure-t-elle en se détournant vivement pour attraper sa robe de chambre.

Marie s'efforce de rire pour ranimer son bonheur chiffonné. Puis elle chantonne afin de juguler la douleur qui l'opprime. Par amour, elle fait taire son chagrin et, en catimini, l'amour vient la combler à son tour. Un baume de tendresse recouvre ses plaies et le devoir accompli pour ceux qui restent achève d'accomplir le miracle. Ce miracle de l'amour sans cesse renouvelé, dès que Marie s'oublie pour sa famille. Rien ne lui pèse alors, tout devient facile et, comme par enchantement, la sérénité revient l'habiter… jusqu'au prochain souci.

En effet, Marie se demande pourquoi Marie-Reine refuse de se marier. Sa fille n'est pas contre le mariage puisqu'elle a fêté joyeusement les fiançailles de Rachel et elle semble même prendre plaisir à la compagnie des garçons de son âge. Elle a accueilli avec beaucoup d'effusion ses cousins Jean et Gabriel et elle a dansé avec entrain lors des veillées organisées durant le temps des fêtes. Marie a fini par remarquer que sa grande fille s'amuse tant qu'un garçon ne se permet pas de privautés avec elle. Lorsqu'un gars cherche à se rapprocher d'elle, elle prend un air sérieux et distant. Les jeunes gens, froissés d'être ainsi rembarrés, la traitent de pimbêche.

⁓

Mathilde arrive à la boutique, tenant son petit dernier sur la hanche. Le bébé a le nez morveux et sa mère a l'air d'une souillon. Ses cheveux graisseux débordent d'un béret crasseux.

— Quel bon vent t'amène ? marmonne Marie qui adopte instinctivement la formule qu'elle réserve d'habitude à la mère de Mathilde.

— Je voulais juste dire bonjour à Marie-Reine, répond-elle sans chaleur.

Marie-Reine s'approche et salue joyeusement son ancienne compagne de classe. Puis elle prend le bébé sans se soucier du nez qui coule et qui pourrait salir sa robe.

Mathilde détaille Marie-Reine de la tête aux pieds et s'arrange pour en faire lentement le tour. Son inspection s'attarde à la taille. La minceur des hanches et la taille fine de Marie-Reine constituent un déni éloquent aux propos malveillants qui ont circulé depuis son installation à Belles-Terres.

Tout en parlant gaiement au poupon, Marie-Reine le mouche et le cajole jusqu'à ce que l'enfant lui fasse des risettes. Marie se fait la réflexion que sa fille a la fibre maternelle et qu'elle finira bien par se marier un jour.

— T'as autant le tour avec les enfants que si t'en avais, dit perfidement Mathilde.

— Tu oublies que je suis l'aînée de la famille et que j'ai pris soin de mes frères et sœurs, réplique Marie-Reine sans se démonter.

Marie doit se détourner pour cacher son fou rire. Dans les bras de Marie-Reine, le bébé de Mathilde gazouille de contentement.

— Si j'avais un beau petit bébé comme toi, chantonne Marie-Reine à l'enfant, je te garderais bien au chaud près du poêle pour guérir ton vilain rhume.

Marie se retourne juste à temps pour voir Mathilde reprendre brusquement son enfant et sortir en claquant la porte.

⁂

Marie-Reine célèbre avec sa famille ses vingt et un ans, l'âge de la majorité tant attendue par certains jeunes qui peuvent enfin se passer de l'autorisation de leurs parents pour se marier. Cet anniversaire semble émouvoir davantage les parents que la fille, qui demeure égale à elle-même: réservée et raisonnable.

Debout au salon, Guillaume y va de tout son répertoire de chansons à répondre, accompagné par Georges à l'accordéon. Marie-Reine tape des mains en chantant les réponses avec le reste de la famille. Ses cousins sont retournés à Québec après le jour des Rois et ce sera à son tour, demain, de faire ses adieux à sa famille. Guillaume remarque la tristesse qui affadit le sourire de sa fille.

— Pourquoi tu ne resterais pas un peu plus longtemps? lui offre-t-il avant d'aller se coucher.

— J'aimerais bien, papa, mais le magasin m'attend et madame Dumont aussi.

Guillaume évite d'insister sachant que, quoi qu'il dise, Marie-Reine maintiendra sa décision. Il se contente de lui tapoter affectueusement la main, lui signifiant par là qu'il l'aime et la comprend.

~✢~

Les pieds appuyés sur les briques chaudes que le charretier a déposées dans le fond de la carriole qui les conduit à Belles-Terres, Marie-Reine et son père enfouissent leurs mains sous la peau d'ours qui les protège contre le froid mordant. Juste avant le tournant, Marie-Reine se retourne une dernière fois pour regarder la maison.

Devant eux se disperse une volée de moineaux occupés auparavant à festoyer du crottin du cheval les ayant précédés. Le soleil fait miroiter la neige immaculée, tombée durant la nuit. Le vert des résineux rompt la monotonie de la route enneigée se confondant au paysage endormi sous la gelée.

L'air vif et piquant transforme l'haleine des trois voyageurs en un filet de brume se prolongeant derrière eux, soulignant leur passage d'un long trait crayeux qui s'évapore lentement.

— Il fait un froid à pierre fendre, dit le cocher en fouettant son cheval.

Couvert d'une épaisse couverture feutrée, l'étalon commence à trotter et les grelots de son licou tintent allègrement. La chevauchée amplifie l'effet du froid et les voyageurs frigorifiés doivent remonter leur foulard sur leur nez.

Une fois les fêtes passées, les gens se blottissent frileusement au coin du feu. Malgré les jours qui commencent à rallonger et le soleil éblouissant, le froid de janvier mord férocement les audacieux qui s'y exposent.

Arrivés au village de Belles-Terres, Marie-Reine fait garer la carriole à côté de sa boutique de tissus. Guillaume et le charretier entrent les bagages personnels et les caisses de matériel destinées au magasin.

— Vous allez rester à dîner! décrète madame Dumont quand ils finissent le déchargement. Dégreyez-vous.

La veuve Dumont, comme la plupart de ses compatriotes, a une hospitalité généreuse qui s'exprime sous forme de commandements. La bienveillance dicte ce comportement à l'abord rugueux. En prévenant le visiteur qu'on ne tolérera aucun refus, on entend le mettre à l'aise.

Marie-Reine prend les manteaux des deux hommes et les pend aux crochets près de la porte d'entrée.

— Assoyez-vous, puis fumez, ajoute la veuve Dumont en plaçant aussitôt un crachoir de cuivre entre les deux chaises. Le dîner va bientôt être prêt. En attendant, vous prendrez bien du thé pour vous réchauffer.

Elle remplit prestement deux tasses pendant que Marie-Reine, plus lente, extrait du banc de quêteux deux paires de chaussons d'étoffe à semelle de cuir qu'elle offre aux invités en même temps que sa logeuse apporte les tasses de thé fumant. Tenant d'une main les pantoufles et de l'autre le thé, le charretier déclare, pince-sans-rire:

— Cré bateau, c'est du service ça, monsieur!

— Donnez-moi ça, l'enjoint la veuve Dumont en lui enlevant les chaussons. Occupe-toi de ton père, commande-t-elle à sa pensionnaire.

Puis elle s'agenouille et enfile les pantoufles au charretier, qui profite du fait que la veuve a la tête baissée pour adresser un clin d'œil moqueur à Guillaume.

Les portions qu'elle leur sert au dîner sont à l'image de sa générosité et le charretier, veuf lui aussi, n'arrête pas de complimenter leur hôtesse qui glousse de plaisir et lui offre d'en reprendre. Il se fait prier pour la forme, mais engloutit tout ce que la bonne dame lui ressert.

Pendant que les femmes font la vaisselle, les deux visiteurs allument leur pipe. La conversation reprend entre la veuve Dumont et le veuf Fortier. Marie-Reine et Guillaume les écoutent en s'échangeant des regards complices. Inopinément, le charretier, qui a trop mangé, émet un rot retentissant.

— Excusez-moi, bafouille-t-il en se couvrant trop tard la bouche.

— Bon, il est temps d'y aller, dit Guillaume en jetant un coup d'œil à l'horloge.

— Fumez, fumez, vous êtes pas pressés, les exhorte gentiment madame Dumont.

— Si on veut arriver avant la noirceur, faut y aller, s'excuse monsieur Fortier, tout penaud.

— Vous reviendrez, dit madame Dumont.

Et Guillaume se demande, en embrassant sa fille, si c'est à l'intention du charretier que la veuve adresse sa dernière formule de politesse.

◆

En rentrant à la maison, Guillaume est pris de frissons. Il se sert une bonne rasade de brandy.

— Tu as pris froid ? s'inquiète Marie en l'entendant tousser.

Guillaume hausse les épaules, l'air indifférent, comme si le fait d'ignorer les symptômes pouvait faire fuir la maladie. Marie s'approche et lui effleure les joues du dos de la main.

— Tu as les joues encore gelées, constate-t-elle. Je vais attendre que tu te réchauffes.

— Tu t'inquiètes pour rien, affirme Guillaume. J'ai juste la gorge irritée par l'air froid. Ça va passer.

Par précaution, il s'administre une deuxième dose de son remède favori et, prétextant qu'il a trop mangé, s'en va se coucher sans souper.

Durant la nuit, il s'éveille, secoué par la toux. En dépit de sa combinaison de laine, il grelotte et claque des dents.

Alertée par les quintes de toux, Marie ouvre un œil. Guillaume peine à reprendre son souffle. Elle allume la lampe.

— Je vais te préparer une mouche de moutarde, dit-elle.

Elle revient avec sa bouteille de sirop de sapin et Guillaume avale le liquide sans rechigner. Elle retourne préparer le cataplasme, seul remède disponible pour soigner les poumons malades.

Grâce aux soins attentionnés de Marie, Guillaume finit par se rétablir encore une fois. Mais il n'a plus la même énergie et refuse de consulter le médecin. Marie, qui le connaît bien, évite de lui faire part de ses inquiétudes, mais elle s'entend avec Georges afin qu'il trouve des prétextes pour dispenser son père des corvées hivernales.

— Le berlot est plein, on n'a plus de place, affirme-t-il quand Guillaume parle de se joindre à l'équipage pour aller bûcher.

La première fois, Guillaume demande d'un air sévère qui est le quatrième. Georges fait celui qui n'entend pas et s'esquive en douce. Le pieux mensonge n'a plus à être répété par la suite, car Marie intervient les jours suivants pour exiger que son époux l'aide à réaménager sa boutique. Puis, sous le sceau du secret, Rachel confie à son père que sa mère se fatigue plus vite, qu'elle a besoin de repos. Guillaume, dupé par les siens qui veulent ménager sa fierté et sa santé, continue de rester au chaud, soucieux d'alléger les tâches de sa douce.

~⌒~

Au printemps, Georges, chapitré par sa mère, incite son père à renoncer aux virées aux îles Saint-Pierre et Miquelon et aux livraisons d'alcool destiné aux États-Unis. Il plaide que *La Cigale* prend de l'âge et que le transport d'alcool exige des bateaux plus rapides pour échapper aux garde-côtes.

— Je n'ai pas un bon pressentiment, soutient-il, misant sur la superstition de son père pour le convaincre. S'ils nous interceptent, ils vont saisir la goélette et emprisonner l'équipage. On perdra tout, papa.

— J'ai besoin de réfléchir, rétorque Guillaume.

Quand Georges rapporte la conversation à sa mère, Marie le remercie de ses efforts et lui demande de respecter la décision que prendra son père, sans discuter. Devant son fils, elle se garde de faire montre d'optimisme. Même si elle manœuvre pour son bien, elle ne veut par ternir l'autorité de Guillaume, ni lui faire perdre la face. Depuis leur mariage, elle ne s'est jamais mêlée des affaires de son mari, mais aujourd'hui, sa santé la préoccupe trop pour qu'elle reste les bras croisés.

L'approvisionnement en alcool n'est plus un problème pour la clientèle locale de Guillaume, car la prohibition a pris fin au Québec et le gouvernement provincial s'apprête à créer la Commission des liqueurs, qui régira la vente d'alcool.

Quelque temps plus tard, pour justifier sa décision, Guillaume avance qu'étant donné que les capitaines se consacrent de plus en plus au trafic d'alcool pour le compte des Américains, on manque de bateaux et qu'on lui offre un meilleur prix pour transporter du bois.

— Je serais bien fou de refuser. C'est du bon argent gagné sans risque.

Marie se sent délivrée de l'angoisse qui lui nouait l'estomac. Les sermons répétés du curé contre les méfaits de l'alcool avaient fini par gruger sa conscience. La mort de Ti-Toine lui avait semblé être un châtiment de Dieu et la santé de Guillaume se détériorant, elle voyait là une sanction divine pour ses activités illicites.

Agenouillée devant le lampion qu'elle vient d'allumer au pied de la statue de la Vierge, elle prie dans l'église silencieuse et déserte. «Je vous remercie, bonne Sainte Vierge, Guillaume a repris le droit chemin. Continuez de le protéger, je vous le demande humblement.»

~~

Un vent de juin anormalement doux soulève le voile de mariée de Rachel. Sur le parvis de l'église, au bras de Benjamin, elle se prête à la séance photographique, en compagnie de ses parents et des invités de la noce. Marie-Reine fixe l'appareil derrière lequel se cache le photographe, la tête enfoncée sous la bande de tissu noir qui le soustrait à la lumière ambiante.

— Souriez et surveillez le petit oiseau qui va sortir! crie-t-il pour se faire entendre des invités qui commencent à s'égayer bruyamment.

Parmi les villageois massés près du photographe, Marie capte les regards envieux de Mathilde et sa mère. À côté de Marie-Reine se tient un beau grand blond aux yeux bleus et Marie se rend compte que les filles du village le couvent d'un œil gourmand. Se demandant qui peut être ce bel Adonis au sourire engageant, elles se chuchotent leurs questions que le vent indiscret lui colporte.

Ce matin, on a vu le jeune homme sortir de chez Paul-Émile Joncas et entrer chez les Dumas. Étant donné qu'un garçon ne peut coucher sous le même toit que la jeune fille qu'il fréquente, Paul-Émile a accepté d'héberger le cavalier de sa nièce.

Quand le cortège s'ébranle en direction de la résidence des parents de la mariée, les jeunes villageoises hésitent à se disperser, continuant de fixer le bel étranger que Marie-Reine semble ignorer. Elle n'accorde d'attention au jeune homme que lorsqu'il lui adresse la parole, sans se départir de sa réserve un peu distante.

— Maudite pimbêche, jure Mathilde entre les dents quand la calèche où se tient Marie-Reine passe devant elle.

Assise sur le siège avant, Marie lui jette un regard d'encre pendant que le séduisant Théo, penché vers Marie-Reine, lui murmure quelque chose à l'oreille. Marie se calme en voyant sa fille esquisser un sourire timide.

Depuis qu'ils ont fait sa connaissance la veille, Marie et Guillaume se sentent à l'aise avec Théo Dumont. Le jeune homme est poli et avenant et, bien que Marie-Reine leur ait fait comprendre que le fils de sa logeuse l'accompagnait uniquement pour le mariage de Rachel, Marie est confiante qu'une relation plus durable s'établira entre les jeunes gens. Théo Dumont couve leur fille d'un regard chargé de tendresse.

— Marie-Reine paraît insensible au charme de son compagnon, a déploré Marie quand elle s'est retrouvée seule avec Guillaume, la veille au soir.

— Elle se comporte comme sa mère quand je l'ai rencontrée, l'a-t-il taquinée.

Marie a protesté en lui avouant qu'elle avait été si conquise dès qu'elle l'avait aperçu qu'elle était persuadée que tout son être trahissait les sentiments qu'il lui inspirait. Mais Guillaume a maintenu que sa douce affichait le même air sérieux que Marie-Reine et qu'elle avait fait preuve de la même retenue.

Aujourd'hui, Marie se dit que si Théo arrive à faire sourire sa trop sage Marie-Reine, cela augure bien pour la suite.

Chère maman,

Je profite de ce dimanche après-midi tranquille pour rédiger ma correspondance. Il fait vraiment trop chaud pour rester au-dehors. Le soleil tape dru dans ce village entouré de montagnes, nul souffle d'air ne vient tempérer son ardeur. J'aurais aimé me promener dans l'ombre de la forêt, mais en pensant aux maringouins à l'affût j'ai renoncé à la balade.

Madame Dumont est partie ce matin avec ses deux fils qui sont venus la chercher pour l'amener dans la famille de la fiancée de Jean-Marie. Je ne crois pas vous avoir parlé de lui. Il a un an de plus que Théo. Sa future épouse réside à cinq milles d'ici. Les noces auront lieu à l'automne et madame Dumont n'avait pas encore rencontré sa future belle-fille. Jean-Marie et Théo vont la ramener en début de soirée, avant de s'en retourner au moulin à scie de Rivière-Bocage où ils se sont trouvé du travail. Comme Jean-Marie consacre ses dimanches à sa fiancée, madame Dumont se plaint qu'elle ne voit pas souvent ses fils depuis qu'ils sont revenus de l'Ontario, même s'ils habitent tout près.

J'ai reçu une lettre de Paulette qui m'annonce qu'elle a un nouveau prétendant : un jeune notaire de Rimouski qu'on lui a présenté le dimanche qui a suivi le mariage de Rachel. L'avez-vous rencontré ? J'espère qu'elle a enfin trouvé son prince charmant, celui qui lui donnera tout le bonheur et les enfants dont elle rêve depuis sa tendre enfance.

Je me considère bien chanceuse d'être à l'abri de ces rêves d'amour qu'entretiennent la plupart des filles de mon âge. Grâce à vous, je n'ai pas à me plaindre de mon sort puisque je suis en mesure de gagner ma vie et de m'occuper à des tâches qui me conviennent parfaitement. La vocation de mère requiert une énergie que je ne possède pas. Comment avez-vous fait pour prendre soin de nous tous en plus de vous occuper du magasin ? Je vous admire et vous suis reconnaissante pour tout ce que vous avez fait pour nous. Je ne vous le dirai jamais assez.

Je vous embrasse très fort, chère maman. Transmettez mes salutations à toute la famille.

Votre fille aimante,
Marie-Reine

Elle a ajouté en post-scriptum sur le pourtour de la dernière page : *Comment va la famille ? J'imagine que vous trouvez la maison un peu plus vide depuis le mariage de Rachel. Je pense souvent à vous, vous me manquez terriblement.*

Marie relit lentement la lettre afin de s'assurer qu'elle a bien compris le message sous-jacent qu'elle y a décodé. Marie-Reine a encore une fois réussi à décourager un prétendant et le jeune homme doit en être bien chagriné puisqu'il ne vient plus voir sa mère. Désappointée, Marie replie la missive et la range dans l'enveloppe.

~~∞

— Je ne la comprends pas, dit-elle à Guillaume quelques jours plus tard. Elle a réussi à faire fuir ce jeune homme qui me semblait parfait pour elle.

Planté debout au milieu de la cuisine, Guillaume lui rend la lettre, la mine contrariée.

— Pourquoi t'entêtes-tu à la voir se marier ? Ça ne sert à rien d'entretenir de faux espoirs, Marie. Il faut respecter le choix de notre fille. C'est sa vie, après tout.

— Je te l'accorde, reconnaît Marie dépitée. Mais j'ai l'impression que Marie-Reine nous cache quelque chose. Quand elle nous dit qu'elle ne veut pas se marier, je n'y crois pas.

— Tu te fais du mal pour rien, ma douce, dit Guillaume en la serrant dans ses bras.

~~∞

Depuis que ses deux grandes filles ont quitté la maison, Marie trouve les journées fades jusqu'au retour de l'école d'Irène et Cécile. Dans le silence accentué par l'éternel tic tac de l'horloge, la demeure ressemble à un triste ermitage un jour de pluie. Marie s'ennuie à un point tel qu'elle en arrive à apprécier les visites de madame Dondon ! Pourvu qu'il y ait quelqu'un pour la sortir de son carcan de solitude, elle apprécie chaque personne qui franchit le seuil de sa geôle dorée. Car Marie se sent maintenant prisonnière de sa boutique. Elle a beau tricoter et s'occuper les mains, son esprit s'envole vers ses chers déserteurs, vivants ou défunts. Le contrecoup de tous ses deuils revient la frapper comme un gong qui résonne sinistrement et les traits de Marie s'affaissent, son regard s'éteint.

Par ce bel après-midi ensoleillé de septembre, elle sort balayer sa galerie, autant par souci de propreté que pour avoir l'impression d'être libre de sortir de sa cellule. Dès qu'elle lève le regard vers la mer, les reflets argentés dansant sur les ondulations du fleuve la mettent en joie. À bord de la goélette, Guillaume et Georges doivent être heureux aujourd'hui, songe-t-elle en se laissant envoûter par le scintillement des flots. La brise de l'ouest doit être douce et caressante pour la voilure de *La Cigale*.

Des talons hauts pilonnent le trottoir de bois et une silhouette élégante, venant du centre du village, avance à pas menus. La jeune femme agite une main gantée à l'adresse de Marie qui se débarrasse de son balai en l'appuyant contre une chaise. Elle vient de reconnaître sa Rachel, toute pimpante dans sa robe marine à pois blancs qui descend à mi-mollet. Avec son chapeau blanc orné d'un large ruban marine, Rachel a beaucoup de classe. Marie l'accueille à bras ouverts.

— On dirait que je suis de la grande visite ! s'exclame Rachel en riant et en se blottissant dans les bras de sa mère.

— C'est tout comme, dit Marie en l'entraînant à l'intérieur. Viens, on va se préparer une bonne tasse de thé.

Marie serre la main de Rachel comme si elle craignait qu'elle s'échappe et la jeune mariée se laisse conduire, heureuse de la chaleur inattendue de l'accueil maternel. Marie lui tire une chaise autour de la table et Rachel s'y assoit, riant toujours et enlevant ses gants et son chapeau. Elle palpe sa chevelure de la main pour s'assurer qu'aucune mèche ne s'est échappée de son chignon. Marie tisonne le poêle à bois et avance la bouilloire sur le rond de gauche. Elle sort la théière du réchaud et la remplit de feuilles de thé.

— À quels signes reconnaît-on qu'on attend un bébé ? demande Rachel de sa voix cristalline.

— Tu crois que…? interroge Marie, dont le visage s'éclaire.

Rachel, tout aussi radieuse, fait signe que oui, puis dit en levant les épaules :

— Peut-être…

— As-tu beaucoup de retard dans tes règles ?

— Un mois.

— Les seins sensibles ?

— Oui.

— Des nausées ?

— Un peu, le matin surtout.

— L'as-tu dit à Benjamin ?

Rachel fait des signes de dénégation.

— Je voulais en être certaine avant de lui en parler. Je ne veux pas créer de faux espoirs, vous comprenez ?

— Je comprends, dit Marie. Comme je te l'ai dit avant ton mariage, le futur papa doit toujours être le premier informé de ces choses-là, mais tu as bien fait de me poser des questions. Alors si, disons dans deux jours, tous les signes persistent, tu pourras lui dire qu'il est possible que…

Rachel se lève et étreint sa mère. La mère et la fille se regardent, émues, les yeux brillants.

— Après, ajoute Marie en lui faisant un clin d'œil complice, vous pourrez, ensemble, annoncer la nouvelle à vos proches.

∼φ

En attendant que la nouvelle soit confirmée, Marie s'inspecte minutieusement dans son miroir le lendemain matin, dans la lumière crue et cruelle d'un jour trop clair.

— Doux Jésus, je vais être grand-mère dans quelques mois, laisse-t-elle échapper tout haut en passant en revue son visage, avec la rigueur d'un général consciencieux.

Elle plisse des yeux, sourit, grimace et voit se dessiner de fines ridules.

— Ma peau commence à ressembler à un vieux parchemin. Doux Jésus, que va dire Guillaume ?

« Bon me voilà qui parle toute seule, maintenant ! Que je suis sotte ! Va-t'en donc travailler, espèce de mijaurée ! »

Après s'être vertement tancée et s'être promis de se clore le bec, Marie retourne à ses légers soucis quotidiens. Laissant de côté les dégradations présentes et à venir, elle se console en avalant une grosse pointe de tarte au sucre.

Quand les filles reviennent de l'école pour dîner, Marie n'a pas faim.

— Vous ne mangez pas ? s'inquiète Cécile. Êtes-vous malade ?

— Non, ne t'inquiète pas. Je mangerai quand j'aurai faim, dit Marie, qui ne veut pas avouer le péché de gourmandise dont elle vient de se rendre coupable.

❦

La neige a recouvert l'automne de son manteau de givre en prenant un peu d'avance sur le calendrier. Comme il arrive souvent dans ce pays, l'hiver empiète sur deux des autres saisons et s'approprie la moitié de l'année sans souci aucun pour les savantes personnes qui ont doctement décrété que chaque saison dure trois mois. Sans doute que les érudits en question ignoraient l'existence du Canada ! Inculte, notre climat nordique s'entête à couvrir leur théorie de son verglaçant mépris.

L'hiver précoce a néanmoins le mérite de hâter la saison de la cale sèche et Marie pousse un soupir de soulagement quand Guillaume hiverne *La Cigale* sur la berge du havre. En rentrant à la maison, il toussote et Marie le force à avaler le sirop de sapin au goût amer et l'huile de foie de morue, fortifiant reconnu qu'on sert aux enfants tout au long de l'interminable hiver canadien.

Comme ses enfants, Guillaume obtempère et grimace. Avec de pareils remèdes, personne ne se lamente pour rien, car on préfère endurer ses petits bobos plutôt que de prendre ces répugnantes potions.

Ces petits inconvénients sont vite oubliés par Guillaume qui exulte à la perspective de devenir grand-père. Confiné à la maison par le souci des siens de lui éviter les rigueurs hivernales, il retourne à l'ébénisterie, le passe-temps qu'il a délaissé au fil des années. Pour son premier petit-enfant, Guillaume peaufine un grand berceau dans du beau bois d'érable.

Marie-Reine revient passer les fêtes dans sa famille. Si elle est présente physiquement parmi les siens, ses pensées l'emportent dans un univers qui leur est inaccessible. Perdue la plupart du temps dans le brouillard d'un dilemme qu'elle n'arrive pas à résoudre, elle parle peu, ne sourit plus. Marie s'ingénie à trouver des prétextes pour la sortir de sa rêverie et l'amener à se confier.

Quand Rachel annonce à sa sœur qu'elle va être tante, Marie voit Marie-Reine tressaillir. Avec un sourire chagrin, Marie-Reine complimente la future maman.

Noël passe sans que Marie ne voie briller la moindre étincelle de joie dans le visage de sa fille aînée. Le lendemain du jour de l'An, incapable de supporter davantage l'air alangui de sa fille, Marie l'incite à rendre visite au curé dont elle a auparavant sollicité l'appui en lui faisant part de ses inquiétudes.

De retour du presbytère, Marie-Reine est transformée, elle déborde d'entrain. Elle monte à sa chambre et en redescend au bout d'une demi-heure.

— Je vais poster une lettre, dit-elle en enfilant manteau et bottes.

Dans les jours qui suivent, Marie-Reine se montre joyeuse, joue aux cartes avec ses sœurs, cuisine et boulange. Après le dîner, elle fait une marche et rapporte le courrier à ses parents. Avec sa cousine Paulette, elles jasent et, à travers la porte fermée de la chambre de Marie-Reine, on les entend souvent pouffer de rire.

Le vendredi 13, anniversaire de ses vingt-deux ans, juste avant le souper, Marie-Reine revêt sa plus belle robe et se coiffe avec soin. Un parfum léger effleure les narines de Guillaume quand Marie-Reine passe près de lui.

— Tu t'es mise sur ton trente-six. Attends-tu de la visite? dit-il d'un ton badin.

— Ça se pourrait, répond-elle, un sourire énigmatique retroussant le coin de ses lèvres.

— Si tu attends quelqu'un pour souper, il vaudrait mieux en avertir ta mère.

— J'ai préparé le souper et on ne manquera de rien, l'assure-t-elle.

— Tu espères quelqu'un? lui demande-t-il, intrigué.

— Oui, avoue-t-elle. Théo m'a écrit qu'il essaierait d'être là pour mon anniversaire. Mais l'hiver, avec les mauvais chemins, on n'est jamais sûr de rien.

Elle se tord les mains, anxieuse, tire une chaise et s'y assoit. Guillaume, qui ne s'attendait plus à entendre parler du beau Théo, n'ose montrer sa surprise. Lentement, il sort sa pipe et sa blague à tabac, se concentre sur le chargement du fourneau de la pipe. Puis il se lève et prélève une allumette de la boîte de fer suspendue au mur, près du poêle à bois.

Il craque l'allumette sur la fonte du poêle et allume sa pipe. Après avoir tiré quelques bouffées, il retourne à sa chaise berçante.

— Ici, les chemins sont beaux, dit-il sans savoir si cela peut donner quelque espoir à sa fille.

Marie-Reine relève la tête un moment, puis elle retourne aux angoisses de l'attente, ballottée entre l'espoir et l'incertitude. Quand elle entend cogner à la porte, elle se lève d'un bond. Seul un visiteur étranger n'ose entrer sans frapper dans la boutique ouverte au public.

Sur le pas de la porte ouverte, deux yeux bleus étincelant de bonheur contemplent la princesse de conte de fée qui grelotte. Figé dans l'embrasure, il ne semble pas avoir conscience du froid qui envahit toute la maisonnée.

— Entrez, dit la jeune fille intimidée.

Guillaume vient accueillir le visiteur.

— Comment étaient les chemins? dit-il en guise de bienvenue.

Sans laisser le temps au jeune homme de répondre, Marie sort de sa boutique. Étonnée et ravie, elle lui tend la main.

— Comme je suis heureuse de vous revoir!

Théo retient la main de Marie et lui présente ses meilleurs vœux pour la nouvelle année. Le rituel enclenché permet aux deux jeunes gens de s'embrasser chastement sur la joue.

Après le souper, la famille se réunit au salon. Irène et Cécile admirent béatement Théo. Quand elles doivent aller se coucher, Marie-Reine entraîne sa mère à la cuisine.

— Théo veut parler à papa, chuchote-t-elle à sa mère.

Elles se sourient, et ce sourire muet qu'elles échangent contient toutes les révélations qu'elles n'osent ni l'une ni l'autre formuler. Chaque chose vient en son temps et elles savent patienter.

Le lendemain soir, on improvise une petite fête à laquelle se joignent les Joncas. Théo et Marie-Reine se sont fiancés dans l'intimité de l'église de Cap-aux-Brumes, au pied de la statue de la Vierge. Puis Marie-Reine est allée présenter son fiancé à monsieur le curé et Théo a remercié le prêtre d'une ferme poignée de main. Sans son intervention, il ne serait probablement jamais arrivé à convaincre Marie-Reine de l'épouser.

Dans l'après-midi, Marie et Guillaume apprennent enfin ce qui tourmentait leur fille. Marie-Reine était persuadée qu'elle n'avait pas la santé pour élever une famille et elle s'interdisait le mariage pour cette raison. Finalement, le curé l'a rassurée en lui affirmant que Dieu y pourvoirait et que c'est elle qui enterrerait toute sa famille.

～✧～

Les premières feuilles d'un beau vert tendre viennent de percer leurs bourgeons et leur parfum se mêle à l'odeur entêtante de varech charriée par le vent du large et celle du bois scié empilé près du quai. Les cloches de l'église carillonnent pour annoncer aux villageois le baptême du fils de Benjamin et Rachel.

Grand-papa Dumas navigue entre Cap-aux-Brumes et Québec, ignorant que sa nouvelle descendance a vu le jour. Marie suffoque de bonheur en tenant son petit-fils sur les fonts baptismaux. On lui a réservé cet honneur vu que ce sont les parents de Benjamin qui sont les parrain et marraine de l'enfant. Les deux grand-mères trouvent chacune chez le poupon une ressemblance avec leur propre famille.

— Il ressemble à Guillaume, soutient Marie malgré les protestations de l'épicière qui prétend qu'il est tout le portrait de son Benjamin quand il était bébé.

— Il a des deux, tranche l'épicier débonnaire. Il est aussi beau que son père et sa mère, je vous le dis.

Et les deux grand-mères s'accordent pour dire qu'elles ont de beaux enfants et un petit-fils des plus mignons.

<p>

Un mois plus tard, le lilas refleurit juste à temps pour décorer la table des noces de Marie-Reine et Théo. Heureuse et optimiste, Marie-Reine n'a jamais été si épanouie. L'amour l'embellit et la pare d'une aura magique. La beauté de Théo, dont les cheveux blonds contrastent avec la chevelure charbon de la nouvelle mariée, et son teint hâlé, qui tranche avec la peau claire de Marie-Reine, projettent une image éclatante de l'amour complémentaire. Celui des opposés qui s'attirent comme des aimants, dont les pôles positif et négatif s'arriment avec force.

Dans l'après-midi, les villageois se joignent aux invités de la noce pour présenter leurs vœux de bonheur aux jeunes mariés. Les hommes en profitent pour se rincer le gorgoton aux frais de Guillaume, dont l'hospitalité n'est jamais prise en défaut. Le caribou et le brandy, pour les hommes, le vin de merise et le sherry, pour les dames, coulent à flot.

— Où est-ce que tu vas rester, astheure, donc ? demande madame Tremblay à Marie-Reine.

— Nous allons rester un bout de temps chez ma belle-mère, où je tiens ma boutique. Mon mari viendra m'y retrouver le samedi après sa semaine de travail.

— Elle est veuve, à ce qu'on m'a dit ? continue de questionner l'enquiquineuse.

— Eh oui, dit Marie-Reine. Venez, je vais vous la présenter. Vous pourrez causer avec elle et faire plus ample connaissance.

— Belle-maman, je vous présente madame Tremblay, la mère de ma compagne de classe, Mathilde. Vous vous souvenez ? Je vous ai déjà parlé d'elle.

— Oh, oui ! fait Anne Dumont. Je suis heureuse de faire votre connaissance, dit-elle à la cancaneuse dont elle a appris à se méfier par les confidences de Marie-Reine.

Le charretier de la paroisse guette le moment propice pour s'entretenir avec la veuve qu'il trouve bien de son goût, comme il l'a avoué à Guillaume. Le bonhomme profite de la compagnie de la mariée et de la commère auprès de madame Dumont pour s'avancer vers elles et s'introduire dans leur conversation. Pour une fois, la présence de l'indiscrète Dondon s'avère profitable. Sans le savoir, elle va servir de chaperon à deux personnes désireuses de se courtiser. Enchantée par la tournure des événements, Marie-Reine les abandonne pour aller rejoindre son bel époux.

❦

Au mois de mars 1923 naît une jolie petite fille prénommée Anne-Marie. Elle a hérité du prénom de ses deux grand-mères, des cheveux blonds de son père et des traits délicats de sa maman.

— C'est un beau mélange, s'extasie le grand-père dont le cœur déborde d'émotion.

— Mon bel ange ! s'extasie Marie en prenant dans ses bras sa petite-fille et filleule.

Guillaume aperçoit Anne Dumont, qui porte les mains à son cœur, les yeux mouillés. Sa maison, qui a connu longtemps la triste solitude de la veuve dont les fils s'étaient expatriés pour gagner leur pain, est maintenant remplie d'amour. Trois générations de femmes y vivent désormais dans la plus parfaite harmonie.

Et le cœur d'un charretier, veuf de son état, bat de plus en plus fort pour la veuve fringante. C'est avec un plaisir de plus en plus grand qu'il conduit les Dumas chez les Dumont. Il lui arrive même de prétexter qu'il passait par là pour s'arrêter saluer les dames… Marie-Reine prend alors les devants pour l'inviter à rester, le temps de partager un repas. De sa chaise berçante, dans la cuisine, le galant s'étire le cou pour observer discrètement la joie de sa bien-aimée, et Guillaume, en le voyant, se dit que, parfois, la vie offre des moments de pur bonheur.

～♪～

Surgissant comme un vent froid qui se lève soudain et vous prend traîtreusement par surprise, madame Tremblay s'amène le lendemain du baptême d'Anne-Marie. Après s'être mouché le nez, elle range son mouchoir, s'approche du comptoir et commence à compter tout haut sur ses doigts : juillet, août, septembre, octobre, novembre, décembre, janvier, février, mars.

— Dites donc, elle a pas perdu de temps, votre Marie-Reine.

— Elle a juste ce qu'il faut pour faire taire les langues de vipère, rétorque Marie, piquée au vif.

— Bon, ben, je vas y aller, moi, dit la commère décontenancée.

— Vous n'aviez donc besoin de rien ? questionne Marie pour augmenter le malaise de l'infatigable fureteuse.

— Ben, je me souviens plus quoi. Je reviendrai quand je m'en rappellerai.

— C'est ça, dit joyeusement Marie. À la prochaine, madame Tremblay.

Belles-Terres, le 22 mai 1923

Chère maman,

J'ai de grandes nouvelles à vous annoncer. On dirait que tout arrive en même temps. Madame Dumont va se remarier à la fin de juin avec monsieur Fortier. Théo change d'emploi, il commencera à travailler la semaine prochaine au moulin de Cap-aux-Brumes. Pourriez-vous l'héberger le temps qu'il trouve une maison pour nous loger? Si cela doit vous donner trop de travail, monsieur Fortier pourrait le recevoir.

Jean-Marie achète la maison de sa mère et je vends la boutique à une voisine, une jeune veuve qui a trois enfants à nourrir. En attendant le déménagement, elle m'aide et s'initie à la tenue des livres et à la gestion de l'inventaire. Pour ce qui est des tissus, elle s'y connaît déjà, elle coud à la perfection. Je suis heureuse qu'une femme compétente et dans le besoin puisse en profiter. Votre exemple fait des petits.

Anne-Marie pousse si vite que je dois déjà coudre de nouvelles jaquettes. Je trouve qu'elle embellit. Vous allez la trouver changée quand vous la reverrez, ce qui ne devrait plus tarder.

Je vous embrasse tous bien tendrement.
Marie-Reine

Sur le pourtour de la dernière page, comme toujours: *Monsieur Fortier m'apportera votre réponse, ce sera plus vite que la poste. Anne-Marie me réclame. À bientôt. XXXX*

Théo a trouvé une maisonnette, non loin de son travail. Comme elle est située du même côté de la rivière que le moulin, qui produit de l'électricité pour ses opérations, Marie-Reine n'a qu'à tirer une cordelette qui pend du plafond pour avoir de la lumière. Ce privilège n'est accordé qu'aux plus proches voisins de la scierie, qui sont tous des employés de la compagnie.

Chaque soir de l'été, Marie arpente le trottoir, tantôt vers le nord-ouest pour aller bercer son petit-fils, Marc-André, qui trépigne en la voyant, tantôt en sens inverse pour aller cajoler Anne-Marie. La petite est si excitée quand elle aperçoit sa grand-maman qu'elle pousse des cris joyeux en faisant de grandes risettes et en agitant bras et jambes pour se faire prendre.

— Elle vous adore, dit Théo. Il y a rien qu'à vous qu'elle fait des façons pareilles.

— Moi aussi je l'adore, dit Marie en serrant la petite contre elle.

Elle a d'abord pensé protester que l'enfant aimait autant son autre grand-mère, mais l'amour qui la relie à Anne-Marie est si fort qu'elle ne peut le nier. C'est un lien unique, magique, inexplicable. L'élan qu'elles ressentent l'une pour l'autre est si fort que Marie doit se surveiller pour ne pas montrer de préférence entre ses petits-enfants, car elle aime profondément le gentil et doux Marc-André. Mais il y a entre elle et Anne-Marie une connivence indéfinissable, un amour plus grand que tout ce que Marie a connu jusqu'à présent.

~ஃ~

Au début d'octobre, Guillaume accoste *La Cigale* au quai de Cap-aux-Brumes. Il a du mal à se tenir sur ses jambes quand il rentre à la maison, soutenu par Georges et Louis. En le voyant si mal en point, le cœur de Marie cogne si fort que sa poitrine se soulève et s'affaisse en une secousse violente.

— Doux Jésus… marmonne-t-elle en portant une main à ses lèvres.

Tout le sang se retire de son visage, elle devient pâle comme la mort. Sans réfléchir, elle court chercher une des chaises berçantes du salon pour le faire asseoir, lui tâte les joues et le front, mue par un réflexe plus que par le raisonnement. Guillaume est bouillant de fièvre, ses yeux hagards regardent Marie sans la voir, sa tête dodeline. Il n'a plus la force de la tenir droite, car il vient de dépenser ses dernières énergies pour rentrer chez lui.

— Portez-le dans sa chambre, dit-elle gravement à Georges et à Louis, et déshabillez-le. Je vais m'occuper du reste.

Comme un véritable tourbillon, Marie prépare un cataplasme, fait chauffer un pot de son « bouillon de malade » dont elle a toujours une provision en réserve, sort le sirop de sapin et place le tout sur un plateau qu'elle monte à la chambre où Guillaume tousse en grimaçant de douleur.

— Viens m'aider, Georges, dit-elle en lui tendant son plateau. Va chercher le docteur, murmure-t-elle à Louis.

❧

La Cigale reste à quai une semaine, le temps que son capitaine échappe à la mort, une fois encore. Mais ses poumons sont trop endommagés pour qu'il reprenne la mer. Le docteur est formel : Guillaume ne pourra plus bourlinguer.

Condamné à garder le lit, le capitaine a les yeux cernés et le teint gris. À sa demande, Marie a convoqué l'équipage.

Assis autour du lit du malade, Médée se tortille sur sa chaise. L'image du capitaine invulnérable a fait place à un mortel qui lutte pour conserver un souffle de vie. Guillaume parle d'une voix éteinte, une main décharnée appuyée au creux de la poitrine pour contrer les accès de toux qui le font tressauter.

— Je te confie *La Cigale*, dit-il à Louis dans un chuchotement.

Le rouquin, que taquinait Médée à ses débuts, a obtenu son brevet de capitaine de cabotage au printemps. Il est le seul membre de l'équipage qui peut assurer la relève. Médée, lui, n'a pas réussi les examens d'anglais et a renoncé à ses ambitions. « On ne peut pas tous être chef », a-t-il déclaré pour se consoler de son échec.

— Je vais en prendre soin comme si c'était mon enfant, murmure Louis avec des trémolos dans la voix.

— Adrien en connaît assez, reprend Guillaume, on n'a pas besoin d'embaucher un autre…

Le reste de la phrase se perd dans une nouvelle quinte de toux, mais chacun comprend que l'équipage est suffisamment expérimenté pour fonctionner à quatre. Guillaume crache dans son mouchoir et poursuit d'une voix éteinte :

— On décidera de la suite plus tard.

~✢

Par une journée de grands vents, l'équipage réduit lève l'ancre en direction de Québec. Le ciel, chargé de nuages, s'assombrit. Avant que n'éclate l'orage, le jeune capitaine trouve un mouillage sécuritaire pour y passer la nuit.

Le lendemain, le temps s'éclaircit et *La Cigale* reprend la route. Les voiles gonflées par le vent automnal l'emportent dans une course échevelée. Les flots soulevés par les bouffées de vent arrosent les marins qui maintiennent tant bien que mal leur équilibre les pieds écartés. Rassurés par le câble enroulé autour de leur taille pour les empêcher de passer par-dessus bord, ils restent debout malgré leurs habits trempés par l'écume des fortes vagues qui balaient le pont. Ils sont jeunes et en bonne santé. Ils peuvent braver tous les temps, insouciants de l'usure prématurée qui les guette, se concentrant sur les dangers présents qu'ils doivent affronter pour rester vivants.

⚓

Recroquevillé dans sa chaise berçante, Guillaume flotte dans ses vêtements devenus trop grands pour son corps qui se ratatine. Dans le silence et la quiétude de son foyer, l'esprit du capitaine dépouillé dérive vers les voies navigables qui ont sillonné sa vie de marin. À certains moments, les embruns le trempent légèrement, l'air marin chargé de sel lui picote l'épiderme ou bien il sent le soleil cuivrer son visage. Les goélands dansent dans la brise, les voiles claquent au vent. Il ferme les yeux et revoit clairement chacun des méandres qu'il a contournés, chacune des îles qu'il a croisées et chacun des ports qui l'ont accueilli au cours de ses errances.

Les souvenirs embellissent tout et Guillaume occulte les jours de brume, les nuits de tempête, la fureur des vagues rugissantes, les gémissements de *La Cigale* malmenée, le choc des écueils qui déchirent la coque. Oubliés les naufrages, la peur qui vous broie les entrailles, le froid, la faim, la douleur, l'ennui et la terrible solitude du marin durant les quarts de nuit.

Quand la réalité, tel un rapace, emprisonne finalement Guillaume dans ses serres, une question le taraude : «Je suis fini, pourquoi continuer à me battre?»

Épuisé par les gémissements du vent qui l'ont tenu éveillé au cours des deux dernières nuits, le vieux capitaine somnole dans sa chaise berçante.

Georges, Médée et Louis entrent et se dirigent tout droit vers la boutique. À leur mine déconfite, Marie se sent défaillir.

— Maman, commence Georges en tortillant sa tuque. On a perdu *La Cigale*.

Il éclate en sanglots et se cache le visage. Les deux autres marins baissent piteusement les yeux. La culpabilité et la honte écorchent ces colosses endurcis mieux que ne le ferait la souffrance.

— Où est Adrien ? demande Marie d'une voix blanche.

— Rassurez-vous, répond Louis. Il est sain et sauf, mais il croit que c'est sa faute. C'est lui qui était de garde quand les ancres ont cassé.

— Comment annoncer la nouvelle à papa ? demande Georges, défait.

— Bon, dit Marie rassurée sur le sort de son fils. Si personne n'a péri, c'est déjà moins pire.

— On a aussi sauvé la cargaison, ajoute Louis.

— *La Cigale* s'est disloquée quand on s'est échoué, continue Médée. Sa coque a éclaté de partout.

— Elle se faisait vieille, elle aussi, prononce une voix morne dans l'embrasure de la porte de la boutique.

Contrits et embarrassés, les trois marins se tournent vers leur capitaine.

— Je crois qu'on a tous besoin d'un petit remontant, Marie, dit Guillaume d'une voix raffermie. Ferme la boutique. Et toi, Georges, va chercher ton frère.

11

Cap-aux-Brumes, 1923

En guise de dernier hommage à *La Cigale*, chacun de ceux qui l'ont bichonnée et aimée trinquent à sa mémoire pour se consoler de sa perte. Rassemblés dans le salon des Dumas, les membres de l'équipage se plaisent à évoquer les prouesses passées de leur noble goélette.

Durant les jours qui suivent ces simili-obsèques, la perte de son navire aide Guillaume à faire une croix sur sa vie de marin. Ayant fait corps pendant tant d'années avec *La Cigale*, Guillaume se sentait lié à elle, comme à une maîtresse, et il ne pouvait se résoudre à abandonner sa belle à d'autres bras que les siens. Sa chère goélette, qu'il avait amoureusement bâtie de ses mains, lui est en quelque sorte restée fidèle. C'est du moins ce qu'il ressent. Sa sirène, devenue vieille, a englouti le dernier épisode de leurs annales dans les eaux glaciales du fleuve qui les avait tous deux portés en des temps plus heureux.

Mais l'hiver rigoureux qui suit oblige Guillaume à se terrer dans la maison. Marie le voit errer d'une pièce à l'autre comme un fauve en cage. Le sentiment d'inutilité qui l'envahit sape son moral. Il maigrit et s'aigrit.

Au printemps, Marie écrit à Édouard, le frère aîné de Guillaume, qui s'est établi aux États-Unis plus de trente ans auparavant. Elle l'informe de la maladie de Guillaume qui l'a forcé à arrêter de naviguer et invite son beau-frère à venir passer quelque temps au Canada, insistant sur le fait que sa venue ferait le plus grand bien à son époux qui meurt d'ennui.

Le frère ne se le fait pas dire deux fois et il accepte spontanément l'offre de Marie.

Lors de son séjour, l'enthousiasme d'Édouard persuade la famille que les perspectives d'affaires au Massachusetts sont excellentes pour Guillaume qui possède un petit capital.

— Les possibilités d'avenir pour vos enfants seront meilleures aux États, dit Édouard en affichant dans un sourire irrésistible sa dent en or, témoin de son succès en affaires. Et puis les hivers sont pas mal moins longs et moins froids qu'à Cap-aux-Brumes !

Cet argument achève de convaincre toute la maisonnée, sauf Georges qui courtise la fille d'un plombier depuis le début de l'hiver. Le père de la jeune fille a commencé à l'initier à son métier, alors Georges renonce sans regret au rêve américain.

꩜

Boston, le 15 juillet 1924

Chère Marie-Reine,

Nous avons fini de nous installer dans notre nouveau logis. Ce n'est pas une mince affaire que de s'habituer à un pays étranger et de vivre dans une autre langue. Heureusement que nous rencontrons de nos compatriotes. Un couple de Canadiens français habite à côté de chez nous et madame Thibodeau m'amène un peu partout. Avec elle, je découvre les magasins qui ont les meilleurs prix, j'explore la ville. Je devrais plutôt dire que j'apprends à me repérer dans notre quartier, car la ville de Boston est immense.

Irène et Cécile ont commencé l'école et manifestent un grand enthousiasme à perfectionner leur anglais, qui était plutôt sommaire, il faut bien le reconnaître. Pour le moment, Adrien travaille au port comme débardeur, le temps de bien parler l'anglais. Son ambition est de joindre un jour les rangs des pilotes qui font accoster les navires aux quais de Boston. Comme ton père, il a un peu d'eau de mer dans les veines.

Ton cher papa brasse des affaires avec ton oncle Edward (c'est ainsi qu'il écrit son prénom à présent). Je ne comprends pas trop de quoi il retourne, ça me semble un peu compliqué. Mais en autant que ton père s'y retrouve, c'est le principal. Le changement d'air et d'occupation lui semblent profitables, car il a repris des couleurs et du poids.

Comment va ma petite Anne-Marie? Quand je pense à elle, il me prend de ces ennuis! Fais-lui un gros câlin pour moi. Ton cher Théo est-il toujours heureux dans ses nouvelles fonctions? Donne-moi vite de tes nouvelles, ma grande, et tâche de te reposer, car le déménagement a dû être fatigant, et l'entretien de notre grande maison n'est pas une sinécure.

Je vous embrasse tous bien tendrement,
Maman

～φ

Cap-aux-Brumes, le 31 juillet 1924

Chère maman,

J'ai été bouleversée en recevant votre lettre. Après le branle-bas des dernières semaines, je n'avais pas eu le temps de me rendre compte que vous étiez partis si loin. À l'idée que je ne vous reverrai pas avant des années peut-être, je me suis effondrée en larmes. Je n'ai pas osé le dire à Théo de peur de lui causer du chagrin, mais vous me manquez terriblement.

Je me sermonne en me disant que je suis chanceuse d'avoir un bon mari. Ma petite Anne-Marie me donne beaucoup de bonheur. Elle est pétante de santé et de joie de vivre, c'est un vrai trésor.

Théo est fou de sa fille et la petite gueuse l'entortille si bien qu'il lui passe tous ses caprices. Quant à Georges, il n'est guère mieux. Chaque fois qu'il vient nous voir, il la berce jusqu'à ce qu'elle s'endorme dans ses bras. Comme elle y a pris goût, nous devons la bercer quand il n'a pas le temps de venir en raison de son travail.

Georges est heureux dans son nouveau métier et je le taquine en lui disant qu'il est resté dans le domaine de l'eau. Comme plombier, il gagne bien sa vie. C'est un métier d'avenir, car tout le monde se fait maintenant installer l'eau courante, les toilettes, un bain. Aussitôt qu'il aura un moment, il viendra nous installer tout ça et mon travail en sera grandement allégé par la suite. Mais je n'ai pas à me plaindre, je suis en grande forme.

Monsieur le curé avait bien raison, le bon Dieu m'a accordé une meilleure santé depuis que je suis mariée. J'imagine que Rachel vous a écrit dernièrement et qu'elle vous a appris qu'elle attend du nouveau pour le printemps, de même que Paulette qui nage dans le bonheur avec son cher notaire.

Ma belle-mère vient souvent nous voir avec son mari. Ils sont aussi amoureux que des petits jeunes. On dirait d'ailleurs qu'ils ont rajeuni tous les deux.

Mathilde et sa mère m'ont rendu une petite visite de courtoisie, dont vous devinez sans doute l'objet. La fille suit les traces de sa mère. Une question n'attendait pas l'autre.

Embrassez mon cher papa pour moi. Dites-lui que je prie pour sa santé et que je m'ennuie beaucoup de lui. Gros bisous à vous et à mes petites sœurs chéries et à mon gentil frérot.

Marie-Reine qui vous aime

Sur le pourtour de la dernière page : *Théo est apprécié de ses hommes et de son patron. Tout va pour le mieux.*

~⨎

Boston, le 13 avril 1926

Chère Marie-Reine,

Nous arriverons quelques jours avant le mariage de Georges et passerons trois semaines avec vous. J'ai si hâte de te voir et de prendre ma belle Anne-Marie. Elle ne me reconnaîtra pas après tout ce temps passé loin d'elle.

J'ai hâte aussi de faire connaissance avec mes nouveaux petits-enfants. Je compte bien reprendre le temps perdu. Déjà deux ans que nous sommes partis. Irène vient de se faire un petit ami, Peter, qui travaille à la manufacture lui aussi. Je la trouve un peu jeune pour sortir avec un garçon, mais ton père me dit de lui faire confiance. Il a fini par s'habituer à ce que ses filles soient amoureuses d'un autre homme que lui. Tu te souviens comme il a tempêté quand Rachel a parlé de se marier. Les temps changent...

Cécile a poussé en orgueil, elle me dépasse de deux pouces, figure-toi. J'ai dû refaire toute sa garde-robe. J'ai

473

cousu à en pleurer tant mon dos m'a fait souffrir. J'ai appris à me méfier de la pluie verglaçante, tu peux me croire. Ton père m'a fabriqué des crampons qui s'attachent à mes bottes pour que je ne m'affale plus sur les trottoirs.

Ton père et ton oncle Edward passent leurs soirées à jouer au poker et à boire du brandy. Au point que ton père commence à avoir un brandy nose, *alors prépare-toi à accueillir le petit renne au nez rouge du père Noël sans faire de saut.*

Je te serre très fort en pensée et t'envoie mille baisers,
Maman

Dans le train qui ramène les Dumas à Cap-aux-Brumes, Guillaume ronfle bruyamment. Son haleine dégage une forte odeur de brandy. Il fait de la prévention, selon son expression. «L'alcool me réchauffe et ma circulation sanguine est meilleure», dit-il quand Marie l'incite à la modération. «Ça tue les microbes, tu voudrais me voir malade?» Voilà l'argumentation finale qu'il lui sert pour couper court aux discussions quand elle persiste à vouloir le modérer.

Irène et Cécile s'absorbent dans la lecture d'un roman américain. Elles s'adressent à leur mère en anglais, contrairement à leurs habitudes, et Marie devine qu'elles sont gênées d'être vues en présence d'un père débraillé. En délaissant le français, elles espèrent s'isoler des voyageurs qui jettent à leur père des regards réprobateurs.

Marie se tient droite et digne. Elle offre un contraste frappant avec l'homme étalé à son côté. Entre ses ronflements, Guillaume bave. Un peu d'écume se forme au coin de ses lèvres qui s'entrouvrent et vrombissent.

— S'il se voyait, dit dédaigneusement Cécile dans son américain impeccable.

— N'oublie pas que c'est ton père, réplique Marie en français. Un peu de respect, s'il te plaît.

Cécile fait la moue et retourne à son livre. Contrairement au conte de fée où le crapaud devient un prince charmant, on ne dit jamais aux jeunes filles que le prince charmant qui les épousera pourrait bien aussi se transformer en crapaud…

Marie trouve au sien un tas d'excuses. Bien que sa consommation d'alcool augmente et qu'il s'absente plus souvent, il demeure un mari tout à fait convenable. Tendre et coquin à ses heures, il la fait encore vibrer d'amour. Malgré sa santé fragile, il est travaillant et débrouillard. Ses petits excès de boisson n'affectent pas son humeur, Guillaume reste aimable et sociable. Il rapporte de quoi vivre et sa famille n'est pas obligée de se priver à cause de ses libations. Voilà ce que Marie se répète chaque fois qu'on se permet de critiquer son homme.

Un quart d'heure avant d'arriver à destination, Marie réveille doucement son époux. Après le somme qui suit une cuite, il faut toujours quelques minutes à Guillaume pour s'éclaircir les idées et retrouver l'entrain qui le caractérise.

En se levant ce matin, Guillaume s'asperge d'eau. Il avale un déjeuner gargantuesque en le faisant descendre avec du thé légèrement additionné de brandy. En chantonnant, il se rase et met le complet neuf qu'il s'est fait tailler à Boston en vue de démontrer à ses anciens concitoyens que la bonne fortune lui sourit.

Le soleil de juillet pénètre par les vitraux de l'église de Cap-aux-Brumes. Les coloris du verre des hautes fenêtres étincèlent et le cœur de Marie déborde de fierté. Dans son habit bleu marine, Georges a beaucoup de prestance. Grand et droit comme un chêne, il lui rappelle son Guillaume, le jour de leur mariage. Les yeux pétillants du futur marié et de sa dulcinée expriment tant d'amour que leur bonheur en devient palpable.

Après la cérémonie du mariage, Guillaume remonte fièrement la grande allée, Marie à son bras. Sa douce a retrouvé son allant dès qu'elle a mis le pied sur le quai de la gare et qu'elle a serré ses enfants et petits-enfants venus les accueillir.

Marie-Reine surveille son père du coin de l'œil, prête à intervenir dès qu'il vide trop vite son verre. Abasourdie par le changement intervenu chez lui, elle le plaint secrètement, comprenant que rien ne pourra jamais consoler son père, incapable désormais de naviguer. Comme sa mère, elle est convaincue qu'il boit pour engourdir sa souffrance intérieure. Pour un homme si fier, la mort est plus facile à accepter que l'invalidité, même si celle-ci est légère et non apparente.

Elle est bien placée pour comprendre ce qu'on ressent quand on se sent inapte. Le difficile accouchement de son fils l'a laissée épuisée et elle a du mal à remonter la pente. Après le dîner, elle doit se coucher en même temps que le petit Laurent et Anne-Marie qui font la sieste. Le repos diminue un peu le mal de tête qui lui serre les tempes à longueur de journées depuis qu'elle est retombée enceinte pour la troisième fois.

Sa belle-mère vient lui donner un coup de main pour les gros travaux et garde les enfants de temps en temps pour lui permettre d'aller faire des marches avec Théo, le soir, après le souper. Mais les vertus du grand air n'opèrent pas le miracle souhaité et Marie-Reine se désespère en silence, essayant de cacher son état d'extrême fatigue afin de ne pas passer pour une geignarde.

~♥~

Boston, le 14 février 1928

Chère Marie-Reine,

Pourquoi ne profites-tu pas de l'offre de ta belle-mère qui est prête à garder tes enfants pendant que tu viendrais te promener aux États ?

Comme nous te l'avons proposé, ton père et moi, nous payerons tes dépenses. Ce voyage te fera le plus grand bien durant l'hiver, car la température est ici plus clémente. Et si tu peux faire adonner ton séjour avec le mariage d'Irène, ce serait encore mieux.

Ce n'est pas parce que Dieu doit pourvoir à ta santé (selon monsieur le curé) qu'il est défendu de Lui donner un petit coup de main de temps en temps. Pour une jeune maman épuisée, rien ne vaut une petite vacance, crois-moi. Tu retourneras chez toi revigorée et ton beau Théo en sera récompensé.

Je t'envoie la somme nécessaire pour couvrir tes dépenses à l'aller et nous t'en remettrons autant pour ton retour. Tout ton entourage t'encourage à faire ce voyage, cesse de te faire prier et prépare tes valises.

Je t'aime très fort. Gros baisers à Théo, Anne-Marie, Laurent et Jérôme,

Maman qui t'attend impatiemment

Cap-aux-Brumes, le 13 mars 1928

Chère maman,

Je me suis enfin décidée, bien qu'il me coûte de laisser Laurent qui est si fragile des bronches. Théo et belle-maman m'ont promis de suivre toutes mes recommandations à la lettre.

Je serai là pour le mariage d'Irène. À moins de retard ou d'imprévus, je devrais arriver par le dernier train, le mardi précédant les noces. Si des changements majeurs surviennent, je vous préviendrai par télégramme.

Je vous remercie, chers parents, pour l'argent du voyage. Je prie pour la santé de papa et pour vous, maman,

Marie-Reine qui sera bientôt près de vous

Sur le pourtour de l'unique feuille: *Quand j'ai dit à Anne-Marie que je vous écrivais, elle a dit: envoie un gros bec à grand-maman pour moi. Théo vous embrasse aussi.*

Cap-aux-Brumes, le 17 avril 1928

Chère maman,

J'ai le regret de vous annoncer le décès de notre petit Laurent. Vous vous imaginerez facilement ma peine, d'autant plus que je suis arrivée à la maison deux jours après ses funérailles.

Mon petit ange est décédé d'une pneumonie, comme je le craignais. La mère de Théo l'a sorti un après-midi. Elle l'avait bien couvert, m'a-t-elle assurée, mais le petit a pris un refroidissement qui lui a été fatal.

Théo et moi sommes très tristes. Priez pour nous tous et pour Laurent,

Marie-Reine

~~✦~~

Boston, le 30 avril 1928

Chère Marie-Reine,

Ta lettre nous a profondément attristés. Le décès de Laurent nous consterne. Rien n'est pire que d'être aussi éprouvés après avoir vécu ensemble des jours si heureux. Mon cœur de grand-maman est dévasté.

Les desseins de Dieu sont impénétrables et ses épreuves sont parfois bien difficiles à supporter. Seule notre foi peut nous soutenir dans de pareils moments. Nous prions tous les soirs pour toi et ta famille et je demande à la Vierge de te donner le courage de continuer malgré ta peine.

Nos pensées et notre amour t'accompagnent tout au long de ces jours sombres.

Je t'embrasse bien fort, ma chère Marie-Reine,
Maman qui te garde dans ses prières

~~✦~~

Depuis des heures, Cécile se brosse les cheveux, assise devant le miroir de la vanité de sa chambre. Sans se lasser, elle essaie différentes coiffures et Marie, qui la voit de la cuisine où elle se berce, devine aux expressions de sa fille qu'elle ne trouve pas le *hair style* qui lui convient, selon ses dires. Cécile se pique d'inventer son propre style.

«Décidément, constate Marie, mes filles ont du tempérament. Tout comme moi, elles savent ce qu'elles veulent et persistent dans la voie qu'elles ont choisie. Nous ressemblons à ces saumons qui nagent contre le courant et n'hésitent pas à sauter hors de l'eau pour franchir les obstacles.»

Une grande bouffée de fierté monte en elle. Ses filles sont différentes les unes des autres : Marie-Reine est à la fois sage et passionnée, Rachel est moderne et pourtant conformiste, Irène veut continuer à travailler en usine tout en rêvant d'une famille nombreuse, et Cécile est une rebelle qui cherche tout de même à perfectionner son image. Malgré leurs paradoxes, chacune porte en elle une flamme vive.

— Pourquoi tu ne te coupes pas les cheveux ? dit Marie pour l'asticoter un peu. Ce serait bien moins de trouble pour toi et c'est la mode.

— *No way*, répond Cécile. Je ne suis pas une poupée sans cervelle qui se conforme à la mode !

Un mois plus tard, Cécile se pavane au bras d'un amoureux. Ses cheveux bouclés naturellement flottent dans le vent. Patrick, comme Marie l'apprend plus tard, aime les filles aux cheveux longs. Nonobstant ce goût de mâle conservateur, le jeune homme est un militant syndical résolu à abolir les classes sociales et à répartir la richesse entre tous les hommes. En vue d'instaurer un tel système, il dénonce les abus des patrons de l'industrie du textile et réclame des augmentations de salaires.

Catholique irlandais, Patrick est doté d'un charme un peu canaille et d'une soif de vivre hors du commun. Guillaume et lui s'entendent comme larrons en foire quand il s'agit de vider une bonne bouteille et de faire la fête.

◦◦◦

Boston, le 11 septembre 1928

Chère Marie-Reine,

Ta plus jeune sœur est folle à lier. Malheureusement, ton père l'est autant qu'elle. Imagine-toi qu'elle fréquente un jeune homme depuis le début de l'été et qu'elle vient de nous annoncer qu'ils veulent se marier après Noël. Et ton père l'approuve. Doux Jésus, où a-t-il la tête ? Je me le demande. Cécile vient tout juste d'avoir seize ans.

J'ai beau essayer de leur faire entendre raison, rien n'y fait. Connaissant le tempérament impétueux de ta sœur, j'ai bien peur qu'il me faille consentir à ce mariage, d'une manière ou d'une autre, car ce Patrick est aussi rebelle qu'elle et Dieu sait ce que ces deux-là sont capables de faire pour m'amener à céder. J'en tremble rien qu'à y penser.

Pardonne-moi de venir troubler le repos dont tu as tant besoin. Je ne sais plus à quel saint me vouer. Je crois que j'ai gaspillé tout mon capital d'optimisme. Depuis quelque temps, je vois tout en noir ; en tout cas, c'est ce que me reproche ton père.

Ma chère Marie-Reine, tu es mon réconfort dans ce monde que je ne comprends plus. Je ne reconnais plus ton père, non plus. En dépit de la prohibition encore en vigueur aux États-Unis et du coût exorbitant de la boisson de contrebande, il boit de plus en plus. Le climat de ce pays convient peut-être à sa santé, mais il me dépouille de tout ce que j'aimais et qui faisait mon bonheur.

Ton père est souvent parti pour ses affaires. Peut-être que je suis égoïste et que je ne pense qu'à moi, mais je me sentirai vraiment seule quand ta sœur sera mariée.

De t'avoir confié ma peine me soulage déjà. Merci pour ta compréhension. J'espère que de ton côté tout va bien,

Ta maman qui t'aime et t'embrasse

Marie relit sa lettre et décide de la brûler, de crainte qu'elle ne tombe dans des mains malveillantes et n'alarme Marie-Reine inutilement. Elle en écrit donc une autre où elle commente la nouvelle du prochain mariage de Cécile en nuançant ses propos et où elle tait son sentiment de solitude et les absences répétées de son époux. Elle garde aussi pour elle ses pertes au poker et son caractère taciturne quand il n'a pas sa ration d'alcool. Même Cécile, qui vit auprès de ses parents, ignore l'ampleur du problème. Marie invente des histoires pour cacher les frasques de Guillaume.

Son imagination pétulante la sert bien. Elle a toujours en réserve de pieux mensonges pour couvrir les absences qui se prolongent, les levers tardifs qui suivent les veillées trop arrosées, les dépenses du foyer qu'elle s'efforce de limiter au strict nécessaire pour compenser les sommes réduites que lui remet Guillaume depuis quelque temps.

Le mariage de Cécile échappe cependant à la règle d'économie que s'impose Marie. Dans un effort ultime pour cacher ses soucis, elle organise une noce intime où les quelques parents et amis invités festoient jusqu'au petit matin. Comme une magicienne, Marie réussit ses tours de passe-passe grâce à la bonne humeur qu'elle simule, la surcharge de décorations bon marché dont elle a orné la maison, la nourriture variée et économique qu'elle sert généreusement, et le punch qui nécessite moins d'alcool.

Quand, après un déjeuner copieux, les noceurs quittent la maison, Guillaume rend hommage à Marie avec tant de passion qu'il arrive, sans le savoir, à étouffer les affreux soupçons qui la tiraillent à l'occasion. Elle s'endort pleine d'espoir.

Dans les semaines qui suivent, pourtant, les espoirs de Marie se dissipent au fur et à mesure que Guillaume retourne à ses anciennes habitudes. Elle fait semblant de dormir quand Guillaume rentre se coucher, mais l'horloge dénonce l'arrivée tardive de l'époux à l'humeur vagabonde et Marie dépérit à cause de cet amour qui s'anémie.

Délaissée et désenchantée, elle écrit de longues missives à Marie-Reine qu'elle jette au feu plutôt que de les envoyer. Mais réécrire sa vie au mépris de son authenticité, balayant d'un revers de plume la méfiance qui s'installe et la jalousie qui distille insidieusement son venin, lui fait du bien. Le miroir déformé du bonheur qu'elle feint lui renvoie l'image d'une âme magnanime.

Marie se plaît à se leurrer ainsi jusqu'à ce matin, où elle va poster la correspondance qui l'a occupée la veille. Guillaume est parti pour quelques jours et elle ne supporte plus de rester enfermée seule entre ses quatre murs.

Malgré la neige abondante qui tombe, Marie marche d'un pas décidé. Sa patience a atteint les limites de l'acceptable. Elle se répète le sermon qu'elle va servir à Guillaume quand il va revenir. Elle ne va pas le laisser se détruire à petit feu et tuer lentement leur amour. « J'ai déjà trop attendu », se dit-elle.

Au bureau de poste, elle achète des timbres et les colle avec rage. Puis elle retourne au guichet et remet les enveloppes affranchies au commis. En sortant du bureau de poste, elle aperçoit de l'autre côté de la rue, sortant de l'hôtel situé en face, un couple qui se tient bras dessus bras dessous. La femme, qui rit fort, attire son attention. À travers l'écran de neige, Marie distingue les traits familiers de l'homme qui se penche pour embrasser les lèvres peinturlurées de la femme. Elle se fige. «Guillaume… avec une catin!» se répète-t-elle mentalement. Alors qu'il est censé être en voyage d'affaires!

Marie regarde les amants disparaître dans le tourbillon neigeux.

Pantelante, elle atteint le trottoir et marche à l'aveuglette, l'esprit obnubilé par ce qu'elle vient de voir. Malgré les doutes qui l'assaillaient parfois, Marie gardait confiance en son homme. Mais ce matin, son cœur meurtri se révolte. Des larmes de rage et de désespoir coulent sur ses joues, sans pudeur. Marie a perdu sa boussole et avance au hasard dans la tourmente.

12

Une dame, grande et sévère, tapote les joues de Marie, qui ne réagit pas. Son corps rigide a glissé sur le bord de la chaise. Ses yeux grands ouverts fixent le plafond du restaurant.

— Elle a perdu connaissance, voyons donc! crie madame Tremblay à l'épouse du docteur Gaucher qui renforce les taloches pour ramener Marie à elle.

— Donnez-moi un verre d'eau froide, commande d'une voix autoritaire madame docteur.

La serveuse accourt avec un verre d'eau et une serviette que madame Gaucher trempe avant de l'appliquer sans ménagement sur les joues de Marie, qui ouvre les yeux. Surprise, elle regarde autour d'elle et se redresse sur sa chaise.

— Qu'est-ce qui se passe? demande-t-elle, l'air égaré.

— Vous avez eu un malaise, répond la serveuse. Est-ce que ça va mieux?

Le regard interrogateur, Marie porte son attention sur les visages qui l'entourent. Comme un robinet qui fuit goutte à goutte, son esprit engourdi laisse filtrer par bribes les derniers moments qui ont précédé son évanouissement. Chaque morceau du puzzle s'assemble et Marie s'affole en se souvenant des dernières paroles de l'épouse du docteur Gaucher qui a affirmé que Marie-Reine est malade.

— À quelle heure le train pour Cap-aux-Brumes ? demande-t-elle en cherchant désespérément du regard une horloge.

— Il devrait entrer en gare dans quelques minutes, répond la serveuse en présentant l'addition.

Marie sort son portefeuille et règle le montant de son déjeuner et de celui de madame Tremblay, qui la regarde avec une compassion telle que Marie s'accroche à son bras pour traverser la rue.

Dans de pareils moments, on a besoin d'un bras secourable et Marie ne se soucie plus des griefs passés. De son côté, madame Gaucher essaie d'atténuer le choc qu'elle a causé inconsidérément, comme de coutume.

— Mon mari passe la voir au moins trois fois par jour, dit-elle d'un ton doucereux. Il fait tout ce qu'il peut pour la sauver.

Mais ces paroles irréfléchies effraient davantage Marie. Quand le train stoppe devant la gare, elle se précipite vers la porte du wagon de passagers dès qu'elle s'ouvre. Madame Tremblay lui tire le bras d'un geste sec.

— Madame Dumas ! crie la petite bonne femme, vous avez oublié votre valise au restaurant.

Comme une hallucinée, Marie traverse la rue et revient au pas de course avec sa valise. Le souffle court, elle grimpe l'escalier du wagon à toute vitesse, laissant derrière elle ses deux compagnes médusées qui l'attendaient sur le quai de la gare.

⁓✢

Dans le petit train poussif, Marie regarde défiler le paysage sans le voir. Les minutes semblent durer des heures. Son mensonge la torture, persuadée que son péché a déclenché la maladie de Marie-Reine. Ses compagnes respectent son silence et égrènent leur chapelet.

Marie serre les grains du sien sans arriver à terminer un seul *Ave*. Elle implore à répétition la Vierge de guérir Marie-Reine. « Ne vous vengez pas sur ma fille, se lamente-t-elle, tout est de ma faute. Punissez-moi comme je le mérite, mais sauvez Marie-Reine, je vous en conjure. »

∿

Dans sa chambre d'hôtel, à New York, Guillaume frotte ses yeux injectés de sang et passe une main sur ses joues rêches. La barbe longue, les habits fripés, la bouche pâteuse, il empeste l'alcool.

Un mal de tête lancinant lui rappelle qu'il s'est soûlé sans se soucier de l'alternance des jours et des nuits. Edward dort à ses côtés, ronflant comme une locomotive. Ils ont un peu trop fêté le bénéfice énorme de la vente de leurs actions en bourse. Guillaume secoue Edward, qui est mou comme une poupée de chiffon. Quand son frère se réveille enfin, son premier réflexe est de tâter ses poches et de vérifier le contenu de sa valise.

— C'est vrai qu'il y a un bon Dieu pour les ivrognes, dit-il, surpris de ne pas s'être fait voler.

— Pas de danger, répond Guillaume. On a l'air de deux clochards…

— On va se faire tout beau et on va rentrer à la maison, dit Edward après s'être regardé dans le miroir.

— Ouille ! gémit Guillaume en se tenant les tempes à deux mains. Marie va m'en vouloir.

— Si nos femmes nous chicanent un peu, on l'aura pas volé, frérot.

Dans le logement lugubre et froid de Boston, Guillaume relit pour la troisième fois le message de Marie. Quelque chose dans ce court billet le chicote, mais il n'arrive pas à déterminer ce qui cloche. Je vais aller la rejoindre, décide-t-il sur-le-champ, incapable d'attendre une lettre qui mettra des jours à venir.

Il allume le poêle à bois et se dirige ensuite vers la chambrette qui leur sert de remise afin de récupérer sa valise. L'absence du gros coffre et d'une grande valise déclenche l'alerte. Guillaume court à leur chambre, ouvre la penderie. Sa crainte se confirme, Marie a tout emporté. Ses tiroirs sont vides. Il fouille l'appartement avec frénésie, découvrant qu'elle a aussi pris quelques souvenirs. Il n'y a plus aucun doute dans son esprit : sa douce est partie pour longtemps.

Marie descend du train et relève le collet de son manteau de fourrure. En dépit du froid sibérien, un charretier attend sur le quai de la gare, car il y a toujours un voyageur à conduire quelque part, des paquets à transporter. Marie se dirige vers lui afin de retenir ses services. Il prend sa valise et la dépose dans sa voiture.

—J'ai aussi un gros coffre dans le compartiment à bagages, dit-elle.

Arrivée à la maison, Marie se fait débarquer à la porte arrière qui donne sur la cuisine. Elle évitera ainsi de refroidir la chambre de Marie-Reine, située près de la porte d'entrée de devant.

Léonie lui ouvre la porte du tambour, prend son manteau et l'invite à se réchauffer les mains au-dessus du poêle à bois. À la table de la cuisine, Anne-Marie tient son crayon au-dessus d'une page blanche. Dans le visage pâle et grave de la fillette, Marie reconnaît l'angoisse muette de l'enfant dépossédé de son insouciance, comme autrefois les enfants de Reine.

Près du lit de Marie-Reine, Marie s'arrête, frappée par la maigreur et le teint livide de sa fille. Avec des gestes empreints de tendresse, la mère de Théo passe une débarbouillette humide sur le visage émacié. Marie-Reine ouvre lentement les paupières.

— Maman… balbutie faiblement la malade.

Les yeux fiévreux de Marie-Reine fixent Marie. La mère de Théo se retourne, étonnée. Reconnaissant Marie, elle lui cède la place.

— Maman ? répète Marie-Reine, les yeux exorbités.

— Oui, ma grande, c'est bien moi, dit Marie d'une voix douce.

Leurs mains se joignent, s'étreignent, se soudent l'une à l'autre. Leurs yeux pleins de larmes se sondent mutuellement et Marie retrouve les gestes d'autrefois pour apaiser. Comme lorsqu'elle était enfant et que la présence affectueuse de sa mère la rassérénait, Marie-Reine esquisse un sourire et ses paupières se referment.

Marie reste assise près du lit et prie de toute son âme. Les derniers jours ont été éprouvants et elle a peu dormi, elle est raide comme une barre d'acier. Les nerfs à fleur de peau, elle sursaute au moindre bruit.

Dans la soirée, Marie-Reine transpire et geint. Elle glisse dans un état de semi-conscience où elle se bat contre les spectres de la maladie.

Quand le docteur Gaucher passe la voir, il admet son impuissance et leur recommande de faire venir le prêtre afin de donner l'extrême-onction à la mourante.

Monsieur le curé trempe son pouce dans l'huile bénite et, tout en récitant les prières, il trace une croix sur le front de Marie-Reine. À genoux de l'autre côté du lit, Théo pleure en silence, le menton appuyé sur ses grandes mains jointes.

Quand le curé s'apprête à partir, Marie sort à sa suite. Elle referme la porte de la chambre derrière eux et, d'un geste, invite le prêtre à passer au salon.

— Monsieur le curé, chuchote-t-elle, honteuse, j'ai grandement péché et je crains que Marie-Reine en paie le prix.

— Allons, madame Dumas, dit le vieux prêtre en lui prenant la main et en l'incitant à s'asseoir près de lui sur la causeuse. Qu'allez-vous vous imaginer ? Croyez-vous sincèrement que Dieu punit les enfants pour les fautes de leurs parents ? Qu'avez-vous donc fait de si terrible ?

Marie lui jette un regard implorant, incapable de desserrer les lèvres. Le curé regarde les yeux emplis de souffrance de son ancienne paroissienne.

— Votre âme est meurtrie, dit-il d'un ton très doux. Mais vous n'êtes coupable d'aucun péché, ma chère enfant.

— Oh, oui, Monsieur le curé, j'ai péché. J'ai menti à mon mari… pour me venger. Je… je lui en voulais terriblement… Mais… je n'aurais pas dû…

Le curé l'observe avec bonté, sans lui lâcher la main. Marie ferme les paupières et laisse couler des flots de larmes.

— Où sont passés votre foi et votre courage, ma fille ? chuchote le prêtre. Rappelez-vous que Dieu éprouve ceux qu'Il aime, mais sans esprit de vengeance.

— Je ne Lui en voudrais pas d'en aimer d'autres que moi pour un bout de temps, rétorque Marie, vexée, en lui jetant un regard noir.

Le prêtre se déride. Il lâche la main de Marie et sourit.

— Je vous retrouve enfin telle que je vous ai connue, Marie Dumas. Rebelle, mais brave et vaillante.

Marie continue de le défier du regard. La révolte a remplacé le sentiment de culpabilité qui l'étouffait l'instant d'avant.

— Vous aviez dit à Marie-Reine de se marier ! lui jette-t-elle au visage. Vous lui aviez dit que le bon Dieu veillerait sur sa santé et que c'est elle qui enterrerait toute sa famille !

Ayant déversé sur le prêtre une partie de sa hargne, Marie éclate en sanglots.

— Allons, madame Dumas, la gronde gentiment le vieux curé. Gardez la foi, votre fille va guérir.

Marie se mouche, relève la tête et le regarde d'un air de doute.

— Savez-vous que Théo a cessé de fumer et qu'il a promis de ne plus toucher au tabac si sa femme guérit ? poursuit-il, imperturbable.

— Je l'ignorais, dit-elle, abandonnant son attitude de Walkyrie. Je viens à peine d'arriver.

Le prêtre la regarde dans les yeux et reprend la main de Marie dans la sienne.

— J'ai quelque chose à vous proposer, Marie.

Le vieux curé se tait et la regarde intensément.

— C'est un geste d'humilité et de pardon que je vous demande d'accomplir dans la foi, pour votre propre bien.

Les yeux de Marie s'affolent et cherchent à fuir le regard insistant du vieux prêtre. Son visage se crispe dans l'attente de la pénitence.

— Faites venir votre mari, dit-il.

La main de Marie, que le curé retient dans les siennes, tressaille. Elle baisse la tête, incapable de répondre. Telle une feuille d'automne se détachant de l'arbre, le cœur de Marie vacille.

∿

Le teint blafard et l'œil hagard, Guillaume ouvre d'un geste fébrile le télégramme qu'on vient de lui livrer.

MARIE-REINE GRAVEMENT MALADE STOP VIENS VITE STOP MARIE

FIN DU TOME PREMIER

Remerciements

Mes remerciements vont à tous mes professeurs en création littéraire pour leur générosité à partager leur savoir, plus spécialement : Neil Bissoondath, qui a guidé les premières pages de ce livre, et Richard Boivin qui, le premier, m'a encouragé à écrire ;

Jocelyn Morin, pour son expérience en navigation à voile ;

Pierrette Langlois-Thibault, pour ses connaissances en généalogie et en histoire ;

Thérèse Boilard-Legendre, pour tous les livres et textes anciens dont elle m'alimente ;

André Gagnon, éditeur sénior chez Hurtubise, pour sa délicatesse et sa patience ;

Toute l'équipe d'Hurtubise, dont l'apport à ce livre est inestimable ;

Et aux nombreuses personnes qui m'ont gentiment accordé de leur précieux temps en m'indiquant des sources d'information ou en me racontant leurs souvenirs, ainsi qu'aux employé(e)s de la bibliothèque de l'Université Laval et de la Bibliothèque Monique-Corriveau.